A Killer's Wife

라스베이거스
연쇄 살인의
비밀

A Killer's Wife

라스베이거스
연쇄 살인의
비밀

빅터 메토스 지음 | 최호정 옮김

키멜리움

한국 독자에게 보내는 작가의 말

사람들이 내게 이 책에 대해 가장 많이 하는 질문은 "이런 사악한 사람들에 대한 구상을 어떻게 하게 된 거죠?"라는 것이었다.

형사 사건 전문 검사이자 나중에는 형사 사건 변호사로서 나는 범죄를 저지른 수많은 사람을 만나 보았다. 하지만 형사 재판을 통해 만난 수천 명의 사람 중에서 내가 진정 사악한 인간을 만났다고 분명하게 말할 수 있는 사람은 단 한 명뿐이었다.

나는 이웃 사람을 폭행한 혐의로 구속되어 있던 그를 감옥에서 만났던 일을 기억한다. 그것은 단순 폭행이었다. 그는 정원에서 작업을 하던 중에 이웃과 언쟁이 생겼고 격분한 나머지 들고 있던 삽으로 그 이웃을 내리쳤던 것이다. 나는 화를 참지 못하고 어리석게도 폭력을 행사했다가 나중에 후회하는 숱한 사람들을 보아왔기 때문에 그 일에 대해 별생각이 없었다.

나는 그가 은퇴한 엔지니어로서 나이가 지긋하다는 것과 그가 행한 구체적인 폭행 사실 말고는 그에 관해 아무것도 아는 것이 없었다. 내가 그를 만나러 그날 밤늦은 시간에 감옥에 간 것은 그의 아내가 우리 로펌에 전화로 사건을 의뢰했기 때문이었다.

내가 처음 인지한 것은 한기였다. 접견실로 이어지는 방은 작고 비좁았다. 변호사들은 접수처의 담당자가 문을 열어 줄 때까지 그곳에서 기다려야 했다. 기다리고 있는 동안 나는 그 방이 감옥의 다른 구역들보다 훨씬 춥게 느껴졌던 기억이 난다.

접견실에 들어섰을 때 테이블 앞에 그 작은 남자가 앉아 있는 것이 보였다. 남자는 백발에 주름이 자글자글한 긴 얼굴이었고 말랐었다. 순간적으로 몸속으로 아드레날린이 흘렀다. 누군가를 만났을 때 그런 경험은 처음이었다. 남자는 나의 반만 했는데 얼굴에 미소를 띠고 정중하게 자신을 소개했지만, 그런데도 뭔가 무서운 느낌이 들었다. 나는 그가 밟아야 할 법적 절차를 알려주고 소송의 다양한 측면을 얘기해 주었다. 그 자리를 떠나면서 나는 뭔가 잘못되었다는 느낌을 떨쳐 버릴 수가 없었다. 전에는 느껴 본 적이 없는 어떤 것이었다. 나는 수면 부족 때문일 것으로 생각하고 그 느낌을 무시했다.

남자는 한 번도 전화를 하거나 자기의 사건에 대해 무언가를 부탁한 적이 없었다. 여러 면에서 그는 완벽한 의뢰인이었다. 선급으로 변호 비용을 냈고 내가 알아서 일하도록 내버려 두었으니까 말이다.

그런데 한번은 법정에서 검사석 근처에 검은 양복을 입은 남자가 있는 것을 보았다. 그는 검사와 짧게 얘기를 나누고는 법정을 떠났다.

나는 검사에게 누구냐고 물어보았다. 그는 헤이그 국제 형사 재판소에서 나온 수사관이라고 했다. 나의 의뢰인 문제로 거기 온 것이었다. 검사의 설명으로는 나의 의뢰인은 1990년대의 세르비아 전쟁 때 전범으로 수배된 인물이었다. 그는 가정집에 침입하여 남자들을 살해하고 여자와 아이들을 성폭행한 다음 고문하고 난도질하여 살해한 암살단의 책임자였던 것이다. 그가 폭행하고 살해한 가장 어린아이는 6개월 된 영아였고 최고령자는 83세였다고 했다. 그가 개입하여 살해한 사람들의 수는 수천 명에 달할 것으로 추정되었지만 정확한 수는 영원히 알지 못할 것이다.

그러자 내가 경험한 느낌 ― 그 한기, 아드레날린, 목에 곤두선 털들 ― 이 설명이 되었다. 내 몸은 내 머리가 인식하지 못한 어떤 것을 내게 말해주고 있었다. 나는 악의 현존을 목격했던 것이다.

악은 어디에나 있다. 한국이든 일본이든, 이집트나 이탈리아, 아니면 미국이든, 어느 곳을 막론하고 사악한 인간들은 다를 바가 없다. 착한 사람들은 한 사람 한 사람이 저마다 다 다르지만 사악한 인간들은 절대 그렇지 않다. 그들에게는 영원히 변하지 않는 어떤 것이 있다.

여러분이 이제 읽을 책은 악에 관한 이런 생각에서 영감을 얻은 것이다. 현대 심리학은 이제 악을 이야기하는 대신 비정상적인 행동을 유발하는 어린 시절의 기억과 뇌의 손상을 말한다. 그러나 그러한 유기적 기원은 방에 한기를 흐르게 하지 못한다. 내가 뭔가 위험한 순간에 직면해 있다고 나에게 경고하지 못한다.

범죄 소설을 쓰는 작가로서 나는 인간성에 깃든 악의 근원을 이해하는 데 매진해 왔다. 우리 모두에게는 죽음을 향한 파괴적 충동이 있는 듯하다. 그러나 누군가는 그 충동의 고삐를 푸는 쪽을 선택하는 반면 다른 사람들은 그 충동을 제어해 내는 것이다.

　이 책의 한국어판이 나와서 책을 사랑하는 한국의 독자들이 나의 작품을 공유하게 된다니 무척 설레고 기대된다. 우리는 각기 다른 문화와 배경 속에서 살아가지만, 우리에게는 다른 점보다 닮은 점이 더 많다. 그중 한 가지를 말하자면, 우리는 세상에 빛을 비추기보다는 어둠을 몰고 오는 사람들에게 사로잡힌다는 것이다. 그런 사람들을 이해하지 못한다면 그들을 멈추게 할 수 없기 때문에 그들을 탐구하는 것은 충분히 가치 있는 일이다. 우리가 이 세상을 떠날 때 우리가 알던 것보다 조금이라도 더 나은 세상을 만들고 사람들의 생명을 구하려 한다면 그들의 마음속을 탐험해야 할 것이다.

　이 탐험이 내가 경험했던 것만큼 여러분의 마음을 사로잡는 흥미로운 여정이 되기를 바란다.

2021년 8월
라스베이거스에서
빅터 메토스

우리에게 의식으로 드러나는 것은 무의식이라는 불길 속에서 한 번 깜박인 불꽃에 지나지 않는다. 우리의 의식 밑에는 공포의 숲이, 칠흑 같은 악의 숲이 자리하고 있다. 아주 드물게 어떤 사람들의 마음속에서 이 유령 같은 어두운 충동들의 고삐가 풀린다. 그리하여 괴물들이 심연에서 기어 올라온다.

_『무의식적 충동의 정신병리학』**니콜라스 H. 라그랑**

1

조던 루소는 조수석 문을 열어젖히고 달리는 차 밖으로 몸을 던졌다.

아스팔트에 부딪힌 맨다리가 뜨겁게 타는 듯한 느낌이 제일 먼저 급습했다. 무릎과 허벅지가 긁혀 피부가 벗겨지면서 통증이 온몸을 타고 흘렀다. 마치 불길에 휩싸인 것만 같았다.

땅바닥이 숨길을 막아버려 그녀는 비명조차 지를 수 없었다. 피범벅이 된 입에서는 피 맛이 났고 충격으로 부러진 이들에 쓸려 혀끝이 껄끄러웠다.

그녀는 일어나 앉아보려 했다. 그러자 온몸이 칼에 찔린 것 같이 극심한 통증이 밀려왔다. 갈비뼈가 부러진 게 아닐까 싶었다. 하지만 그녀는 고통으로 움찔거리면서도 어떻게든 몸을 일으켜 앉았다.

그녀는 주위를 돌아보았다. 멀고 먼 네바다 사막 깊숙한 이곳에는, 투명하게 푸른 하늘과 붉은 바위들, 모래 언덕, 그리고 몇 마일이나 이어져 있는 선인장들 말고는 아무것도 없었다.

앞쪽에서 끼이익 소리가 났다. 차가 급제동을 거는 소리였다.

"안 돼." 그녀가 내뱉은 말은 울음에 가까웠다.

발에 힘을 싣자 오른쪽 다리가 바로 무너져내렸다. 그녀는 고통을 견디면서 자신을 부여안고 다시 일어섰다. 그리고 제일 가까이 있는 모래 언덕 맞은편 커다란 암반층을 향해 절룩거리며 걸어갔다.

뒤를 돌아보던 조던은 차 운전석에서 그가 내리는 것을 보았다.

"안 돼, 안 돼…."

그녀는 달려보려 애를 썼지만 두 번 발을 헛디디며 휘청거렸다. 지금 그녀는 어머니를 생각하며 울고 있었다. 여기서 죽는다면 그 큰 집에 온전히 홀로 남을 어머니, 어머니는 그녀에게 일어난 일을 결코 알아내지 못할 것이다.

암반층 가까이 있는 바위 하나에 다다르자 곧 다리가 풀렸다. 그녀는 바위에 몸을 부딪쳤고 거기에 기대어 균형을 찾으면서 뒤쪽으로 힘겹게 움직여갔다. 바위들 틈으로 작은 공간이 있었다. 트인 구멍은 크지 않지만 어쩌면 충분할지도 몰랐다….

그녀는 네 발로 엎드려 작은 구멍에 몸을 밀어 넣었다. 바위에 피부가 벗겨져 나가고 다친 갈비뼈가 으스러졌다. 통증이 너무 극심해서 그녀는 터져 나오는 비명을 참으려 입을 틀어막아야만 했다.

공간은 벽장 정도의 넓이였다. 그녀는 바위 사이로 몸을 끼워 넣어 기댄 채 위를 올려다보았다. 큰 바위들 사이의 좁은 틈으로 햇빛이 비쳐 들었다. 그녀는 덜덜 떨리는 손을 주머니에 넣어 휴대폰을 꺼냈다. 화면은 산산조각이 나 있었지만 전원은 켜져 있었다.

"제발." 그녀는 소리죽여 읊조렸다. "제발, 제발, 제발…."

통신 신호는 전혀 잡히지 않았다. 그녀는 119를 눌렀지만 신호는 가지 않았다. 수화기 저편의 침묵은 그녀에게 남은 마지막 힘을 앗아가 버렸다.

바깥의 모래 위로 발자국 소리가 쿵쿵 울렸다.

그녀는 숨을 멈추고 입을 막았다. 오줌이 바지를 적시고 상처로 피투성이가 된 다리로 흘러내렸다. 눈은 눈물범벅이었다.

12

손 하나가 구멍으로 쭉 뻗어 들어와 그녀의 발목을 잡았다.

"안 돼! 도와주세요! 제발, 누구 나 좀 도와주세요!"

거칠게 끌어내는 힘이 얼마나 강했던지 다리가 골반에서 빠지는 것만 같았다. 그녀는 뭐라도 움켜잡으려 바닥을 손으로 긁었지만 손가락 사이에 잡히는 것은 부서져 내리는 모래뿐이었다. 그녀는 순식간에 뜨거운 태양 속으로 끌려 나왔다. 비명을 지르는 그녀 위로 그림자가 덮었다.

2

비명소리가 법정의 침묵을 가르고 울려 퍼졌다.

피고인 도널드 버로우가 변호인석을 가로질러 돌진해오자 제시카 야들리는 증인석에 등을 기대었다. 증오로 똘똘 뭉친 그의 분노가 야들리의 눈에 들어왔다. 일순간, 모두가, 심지어 변호인조차도 얼어붙었다. 아무도 그를 막지 못하고 있었다.

그러나 순식간에 통상적인 절차가 재개되었다. 법원 경위 한 사람이 버로우의 허리로 달려들어 그를 넘어뜨렸다. 또 다른 법원 경위가 그의 위로 뛰어올라 등을 무릎으로 누르고 팔을 등 뒤로 꺾어 올렸다. 그러자 그가 무기로 쥐고 있던 펜이 손에서 떨어져 내렸다.

야들리는 숨을 내쉬었다. 그녀는 자신이 숨을 멈추고 있었다는 사실조차 깨닫지 못하고 있었다.

판사가 재판 봉을 탕탕 두드리며 정숙을 요구했다. 야들리는 증언대에 선 어린 여성을 돌아보았다. 버로우의 창고에 이틀 동안 갇혀 있다가 겨우 탈출하여 경찰에 전화를 건 고등학생이었다. 그 아이는 손에 뭉쳐 쥔 휴지를 만지작거리면서 덜덜 떨고 있었다. 야들리는 그 아이의 손을 잡고 말했다. "저 사람은 다시는 널 해치지 못해."

판사가 크게 소리쳤다. "변호인과 검사는 앞으로 나오세요."

야들리와 마틴 샐린저가 판사에게 다가갔다. 판사가 마이크를 끄고 말했다. "샐린저 씨. 신청이 있으시군요."

"이 재판은 명백히 무효가 되어야 합니다. 판사님. 저 장면을 보고 난 이상 배심원단이 절대 불편부당할 수가 없으니까요."

야들리는 눈썹을 치켜올렸다. "동의하지 않습니다." 그녀는 말했다. "「오리건주 대 케네디 소송」*에서 대법원은 무효재판은 검사나 판사의 선입견이 작용한 행위에 대응하여 피고인을 보호하기 위한 것이지 피고인 자신의 행위로부터 피고인을 보호하기 위한 것이 아니라고 명시한 바 있습니다. 그렇지 않다면 재판이 불리하게 흘러갈 때마다 피고인이 펜으로 누군가에게 덤벼들기만 해도 새로 재판을 받을 수 있게 되겠죠."

판사가 고개를 끄덕였다. "야들리 검사 말이 맞습니다. 기록을 다시 써서 이 내용을 기재하도록 합시다."

"존경하는 재판장님." 샐린저가 간청했다. "차라리 제 의뢰인을 이제 포승줄로 묶으시는 게 낫겠습니다. 배심원단이 불편부당하게 될 방법이 없으니까 말입니다."

"그러면 그에게 다음에는 배심원단 앞에서 사람들을 공격하지 말라고 말해 보시죠." 야들리가 말했다.

"저는 결정을 내렸습니다, 샐린저 씨. 항소는 얼마든지 하셔도 됩니다. 이제 자리로 돌아가 주십시오."

하루 동안 휴정이 선언되자 샐린저가 통로 건너편에서 몸을 기울

---

* 1982년 절도 혐의로 재판 중인 케네디에 대한 증인 신문 과정에서 검찰이 케네디를 사기꾼이라고 한 것에 대해 피고 측이 검찰의 선입견이 작용하였다는 것을 근거로 무효재판을 이끌어낸 소송이다. 이후 케네디는 항소에서도 일사부재리의 원칙을 적용하여 승소하였으나 대법원에서 판사, 또는 검사가 의도적으로 무효재판을 이끌어낸 것이 아니라면 일사부재리가 적용되지 않는다는 판결을 내렸다.

여 왔다. "사전 형량 조정은 여전히 가능한 상태인가요?" 그가 말했다. "30년?"

"그래요."

"그럼 30분만 시간을 주시죠. 사전 형량 조정을 여전히 허용해 줘서 고맙군요. 많은 검사들은 그러지 않는데 말이오."

"저는 보복을 하는 사람이 아닙니다, 마틴. 믿지 않겠지만, 제가 여기 있는 건 그의 권리를 보호하기 위해서이기도 해요."

바로 그때 휴대폰 진동음이 들렸다. 그녀는 손을 들어 샐린저에게 조금 기다려달라는 신호를 보냈다. 눈을 내려 발신자를 본 순간 버로우가 자신에게 달려들던 때보다 더 심하게 심장이 덜컥 내려앉았다. 딸의 학교였다.

그녀는 전화를 받았다. "타라가 이번에는 무슨 일을 저질렀나요?"

"정말이지 교감 선생님과 말씀을 나눠보셔야겠어요." 고등학교 행정실 데니스의 목소리는 화가 나 있었지만 동시에 그녀를 불쌍히 여기는 마음이 배어 있었다. "타라는 지금 교감실에 있어요. 이리로 오실 수 있나요?"

"알겠습니다. 30분쯤 걸릴 거예요."

그녀는 가죽 서류 가방을 들어 올리며 나가려고 일어섰다. 그때 법정 뒤쪽에서 짙은 양복을 입은 남자 두 명이 어슬렁거리는 것이 보였다. 한 명은 바지 앞에 달린 고리에 투명 포장된 FBI 명찰을 걸고 있었다. 권총을 소지하고 법정을 드나들기 편하게 하기 위해서일 것이다. 그는 어깨까지 오는 장발에 수염이 덥수룩했다. 그녀가 알기로 라스베이거스 지부장이 수차례 그 덥수룩한 수염에 대해 잔소리를 했음에도 그는 지금 그 수염을 영광의 배지처럼 달고 있는 것이었다. 케이슨 볼드윈은 그녀에게 여러 번 'J. 에드가 후버랑 그의 멋쟁이 졸

개들 코를 납작하게 만들어 버려."라고 말했었다.

볼드윈과 함께 있는 남자는 키가 작고 땅딸막한 히스패닉계였다. 오른팔에는 부분부분 지워진 오래된 타투의 희미한 반점이 눈에 띄었다.

"저 여자애를 교회 밖에서 차로 유인한 것과 그 뒤에 한 일로 30년이라고?" 그녀가 다가가자 볼드윈이 말했다. "아무리 봐도 이건 종신형감인데."

그녀는 미소 지었다. 그는 오래전에 그녀와 짧게 사귀던 때와 여전히 똑같은 모습이었다. "정의는 모든 사람에게 동등하게 적용돼. 그렇지 않으면 아무에게도 적용되지 않는 거지. 난 그에게 선고의 기제대로 형량을 정한 거야."

"초범이니까 그런 형량이 나온 거지. 하지만 그래도 그놈은 인간쓰레기야."

"그도 다른 모든 사람과 마찬가지로 자신의 권리가 있어. 그 권리를 내가 앗아가지는 않을 거야."

볼드윈은 씩 웃었다. "당신은 언제나 가슴이 따뜻한 사람이었지." 그는 같이 온 사람을 쳐다보며 말했다. "이쪽은 오스카 오티즈야. 오스카, 여기는 제시카."

오티즈는 막 문자가 왔는지 손에 든 휴대폰을 내려다보며 말했다. "안녕하세요."

야들리는 도널드 버로우의 가족들이 법정 문을 나가려고 그녀의 옆을 지나자 걸음을 옮겨 옆쪽으로 물러섰다. 대부분은 그녀를 쳐다보지 않았다. 하지만 그의 어머니는 그녀를 똑바로 바라보며 붉게 젖은 눈으로 말했다. "당신에게 아들이 있다면 그 아들이 똑같은 일을 당해서 철창 속에서 죽어가는 걸 안다는 게 어떤 건지 당신이 느끼길 바라."

야들리는 아무 말 없이 그들이 다 나가기를 기다렸다.

"어휴, 아무 말이나 다 하는군." 그들이 떠나자 오티즈가 말했다. "당신 아들한테 신을 열 받게 하지나 말라고 해, 그러면 아무 일도 안 당할 테니까."

볼드윈은 한순간 그를 쳐다보더니 야들리 쪽으로 몸을 돌려 말했다. "이야기 좀 할 수 있을까?"

"아니. 타라 학교에서 방금 전화가 와서 가봐야 해."

"잠깐이면 돼."

"지하 주차장에 차를 세워 뒀으니까 가는 동안 얘기하면 될 것 같은데."

"아니. 아무도 없는 데서 이야기하고 싶어. 그럴 수 있으면 말이야. 진짜 얼마 안 걸려."

오티즈 역시 굳은 표정이었다. 야들리는 두 사람을 번갈아 바라보았다. 별것 아닌 이야기라면 전화로도 할 수 있을 것이다. 볼드윈이 직접 여기 왔다는 것은 그녀가 원하지 않는 어떤 것을 부탁하려 한다는 뜻이다.

"좋아. 그렇지만 몇 분밖에 못 내줘."

✦

라스베이거스 2번가 연방 법원은 강철과 유리로 지어진 4층짜리 사각형 건물이다. 어떤 직원들은 그 건물을 보그 큐브(Borg Cube)라고 부르지만 야들리는 그게 무슨 뜻인지 몰랐다.

검사 접견실은 널찍했다. 안에는 밤색 원목 테이블들이 있고 종려

나무가 줄지어 서 있는 거리를 향해 창이 나 있었다. 야들리는 자리에 앉아 가방을 바닥에 내려놓았다. 오티즈가 문을 닫았다.

"그러니까 그린 스트리트 납치범을 잡아넣었군 그래." 볼드윈이 말했다. "굉장한 사건 하나를 해결한 거네. 버로우가 누구를 죽이는 방향으로 가지 않았으니 그 이웃들은 운이 좋아."

"그 아이가 탈출할 방법을 찾은 걸 높게 사줘야지. 케이슨, 나한테 부탁할 걸 그냥 말해."

"뭘 말이야?"

"나한테 뭘 부탁하고 싶은데 내가 거절할까 봐 전전긍긍하고 있잖아. 이 오후 시간에, 내가 너무나 집에 가고 싶어서 어쩌면 그냥 편의상 승낙할 수도 있다는 걸 아니까 여기 직접 찾아온 거잖아. 그러니까 시간 낭비하지 마. 그냥 부탁해."

그는 헛기침을 하고서 오티즈에게 눈길을 주었다. 오티즈는 그녀가 그토록 쉽게 그를 간파하는 것에 감탄한 듯했다. 볼드윈은 자신의 아이패드를 열어서 그녀에게 넘겨주었다.

침실에 있는 한 쌍의 남녀 사진이었다. 사진은 침대 발치에서 찍은 것이었다. 여자는 긴 금발 머리에 검은색 탱크톱과 초록색 팬티 차림이었고 옆의 남자는 검은색 트렁크 팬티 차림이었다. 두 사람 다 고개를 떨구고 있었다. 흰색 이불 커버는 검은 피로 물들어 있었다. 머리 위의 벽에는 동맥에서 뿜어져 나온 피가 흩뿌려져 있었다. 마치 신이 난 아이가 페인트 통을 들고 뿌려 놓은 것 같았다. 야들리는 그들의 목이 길게 베여 있다는 것을 알았다.

한 줄기 냉기가 그녀의 몸을 타고 흘렀다. 그녀는 조용히 숨을 들이켰다. 두 남자가 그 소리를 들었는지는 알 수 없었다. 그녀는 이런 장면을 이전에 본 적이 있다. 그것도 여러 차례. 그 기억들은 시간이

지나면서 놀라울 정도로 옅어지고 흐릿해져 갔다. 그러나 지금, 한순간에 그 수많은 기억이 그녀에게 밀려왔다. 가장 선명한 것은 전남편 에디 칼의 기억, 그가 자신들의 원룸 아파트 부엌에서 그녀의 앞에 서 있던 장면이다. 바깥에서는 사이렌이 울려 퍼지고 있었다. 특수 기동대의 군화 소리가 2층을 향해 계단을 쿵쾅거리며 휘몰아쳐 오고 있었다. 만삭인 그녀의 어깨에 손을 얹고 그가 부드럽게 말했다. "정말 미안해. 그만두려고 했었어."

그것이 그들이 주고받은 마지막 말이었다. 그 말들이 16년 전의 과거에서 그녀의 마음속에 되살아나고 있었다. 마치 지금 막 들려온 것처럼.

"소피아 딘과 아드리안 딘이야." 볼드윈이 말했다. "한 달 전에 노스 라스베이거스에 있는 자신들의 집에서 발견되었지." 그는 잠깐 말을 멈췄다. "아이가 둘 있어. 세 살, 그리고 일곱 살. 아침에 그들을 발견한 게 그 아이들이야. 자기 부모에게 그 일이 일어나는 동안 그 애들은 자고 있었지. 그 말은—"

"이걸 왜 나한테 보여주는 거지, 케이슨?" 그녀가 말했다.

그는 오티즈를 한번 보고는 아이패드를 다음 사진으로 넘겼다. 옷이 아니었다면 거의 같은 사진이었을 것이다. 긴 금발 머리가 침대에서 고개를 떨구고 있다. 이번에는 흰색이 아닌 회색 이불이다. 남자는 농구 팬츠, 그리고 전에는 흰색이었을 티셔츠를 입고 있다.

"라이언 올슨과 오브리 올슨. 두 달 전에 유타주 세인트 조지에 있는 자신들의 집에서 발견됐어. 알아챘을 테지만 핏자국 패턴이…"

"훨씬 심하군." 아이패드를 그에게 다시 밀어주며 그녀가 차갑게 말했다.

"그래."

"당신이 왜 이 사진들을 나한테 보여주는 건지 여전히 이해가 안 되는데."

볼드윈과 오티즈는 서로를 잠시 쳐다보았다. 오티즈는 그 자리에 있는 것이 불편한 것 같았다.

"제시카, 우리는 이게 에디의 모방 범죄라고 생각해. 당신의 도움이 필요해."

3

야들리는 올슨 부부의 사진을 다시 내려다보았다.

그들은 목과 어깨에서부터 팔, 그리고 등까지 피범벅이 되어 있었다. 오브리의 머리칼은 피가 엉겨 붙어 어두운색이 되어 있었다. 라이언의 머리는 옆으로 살짝 기울어져서 허공을 향해 있는 텅 빈 한쪽 눈이 보였다. 그녀가 자라난 산타 모니카에서 가끔씩 열리던 여름 노천 시장에 나온 생선의 눈깔 같았다.

"이건 우리 부서 일이 아니잖아. 체포한 사람이 있으면 당신이 조사하고 그런 다음—"

"아니, 체포한 사람은 없어. 사실… 뭔가 진척될 만큼 나온 게 없어."

"아무것도 못 건졌어요." 오티즈가 끼어들었다.

볼드윈이 사진을 내려다보았다.

'아이패드를 뒤로 돌리지도, 화면이 꺼지게 두지도 않고 있군.' 그녀는 생각했다. '내가 계속 보기를 원하는 거야. 그는 지금 절박해.'

"오스카 말이 틀린 건 아냐." 볼드윈이 말했다. "우린 아무것도 없어. 내가 없다고 하면 정말 없다는 뜻이야. 성폭력도 없었고, 침입 흔적도 없었어. 없어진 것도 아무것도 없어. 첫 번째 사건을 놓고 노스라스베이거스 경찰청은 모든 가능성을 열어 놨어. 돈을 날린 동업자가 한 짓일 수도, 복수일 수도, 두 사람 중 하나가 바람을 피우고 있던 상대일 수도…. 하지만 세인트 조지 경찰서의 누군가가 그 현장을 보고 알아차린 거야. 그가 경찰청에 전화를 걸어 경찰청에서 그렇게 알게 된 거고. 그래서 우리가 전화를 받게 된 거야. 나는 처음에는 그 살인의 특징을 깨닫지도 못했어. 그러다 어젯밤에 연방 청사에서 딘 부부의 사진 몇 장을 판에 꽂는데 어디선가 본 기억이 나더라고. 에디의 현장 사진들을 꺼냈지. 그랬더니 현장의 모습이 거의 똑같았어."

"거의?"

"여자들은 벌거벗은 상태가 아니었어. 그건 분명해. 성폭력이 없었으니까. 그리고 범인은 떠나면서 침실 문을 닫았어. 에디는 한 번도 그러지 않았지." 그는 테이블 위에 손을 얹고서 손깍지를 꼈다. "제시카, 이 사건에 당신의 도움이 필요해. 에디의 사건을 당신보다 더 잘 아는 사람은 아무도 없잖아."

야들리는 에디 칼의 최종 항소심 기일이 곧 정해질 것이고 그러면 사형 집행일이 잡힌다는 것이 생각났다. 차라리 이미 집행되었다면 좋았을 것이다.

"농담이겠지." 그녀는 볼드윈을 쳐다보며 말했다.

"나는 에디 칼에 대해 마지막까지 아무것도 몰랐던 사람이야. 그리고 이건 우리 부서 일이 아니잖아, 케이슨. 수사관은 당신들이지. 당신들이 뭔가를 알아내서 조사하고, 그래서 나한테 사건이 배당되면 내가 살펴볼 거고, 그러면 우리가 일을 하게 되겠지. 당신들이 누군가를 체포하거나 혐의점이 있는 인물이라도 찾아내지 않는 한 내가 할 수 있는 일은 하나도 없어. 그런데 대체 당신들이 이 사건을 왜 맡은 거지? 강간이 없었다면 연방 범죄도 아니잖아. 지역 경찰더러 처리하라고 해."

"아드리안 딘은 마약 단속국의 시스템 정보 관리자였어. 책상에 앉아서 코딩과 프로그래밍을 하고 다른 사람들을 교육시키는 일들을 했지만 엄밀히 따지면 그는 연방 수사국의 일원이었고. 그래서 내가 이 사건을 맡기로 했어. 내 생각에 올슨 부부 사건을 같은 사건으로 추가할 수 있을 것 같아. 그리고….." 그는 잠시 틈을 두고 말했다. "그리고 누구든 다음 대상이 되겠지."

그녀는 침묵을 지키면서 아무런 동작도 하지 않으려 했다. 그러나 위가 꼬이면서 똘똘 뭉치고 땀이 나기 시작했다. 검찰은 마초적인 가부장제 조직이다. 연방 검사로 일하는 내내 그녀는 그들 누구에게도 티끌만 한 약점도 보이지 않으려고 기를 쓰고 노력했다. 50살에 은퇴하여 지금은 레스토랑 사장이 된 그녀의 한 여성 상관은 "감정을 드러내면 넌 그냥 신뢰할 수 없는 감성적인 여인이 되어 버려. 감정을 드러내지 않으면 넌 신뢰할 수 없는 차가운 쌍년이 되는 거고. 선택은 자네가 해야지."라고 충고해 준 바 있었다.

"뭔가가 있어, 제시카." 볼드윈이 말했다. "이렇게 완벽하게 깨끗한 현장은 한 번도 들어본 적이 없어. 현장 감식반을 시켜 열두 시간 동안 그곳을 샅샅이 훑었어. 아무것도 없었어. 어떤 종류의 칼날을 사용했는지조차 알 수가 없어. 놈이 그걸 숨기려고 상처를 찢어 넓게 벌려 놨기 때문이야."

오티즈가 덧붙였다. "이번 사건들은 3주 간격으로 일어났어요. 그러니까 다음 번까지 대략 2주 반이 남은 셈이죠. 놈이 더 속도를 내거나 뭐 다른 상황이 생기지 않는다면 말이에요. 그러니까 제 말은, 놈이 그냥 그만둘 수도 있다는 거죠. 하지만 우린 그렇게 생각하지 않아요. 맞죠? 제 말은, 이런 유형의 일을 당신은 알 거라는 거예요."

"내가 **안다고?**"

볼드윈이 두 사람을 번갈아 휙휙 쳐다봤다. "이 친구 말은 그런 뜻이 아니야. 단지 당신의 학력과 경험으로 볼 때 뭔가 도움이 될 직관 같은 게 당신한테 있을 거라는 뜻이지."

그녀는 이제 허탈하게 웃었다. "당신들을 도울 수많은 박사들과 심리학자들이 있어. 내가 필요할 리 없잖아."

"물론 그들은 돕고 싶어 하지. 도움을 줘서 뉴스에 자신들의 얼굴이 나오기를 원하니까. *그놈을 잡기 위해서가 아니라.*"

야들리는 가방을 들고 일어섰다. "미안해. 난 수사관이 아니고 검사야. 혐의점이 있는 사람을 찾아서 영장이 필요하면 나한테 알려줘. 그게 아니면 난 도울 수가 없어."

그녀는 방을 나왔다. 문이 닫히는 소리가 들릴 때까지 기다렸다가 그녀는 한 손을 벽에 대고 머리를 기댔다. 마치 모래를 뚫고 숨을 쉬려는 것처럼 그녀는 힘겹게 공기를 빨아들였다.

에디 칼.

그는 화가이자 조각가였다. 물감으로 얼룩덜룩한 티셔츠와 청바지를 항상 입고 있는, 그런 타입의 남자였다. 그녀는 그의 그런 점을 사랑했다. 다른 사람들이 자신을 어떻게 생각하는지에 대한 그 무심함을. 그녀는 그런 점에 매료되었다.

나중에야, 그가 저지른 살인들이 수면에 떠올랐을 때에야 그녀는 그 무심함이 그가 의식했던 어떤 것이 아니었음을 깨달았다. 진실로 그는 다른 인간들이 그 자신의 경험과는 별도로 존재한다는 것을 믿지 못했다. 그들에게 그와는 별개의, 자신들의 의견과 감정이 있다는 것을 믿지 못했다. *게네는 그냥 길이가 좀 더 긴 돼지들이야.* 에디는 언젠가 미술 비평가들에 대해 그렇게 농담을 했었다. 그가 던진 그 말이 모든 인간에게 적용되는 것이었음을 그녀는 이제 알고 있다. 자신이 가슴으로 받아들였던 그 남자에게 그녀 역시도 그저 좀 더 길이가 긴 돼지로 보였던 것일까?

그녀는 눈을 감고 깊은숨을 두 번 들이마셨다. 그리고 눈을 뜨자 벽의 합판이 가만히 그 자리에 있었다. 법원을 나서는 길에 법원 경위 한 사람이 그녀에게 저녁 인사를 했다. 그녀는 그 인사를 못 들은 척 앞만 똑바로 바라보고 있었다.

4

화이트 샌즈 고등학교는 유리와 강철로 지어진 새 건물이었다. 현대적인 외관의 학교를 원했던 카운티 정부는 융자를 받아 최신 애플 컴퓨터들을 갖춘 컴퓨터실 몇 개와 공공도서관이 무색해질 수준의 도서관을 포함한 부속 시설 일체를 갖춘 학교를 지었다. 행정실로 가는 현관 벽에는 포스터들이 붙어 있었다. 뮤지컬과 연극 공연 소식들, 그래픽 디자인과 학생들의 작품들, 곧 있을 댄스파티 공지들이었다.

야들리는 자신의 고등학교 시절을 생생하게 기억하고 있었다. 아버지는 그녀가 열세 살 때 어머니와 그녀를 버리고 집을 나갔다. 어머니는 그걸 이겨내느라 거의 날마다 술을 마셨다. 어머니는 정규직에서 비정규직으로 옮겨갔고 결국에는 직장을 잃고 생계 급여에 의지했다. 야들리는 열네 살에 식료품을 봉투에 담는 일과 길가에서 과일을 파는 일 등을 하기 시작했다. 고등학교는 그녀에게 그런 현실에서 잠시 벗어나 초서를 읽거나 흥미진진한 해부학을 공부할 수 있는 유일한 공간이었다. 그녀는 친구가 거의 없었고 그녀에게 관심을 보인 남자아이들은 더더욱 없었다. 그러나 그녀는 자신의 처지에 만족했다. 식료품 가게에서 저녁 근무를 마친 후 밤 공부를 하던 때, 실업 급여를 다 날리고 술집에서 집으로 돌아온 어머니를 보살피던 때가 좋았다.

그녀의 어머니는 야들리가 열여덟 살 때 죽도록 술을 마시다가 세상을 떠났다. 장례식 날 내리던 그 차가운 빗줄기를 그녀는 기억한다. 자신이 모아둔 돈을 마지막 한 푼까지 다 써야 했던, 그리고 자기 외에는 아무도 나타나지 않았던 장례식이었다. 그녀는 어딘가에 사는 이모에게 부고를 보냈다. 이웃들 중 어떤 이가 야들리에게 필요한 것이 없냐고 물어봐 주었다. 그걸 빼고 나면, 그녀의 어머니는 이 세상에 존재한 적이 없는 것 같았다. 긴 세월을 살고도 누구 하나 기억해주는 이가 없는 존재라는 생각을 하면 야들리는 뼛속까지 몸서리가 쳐졌다.

행정실에서 그녀는 교감을 찾았다. 그러자 직원이 그녀를 뒤쪽으로 데리고 갔다. 그곳 복도에 타라가 앉아 있었다. 눈으로 모든 것을 조용히 빨아들이면서. 그 눈을 피해 갈 수 있는 것은 하나도 없을 것이다. 야들리는 어쩌다 한 번씩 그 깊은 사파이어색 눈을 보며 살짝 놀라곤 했다. 그녀가 아는 한, 그토록 파란 눈을 지닌 다른 사람은 단한 명뿐이었다. 타라의 아빠.

금테 안경을 쓰고 나비넥타이를 맨 호리호리한 남자가 책상에서 일어나 그녀와 악수를 했다. 코디 잭슨이었다. 그는 모녀 두 사람 다그의 사무실로 들어오라고 했다. 야들리는 타라가 일어설 때 휘청이는 것을 보았다. 알코올 때문에 균형이 무너지면서 몸이 천천히 원을 그리는 그 동작, 딸은 음주 측정 테스트를 받았다면 단속에 걸릴 것이었다. 경찰이 음주 측정을 할 때 주로 쓰이는 롬버그 평형성 테스트 말이다.

"무슨 말씀을 드려야 할지 모르겠습니다." 자리에 앉자 야들리가 말했다.

잭슨은 고개를 끄덕이고는 타라에게 시선을 고정했다. "화학 선생님이 알코올 냄새가 나는 걸 느끼셨어요. 타라를 데려왔을 때 아이는 많이 흥분한 상태였습니다. 한순간 우리는 타라가 폭력을 쓸지도 모른다고 생각했지만 그 대신 아이는 복도에서 토하고 말았어요. 제가 따님을 보건실로 보내 지금까지 있게 했습니다. 보건 교사는 구급차를 부를 상황은 아니라고 판단했지만 그럼에도 저는 막 부르려던 참이었습니다."

야들리는 딸을 쳐다보았다. 타라는 그녀를 보지 않았다.

"지금은 대낮이야, 타라."

타라는 어깨를 으쓱했다.

"술은 어디서 났어?"

"친구가."

"친구 누구?"

아이는 또다시 어깨를 으쓱했다.

야들리는 타라의 턱을 들어 올려 딸이 자기를 쳐다보게 했다.

"친구, 누구냐고."

타라는 얼굴을 돌렸다.

야들리는 잭슨 쪽으로 몸을 돌려 말했다. "이런 일은 다시는, 정말 다시는 없을 거예요. 제가 약속드릴게요. 딸 아이는 이런 일을 다시 벌일 방법이 없을 겁니다. 남은 학기 동안 제가 외출을 금지시킬 것이고 휴대폰도 정지시킬 거니까요."

타라가 고함을 쳤다. "뭐라고! 절대 그럴 수 없어!"

"나를 봐." 야들리가 조용히 말했다.

타라는 팔짱을 끼고 고개를 저었다. "엄마는 쌍년이야."

야들리는 속에서 화가 끓어오르는 것을 느꼈다. 얼굴까지 뜨거워졌다. 그러나 그녀의 경직된 턱 근육이 아니라면 그녀가 어떤 반응을 보이는지 아무도 알지 못할 것이었다.

"교감 선생님, 딸 아이는 어떤 처벌을 받게 되나요?"

"타라는 화가 나서 선생님을 거의 칠 뻔했습니다. 정학 3주가 적절하다는 게 제 생각입니다. 또, 하루는 직원과 함께 방과 후에 복도 청소를 해야 합니다. 타라가 엉망으로 만들어 놓은 걸 직원들이 처리하느라 고생한 만큼 그걸 보상해야 하니까요. 또한 타라의 학생부에 이 사실을 기록해야 하고, 학교로 복귀하면 근신 기간이 있을 것입니다. 원칙적으로는 제가 퇴학을 시킬 수도 있습니다만 따님의 학업성적이 워낙 뛰어나기에 기회를 주는 겁니다."

야들리는 타라가 공부를 하지 않는다는 것을 알고 있었다. 타라는 강의 몇 개만 듣고도 시험에서 우수한 성적을 거두었다. 아이의 지적 능력은 경이로우면서 동시에 불안정했다. 다섯 살 때 아이는 저녁 식사 자리에서 하이젠베르크의 불확정성 원리를 야들리에게 설명했었다. 일곱 살 때 야들리는 아이가 집 발코니에서 니체를 읽고 있는 것을 보았었다.

몇몇 교사들은 아이를 몇 학년 월반시키거나 영재 학교에 보내야 한다고 했지만 야들리는 거절했다.

한 번씩, 타라의 지적 능력을 생각하면 야들리는 서늘한 기운이 등을 타고 흐르는 느낌이 들곤 했다. 야들리에게 학교는 재미있기는 하지만 어마어마한 양의 공부로 기억되는 곳이다. 타라의 지적 능력은 자기 아버지로부터 물려받은 것이다. 에디 칼은 IQ가 175였다.

"타라," 잭슨 교감이 말했다. "밖에서 기다려주겠니?" 아이가 나가자 그는 말했다. "저 아이는 이곳에 맞지 않습니다, 어머니. 맥콤 선생이 하루는 저 아이가 수업시간에 뭔가를 긁적거리는 걸 보고 그림을 그리고 있다고 생각했답니다. 하지만 타라는 벡터와 스칼라 수학 문제를 풀고 있었다는 겁니다. 그게 뭔지 검색을 해봤지만 저는 아직도 그것들을 이해하지 못합니다. 게다가 타라는 이미 우리가 제공하는 AP 수업들을 다 끝냈고 받을 수 있는 대학 학점도 모두 다 받은 상태입니다. 여기는 저 아이 같은 애가 도전할 게 없습니다. 타라가 이상 행동을 하는 것은 지겨워서 그런 겁니다. 영재 학교에 가거나 아니면 바로 대학 시험을 치는 게 필요합니다. 아마도 대학원 과정이 맞을 것 같습니다."

야들리는 고개를 가로저었다. "저희 집 사정을 아시잖아요. 딸아이가 평범한 삶 근처라도 갈 수 있도록 하는 데만도 너무 긴, 정말 너무 긴 시간이 걸렸어요. 선생님, 저는 아이가 어떤 식으로든 자신이 따돌림당한다고 느끼게 만들고 싶지 않습니다. 선생님이 말씀하신 것들을 제가 한 번도 저 아이에게 해 주지 않은 이유가 바로 그 때문이고요. 더구나 저 아이는 태어나서 처음으로 친구들이 생겼어요. 타라는 다른 어떤 곳으로도 가고 싶어 하지 않아요."

교감은 한숨을 쉬더니 양손을 책상 위에 포갰다. "저 아이같이 우수한 지능을 가진 사람에게는 두 가지 길이 있습니다. 사랑과 지원을 받는 가운데 적절한 지적 도전이 이루어진다면 알버트 아인슈타인이나 스티브 잡스가 되지요. 지루함을 느끼고 뭔가 즐길 거리를 찾는 쪽으로 마음이 떠난다면 어떤 사람이 되냐면—"

"에디 칼을 말씀하시는 거라면—"

"아니오." 그는 손을 저으면서 말했다. "저는 빌리 맥커러스 얘기를 하려던 참이었습니다. 저희 집 근처 식당 바깥에서 구걸을 하고 있는 걸 제가 몇 번 본 적이 있는 양반입니다. 그는 철학 교수였지요. 발음도 하기 어려운 무슨 이론인가를 연구하던 사람인데 지금은 약물 재활 센터와 감옥을 드나들고 있습니다. 그의 마음은 두 번째 길로 가버린 거지요. 타라는 도전이 필요한 아이인데 제가 가진 자원은 타라에게 도전 거리가 안 됩니다."

야들리는 고개를 끄덕였다. "전화 주셔서 감사합니다. 교감 선생님. 다시는 이런 일이 일어나지 않도록 하겠습니다." 그녀는 일어섰다. 그리고 교감실 밖으로 나온 순간 타라에게 말했다. "가자."

차에 타자 야들리는 손을 내밀었다. "휴대폰."

"엄마, 아까 제가 한 말 죄송해요. 그건 그냥―"

"휴대폰."

타라는 머뭇거리더니 이윽고 주머니에서 휴대폰을 꺼내서 건네주었다. 야들리는 휴대폰을 가방에 넣었다. 그녀는 한마디도 하지 않고 집으로 차를 몰았다. 타라는 가는 내내 팔짱을 끼고 있었다.

현관 앞 진입로에 차를 대고 나서야 야들리가 물었다.

"케빈이니?"

"그런 건 안 중요해요."

"나한텐 중요해. 누구였어?"

"내가 그 애한테 갖다 달라고 했어요. 그 애 생각이 아니었다고요."

"그 애는 그걸 어떻게 구했지?"

타라는 아무 말도 하지 않았다.

"타라, 분명히 말하는데, 나는 FBI에 있는 친구한테 전화해서 오늘 케빈을 조사하라고 할 거야. 미성년자에게 술을 제공한 일은 조사 대상이야.

타라는 그녀를 말없이 쳐다보았다.

야들리는 휴대폰을 꺼내 전화를 걸기 시작했다.

"잠깐만요, 엄마. 하지 마세요. 그 애가 곤란해지는 건 싫어요."

"그 애는 이미 곤란한 상황이야. 누구냐고?"

"그 애의… 그 애의 아빠."

"그 애 아빠?"

아이는 고개를 끄덕였다. "그 애 아빠는 그렇게 무사태평한 사람이에요."

야들리는 고개를 내저었다. 그녀는 숨을 내쉬고는 말했다. "난 다시 일하러 가야 해. 넌 집에 있어. 어떤 친구도 와서는 안 되고 내 허락 없이 나가선 안 돼. 만약 네가 나한테 미리 물어보지 않고 나간다면 외출 금지는 두 학기로 늘어날 거야. 그리고 네 휴대폰은 쓰레기통에 던져 버릴 거야. 알겠니?"

아이는 고개를 끄덕이고는 자기 방으로 갔다.

"그리고 타라? *한 번만 더* 나한테 쌍년이라고 하면 넌 학교를 관두고 홈스쿨하게 될 거야. 열여덟 살이 돼서 집에서 나가기 전까지 다시는 네 친구들을 보지 못할 거고. 무슨 말인지 알겠어?" 타라는 고개를 끄덕였다. "말을 해. 알아들었어?"

"네, 알겠어요." 아이는 밖으로 나왔다가 문을 쾅 닫았다. 야들리는 잠시 동안 관자놀이를 문질렀다. 눈 뒤에서 두통이 밀려오고 있었다.

때때로 그녀는 타라에게 에디 칼의 특성들이 있을지도 모른다는 사실을 떠올려야만 했다. 그러나 그 아이는 그와는 전혀 달랐다. 중요한 모든 면에서, 그리고 누가 봐도 야들리의 딸이라는 것이 분명한 면들에서도 그와는 전혀 달랐다.

타라가 방 안으로 들어가자 야들리는 깊은숨을 내쉬고는 차를 몰고 집을 빠져나왔다.

5

야들리는 지금 맡고 있는 사건들에 집중하려 해 보았지만 그녀의 마음은 창백한 살갗에 들러붙은, 피로 물든 옷을 입고 침대에 누워 있던 부부에게로 끊임없이 흘러갔다. 올슨 부부는 서로가 죽어가는 모습을 지켜봤을까, 아니면 둘 중 한 사람이 먼저 즉사했을까, 야들리는 생각에 잠겼다.

태양이 넘어가는 시간에 그녀는 집으로 향했다.

네바다주 화이트 샌드는 그녀가 일하는 라스베이거스 시내의 법원과 연방 정부 청사에서 40분 거리에 있었다. 야들리는 집과 직장이 서로 얽히지 않을 만큼 충분히 멀리 떨어진 곳에 살고 싶었다.

그녀의 집은 계곡이 내려다보이는 언덕배기에 있었다. 햇빛이 최대한 많이 들어올 수 있도록 벽들은 모두 두꺼운 유리였다. 텅 빈 광활한 사막이 동네를 병풍처럼 둘러싸고 있었다. 청명한 밤이면 더 멀리 라스베이거스 스트립의 형광색 불빛들이 보였다.

그녀는 단층 주택으로 걸어 들어갔다. 요란한 음악 소리가 타라의 방에서 흘러나오고 있었다. 야들리는 아이의 방문을 살짝 돌려보았다. 문은 잠겨 있었다.

야들리는 노크를 하려 손을 올렸으나 곧 다시 내리고 말았다. 그렇게 하는 게 무슨 소용이 있을까?, 타라는 그녀보다 더 똑똑하고 고

집도 더 세었다. 아이는 아마도 원망하는 마음을 영원히 품고 살지도 모른다. 야들리는 아들도 과연 딸만큼 키우기가 어려울까, 하는 생각이 들었다.

으깬 감자를 곁들인 꽃게 요리 두 접시와 와인 한 병을 내려다보며 웨슬리가 주방에 서 있었다. 그는 폴로 셔츠 차림이었다. 금빛 손목시계가 지는 해에 비쳐 반짝거렸다. 거북스럽지 않은 테네시 억양으로 그가 말했다. "힘들었어?"

그녀는 서류 가방을 내려놓고 주방 아일랜드 테이블 앞 높은 의자에 앉았다. 웨슬리가 몇 달 전에 집으로 들어온 이후 그녀는 매일같이 집밥을 먹는 호사를 누리고 있었다. "응, 게다가 점점 더 자주 그럴 것 같아." 그녀는 한숨을 내쉬었다. "타라가 어울려 다니는 남자애가 마음에 들지 않아. 그 애는 믿음이 안 가."

그는 으깬 감자에 고명을 얹으며 어깨를 으쓱했다. "당신 어머니는 그 나이 때 당신 남자친구들을 믿어 줬어?"

"우리 어머니는 술집에 죽치고 앉아 계시느라 내가 남자친구가 있는지도 모르셨는걸." 그녀는 그레비 소스를 손가락으로 푹 찍어내어 핥았다. "타라는 바깥 세상이 어떤지 몰라. 남자들이 자기를 쳐다본다는 게 뭔지도. 그 애는 사람들이 진짜 어떤지를 이해하지 못한단 말이야."

그는 그녀의 손에 입을 맞추었다. "*당신*은 훌륭한 어머니야. 그리고 *저 아이*는 까칠하긴 하지만 훌륭한 아이고. 속태우지 마. 게다가 어떤 사람이 될지는 스스로 선택하는 거잖아, 안 그래? 저 애는 올바른 선택을 할 거야. 그냥 애한테 시간을 좀 줘. 자 이제 꽃게가 식기 전에 얼른 먹자."

◆

그들은 발코니 테이블에 앉아 사막을 내려다보았다. 태양은 지고 별들이 그 자리를 차지했다. 광대한 칠흑 속에 반짝이는 물결의 향연이었다.

맛있는 화이트 와인과 꽃게를 먹으며 웨슬리는 그녀에게 하루를 보낸 이야기를 해 주었다. 네바다 대학 법학 교수인 그는 수업을 하고 그 후 몇 시간은 자원봉사 멘토를 하고 법원 내에 아동 보호를 목적으로 만들어진 소송 후견인 실에서 인턴과 젊은 변호사들을 지도하며 하루를 보냈다.

이혼 소송을 다루는 대부분의 소송 후견인들이 유쾌하지 않은 양육권 분쟁 동안 아동을 대변하는 일을 하는 데 반해 웨슬리는 부모 둘 다 아이를 데려가기에 적합하지 않은 소송 건들만을 다루었다. 부모 모두 양육권을 갖기에 부적합하다고 간주되면 그가 사실상 후견인이 되고 아이에게 무엇이 최선인지, 그러니까 친척과 사는 것이 나을지 아니면 위탁 보호에 맡기는 것이 나을지 법원이 결정할 수 있도록 조력했다. 힘없고 혜택받지 못하는 사람들을 향한 그의 열정이 야들리가 그와 사랑에 빠진 한 가지 이유였다.

그들은 로스쿨에서 만났다. 웨슬리는 그녀가 2학년 때 법률 정보 조사 수업을 담당했다. 그녀는 그가 흥미로운 사람이라고 생각했다. 그가 잘 생기긴 했지만 — 그 수업에 있던 모든 여학생이 그렇게 생각했다 — 그녀의 마음을 사로잡은 것은 그의 사고방식이었다. 그는 복잡한 문제들을 단순한 요소들로 쪼개어 누구나 이해할 수 있는 방식으로 설명할 줄 아는 능력이 있었다. 야들리에게는 단순함이 최고의 우아함이었다. 그때부터 그녀는 웨슬리 폴 교수가 가르치는 모든 강의를 다 수강했다. 그 학점이 필요하건 아니건 상관이 없었다.

　그다음엔 누구나 아는 뻔한 일들이 이어졌다. 그녀는 그의 조교가 되어 서서히 그에 대해 알게 되었다. 졸업을 한 이후에는 간간이 점심, 저녁을 같이하고 스트레스를 받은 날에는 술도 같이 마시면서 가까이 지냈다. 얄궂게도 얘들리와 케이슨 볼드윈의 데이트가 틀어진 어느 주말에는 옐로우스톤에서 함께 밤을 보내기도 했다. 웨슬리는 소파에서 자겠다고 우겼다.

　하지만 우정이라는 이름으로 그렇게 몇 년을 보내고 난 후 웨슬리는 마침내 그녀가 처녀 적 성을 다시 쓰고, 머리를 짧게 자르고, 한 번도 자신의 과거 이야기를 하지 않았지만, 자신은 그녀가 누구인지 알고 있다고, 에디 칼과의 과거를 알고 있다고 말했다. 그리고 그녀가 그들의 관계를 생각할 수 있는 상태에 이를 때까지 기다려주었다. 그 인내심이 그녀에게는 백 마디 말보다 더 큰 무게로 다가왔다.

　칼을 겪고 난 후 그녀는 다시는 누군가를 사귀지 않겠다고 결심했다. 미소를 지으면서 자신의 마음을 짓이겨 놓을 수 있는 사람에게 다시는 마음을 열지 않으리라고. 그러나 웨슬리는 처음 만났을 때부터 사려가 깊었다. 그는 지적인 사람이었지만 칼처럼 예술이나 건축이 아닌 법과 정치 같은 실제적인 문제에 관해 지적이었다. 에디 칼은 키가 크고 근육질이었던 데 반해 웨슬리는 작고 통통한 편이었다. 그는 많은 점에서 칼과는 극과 극으로 달랐다. 그들은 일 년 전에 데이트를 시작했고 그가 타라와 그녀가 사는 집으로 들어온 것은 아홉 달이 지난 후였다.

　"내 말을 하나도 안 듣고 있네, 그렇지?" 웨슬리가 물었다.

　그녀는 미안하다는 뜻으로 그의 손을 만졌다. "그렇게 티가 나?"

　"무슨 생각을 하고 있는 거야?"

그녀는 한숨을 쉬고는 와인을 한 모금 마셨다. 그리고 앞에 보이는 협곡 도로를 빠르게 내려오는 자동차의 헤드라이트 불빛을 지켜보았다. "케이슨 볼드윈 기억나? 대로변 강간범 사건 때 나랑 같이 일했던?"

그는 고개를 끄덕이고는 신발을 벗어 던지고 의자 깊숙이 몸을 기댔다. "나랑 사귀기 전에 사귀었던 그 친구?"

그녀는 미소 지었다. "그래, 그 사람."

"좋은 남자지. 연방 수사 요원보다는 밴드에서 대마초를 피우는 게 더 어울려 보이긴 하지만 말이야. 밴드에 들어가고 싶은 마음만 있으면 딱 적격일 거야. 근데 그 사람이 왜?"

"오늘 나를 만나러 왔었어." 그녀는 머뭇거렸다. "어떤 일을 좀 도와달라고."

"그래? 흥미로운 사건이야?"

"에디 칼의 모방범이 있다고 생각한대."

웨슬리는 오래도록 말이 없었다. 그 시간이 너무 길어 그녀는 그가 자기 말을 듣긴 한 건가 싶어 그를 쳐다보았다.

"당신한테 뭘 하자는 건데?" 그가 마침내 입을 열었다.

"내가 도와주기를 원해. 노스 베이거스, 그리고 세인트 조지에 살고 있던 두 부부가 있어. 사건은 3주 간격으로 벌어졌어. 그는 일이 더 벌어질 거라고 생각해."

"당신은 검사잖아. 그 일과 무슨 상관이 있어?"

"나도 그렇게 말했지. 그는 에디 때문에 나한테 직관이 있을 거라고 하는 거야."

그가 코웃음을 쳤다. "말도 안 돼. 그 사람한테 집어치우라고 했겠지, 그렇지?"

"물론, 거절했어." 그녀가 생각보다 더 뜸을 들이자 그가 되받아 말했다.

"하지만 그 일이 머릿속에 있군그래."

"아니야."

"아니긴. 당신은 나한테 거짓말을 못 하잖아, 제시카."

그녀는 크게 숨을 내쉬고는 와인 잔에 비친 달빛을 물끄러미 바라보았다. "무언가… 그냥… 나도 모르겠어. 그 일을 더 이상 생각할 필요가 없는데 말이야. 내가 원하면 하는 거고 아니면 마는 거지 뭐. 16년이 지나고 보니까 이제는 그 일을 직시할 힘이 생긴 것 같은 느낌이 들기는 해. 어쩌면 내가 뭔가 기여할 수 있을지도 모르고."

"에디가 당신에게 크나큰 영향을 끼쳤다는 걸 당신은 부인할 테지. 당신은 어떤 선택을 할 때 항상 스스로의 힘으로 해왔다고 생각하겠지만 사람은 자기를 객관적으로 보지 못하는 법이야. 에디를 만나기 전에 당신은 사진작가였는데 그가 체포되고 나서 일 년 뒤에는 법 정신의학 석사 과정을 밟았고 그 뒤에는 로스쿨에 갔지. 그리고 지금 당신은 검사, 그것도 그냥 검사가 아니라 가정폭력과 성범죄 전문 검사가 되었어. 당신은 정말 당신 삶에 일어난 사건이 당신을 지배하지 않는다고 생각하는 거야? 물론 나는 당신의 삶이 반작용이라고 말하려는 게 아니야. 그건 아니지. 나는 당신이 해온 모든 일이 자랑스러워. 당신은 정말 놀라운 걸 이루어낸 거야. 하지만 이건 당신이 마음을 두어야 할 일이 아니야. 이렇게 오랜 시간이 흐른 후 왜 다시 위험을 무릅쓰고 과거로 돌아가려고 해?"

그녀는 와인을 한 모금 삼켰다. "당신은 내 책임이 아니라고 수천 번 말했었지. 심리 치료사도 내 책임이 아니라고 수천 번 말했고, 피해자 가족들도 내 책임이 아니라고 했지…. 그래도 난 책임을 느

꺼. 난 그 사람의 아내였잖아, 웨슬리. 난 그의 **아내**였다고. 여기저기 징후들이 널려 있었는데 나는 눈먼 사람이었어."

"그래, 징후들은 있는 거지만 그 모든 건 나중에야 알게 되는 거야. 뒤늦게 깨닫는다는 게 그런 거지. 그 뒤늦은 깨달음 때문에 당신의 뇌는 인생이 예측 가능한 거였다고 속는 거라고. 하지만 그건 아니야. 에디 칼은 몇 년에 한 번씩 태어나 인간의 모습을 하고 인간처럼 행동하는, 정말 보기 드문 돌연변이야. 그들과 키스를 하며 입술의 감촉을 느끼거나 그들과 말을 나누며 공감받고 있다고 생각하지만 그들의 내면은 텅 비어 있어. 블랙홀이지. 그들은 아예 거기 없는 거야. 당신 입장이었다면 누구라도 당신과 마찬가지였을 거야."

"난 가끔씩 모든 걸 당신이 바라는 대로 억지로라도 믿어 볼 수는 있어. 하지만 그렇다고 그 감정들이 사라지지는 않아. 감정도 일종의 지적 능력이잖아. 감정을 없앨 수 있으면 좋겠어."

"그럼, 이 사건에서 볼드윈을 돕는 건 일종의 복수인 건가? 그런 건 소용이 없어. 그런 걸로 당신이 느끼는 감정을 바꿀 수는 없다고…. 게다가 난 당신한테 어떤 일이 일어날지 두려워." 그는 사막 저 너머로 눈길을 주었다. "어젯밤에 당신은 또 악몽을 꾸더군. 마치 누구랑 싸우기라도 하는 것처럼 몸부림을 치기 시작했어. 겨우 몇 분 동안이긴 했지만 그래도 그랬단 말이지. 당신은 그런 악몽들이 당신에게 뭔가를 말하려는 자기 마음이라는 걸 정말 믿지 않는 거야? 이일을 하면 마음이 편해질 거라고 생각하는 거야?"

그녀는 아무 말도 하지 않았다.

"한 가지만 부탁해도 돼? 심리 치료사에게 이 이야기를 해 볼래? 내 생각엔, 그녀도 나하고 같은 말을 할 거야. 그 일 하지 말라고, 과거로 돌아가지 말라고 말이야."

그녀는 와인을 조금씩 마셨다. 이 사건을 적어도 한번 들여다보기는 하리라 마음먹은 것을 웨슬리는 이미 알고 있는 것이 분명하다는 느낌이 들었다.

저녁 식사가 끝나자 그녀는 볼드윈의 개인 휴대폰으로 전화를 걸었다.

6

볼드윈은 사건 파일들을 그녀에게 이메일로 보내주었고 세인트 조지 경찰청 형사들에게 그녀가 오늘 밤 그곳으로 갈 것이라고 알렸다. 경관 한 사람이 올슨의 집에서 그녀와 만나기로 되었다.

"확실히 마음먹은 거야, 제시카?" 그녀가 차를 운전해 가고 있을 때 볼드윈이 휴대폰 너머로 말했다. "당신이 하고 싶지 않은 일을 시키고 싶지는 않아."

"나한테 이 건을 가지고 왔을 때는 정확히 이렇게 되길 바란 거잖아, 케이슨. 이제 와서 진심도 아닌 동정을 앞세워 뒤로 빼지 마. 하나 더, 난 단지 들여다보기만 할 거야. 당신을 도울지 말지 아직 결정하지 않았다고."

고속도로는 휑했다. 자동차와 트럭 몇 대만이 네바다에서 유타로 가는 협곡을 질주하고 있을 뿐이었다. 낮 시간에 이 길을 달리는 것은 그녀처럼 사막을 좋아하는 사람들에게 멋진 일일 수 있지만 밤에 이 길에는 오직 텅 빈 암흑만이 있을 뿐이었다. 낮의 햇빛 속에 우뚝 서 있던 산들이 이제는 암흑이었고, 어슴푸레 거대한 괴물의 형상이었다.

세인트 조지는 멀지 않았다. 야들리는 올슨의 집을 금방 찾았다. 도시는 붉은 바위산들과 모래 언덕들에 둘러싸인 계곡 아래 평지에 자리 잡고 있었다. 야들리는 그곳이 엄청 커다란 대접 같다고 생각했다.

그 집은 도시가 내려다보이는 절벽 위에 앉아 있었다. 여기서 보면 시내 한가운데 있는 모르몬교 사원의 동쪽 흰색 정면이 보였다.

그녀는 도로 경계석 옆 경찰차 뒤에 차를 세웠다. 차에서 내리자 몸에 꽉 끼는 경찰복을 입은 뚱뚱한 남자가 그녀에게 다가왔다.

"20분째 기다리고 있었습니다." 그가 말했다.

그녀는 연방 검사이기에 엄밀히 말하면 미국 전 영토가 자신의 관할권이었고 연방 법원은 주 법원 위에 있었다. 연방 검사, 그것도 여성 연방 검사가 자기들의 사건에 개입하여, 원한다면 그 사건을 가져갈 수 있다는 사실은 지역 경찰로서는 무언의 긴장감을 유발하는 것이었다.

그녀는 미소를 지었다. "미안합니다. 제가 이 주에 살지 않아서요. 협조해 줘서 고맙습니다, 경관님."

그는 얼굴을 찡그리며 그녀에게 열쇠를 건넸다. "일이 끝나면 경찰서에 갖다주세요. 아니면, 제가 여기서 기다릴 수도 있습니다. 만약 일이 그리 오래 걸리지 않는다면요."

"아마 오래 걸리지 않을 거예요."

사실 얼마나 오래 걸릴지 알 수가 없었지만 그녀는 자신이 집 안에 있는 동안 그가 바깥에 있으면 좋겠다고 생각했다. 자신이 어떤 식으로 반응할지 알 수가 없었기 때문이었다.

"좋습니다, 기다리지요."

야들리는 집으로 향했다. 대부분의 검사들은 자신들이 기소한 범죄의 현장을 방문하는 일이 없다. 많은 검사들은 심지어 피해자들과 말을 하는 일조차 없었다. 그런 일은 사회 복지사와 피해자 변호사가 하는 일이었다. 야들리는 자신이 기소한 사건의 모든 피해자들에게 자신의 휴대폰 번호를 알려주었고 모든 현장을 최소 한 번은 방문했다.

그 집은 푸에블로 원주민 스타일의 황갈색 단층 주택이었고 현관 옆에는 선인장들이 있었다. 사막에 있는 집들이 흔히들 그렇듯 잔디 대신 자갈이 깔려 있었다. 진입로는 차 두 대를 댈 수 있는 차고 쪽으로 길게 이어졌다. 야들리는 현관문을 가로지른 노란 경찰청 테이프를 벗겨서 현관 바닥에 내려놓았다.

집 안의 공기는 후덥지근하고 퀴퀴했다. 3일 동안 창문을 전혀 열지 않았던 것이다. 이제 곧 그들의 가족이 청소 회사를 시켜 범죄 현장을 청소한 뒤 집을 매물로 내놓을 것이다. 유타주의 부동산업자는 집 안에서 살인이나 자살이 일어났을 경우 고객이 직접 묻지 않는 한 그것을 고지할 의무가 없었다. 야들리는 이 집으로 이사를 와서 나중에 이웃들을 통해 여기서 일어난 일을 알게 될 어떤 가족을 생각하니 가슴속에 저릿한 통증이 일었다.

그녀는 불을 켰다. 가구는 현대적으로 세련된 스타일이었고 거실에는 장식품이 거의 없었다. 카펫에는 정전기 분진 복사기가 만들어 놓은 눈에 익은 패턴이 찍혀 있었다. 과학 수사대와 FBI 현장 감식반은 필름 시트지를 깔고 이 분진 복사기를 돌려 물체에 정전기 파동을 보낸다. 그런 다음 부드러운 롤러를 필름 시트지 위로 눌러 굴린다. 카펫에 떨어진 것은 무엇이든, 머리카락, 섬유, 모래, 심지어 먼지나 흙이 묻은 신발 자국까지도 필름 시트지에 흡수된다. 이렇게 해서 발견된 것은 전부 워싱턴에 있는 FBI 증거물 분석 실험실로 보내진다.

이 기계를 사용해서 증거물의 일치점을 발견한 덕분에 수많은 살인, 납치 사건들이 해결된 바 있었다. 사람들은 자신들의 자동차와 집 카펫의 섬유들이 고유의 특징을 가지고 있어서 특정될 수 있다는 것과 그것들이 쉽게 다른 장소로 옮겨간다는 것을 생각하지 못하는 것이다. 일단 혐의점이 있는 인물을 찾아내면 실험실은 범죄 현장에 있던 어떤 섬유라도 그 인물의 차나 집의 카펫과 대조해 볼 수 있다.

과학 수사대는 보통 정체불명의 용의자가 걸어 다녔음 직한 곳에만 필름 시트를 깔아본다. 그런데 여기는 그 카펫 패턴이 구석구석 다 깔려 있었다. 볼드윈은 자기가 현장을 샅샅이 조사했지만 아무것도 찾아내지 못했다고 고백한 바 있었다.

야들리는 휴대폰을 꺼내어 그가 보내준 파일을 열었다. 첫머리에는 세인트 조지 경찰 리포트가, 그리고 격자 탐색*과 혈흔 형태 분석 결과를 포함한 이 사건에 관한 FBI의 살인 기록과 약물 보고서, 부검 보고서가 있었다. 부검 보고서는 아직 일차 보고서이긴 하지만 50장이 넘어갔다.

병리학자들의 최초 결론은 두 피해자 모두 과다출혈로 숨졌다는 것이다. 그들은 다량의 피를 흘렸다. 라이언 올슨의 손에는 손바닥과 손가락들을 가로지르는 여러 개의 자상이 있었다. 그는 아마도 목이 베인 상태에서도 싸우려고 했던 모양이었다.

칼로 생긴 상처의 방향과 칼날의 종류는 밝혀지지 않았다. 볼드윈이 말한 것처럼 정체불명의 용의자가 칼날의 종류를 밝히지 못하도록 상처를 건드린 흔적들이 있었던 것이다. 야들리는 범인이 장갑을 낀 채 범행을 벌였을까, 아니면 맨살로 상처 부위의 매끄러움을 만지고 싶었을까, 궁금해졌다.

---

* 실내외의 넓은 공간을 수색해야 하는 경우 효과적인 수색 방법으로 수색 영역을 가로 행과 세로 열들로 나눈 후 각 행과 열을 차례대로 꼼꼼하게 살피는 것이다.

경찰을 부른 것은 올슨 부부의 이웃들이었다. 올슨의 외동아들인 아이작이 다음 날 부모의 침실 문을 열고서 평생 잊지 못할 최악의 악몽이 되었을 그 광경을 목격한 후였다.

야들리는 휴대폰을 가방에 넣고 주방으로 걸어갔다. 오븐 위에 걸린 두꺼운 나무판에 **'주방은 가정의 심장이다.'**라는 글귀가 적혀 있었다. 그녀는 냉장고를 열었다. 타라가 어렸을 때 그녀가 냉장고에 채워 놓곤 하던 것들, 작은 사이즈의 피자들, 핫도그, 블루베리 와플, 주스 등이 눈에 들어왔다. 그녀는 냉장고 문을 닫았다. 아직은 그 침실로 들어가고 싶지 않았다. 그래서 그녀는 현관 끝에 있는 가족실로 들어갔다. 음향 시스템과 DVD 선반이 딸린 커다란 TV가 있었다. 선반 바닥에 태블릿이 있는 것이 눈에 띄었다. 그녀는 그것을 끄집어냈다. 태블릿은 잠겨 있지 않았고 암호도 없었다. 사탕이나 초콜릿이 묻었는지 끈적거렸다. 아이작의 태블릿이었다. 그녀는 사진과 비디오를 클릭했다. 첫 번째 비디오를 열어 보았다. 부모가 저녁을 만드는 동안 아이의 눈높이에서 찍은 것이었다. 라이언이 오브리에게 잡지에서 읽은 기사 이야기를 하고 있었다. 아이작은 모퉁이에서 살금살금 움직이고 있다. 라이언은 아이를 발견하지 못한 척하며 말을 이었다. "아이작을 할머니, 할아버지한테로 보내 버려야겠어. 방에 어질러 놓은 것들을 치우지도 않잖아. 그러니까 거기서 사는 게 더 나을 거야."

"내 생각도 그래." 오브리가 활짝 웃으며 말했다.

"아빠!" 아이작이 소리를 질렀다.

"뭐야! 아이작, 너 지금 계속 거기 있었니?"

야들리는 미소를 지었다.

라이언이 아이작을 붙잡더니 간지럽히기 시작했다. 아이작은 웃다가 태블릿을 떨어뜨렸다. 녹화가 끊어졌다.

야들리는 태블릿을 제자리에 돌려놓았다. 올슨 가족은 그녀가 알았다면 좋아했을 사람들이었다.

그녀는 숨을 깊이 들이마셨다. 그런 다음 침실로 걸어갔다.

7

야들리는 침실 문밖에 서 있었다. 테두리를 황동색으로 장식한 흰색 양개식 문이었다. 아이작이 아침에 양쪽 문을 열었을 때 보고야 말았을 광경이 머릿속에 그려졌다. 그녀는 양쪽 손잡이를 쥐고 문을 밀어 열었다. 아이도 그렇게 했을 것이다.

방이 안쪽에서 그녀에게 비명을 지르는 것만 같았다.

이불 커버는 분석을 위해 가져가고 없었지만 매트리스는 그대로 남아 있었다. 마르고 난 뒤의 핏자국은 칙칙한 회색이 되어 있었다.

피의 궤적을 다양한 각도에서 표시하는, 노란 숫자가 적힌 자리매김 표식들은 제거되고 없었지만 침대 주변의 카펫은 피가 굳어 딱딱해져 있었다. 피는 천장과 세 면의 벽, 그리고 계곡을 향해 난 창문들에까지 튀어서 흩뿌려져 있었다.

대동맥에서 뿜어져 나온 피를 야들리가 처음 본 것은 에디 칼의 범행 현장에서였다. 그의 체포로 인해 정신이 마비된 것 같은 상태에서 벗어나자 그녀는 억지로 범죄 현장 사진들을 보았었다. 희생된 가족들의 묘지를 찾아가고 살아남은 피해자들의 인터뷰 장면을 보았다. 그녀의 심리 치료사가 나중에 말해 준 바로는 그것은 자기 단죄였다. 야들리는 정신이 분열될 지경에 이르도록 자신을 혹독하게 단죄했다. 그로부터 치유되는 데는 수년이 걸렸다.

볼드윈의 보고서를 보면 조사는 철저히 이루어진 것으로 보였다. 그녀는 구릿빛 핏자국 아래 남아 있는 지문 채취용 자석 가루를 만져 보았다. 이 형광성 가루 역시 손자국이 없었는지 확인하기 위해 볼드윈이 요구한 것임이 틀림없었다. 그러나 정말 모방범이라면 장갑을 끼지 않았을 리가 없다. 그자는 아마도 몸 전체를 면도하고 현장에 머리카락을 남기지 않으려고 모자를 썼을 것이다. 에디 칼이 그랬으니까.

과학 수사로는 이런 자들을 잡을 수 없다.

벽장 속 올슨 부부의 옷들은 마치 시체 안치소의 물건들처럼 보였다. 그 옷들은 차가운 형광등 불빛의 푸르른 기운 아래서 썩어 부패되고 올슨 부부의 몸과 함께 사라질 것 같이 느껴졌다.

야들리는 그런 건 불가능하다고, 자신의 지각이 왜곡되고 있다고 스스로 되뇌어야 했다. 가야 할 시간이라는 뜻이다.

맨 위 선반에는 풀지 않은 장난감 박스들이 있었다.

그녀는 불을 끄고 방을 나왔다. 주방 쪽으로 다시 돌아가다 보니 아이작의 침실이 눈에 들어왔다. 부모의 방에서 열 걸음도 채 떨어지지 않은 곳이었다. 야들리는 아동 지원 센터에서 했던 아이의 면담 기록을 휴대폰 화면에 띄웠다. 아이는 그날 밤 아무 소리도 듣지 못했다고 했다 라이언 올슨은 범인이 다음으로 아이작을 죽일 것이라고 생각했던 걸까, 그래서 피 흘리며 죽어가면서도 그렇게 싸웠던 것일까 하고 야들리는 생각했다.

야들리는 조용히 한숨을 쉬며 아이의 방 안을 들여다보았다.

아이작의 면담 기록 표제에는 아이의 생일이 다음 주로 기입되어 있었다. 그녀는 부모의 방으로 가서 장난감들을 끄집어 내렸다. 모두 세 개였다. 그녀는 집 안의 불을 껐다.

경관이 열쇠를 돌려받고 떠나자 그녀는 현관 계단에 앉아 저 너머 도시를 바라보았다. 고등학교에서 미식축구가 한창이었다. 장내 아나운서의 우렁찬 목소리와 관중들 틈에서 간간이 터져 나오는 응원 소리가 들렸다. 그녀는 볼드윈에게 전화를 했다.

"응." 그가 말했다.

"내일 로이한테 내가 이 사건을 수사하고 싶다고 할게. 재판 일정이 잡힌 게 아직 없고 계류 중인 몇몇 사건들만 정리하면 되니까."

"정말 뭐라고 고맙단 말을 해야 할지 모르겠네, 제시카."

"아이작은 위탁 가정에 머무르고 있을 것 같은데, 그 집 주소를 알고 싶어. 그 애한테 줄 생일 선물이 있거든."

8

다음 날 아침 야들리는 상관인 로이 리우에게 딘 부부와 올슨 부부 사건의 수사를 맡고 싶다고 알렸다. 그는 그러라고 했다.

야들리는 자신이 연방 검사라서 운이 좋다는 것을 알고 있었다. 주 검사는 과다한 업무 때문에 수사나 면담을 도울 수 있는 시간이 없다. 연방 검사는 사건을 골라서 선택할 수 있고 필요한 만큼 시간을 쓸 수 있다. 주 검사가 재판 전에 피해자를 한 번 면담하게 될 수도 있는 반면 야들리는 원한다면 열 번이라도 피해자를 면담할 수 있었다. 그녀는 필요한 증거를 수집하라고 FBI를 파견할 수도 있고 기소가 불필요하다고 여겨지면 사건을 기각할 수도 있었다. 주 검사였다면 그녀는 볼드윈을 도울 시간이 없었을 것이다.

야들리는 시간을 확인했다. 한 시간 내에 세인트 조지 경찰청에서 올슨 부부 사건의 브리핑이 있을 것인데 볼드윈이 그곳에 같이 가겠냐고 물었던 것이다.

그녀는 건물 밖에서 그를 기다렸다.

검은색 무스탕이 앞에 와서 멈췄다. 조수석에는 오티즈가 있었다. 그래서 그녀는 뒷좌석에 탔다. 차에서는 따뜻한 가죽 냄새와 백미러에 걸려 있는 체리 향의 방향제 냄새가 났다.

볼드윈이 뒤쪽으로 몸을 돌려 그녀에게 커피를 건넸다. 그들은 고속도로를 타고 유타주를 향해 속력을 높였다.

"제가 케이슨한테 20달러 내기에서 졌어요." 오티즈가 말했다.

"무슨 내기?"

"당신이 이 일을 하지 않을 거라는 쪽에 걸었거든요. 대부분의 검사들은 자기들이 필요하지 않으면 과외의 일은 맡지 않으니까요."

✦

세인트 조지 경찰청은 언덕에 지어진 사각형 벽돌 건물로, 업무용 빌딩들에 둘러싸여 있었다.

내부는 깨끗했다. 인구 밀집 도시에 있는 수많은 경찰서의 유치장에서 들리는 수감자들의 거친 고함소리 같은 것이 여기는 없었다. 커다란 방 안에 스무 명의 경관들이 학교 교실에서 쓰는 반쪽 책상에 앉아 있었다. 반장과 경사 한 사람이 앞에 서 있다가 볼드윈과 오티즈에게 악수를 했다. 야들리는 눈에 띄지 않으려고 벽에 몸을 기대었다.

"자, 모두 자리로." 배가 불룩 나온 덩치 큰 반장이 말했다. "여기 오티즈 요원과 볼드윈 요원이 오늘 올슨 부부 사건을 논하려고 우리 청에 오셨습니다. 이분들이 말씀을 시작하기 전에 한마디만 하겠소. 여러분 중 몇몇이 이 사건을 연쇄 살인범의 짓이라고 하는 걸 들었소. 나는 이 사건에 관해 어디서도 그런 말이 들리지 않길 바랍니다. 내 말 알겠습니까? 연쇄 살인범이 돌아다니고 있다는 공포심을 사람들이 절대 갖지 않도록 해야 합니다. 이 사건은 어둠의 카사노바가 벌인 살인이 아니란 말입니다. 언론이 아는 한, 우리의 보고서가 말해 주는 한, 현재 이 사건은 미제 살인사건이오. 그게 다요." 그는 볼드윈에게 고개를 끄덕였다. "볼드윈 요원, 뭐 좀 알아내신 게 있습니까?"

어둠의 카사노바. 야들리는 그 말을 실로 오랜만에 들었다. 그것은 에디 칼의 별명이었다. 에디의 잘생긴 외모 때문에 『로스앤젤레스 타임스』의 기자가 만들어낸 말이었다. 그 기자는 에디가 제임스 딘을 닮았다고 했다. 제임스 딘이 스물네 살보다 더 오래 살았더라면 말이다.

그녀는 그가 체포된 후 나온 신문의 헤드라인을 기억한다. 「어둠의 카사노바와 그의 금발 미녀, 현대판 보니와 클라이드」, 신문에는 그녀와 칼이 몇 해 전 해변에서 휴식을 취하고 있던 사진이 실렸다. 그녀는 그 신문을 본 후 햇볕에 그을린 살갗을 벅벅 문지르며 샤워를 했던 기억이 났다.

볼드윈이 앞으로 나갔다. 양복 상의를 열어젖힌 채 손을 엉덩이에 얹었기에 45구경 권총이 드러나 보였다. 그는 일부러 그렇게 한 것이다. 경찰은 총기 문화이고 가지고 있는 총이 자신을 말해준다. 45구경의 큰 총은 그들에게 *'내 물건이 너희들 것보다 더 커'*라고 말해 주는 그의 방식이었다.

"현재로서는 별 진척이 없는 상황입니다. 이 사건에 어둠의 카사노바 사건이라는 이름을 붙여서는 안 된다는 유뱅크스 경위의 말에 저도 동의하는 바입니다. 어둠의 카사노바 2세라는 말이 소문으로 돈다고 들었습니다. 그것은 모욕적 언사이고 어쩌면 이자를 열받게 해서 더 빨리 행동하도록 만들 수도 있습니다. 이 사건이 어둠의 카사노바가 저지른 학살과 많은 점에서 같은 특징들을 갖고 있고 그래서 이게 사실상 모방 범죄가 아닐까 추정하면서 수사를 하고 있지만 그럼에도 불구하고 아직은 그 점이 대중에게 알려지지 않았으면 합니다. 때때로 모방범은 자신이 모방범이라는 것을 깨닫지 못합니다. 그런데 뉴스에서 그 비슷한 말이 나오면 그들은 전술과 방법을 바꿉니다. 우리가 자신에 대해 지금까지 아무것도 모르고 있다고 그자가 생각하게 만들어야 합니다."

앞에 있던 한 경관이 손을 들었다.

"네, 클라크 경관."

"우리는 그자가 어떻게 집 안으로 들어갔는지 모르는데요. 그 점에 대해 알아내신 게 있습니까?"

"추측은 하고 있습니다. 타당한 추측인 건 분명하지만 추측은 추측일 뿐이죠. 잠금장치도, 창문도 파손되지 않았지요. 그날 낮이나 밤에 주변을 어슬렁거리는 사람을 본 이웃들도 아무도 없고요. 이 지점에서 우리는 그가 열쇠를 갖고 있었든지, 아니면 더 가능성이 큰 것으로는, 만능열쇠를 갖고 있었을지도 모른다고 생각합니다. 만능열쇠는 온라인 이색 쇼핑몰에서 살 수 있고 이 세상의 자물쇠 열이면 아홉이 이걸로 열립니다."

"경보음은요?"

"경비업체에 확인해 봤는데 저녁 8시 27분에 가짜 경보가 울렸어요. 오브리 올슨이 경비업체의 확인 전화를 받고 그냥 경보가 울렸다고, 그렇지만 자기들은 집에 있고 아무 문도 열리지 않았다고 했답니다. 경비업체는 그녀에게 현관문을 점검해달라고 했습니다. 경보가 울린 곳이 거기였기 때문이죠. 하지만 그녀는 자기가 문 근처에 계속 있었고 아무것도 보지 못했다고 말했습니다. 우리의 가설은 정체불명의 용의자가 현관문에 달린 연결선을 끊는 바람에 경보가 울렸을 거라는 겁니다. 신용카드나 칼날 같은 걸 센서 사이에 넣었을 수도 있고, 아니면 만능열쇠로 문을 아주 살짝 열었을 수도 있지요. 올슨 부부의 주의를 흐트러뜨리려고 말입니다. 그러고는 집을 한 바퀴 돌아 차고 쪽 문으로 들어갑니다. 거기에는 센서가 없었어요. 대부분의 사람들이 차고 안에 있는 문에는 센서를 달지 않지요. 사망 시각은 자정 무렵입니다. 그러니까 그는 차고나 집 안 어딘가에서 4시간 가량 숨어 있었던 거지요. 우리는 아직 이러한 일련의 일들이 어떤 의미를 갖는지 모릅니다. 부부가 잠들 때까지 그냥 기다렸다가 그때 차고 문으로 들어가는 게 훨씬 수월했을 텐데 말이죠. 그러니까 제 장황한 말은 한마디로 왜 경보음이 울렸는지에 관해 우리가 여전히 연구하고 있다는 겁니다. 경관. 현재로서는 분명히 알 수 없으니까요."

다른 경관이 말했다. "강간은 없었다는 게 확실한가요? 제 말은, 사람들이 그런 일은 숨길 수 있다는 뜻입니다."

"네, 올슨의 아내나 딘의 아내에게는 어떤 성폭행의 흔적도 없었습니다. 이 점이 이 모방범과 에디 칼의 주요한 차이입니다."

"제 말은, 그렇다면 왜 이런 일을 벌였을까요? 이 자식들은 죄다 미친 변태들 아닌가요?"

볼드윈이 말했다. "제 생각에는 그 질문에 대한 답변은 연방 검찰청에서 나오신 야들리 검사가 더 잘해주실 것 같습니다. 또한 우리가 뭘 찾고 있는 건지도 대략 설명해 주실 수 있고요. 야들리 검사는 법의학과 임상심리학 석사 출신으로 성범죄들을 기소한 경력이 있으므로 우리의 이번 수사에 귀중한 자산이 될 것입니다. "

야들리는 그가 자신의 학력과 경력을 언급한 것은 남자 경관들에게 자신의 권위를 세워주기 위해서였음을 알고 있었다. 그런데도 그녀는 경관들 앞에서 발언해달라고 그가 요청하지 않기를 바랐었다. 누가 이 일을 저지른 건지, 그녀는 그들에게 해줄 수 있는 말이 없었다.

그녀는 앞으로 걸음을 옮겼다. "우리는 보통 살인 그 자체가 성적인 행위라고 믿곤 합니다. 이런 사건에 대해 불과 십 년 전까지만 해도 프로파일러들은 그 정체불명의 용의자가 성불구자일 가능성이 크다고 했겠죠. 순전히 정신 신체 상관적인 병증이 있거나 아니면 어떤 부상으로 발기 부전이 생겨 괴로워하는 사람이라는 거지요. 칼은 그의 성적 기능을 대리하는 거고요. 아마도 그는 30대 초반에서 후반인 백인으로, 알코올 중독자거나 약물 남용자이고 매우 높은 지능의 소유자겠지요."

그녀는 질문을 한 경관을 한번 쳐다보았다. "그런 식의 프로파일링은 질병 관리청에서부터 WHO에까지 축적된 방대한 양의 데이터를 통해 오류라는 것이 입증되었습니다. 이 사람들이 왜 그런 짓을 저지르는지 우리는 정말 알지 못한다는 게 진실입니다. 가장 최근의 연구에서는 유기적 기원설을 제시하고 있습니다. 예를 들어 편도체, 이건 뇌에서 감정 조절을 담당하는 부분인데요, 이 편도체의 기형이 성적, 폭력적 충동이 잘못 발화되게 만든다든지, 하는 겁니다. 어떤 이론에 따르면 이런 남자들은 성과 폭력이 동일한 것이라고, 정말 말 그대로 믿는다고 합니다."

그녀는 볼드윈을 흘낏 쳐다보았다. 그는 그녀를 보고 있었다.

"그 반대쪽에는 하버드 의대의 정신의학 교수 사트 박사가 있습니다. 이분은 폭력성 정신 병리학의 세계 최고 권위자이실 겁니다. 이분은 기원은 유기적이지 않다고 생각합니다. 이 남자들은 확실히 자기의 의지로 그런 짓을 행한다는 거지요. 그리고 그들은 자신의 행위와 자기 자신을 능숙하게 분리해 생각한다는 겁니다. 그들은 다시 말하지만, 정말 말 그대로, 자신들이 안겨준 고통을 제3자로서 보고 있다고, 자신들은 그런 짓을 한 사람이 아니라고 믿는다고요. 수많은 연쇄 성폭행 살인범들은 '어둠의 목소리'가 자신들에게 그렇게 하라고 속삭였다는 말을 합니다. 양쪽 이론 모두 가해자는 대개, 물론 항상 그런 건 아니지만, 지능이 높다고 합니다. 이것이 그들을 잡기가 그토록 어려운 이유이고요."

"뭐라고요?" 머리를 빡빡 민 다른 경관이 말했다. "그놈이 똑똑하다고 생각하세요?"

"과학 수사적 측면에서 볼 때 범죄 현장은 한 점의 오점도 없습니다. 자기가 그 집에 들어갈 때 차고 근처에 아무도 없도록 하기 위해서건, 아니면 어떤 다른 목적으로 논리적이고 체계적인 사고를 보여주고 싶어서건, 어쨌건 경보를 울려 부부를 딴 쪽으로 유인한 것은 똑똑한 짓이었죠. 저는 그가 엔지니어거나 의사 같은 기술 전문직이나 의료계 종사자라 해도 놀라지 않을 겁니다. 이렇게 복합적인 사고를 보여주는 연쇄 살인범들은 그런 배경에서 나오는 경우가 많으니까요."

반장이 말했다. "다음 범행을 저지르기 전에 그자를 찾으려면 두어주 정도가 남았다고 생각하십니까?"

"이번 두 건의 살인이 3주 간격이기는 했지만 보통은 주기가 짧아지는 경우가 흔히 있습니다."

"그게 무슨 뜻이죠?"

"이런 유형의 연쇄 살인범은 주기적으로 살인을 한다는 겁니다. 여섯 단계가 있는데요. 첫 번째는 몽상 단계입니다. 이 단계에서 살인범은 현실에서 괴리되어 오로지 마음속 환상의 세계에 살기 시작합니다. 이 환상 속에서 그는 탐색 단계로 나아갑니다. 이 단계에서 그는 희생자를 열심히 찾기 시작하죠. 그다음은 유혹 단계인데 이때 그는 어떻게 희생자를 쉽게 제압할 수 있는 곳으로 유인할지 계획을 세

옵니다. 그러고 나면 납치 단계로 넘어가는 것이고 이 경우에는 가택 침입이 되는 거죠. 다음으로 실제 살인 단계가 오고 마지막으로는 살인이라는 정점을 지난 후의 심한 우울 단계가 옵니다. 연쇄 살인범이 우울 단계에서 자살한 많은 사례들이 있습니다."

"그래, 뒈져 버려라. 자, 희망을 가지자고." 경관들 중 한 명이 킬킬거리며 말했다.

야들리는 웃어 보였다. 그런 식으로 깨끗하게 이 사건이 해결된다면이야 얼마나 마음이 놓이겠는가. 하지만 그렇지 않을 것이다. 이자 같은 괴물들은 자신들의 병든 삶에 미친 듯 절박하게 매달리기도 한다. 에디 칼이 잡힌 후에 했던 행동이 그것을 증명한다.

그녀의 생각이 눈에 보이기라도 한 듯 또 다른 경관이 손을 들었다. "검사님은 에디 칼의 전 부인이지요, 아닙니까?"

경관들은 일제히 침묵했다. 모든 눈이 그녀에게 고정되어 있었다.

한 번씩, 최고가로 사진을 팔아넘기는 파파라치들이 그녀 앞에 나타나곤 했고, 그러면 그녀의 사진이 또다시 돌아다니곤 했다. 식료품 가게에 들어가는 자신의 사진 위에 「프랑켄슈타인의 신부」라고 써놓았던 헤드라인이 떠올랐다. 바로 그 기사를 그녀의 노트북 컴퓨터로 타라가 읽고 있었었다.

야들리는 살갗에 꽂힌 그들의 시선을 느낄 수 있었다. 돌아서고 싶었지만 간신히 참아야만 했다.

"네, 그렇습니다."

"그래서 검사님이 이 사건을 맡은 건가요? 이런 사건을 너무나 잘 알고 있으니까 말이죠."

"제가 여기 온 건," 그녀가 말했다. "이 사건이 연방 검찰청에서 제가 다루는 종류의 일이기 때문입니다."

"그래도 검사님은 이 자식이 이런 일을 하는 이유에 대해 드는 생각이 있으시겠죠? 그런 사람과 결혼한 적이 있으니까요."

볼드윈이 무언가 말을 하려고 했지만 야들리가 먼저 말을 했다.

"모방범의 정신 병리학은 그들이 모방하는 범죄자들과는 굉장히 다릅니다. 모방범은 우리가 연쇄 성폭행범이라 간주하는 자라기보다는 스토커에 더 가깝습니다. 그들에게 살인은 목적을 위한 수단이지만 진짜 성적 가학자에게는 살인 그 자체가 목적이거든요. 그러므로 저의… 과거가 이 사건에 영향을 미치지는 않을 것 같군요. 우리는 그냥 전통적인 훌륭한 경찰 수사를 통해 그를 잡아야만 할 것입니다"

볼드윈이 말했다. "그래서 바로 우리가 가지고 있는 모든 것을 서로 공유하는 것이 중요합니다. 누가 뭘, 언제 했는지에 관해 우리가 끝없이 논쟁을 거듭하게 될 수도 있다는 것을 압니다. 저는 이 일에 공을 세우는 데 관심이 없습니다. 서류에 제 이름이 들어갈 필요도 없고, 그런 것을 바라지도 않습니다. 저는 여러분 중 누군가가 그를 잡거나, 아니면 그가 자살하거나, 아니면 벼락이라도 맞기를 바랍니다. 뭐라도 상관없습니다. 저는 단지 그자가 멈추게 되기를 바랍니다. 그러니까 제발, 제발, 제발, 어떤 단서라도 독차지하지 마십시오. 이 개자식을 잡아서 놈이 끝장나는 꼴을 봅시다."

여러 명의 경관들이 연신 고개를 끄덕였다. 반장이 그를 이어받아 몇몇 질문들을 처리했다. 그들은 올슨 부부의 이웃들에 대한 탐문에 다시 나설 것이었다. 정체불명의 어떤 사람을 본 이웃이 있기를 희망하면서 이번에는 몇 블록 더 떨어진 곳까지 갈 것이었다.

야들리는 그래 봤자 소용없다는 것을 알고 있었다. 칼은 밤에만 움직였다. 집을 나서기 전에 그는 그녀에게 키스하면서 영감이 떠올라서 작업실에 가서 그림을 그려야겠다고 말하곤 했다. 한번은 그의 어머니가 밤늦게 전화를 했기에 둘이서 에디가 얼마나 열심히 일을 하는지 얘기를 주고받았었다. 그녀는 지금도 타라가 할아버지, 할머니를 뵐 수 있도록 해마다 칼의 목장으로 아이를 데리고 갔다. 그녀는 칼의 어머니도 그때의 대화를 떠오르면 아릿하게 구역질이 날까 궁금했다.

그는 한 가족을 난도질해 놓고 얼마나 많이 내가 있는 침대 속으로 기어들었던가? 내가 쓴 바로 그 욕조에서 피를 씻어 내고 침대에 들어오기 전에 샤워부터 했던 걸까?

욕조 속에 벌거벗은 자신의 몸 위로 검붉은 피가 뒤덮여 넘치는 하나의 영상이 마음속을 비집고 들어왔다.

야들리는 손이 떨리는 것을 감지했다. 그녀는 양손을 꽉 잡고서 아래로 내렸다. 아무도 보지 못하게.

브리핑이 끝났다. 경관들이 줄지어 나가는 동안 반장은 오티즈와 볼드윈과 악수를 하고 야들리에게 목례를 했다.

"성범죄자 명단은 체크했어?" 야들리가 볼드윈에게 물었다.

"노스 라스베이거스에서는 전원을 면담했고 오늘 워싱턴 카운티를 시작하려던 참이야."

등록된 성범죄자들은 연쇄 살인 사건에서 잠재적 용의자의 원천이었다. 한 지역에서 전원을 조사하려면 엄청난 수의 인력이 필요했다. 하지만 지역 경찰이 이를 연쇄 살인범의 짓이라고 이름 붙임으로써 대중이 공포에 휩싸이는 일을 막을 수 있었던 것은 FBI의 자원과 인센티브 덕분이었다. 그녀는 이렇게 하는 것이 우선이라 믿어 의심치 않았다.

"내가 돕고 싶어." 그녀가 말했다.

그는 그녀를 한동안 바라보았다. "진심이야?"

"그래."

"제시카, 그럴 필요는 없는데⋯."

"나 괜찮아, 케이슨."

그는 그녀를 조금 더 바라보더니 말했다. "오스카가 순찰 경관 몇몇과 얘기를 나눈 뒤 몇 시간 내에 나갈 거야. 나는 지부장과 회의가 있어. 근황 보고를 해야 해서. 그러고 나서 당신들 둘과 합류하도록 할게." 그는 잠시 말을 멈추고 줄지어 나가는 경관들 쪽을 흘깃 쳐다보았다. "당신이 이 사건을 맡을 수 없는 지점이 생긴다 해도 전혀 부끄러워할 것 없어. 어떤 사건보다 당신의 정신 건강이 우선이야."

"그가 모방범이라면, 그렇다면 에디는 자기가 저지른 살인만큼이나 이번 살인 사건들에 책임이 있어. 예전에는 내가 할 수 있는 일이 하나도 없었지만 지금은 아니야."

볼드윈은 손을 주머니에 넣었다. 그의 윗입술이 아랫입술을 덮고 있었다. 어떤 일을 곰곰이 생각할 때 버릇처럼 나오는 동작이었다. "좋아, 그렇지만 잊지는 마. 이자는 에디 칼이 아니라는 걸. 그리고 당신은 이번 사건의 피해자들에게 아무것도 빚진 게 없다는 걸 말이야."

"아이작 올슨에게 그렇게 설명해 줘."

9

저녁까지 그녀와 오티즈는 8건의 면담을 진행했다. 야들리는 허리가 아팠다. 그리고 배가 고팠다. 대부분의 성범죄자들은 타당한 알리바이가 있었고 집에 혼자 있었다고 말한 몇 안 되는 이들은 야들리가 머릿속에 그렸던 그림에 맞지 않았다. 사건이 일어난 날 밤의 인터넷 사용 내역과 휴대폰 데이터가 확인된다면 그들 역시 혐의가 풀릴 것이다.

그녀는 오티즈가 마음에 들었다. 차를 타고 가는 동안 그는 갓 태어난 자신의 딸과 경찰에 들어오게 된 경위에 대해 많은 이야기를 했다. 그 이야기를 들으면서 그녀는 볼드윈의 어린 시절과 그의 어머니가 살해된 사건에 관해 그가 자신보다 더 많이 알고 있는지 궁금해졌다. 그러나 그는 볼드윈이 그런 이야기를 한 번도 한 적이 없다고 했다.

그날의 마지막 면담을 하러 가는 길에 차 안에서 오티즈는 "제가 진짜 여쭤보고 싶어 죽을 것 같은 게 있는데요, 여쭤봐도 괜찮은지 아닌지 모르겠네요."라고 말했다.

"그래요? 당연히 괜찮죠. 어서 말해 봐요."

"에디 칼이요. 한 번이라도 뭔가 이상하다고 느껴본 적이 없나요? 그런 남자들 주변 이웃들한테 물어보면 모두 똑같은 말을 하거든요.

뭔가 그냥 이상했다고. 하지만 그게 뭔지는 도저히 말을 못 하는 거죠. 저는 그냥 궁금해요. 왜냐하면 우리는 모두 살아남으려고 하는 본능이 있으니까요. 혹시 『두려움이라는 선물』 읽어보셨나요? 생각해 봐요. 두려움은 우리가 받은 선물이에요 두려움이 있기 때문에 우리는 위험이 거기 있는지 모르는 때에도 위험을 피할 수 있게 되는 거죠. 저는 당신이 두려움을 느낀 적이 있는지 그냥 궁금한 거예요."

야들리는 차창 밖으로 스쳐 지나가는 스트립 쇼핑몰의 가게들을 바라보았다. 주류 판매점, 담배 가게, 그리고 대마초 제조실이 막 지나갔다. 라스베이거스에 비교적 최근에 새로 등장한 가게다. 10여 초쯤 흘렀을까, 그녀가 마침내 말을 했다. "아뇨, 한 번도."

"한 번도요?" 그가 말했다. "결혼 생활 내내?"

"단 한 번도요. 객관적으로 볼 때 그는 내가 만난 사람 중에 제일 다정하고 매력적인 사람이었어요. 다른 사람 욕을 하는 법이 없는 사람이었죠."

그는 생각에 잠긴 듯 고개를 끄덕였다. "이런 바보 같은 얘긴 그만하고 햄버거나 하나 먹죠. 우리가 지금 가는 집에서 세 블록쯤 떨어진 곳에 근사한 햄버거 가게가 있답니다."

그들은 시내 외곽의 아파트 단지에 차를 세웠다. 평지붕으로 된 단층 건물들이었다. 야들리는 그 건물들이 아파트라기보다는 창고 같다고 생각했다. 단지 뒤에는 모래 언덕으로 이어지는 나지막한 산이 있었다.

"딜버트 모건이에요." 오티즈가 차를 세우면서 말했다. "믿기세요? *딜버트?* 이건 완전히 성범죄자 이름 같잖아요. 백 달러면 바꿀 수 있는데 말이죠."

오티즈는 야들리가 주위를 돌아보는 동안 문을 두드렸다. 아파트

뒤편에는 작은 테라스와 텃밭이 있었는데, 오래된 야외용 가구들과 죽어가는 식물들이 자리를 거의 다 차지하고 있었다.

"딜버트, 문 열어. FBI에서 나온 오스카 오티즈다. 당신과 할 얘기가 있어. 당신이 무슨 문제가 있는 건 아니야. 그렇지만 얘기를 좀 해야 돼."

그는 다시 문을 쾅쾅 두드렸다.

"집에 없네요. 일하러 다니는 건 아닌데 말이죠. 담당 보호 관찰관 말에 따르면 어제 그에게 전화했을 때 받지 않았대요. 오늘도요."

"캠핑을 하러 가거나 했을 수도 있죠."

오티즈는 고개를 저었다. "그는 이번에 새로 등록이 되었어요. 보호 관찰관의 허가 없이는 시를 벗어날 수 없게 되어 있어요."

야들리는 뒤쪽 테라스에서 무슨 소리가 나는 것을 들었다. 건물 모퉁이를 돌아가니 어떤 남자가 테라스 담장 문을 열고 있었다. 그는 일순간 그녀를 쳐다보더니 그대로 건물 뒤 오솔길을 전력 질주해 내려갔다.

"도망가고 있어요."

"젠장," 오티즈가 말했다. 그리고 즉시 그를 뒤쫓아갔다.

야들리는 볼드윈에게 전화를 했다. 그는 최대한 빨리 경찰을 보내겠다고 말했다. 또한 그녀에게 차 안에 들어가서 그대로 있으라고 했다.

야들리는 뒤 테라스로 걸어갔다. 그 남자나 오티즈는 보이지 않았다. 그들의 소리도 들리지 않았다. 문은 여전히 열려 있었다. 그녀는 문을 더 열고 안쪽을 들여다보았다. 집 안으로 들어가는 미닫이 유리문이 있었다. 그녀는 주위를 둘러보고는 안으로 들어갔다.

아파트는 조용했다. 그리고 땀 냄새 같은 것이 났다. 목에서 맥박이 뛰는 것이 느껴졌다. 어쩌면 볼드윈이 하라고 한 것처럼 바깥에서 기다리는 것이 최선이었을지도 몰랐다. 그녀가 여기 들어올 이유는 없었다. 그녀는 수사관이 아니었으니까. 그러나 호기심이 훨씬 컸다. 대부분의 성범죄자들은 경찰에 최대한 협조하도록 되어 있었다. 도 망간다는 것은 체포되느니 총에 맞을 위험을 감수하겠다는 뜻이다. 올슨 부부와 딘 부부를 죽인 사람이 누구든 그자는 살아서 잡히지 않 으려 할 것이었다.

낡은 밤색 소파 앞에 놓인 테이블 위에는 대마초 한 다발과 담배꽁 초가 수두룩한 재떨이가 있었다. 부엌에는 불이 켜져 있었다. 개수대 뒤쪽에 줄지어 선 위스키와 보드카 병들이 보였다. 야들리는 침실로 이어지는 복도 안쪽으로 몸을 기울이고 말했다. "저기요? 누구 없나 요?"

욕실은 오른쪽에 있었다. 더러웠고 오줌 지린내가 났다. 세면대는 오래 묵은 면도 흔적들과 딱딱하게 굳어진 치약으로 덮여 있었다. 암 갈색 약병들 여러 개가 세면대에 늘어서 있었다. 그녀는 그것들을 재 빨리 살펴봤다. 몇 개는 향정신성 약들이었다.

볼드윈에게서 문자가 왔다. '경찰이 가고 있어. 오스카에게 얘기했 음. 놈을 언덕에서 놓쳤대.'

침실에서 무슨 소리가 들려왔다.

야들리는 얼어붙었다.

그녀는 문을 향해 발끝으로 살금살금 걸어갔다. 침대는 정돈되지 않은 상태였고 이불과 깔개는 담뱃재와 얼룩으로 더러웠다. 벽장 문 은 닫혀 있었다. 막 돌아 나가려고 하는데 또다시 그 소리가 들렸다.

발을 질질 끄는 듯한 약한 소리였다. 카펫 위에서 신발을 끄는 듯 한 소리.

"누가 있나요?"

야들리는 지갑에 손을 넣어 호신용 스프레이를 꺼냈다. 바깥에 사이렌 소리는 들리지 않았다.

야들리는 마른침을 삼키고서 벽 쪽으로 한 걸음 더 다가섰다. "거기 누구 있어요?"

천천히, 심장 박동 소리가 귀를 울리는 가운데, 그녀는 호신용 스프레이를 한 손에 들고 벽장 문을 열었다.

젊은 여자가 손과 발이 묶인 채 바닥에 누워 있었다. 입은 접착테이프로 막혀 있었다. 화장이 눈물에 섞여 볼을 타고 흘러 내려와 있었다.

여자는 극도의 흥분 상태였다. 그녀는 흐느끼며 몸부림치기 시작했다. 야들리가 일으켜 세우려 하자 그녀는 어깨로 야들리의 뺨을 쳤다. 야들리는 그녀가 자신을 때리지 못하게 있는 힘을 다해 막으면서 양팔로 그녀를 감싸 안았다. 가슴에 그녀의 심장 박동이 전해졌다. 마치 주먹으로 망치질을 하는 것 같았다.

"괜찮아요, 괜찮아. 당신은 괜찮아요…. 난 당신을 해치지 않아요."

여자는 정신없이 울었다. 야들리는 그녀의 몸이 마침내 힘을 빼고 무너지는 것을 느꼈다. 여자는 뒤쪽 벽에 머리를 찧었다. 숨조차 쉬지 못했다. 야들리는 접착테이프를 그녀의 입에서 떼어 냈다.

"제발… 제발 저를 여기서 내보내 주세요. 부탁이에요!"

"알아요. 알아요." 야들리는 그녀를 진정시키려 애쓰며 말했다. 그녀는 나머지 테이프를 다 제거하고 911에 전화해 구급차를 불렀다.

"우리는 바깥에서 기다리면 돼요. 자 일어나요. 경찰과 구급차가 오고 있어요."

그들은 테라스로 나와서 주차장 쪽을 향했다. 그때 오티즈가 돌아왔다. 그는 눈이 휘둥그레졌다. 그리고 말했다. "빌어먹을."

✦

야들리는 오티즈의 캐딜락에 등을 기대고 서서 긴급 의료 요원들이 구급차 뒤쪽에서 여자를 진찰하는 것을 지켜보았다. 오티즈와 볼드윈이 제복을 입은 여러 사람들과 함께 거기 있었다. 그들은 딜버트 모건의 아파트를 샅샅이 훑고 이웃들을 탐문했다. 볼드윈이 그녀에게로 와서 말했다. "당신을 내보내지 말았어야 했는데. 내가 진짜 멍청했어."

"난 괜찮아, 케이슨."

"그래, 하지만 괜찮지 않았을 수도 있었으니까. 그자가 다시 돌아오기라도 했으면 어쩔 뻔했어? 내가 당신을 위험에 빠뜨렸어. 미안해."

"당신은 아무것도 안 했어. 아파트에 들어가기로 한 건 나야. 차에 앉아 있을 수도 있었는데 말이야. 당신이 한 일이 아니지." 그녀는 고갯짓으로 여자 쪽을 가리켰다. "저 여자는 누구지?"

"레이철 밀러. 딜버트의 여자친구야. 그녀 말로는 그가 어젯밤에 제정신이 아니었대. 집에 왔더니 그가 혼잣말을 중얼거리면서 집 안을 서성거리고 있었대. 그녀를 보고 자기를 간섭한다는 둥 어떻다는 둥 하더니 묶어서 벽장에 넣어 버렸다는군."

"욕실에 향정신성 약들이 있는 걸 봤어. 정신 착란이 일어났을지도 몰라. 수색은 어때?"

볼드윈은 고개를 저었다. "놈은 모래 언덕 안으로 들어갔어. 분명 오래 걸리지는 않을 거야."

"그의 집에서 뭐라도 찾은 건?"

그는 숨을 내쉬고는 레이철을 돌아보았다. "아직은 아무것도 없어. 흉기도 없고 부엌칼조차 없어. 아마도 그의 정신 상태 때문에 가까운 곳에 두지 않은 것 같아. 놈은 휴대폰을 놓고 갔어. 세인트 조지 경찰청 기술팀에게 잠금을 풀도록 했으니까 뭐가 있는지 알게 되겠지. 근데, 당신 생각은 어때? 놈은 당신이 말한 범죄자 유형 분석에 딱 맞는데 말이야."

"그건 유형 분석이 아니야. 당신이 나를 곤혹스럽게 만들어서 경찰들에게 그냥 광범위한 추정을 말해준 것뿐이지. 우리가 찾고 있는 사람이 어떤 사람일지 나는 알 수가 없어. 다니엘한테 조언을 구해 봐."

야들리가 세인트 조지 경찰청에서 잠깐 언급했던 다니엘 사트 박사는 사이코패스의 특징을 정의하는 명확한 성격 특성 항목을 작성한 바 있었다. FBI는 그의 도움을 받아 범죄 유형을 분석하고 잡힌 용의자들에 대한 심문 전술을 짰다. 그의 도움으로 야들리는 사이코패스와 소시오패스가 세상을 이해하는 방식을 이해하게 되었다. 반면 그녀 쪽에서는 그가 재판의 반대 신문에 어떻게 하면 잘 대응할 수 있는지 이해할 수 있도록 도움을 주었다. 전에 그는 전 고용주들에게 폭탄을 던진 혐의를 받은 어떤 피고인의 재판에서 형편없는 대응을 했었던 것이다.

볼드윈이 고개를 끄덕였다. "이 사건이 어떤 건지를 알고 나서 지난주에 그에게 전화를 했었어. 사건 파일을 검토하고 있다고, 내게 다시 연락을 주겠다고 했어." 그는 그녀를 잠깐 쳐다보았다. "그건 그렇지만, 당신은 어떻게 생각해? 그냥 추측이라도?"

"내 생각에 올슨 부부와 딘 부부를 죽인 정체불명의 용의자는 극히 체계적이고 생각이 깊은 사람이야. 편집적 망상이 있거나 정신 착란을 일으킨 사람이 아니야. 겉보기에 그는 모든 사람들에게 정상적으로 보일 거야.

그는 시선을 아파트 쪽으로 옮겨갔다. "나도 그렇게 생각했어. 하지만 누가 알겠어. 어쩌면 우리가 운이 좋은 걸지도 모르잖아."

10

집에 돌아오자 야들리는 피로감이 물밀 듯이 밀려들었다. 마치 급성 질병이 다리를 타고 올라와 근육까지 들어오는 것만 같았다. 그녀와 오티즈는 햄버거 근처에도 가지 못했다. 그렇지만 그녀는 아무것도 먹고 싶지 않았다.

주방 조리대에는 소송 후견인 실에 무료 상담을 하러 가야 해서 9시 경에 돌아올 것이라는 웨슬리의 쪽지가 놓여 있었다. 타라의 방문은 닫혀 있었다. 아마도 잠겨 있을 것이다. 야들리는 잠시 동안 귀를 기울였다. 타라가 케빈과 전화하는 소리가 들렸다. 그녀는 문에 가만히 손을 대었다가 주방으로 갔다.

그녀는 냉장고에서 채소들을 꺼내 샐러드를 만들었다. 그리고 식탁에 홀로 앉아 억지로 먹었다. 타라가 방에서 나왔지만 냉장고에서 탄산음료를 꺼내었을 뿐 한마디도 하지 않았다.

"타라?"

"왜?"

"케빈 이야기를 해야 할 것 같아."

타라는 그녀에게로 몇 걸음 다가서더니 주방 아일랜드 테이블에 기대었다. "무슨 이야기 말이에요?"

"지난번에 술 마시고 사고 친 뒤 엄마가 학교 전담 경찰관과 얘기를 나눴었다. 작년에 케빈은 여자 친구를 임신시켰다는 의심을 받았었고, 그 여자아이는 전학을 갔다더구나. 그 애가 너한테 그런 얘기를 했을 리 없겠지. 그리고 그 애가 지난주에 학교 주차장에 있는 차에 무단 침입을 해서 체포될 뻔했다는 건 알고 있니?"

"그건 그 애가 아니었어요."

"경찰관은 그 애였다고 믿고 있던데."

"유죄가 증명되기 전까지는 무죄예요. 맞죠, 엄마?"

그녀는 딸의 차갑고 파란 눈을 바라보며 잠시 아무 말도 하지 않았다. "그 애는 너하고 어울리지 않아."

"그건 엄마가 선택할 문제가 아니에요."

"너하고 싸우고 싶지는 않아. 정말이야. 나는 그저 그 애가 여자아이들을 이용하는, 그런 유형의 남자아이라는 이야기를 하는 거야. 더 이상 이용 가치가 없으면 그 아이들은 버림을 받게 되지. 나는 네가 그런 일을 겪는 걸 보고 싶지 않아."

아이가 눈동자를 굴렸다. "그렇네요, 엄마는 남자 고르는 법을 알려줄 만한 유일한 사람이죠. 안 그래요?"

"너 지금 뭐라고 했어?"

타라는 팔짱을 꼈다. "들었잖아요. 엄마랑 한 침대에서 자던 남자가 살해된 사람과도 한 침대를 썼다는 걸 알게 되는 건 분명 힘든 일이겠죠. 그런 괴물에게 왜 끌렸는지는 한 번이라도 생각해 봤어요, 엄마? 그 오랜 시간 내내 그 사람이 진짜 어떤 사람인지를 엄마 내면의 무언가는 알고 있었다고 생각해요?"

야들리는 입을 앙다물었다. 그러나 그것만 빼고는 그녀는 미동도 하지 않았다. 타라는 사람의 가장 취약한 지점을 알고 그곳을 칼로 도려낼 줄 아는 아이였다. 그것 때문에 야들리는 딸이 커서 어떤 사람이 될지 의문이 들었던 적이 한두 번이 아니었다.

"내가 에디 칼과 보낸 시간을 후회하지 않는 건 한 가지 이유 때문이야. 단 한 가지 이유. 그건 네가 나에게 온 거야."

타라는 부드럽게 눈을 깜박였지만 입에서 나온 말은 "이제 제 방으로 갈게요."가 다였다.

야들리는 눈부시게 뛰어난, 그러나 걱정을 자아내게 하는 딸아이가 방문을 닫는 것을 바라보고 있었다. 자신이 어떤 사람이 되는지는 스스로의 선택에 달려 있다는 것을 타라는 이해했을까? 에디 칼의 부모님은 좋은 분들이었고 사랑으로 자식을 키우신 분들이었다. 그런데도 그들은 인간 이하의 무언가를 만들어내지 않았던가. 사람은 환경이나 유전자가 만들어내는 것이 아님을 증명하는 사례인 것이다. 야들리는 타라가 언젠가는 훌륭한 선택을 할 수 있기를 바라는 것 외에는 할 수 있는 일이 없었다.

✦

웨슬리는 9시가 되기 전에 집에 왔다. 그녀는 침대에서 안경을 쓴 채 비잔틴 제국의 역사에 관한 책을 읽고 있었다. 그녀가 안경을 쓰는 것은 그의 옆에 있을 때뿐이었다. 그는 침대 위로 올라와서 그녀에게 입을 맞추었다.

"보고 싶었어." 얼굴을 코앞에 대고 그녀의 입술을 내려다보며 그가 말했다.

"나도 보고 싶었어. 상담은 어땠어?"

그는 눈동자를 한 바퀴 굴리더니 침대 끝에 앉아서 신발과 양복을 벗었다. "지난번에 이어 또 지독한 소송 건이야. 사람들이 이혼을 하면서 자기 자식들에게 어떤 짓을 하는지 당신은 믿지 못할 거야. 당신은 어땠어?"

"성범죄자 8명을 면담했고 벽장 속에 묶여 있던 젊은 여자 한 명을 발견했어."

그는 그녀를 바라보았다. "농담이 아니고?"

"응."

그는 서서 눈썹을 치켜올렸다. "아이고. 그런데도 나는 내 하소연만 했네. 당신 괜찮아?"

"난 괜찮아. 단지 몇 년 동안 수사를 안 했더니 수사의 일환으로 사람들을 실제로 면담하는 게 어떤 건지를 잊어버리고 있었어."

"그때가 그리운 거야? 법정에 매일 나가는 게 당신한테는 더 맞는 일 같은데."

"그건 그래. 하지만 고백하자면 수사에는 분명 뭔가가 있어. 흥분된다고 할까. 그 남자, 여자를 붙잡아 두었던 그자가 도망가는 걸 봤는데 말이야. 가슴이 뛰더라고."

그녀는 딜버트 모건의 아파트에 혼자서 들어갔던 이야기는 하지 않을 것이었다. 지난 몇 년 동안 그는 이미 여러 차례 네바다주 대형 로펌마다 아는 사람이 있으니까 그녀가 이직을 하면 검사로서 지금 버는 것보다 세 배쯤 더 버는 것은 일도 아니라고 말을 했었다. 그녀가 생각할 때 이런 종류의 사건을 맡는다면 그는 마음이 편치 않을 것이었다. 만약 연쇄 성폭행범이 무죄를 선고받거나 보석으로 풀려나면 그녀를 타깃으로 삼지 않으리라 보장할 수 없다. 전과자들은 자신들의 불운을 검사와 경찰 탓으로 돌린다. 게다가 폭력적인 성범죄자들은 흔히 자신들의 행동에 어떠한 책임감도 느끼지 않으며 때로는 심지어 피해자들이 폭행을 은밀히 원했다고 믿기까지 한다. 그들을 감옥에 보내려는 여성 검사는 자신들의 문제를 해결하기 위한 희생양이 되기 쉽다.

"글쎄, 그런 짜릿함에 길들면 안 되지. 당신도 알다시피 서른다섯 살이 되면 우리 몸은 노화를 시작한다는 게 어쩔 수 없는 생명의 이치잖아. 당신은 지금 서른여덟 살이니까 그걸 느끼기 시작했을 거야. 나도 그 나이 때 그랬으니까. 당신은 젊음을 느낄 수 있는 일을 찾기 시작하겠지만 그런 일들이 당신에게 좋은 경우는 드물어."

그녀는 웃음을 터뜨렸다. "내가 무슨 오토바이 경주를 하겠다는 것도 아니잖아, 웨슬리. 난 그냥 이번에 사무실이나 법정 밖으로 나오게 된 걸 즐겼을 뿐이야."

그는 셔츠를 벗어서 벽장 속 빨래함에 던지고 벨트를 풀고 바지를 벗었다. 그리고 욕실로 들어갔다. "내 말은 그냥," 그가 샤워기를 틀면서 말했다. "당신이 느끼는 바를 인식하라는 거야. 당신이 악마와 싸우고 있다고 생각하면 당신의 뇌는 예전에는 한 번도 할 수 있을 거라 생각지 않던 일들을 하도록 당신을 속일 수 있어."

그녀가 물소리를 기분 좋게 듣고 있을 때 휴대폰에서 딩동 문자 수신음이 들렸다. 볼드윈이었다. 딜버트 모건을 검거한 것이다.

11

세인트 조지 경찰서의 취조실은 테이블 하나, 의자 몇 개, 그리고 창문 외에는 거의 아무것도 없었다. 그 창문으로 경찰서 건물과 그 옆 사무실들 사이에 있는 나무 몇 그루가 보였다. 이렇게 밤늦은 시간이면 창문 너머는 암흑이었다. 경찰 업무를 묘사하는 TV에는 양방향 거울과 복잡한 녹음 장치가 나오곤 하지만 그런 것은 현실에서는 거의 볼 수 없다. 현실에서 시는 언제나 예산 부족에 시달리고, 그래서 경찰에 대한 지원금은 삭감하면서도 경찰에게 더 많은 일을 하라고 한다. 대다수의 범인 체포는 탐정의 역할이 아니라 기술의 힘이며, 그래서 순찰차에 15년 된 구닥다리 노트북이 있는 경찰관은 전국의 모든 경찰 기관 데이터베이스에 연계된 새 노트북이 있다면 찾을 수 있을 연관성을 찾지 못할 것이다. 사람들은 이런 점을 거의 이해하지 못한다. 연쇄 성폭행범들은 경찰 기관들 사이에 형성된 정보의 격차를 이용해 법망을 빠져나가는 데 선수들이다.

야들리는 취조실 문에 달린 네모난 창문으로 딜버트 모건을 살펴보았다. 그는 여러 종류의 틱을 갖고 있었다. 그는 손을 떨고 있었는데 손가락으로 테이블을 두드리느라 손을 가만두지 못할 정도였다. 올슨 부부와 딘 부부를 죽인 자는 조용하고 침착한 사람일 것이다. 경찰서에 있더라도 그의 맥박은 뛰지 않을 것이고 미소를 띠고 예의를 갖춰 질문에 대답하면서 부드럽고 능숙하게 혐의를 벗어날 것이다. 딜버트 모건은 금방이라도 심장 마비가 일어날 사람같이 보였다.

볼드윈은 그녀와 함께 취조실 밖에 서서 보스턴의 사트 박사에게서 걸려 온 전화를 받았다. 야들리는 그가 하는 말을 들을 수 있었다.

"그 사람이 제가 당신에게 그려준 범죄자 유형 분석에 맞는지 잘 모르겠군요." 사트가 말했다. "많은 범죄자들은 그들이 이룬 성과를 자랑스러워하고 일을 떠벌리고 싶어 안달이 납니다. 하지만 이 특정 인물은 들키지 않으려고 엄청난 고통을 감수했어요. 그는 주목받고 싶어 하지 않습니다. 최소한 아직까지는요. 여자를 벽장 속에 묶어 둔 채 당신과 이야기를 나누어서 당신의 주의를 다른 곳으로 돌릴 수 있을 법도 한데 그는 도망을 쳤지요. 이건 당신이 찾는 용의자가 할 행동이 아닙니다. 적어도 올슨 부부와 딘 부부를 죽인 사람은 아니라는 거지요."

사트가 살인자를 언급하면서 '성과'라는 말을 했다는 사실에 야들리는 역겨움이 밀려들었다.

"글쎄요, 제가 보낸 정신의학과 파일들을 한번 보세요." 볼드윈이 말했다. "그는 스물한 살에 편집성 조현병 진단을 받았고 인생의 대부분을 이런저런 시설들을 전전하며 살아왔어요. 그의 약들을 체크했더니 두 달 전에 복용을 중단한 것으로 보입니다."

"그 사람은 지금 바로 취조를 하기에 너무 불안정해요, 케이슨. 수감을 했다가 안정을 되찾고 나서 접근하는 게 좋겠습니다. 어쩌면 자기가 한 행동을 후회도 하고 그래서 자발적으로 말을 할 수도 있어요."

오티즈가 따지 않은 탄산음료를 손에 들고 다가왔다.

"그가 이번 일 말고 다른 일들도 저질렀다면 변호사를 선임할지도 모르고 그러면 우리 일이 불발될 수도 있습니다." 볼드윈은 잠깐 말을 멈췄다. "이자의 말문을 터지게 할 뭔가가 없을까요? 만일 그가 성질을 못 이기면, 아마도 우리는 —"

"내가 그런 일을 절대 돕지 않을 거라는 건 알고 있겠지요?"

볼드윈은 한숨을 쉬었다. "물론, 압니다. 시도는 해볼 만하다는 거죠. 고맙습니다, 박사님."

야들리는 그를 잠시 쳐다보았다. 예전에 볼드윈은 어떤 사건에서 연쇄 강간범에 대해 증언하기로 했던 어떤 목격자를 접촉한 적이 있었다. 변호인은 볼드윈이 그녀에게 사전에 피고인의 사진을 보여주었다고 주장했다. 볼드윈은 이를 부인했고 목격자도 마찬가지였다. 그러나 야들리는 그게 사실일지도 모른다는 의심을 항상 가졌었다. 동기가 순수했을 것이라는 점은 그녀도 의심치 않았지만 정당한 유죄 판결을 위해 노력을 다하는 것과 무고한 사람을 유죄로 만드는 것은 종이 한 장 차이일 뿐이다. 검사로서 그녀는 그 한 장을 넘겨 버리는 것을 용납할 수 없었다.

그가 전화를 끊고 말했다. "들어갈까?"

"먼저 들어가." 오티즈가 말했다.

그들은 야들리가 유리 너머로 지켜보는 가운데 방으로 들어갔다. 딜버트 모건은 양팔로 가슴을 끌어안고 몸을 앞으로 흔들고 있었다. 안경은 코에서 반 이상 내려와 있었다. 그는 가느다란 골격 탓에 막대 인형이 살아온 것 같은 모습이었다. 야들리는 그의 입술이 심하게 갈라져서 여러 군데서 피가 나는 것을 알아차렸다.

"저 지-지이베 가야 하-해애-요."

그는 심하게 말을 더듬었고 그들의 눈을 피했다. 오티즈가 탄산음료를 따서 그의 앞에다 놓았다. "목마르지, 딜버트? 모래 언덕에 한참 나가 있었잖아."

모건은 음료를 들고 오래도록 마셨다. 입에서 새어 나온 음료가 턱과 셔츠 위로 흘러내렸다. 그는 트림을 하고서 음료를 내려놓았다. 그러더니 다시 양팔을 가슴에 포갠 채 몸을 흔들기 시작했다. 볼드윈과 오티즈는 그의 반대편에 앉았다.

"레이철은 괜찮아." 볼드윈이 말했다. "자기가 괜찮다는 걸 당신한테 알려 달라더군." 그는 잠깐 말을 멈추었다. "딜버트, 무슨 일이 있었는지 기억이 나나?"

"그-그-그녀가 그-그냥 나를 찌-찌-찔러 넣으려-려고 해-앴어요."

"당신을 무슨 일로 찔러 넣어?"

그는 고개를 가로저었다. "나 집에 가-가고 시-시잎어요."

"알아, 딜버트. 하지만 무슨 일이 벌어지고 있는지 알지 못하면 당신을 집으로 보낼 수가 없어. 당신 때문에 레이철이 진짜 다칠 수도 있었어. 자 그러니까, 당신은 그녀를 해칠 생각이 없었던 거네, 맞아?"

그가 힘껏 고개를 가로저었다.

오티즈가 말했다. "딜버트, 레이철한테 한 것 같이 다른 사람을 다치게 한 적이 있나? 내 말은, 나는 당신이 사람들을 해칠 생각이 없다는 건 알지만 그래도 그런 누군가가 있냐는 말이지?"

"나 지-집에 가고 시-싶어요."

"알아, 하지만 그럴 수가 없어…."

야들리가 문을 열었다. "케이슨, 나 잠깐 볼 수 있을까?"

볼드윈은 의자 뒤로 등을 기대었다. "좀 기다려 주겠어?"

"아니."

그는 오티즈를 흘깃 쳐다보았다. 오티즈는 어깨를 으쓱했다. 두 사람은 일어나서 그녀에게 왔다.

"무슨 일이야?" 취조실 문이 닫히자 볼드윈이 물었다.

"저 사람은 분명 아니야."

볼드윈은 모건 쪽을 돌아보았다. "아직은 모르지."

"케이슨, 저 사람이 아니라고."

"글쎄. 일단 조사를 끝까지 할게. 그러고 나서 결정해야지."

"좋아. 하지만 당신들 둘이 패를 지어 정신적으로 문제가 있는 용의자를 변호사가 없는 상태에서 몰아세우는 건 불편해." 그녀는 휴대폰을 꺼내서 연방 국선 변호인 사무실에 전화를 걸었다. "연방 검찰청의 제시카 야들리입니다. 살인 사건으로 조사를 받고 있는 딜버트 모건을 위해 세인트 조지 경찰서로 변호인을 보내주셨으면 합니다." 그녀는 볼드윈 쪽을 보았다. "FBI 요원 두 사람이 여기 있습니다. 볼드윈 요원과 오티즈 요원입니다. 저는 모건 씨가 변호사를 통해 두 요원들과 대화를 할지 말지 결정했으면 합니다."

전화 교환원이 그녀에게 한 시간 내로 변호인이 갈 것이라고 말해 주었다.

"그는 변호사를 요청하지 않았어." 볼드윈이 얼굴을 찡그리며 말했다.

야들리는 휴대폰을 내렸다. "한 시간 내로 누군가가 여기 올 거야. 그 뒤에 내게 전화해. 변호사가 피변호인이 당신들하고 대화해도 좋다고 결정하면 나한테 알려 줘."

그녀는 대답도 기다리지 않고 돌아서 경찰서를 나갔다.

"멋진 여자야." 오티즈가 볼드윈에게 말하는 소리가 들렸다. "자네가 멍청한 짓을 못 하게 막아주잖아."

12

야들리는 사무실에서 떠드는 소리들을 듣고 딜버트 모건이 딘 부부와 올슨 부부 살인 혐의를 벗었다는 것을 알게 되었다. 여자 친구인 레이철이 사건이 있던 날 밤 모두 그와 함께 있었고 올슨 부부가 살해되던 날 밤 11시 무렵에는 24시간 문을 여는 약국 앞에서 카메라에 찍히기도 했던 것이다. 볼드윈은 그녀에게 전화하지 않았다. 때문에 그녀는 그가 이 사건에 자신의 협조를 구한 일을 후회하는 건 아닐까 하는 생각이 들었다.

1시가 지나서였다. 그녀가 막 점심을 먹으려고 나가려고 할 때 볼드윈이 문 앞에 나타났다.

"안녕." 그가 말했다.

그녀는 의자에 도로 앉았다. "안녕."

그는 양손을 주머니에 넣고 문에 기대어 섰다. "잘 잤어?"

"그래. 당신은?"

그가 싱긋 웃었다. "이런 어색한 잡담은 싫은데."

"누가 이런 걸 어색하다고 해?"

그는 그녀의 반대편에 앉았다. "미안해. 당신이 백 퍼센트 옳았어. 내가 그에게서 알아낸 건 다 쓸데없는 거였어. 뭐에 씌었나 봐."

"사냥꾼이 제일 큰 실수를 하는 게 언제냐면 사냥감이 아주 가까이 있을 때야. 나도 들은 말이긴 하지만 말이야."

"아버지는 나를 사냥에 데리고 다니셨어. 어머니가 돌아가시고 나서 아버지는 그렇게 해야 우리 사이가 돈독해진다고 생각하셨던 거야. 그런데 당신 말이 정확히 맞아. 사냥이 끝난다는 홍분감에 판단이 흐려지는 거지. 그러니까, 나를 용서해 줄래?"

그는 '목숨을 잃었다'라거나 '살해당했다'라고 하지 않고 '돌아가셨다'라고 했다. 야들리는 어머니의 죽음이 살인이라는 것을 다시 생각하도록 할 만한 어떤 계기가 그에게 있었던 걸까. 아니면 단지 그 단어를 사용하지 않는 편이 더 편해서였을까, 궁금했다.

"용서할 게 뭐가 있어. 이제는 어떻게 할 계획이야?"

"계속 일을 망칠 수는 없으니까 뒷짐이나 지고 기다리는 게 계획이지. 올슨 부부의 이웃을 재탐색했지만 건진 건 하나도 없어. 그리고 놈은 2주 안에 다시 살인을 할 계획을 아주 잘 세우고 있을 거고."

"당신 잘못이 아니야, 케이슨. 이 일 때문에 잠을 못 자서 눈 밑이 시커멓잖아. 당신은 할 수 있는 모든 걸 다했어. 자책하지 마."

그는 고개를 내저었다. "다음 차례가 될 집이 계속 눈에 보여. 당신은 일이 막 벌어졌을 때 거기 들어가 보지 않았잖아. 나는 올슨 부부가 목숨을 잃은 날 밤에 전화를 받았어. 사진은 아무것도 아니야. 사람의 몸속에 그렇게 많은 피가 있을 수 있다는 걸 잊고 있었어. 사실, 나는 아버지와 사냥을 다니던 장면이 떠올랐어. 아버지는 가끔씩 사슴을 나무에 매달고 목을 따서 피가 다 흘러나오도록 하셨거든. 놈이 그들에게 한 짓은 바로 그런 거였어. 그는 양손으로 얼굴을 문질렀다. "또다시 피내음이 진동하는 현장에 들어간다고 생각해 봐."

"미안해. 그런 일이 쉽지 않다는 건 알고 있어."

"그래, 뭐 그래서 우리 연방 요원들이 다 부자잖아, 안 그래? 우리가 버는 돈은 이런 일을 하는 대가인 거고." 그는 마른침을 삼켰다. "제시카, 나는 아무것도 건진 게 없어. 그리고 놈은 아주 조만간 또 다시 살인을 할 거야." 그는 숨을 깊이 들이마셨다. "부탁이 있어. 나를 위해 어떤 일을 좀 해 줘. 유쾌한 일은 아니야."

"무슨 일인데?"

"에디 칼을 만나서 좀 도와 달라고 부탁을 해 줘."

야들리는 너무 놀라서 할 말을 잃었다. 그녀는 볼드윈을 바라보았다. 그는 눈을 돌리려 하지 않고 그녀의 시선을 견뎠다. 약간 상기된 얼굴만이 그가 뭔가 충격적인 말을 했음을 드러내고 있었다.

"케이슨—"

"이런 부탁을 하는 게 나로서는 정말 죽을 만큼이나 힘들다는 걸 당신은 상상도 못 할 거야. 정말 미안해. 다시 살인 주기가 오기 전에 놈을 붙잡을 수 있는 희망이라도 생길 만한 그 어떤 것이라도 우리가 찾을 거라고 생각했어. 하지만 아무것도 없어. 그 사람들의 삶을 낱낱이 파헤쳤고 그들의 친구며 가족, 이웃을 모두 만났어. 하나도 빠짐없이. 그 일대에 드론을 등록해 놓은 사람들을 찾아서 그날부터 그들이 찍은 영상들을 모두 다 보기도 했어. 그 집들 옆을 차로 천천히 지나가는 사람을 잡아낼 수 있기를 바라면서 말이야. 아무 소득이 없었어. 나는 가볍게 뭔가를 부탁하는 사람이 아니야. 하지만 이건 꼭 필요해."

볼드윈은 이전에 이 사건과 유사한, 심지어 더 참혹한 사건들을 맡았었다. 그중 가장 끔찍했던 것은 '순환 도로 도살자' 사건이었다. 그런데 이번 살인 사건은 어떤 점에서 그의 심금을 그토록 강하게 울렸단 말인가?

"난 못 해, 케이슨. 당신이 이해해 줬으면 좋겠어."

"내가 뭘 부탁하는 건지 나도 알아. 가까스로 아문 당신의 상처를 헤집어 찢어 달라고 부탁하는 거지." 그는 일어섰다. "간청하지는 않을게. 여기 한 시간씩 죽치고 앉아서 당신을 설득하려고도 하지 않을게. 단지 이 부탁을 하지 않으면 또 다른 부부를 발견했다는 경찰의 전화를 받았을 때 내 기분이 엿 같을 것 같거든. 당신이 거절한다면, 당신도 역시 그런 기분이 될 거라 생각해."

야들리는 다시 혼자가 되자 앉아서 말없이 창밖을 내다보았다. 길 건너편에 외설적인 쇼를 광고하는 커다란 네온사인이 보였다. 몸에 거의 아무것도 걸치지 않은 여자아이들이 얼굴에 미소를 띠고 춤을 추는 광고였다. 영상은 금방 지글지글하는 스테이크로 바뀌더니 몇 초 뒤에는 시원한 맥주로, 또 그다음에는 사람이 미어터지는 클럽으로 바뀌었다. **'당신의 비밀을 지켜 드립니다.'**라는 글귀가 광고판을 가로지르며 번쩍였다. 그러고 나서 영상은 다시 춤추는 여자아이들로 돌아갔다.

그녀는 바깥으로 나갔다. 오늘은 날씨가 이례적으로 더웠다. 범죄학 학술지에서 범죄는 문화를 불문하고 더운 날 증가하는 경향이 있다는 글을 읽은 기억이 났다.

연방 법원 변호사와 판사들이 자주 다니는 근처 카페에서 그녀는 구석 자리에 앉아 다이어트 탄산음료와 참치 샌드위치를 주문했다. 그녀는 휴대폰을 꺼내 웨슬리에게 전화했다.

"어, 자기야." 그가 말했다.

"자기야, 수업은 어때?"

"방금 「올드 치프 소송」*에 대해 토론을 했는데 재미있었어. 당신은 어때?"

"난, 음… 어떤 일을 할지 말지 곰곰이 생각하는 중인데 괜찮은 생각인지 잘 모르겠어."

"그래? 그게 뭔데?"

그녀는 그에게 거의 말을 할 뻔했으나 그만두었다. 그는 그런 생각은 하지 말라고 할 것이었다. 그리고 그녀 스스로는 아직 결정하지 않았다고, 그냥 숙고해 보고 있는 중이라고 되뇌고 있었지만 그게 거짓말이라는 것을 알고 있었다. 볼드윈 말이 옳았다. 그런 전화가 온다면, 혹은 결국 뉴스에 나와서 그녀가 그 부부의 얼굴, 혹은 집 밖으로 이끌려 나와 경찰 순찰차에 타는 아이들의 우는 모습을 보게 된다면, 그것은 그녀에게 칼에 베이는 아픔이 될 것이다. 어쩌면 심지어 검찰을 때려치게 될지도 모른다. 모든 것을 차치하고, 올슨 부부와 딘 부부 같은 사람들을 보호하지 못한다면 그녀가 이 일을 했던 이유가 무엇이란 말인가? 어떤 분야의 검사라도 유죄 판결들을 받아낼 수 있다. 그런 것은 그녀가 이 직업을 택한 이유가 아니었다. 그것은 훨씬 더 깊은 어떤 것 때문이었지만 그녀는 한 번도 그것이 무엇인지 진실로 대면해 본 적이 없었다.

"점심으로 치즈 버거랑 감자튀김을 먹을까 말까 고민 중이거든."

웨슬리는 잠깐 아무 말이 없다가 웃음을 터트렸다. "그거참 어려운 문제네. 그렇지만 당신은 몸매가 끝내 주니까 아무 걱정할 것 없어. 한 번 사는 인생이잖아."

"그냥 당신 목소리가 정말로 듣고 싶었어. 나중에 얘기해."

* 1997년 조니 린 올드 치프가 미합중국을 대상으로 낸 소송으로 타당한 증거 승인의 한계 규정을 다루었다. 검찰 측이 과거의 죄목이나 구체적 범죄 내용을 현재의 재판에 언급하여 판결에 부당한 고려 사항으로 작용한 것에 대해 제기한 소송이었고 과거의 전체 판결 기록이 현재의 재판에서 다뤄지는 것은 법원의 재량권 남용이라는 판결을 받았다.

"좋아. 집에서 봐. 사랑해."

그녀는 머리를 뒤쪽 칸막이벽에 기대고 유리창에 부딪쳐 조각조각 부서지는 햇빛을 지켜보았다. 그러고 나서 자리에서 일어나 음식값을 지불한 다음 주문은 그냥 취소해 달라고 했다.

"포장해 가지 않으신다고요?" 계산대의 점원이 말했다.

"네, 미안해요. 이제 배가 안 고프네요."

13

    로우 데저트 플레인스 교도소는 라스베이거스에서 40마일 떨어져 있는, 아무것도 없는 골짜기에 있었다. 주위를 둘러싼 사막 때문에 그곳은 종말이 온 세상의 분위기가 났다. 그곳은 이 세상이 아니라 지금부터 3세기쯤 뒤, 법이 더 이상 적용되지 않는, 사회의 파괴를 막기 위해 수많은 사람들이 감금되어 있어야 하는, 그런 시대에 속해 있는 것만 같았다. 어쩌면 그런 시대는 지금 벌써 시작된 것인지도 모른다. 그녀는 알 수 없었다.

    야들리는 교도소장 소피 글레드힐과 미리 전화 통화를 했었다. 소장은 야들리에게 여러 사건들을 의뢰했던 적이 있었다. 그들은 서로를 신뢰했다. 야들리는 분명 글레드힐이 의뢰하는 사건이라면 무엇이든 신속히 처리할 것이었고 글레드힐은 확실하지 않은 사건은 결코 그녀에게 의뢰하지 않을 것이 분명했다. 지난 수년간 그녀는 교도소에서 일어난 살인 사건들과 연관된 여러 건의 성범죄 사건을 야들리에게 넘겼다. 야들리는 그 건들을 다 기소했는데, 그중 두 건은 배심원 판결로 유죄 선고를 받았고 나머지는 합의 처리되었다.

    글레드힐은 제복 차림으로 접객실에서 그녀를 맞이했다. 목에는 네바다 교도국 배지를 끈에 끼워 걸고 있었다. 아프리카계 미국인으로 초록색 눈동자가 반짝거리는 글레드힐은 운동 잡지의 표지 모델을 해도 될 법한 외모였고 실제로 올림픽 육상 선수를 목표로 하기도 했었다고 했다. 하지만 열아홉 살 때 무릎 부상을 당해 육상의 꿈을 접었다는 이야기를 야들리에게 해 주었었다. 그런 그녀는 언제나 야들리를 살뜰히 챙겼다.

"신발 예쁘네." 글레드힐이 야들리를 안으며 말했다.

"선물 받은 거예요. 웨슬리는 항상 제가 스스로를 너무 돌보지 않는다고 해요. 그러면서 상품권을 주더라고요."

"그 말이 맞아. 자신을 위해 뭔가를 할 시간을 내지 않으면 우리는 항상 일에 파묻혀 아무것도 못 할 거야. 나는 하루에 두 번 명상을 해. 비가 오나 눈이 오나 말이지. 그리고 점심때는 이 근처 산책로에서 달리기를 해. 건강해지고 싶으면 여기 와서 같이 달리자."

"전 복싱을 하고 있어요."

글레드힐이 활짝 웃었다. "그래, 그게 더 당신 스타일이긴 해." 그녀는 안내 데스크에 앉아 있는 교도관을 흘깃 보았다. "마음을 확실히 정한 거야? 내가 만류해도 안 되나?"

"제가 여기 온 건 아직 공개되지 않은 상황이고 그럴 이유가 있어요. FBI는 사람들이 공포에 휩싸이는 걸 막으려고 끝까지 신중하게 접근하고 있는 상황이에요. 하지만 꼭 필요치 않았다면 여기 오지 않았을 거라는 점은 분명히 말씀드릴 수 있어요."

"FBI? 케이슨 볼드윈 말이야?"

"네, 그걸 어떻게 아세요?"

"한 달인가 두 달 전에 그 사람이 칼을 보러 왔어."

야들리는 속에서 작지만 강한 분노가 치밀어 오르는 것을 느꼈다. "그랬군요."

"나는 그게 그냥 일반적인 면담인 줄 알았어. 자네도 현장 요원들이 어떤지 알잖아. 미친 것처럼 미신을 믿거든. 그들은 탐지견처럼 냄새를 맡아야 한다고 생각해. 그가 칼을 만난 건 칼과 비슷한 어떤 자를 잡을 수 있는 마음가짐에 몰입하기 위해서라고 생각했어. 그런 게 아니었나?"

그녀는 자신이 느끼고 있는 분노를 내보이지 않으려고 애쓰면서 고개를 저었다. "아뇨, 그런 건 아닐 거예요." 그녀는 볼드윈을 마음속에서 지워 보려고, 그래서 해야 하는 일에 집중하려고 목청을 가다듬었다. 그와는 나중에 이야기할 것이다.

"글쎄," 글레드힐이 말했다. "자네가 확실히 마음먹었다면 막지는 않을게. 분리대가 있어도 그는 수갑을 차고 발은 사슬에 묶여 있을 거야. 그리고 경비대원이 자네 뒤에 서 있을 거고."

"아뇨, 저는 그 사람과 독대해야 해요. 다른 사람이 있으면 그는 말을 하지 않을 거예요…. 그리고 카메라도 꺼야 해요."

"그럴 수는 없어. 모든 건 녹화돼야 해."

야들리는 자기들 말을 듣고 있는 교도관을 힐끗 처다보았다. 그 여자 교도관은 야들리가 자기를 처다보자 고개를 돌렸다. "가면서 얘기해요."

그들은 버저를 눌러 철문을 통과하고 또 다른 대기실로 들어갔다. 그곳은 양쪽에 철문이 잠겨 있었다. 이곳에는 카메라가 없었다. 야들리가 말했다. "모방범이 있어요. 지금까지 두 부부를 죽였어요―우리가 아는 한은 그래요. 케이슨과 저는 에디가 도울 수 있을 거라고 생각하고 있어요. 그래서 여기 온 거예요."

멀리 떨어진 문에서 버저가 울렸다. 하지만 글레드힐은 문을 열지 않았다. "세상에."

"녹화가 된다면 그는 나한테 솔직히 말하지 않을 거예요."

그녀는 깊은숨을 내쉬었다. "알았어. 내가 끌게. 약속하지."

"고마워요."

그녀는 야들리를 긴 복도로 데리고 가서 다음 방으로 건너갔다. 일반 면회실은 반대쪽에 있었고 복도의 끝에 있는 면회실은 특별 수감자를 위한 것이었다. 칼은 사람을 고문하고 강간하고 살인했다. 감옥에서 성범죄자들은 등에 과녁 표시를 달고 있었다. 칼은 23시간 특별 수감 상태에 있었고 하루에 한 시간만 바깥의 운동장에 나갈 수 있었다.

면회실은 시멘트로 가장자리를 두른 유리 벽으로 나뉘어 있었다. 방문객과 수감자 사이에는 인터콤이 달린 세 겹의 유리가 있었다. 야들리는 철제 의자에 앉았다. 글레드힐은 그녀의 뒤에 서서 카메라를 향해 말했다. "토미, 카메라 꺼."

카메라의 빨간 불빛이 어두워져 갔다.

"시간은 필요한 만큼 써도 돼."

"고마워요, 소피."

그녀는 고개를 끄덕이고는 방을 나갔다. 버저가 울리더니 유리 너머에 있는 철문이 열렸다. 그리고 야들리의 전 남편이 걸어 들어왔다.

14

볼드윈의 사무실은 작고 비좁았다. 그는 양복 상의를 벗은 채 책상에 앉아 있었다. 걷어 올린 소매에, 넥타이도 풀려 있었다. 책상용 작은 선풍기가 그의 얼굴 위로 더운 공기를 불어냈다. 땀이 목으로 굴러 내려와 옷깃을 적셨다. 그는 기온을 확인했다. 43.3도였다.

하이드로코돈 약병이 앞에 있는 책상 위에 열린 채 놓여 있었다. 볼드윈은 약 두 알을 탁탁 꺼냈다. 그는 남아 있는 약의 개수를 세었다. 열두 알밖에 없었다. 조만간 약이 더 필요할 것이다. 작년에 무릎 수술을 한 뒤 처방받아서 약장 속에 계속 있었던 약이었다. 그는 3주 전부터 그 약들을 다시 먹기 시작했다. 등의 근육 경련을 풀기 위해서일 뿐이라고 자기변명을 하면서. 하지만 사실은 그것만이 아니었다. 그는 헨리 루카도, 일명 '순환 도로 도살자'를 뒤쫓던 이래 한 번도 느끼지 못했던, 영혼을 갉아먹는 스트레스에 시달리고 있었던 것이다.

그 '도살자'에게 희생된 사람들은 대부분 목이 졸려 죽었었다. 그러나 오브리 올슨과 비슷한 방식으로 귀에서 귀까지 목이 길게 베인 채 죽은 이가 한 명 있었다. 그 사건을 통틀어 그의 뇌리에 박혀 지워지지 않는 단 하나의 영상이 있다. 그것은 목이 베여 벌어진 채 길가에 죽어 있던 어린 여자아이와 어린 딸아이를 만져보려고, 말리는 친척들을 밀치며 미친 듯이 몸부림치던 어머니의 모습이었다. 볼드윈이 현장에 도착했을 때는 사람들이 이미 모여들어 있었고, 그래서 그의 눈에는 사진을 찍어대는 휴대폰들의 물결 말고는 아무것도 보이지 않았다. 그들은 마치 축제의 재미있는 곡예를 보고 있는 것만 같았다.

그 여자아이의 이름이 생각나지 않아서 그는 괴로웠다.

볼드윈이 약병을 막 서랍에 넣었을 때 오티즈가 들어왔다. "이봐, 이상한 일이 있어."

"무슨 일?"

"세인트 조지 경찰청의 마쉬 형사한테 그 일대에서 스토킹이나 수상한 행동을 한 것으로 보고된 사람들이 있으면 전화해달라고 했거든. 오늘 아침에 몇 건을 보내왔어. 첫 번째는 어떤 사람이 경비업체에서 나왔다고 자기 집과 창문을 점검했는데 업체에 전화했더니 그의 집 경보 장치는 아무 문제가 없고 자기들은 아무도 보내지 않았다고 했대."

"흠. 어디에 있는 집이지?"

"세인트 조지의 가드너 애비뉴야. 그렇지만 난 잘 모르겠네. 왜냐하면 놈이 같은 도시를 또 노린다는 게 좀 의아하거든. 노스 베이거스, 그리고 그다음엔 세인트 조지였으니까 다른 어딘가를 노려야 하잖아? 놈은 다른 여러 경찰 조직이 개입되기를, 그래서 우리가 협력하지 못하기를 희망할 텐데 말이야."

"그건 맞는 말이야. 하지만 이런 녀석들은 아주 빨리 뭔가에 빠져들어. 우연히 어떤 부부가 눈에 들어온다면 위험을 감수할 수도 있지. 또 다른 건은?"

"어떤 숙녀분은 자정 무렵에 한 녀석이 자기 집 앞에 서서 창문을 바라보고 있는 것을 봤대. 그리고 또 어떤 가족은 누군가 현관문 쪽으로 와서 집 안으로 들어오려다가 다른 방에서 나오던 그 집 아버지한테 들키자 달아나 버렸다고 해."

"글쎄, 죄다 허튼소리 같긴 하지만 오늘은 해야 할 다른 일이 없으니까 가 보자고."

✦

볼드윈은 마일스 가족의 집 앞에 주차를 했다. 딘 부부와 올슨 부부가 살던 동네처럼 부유한 지역이었다. 커다란 집에는 정면에 유리창이 여러 개 있었다. 집 전체가 거의 다 골짜기를 관망할 수 있는 유리로 지어진 이층짜리 주택이었다.

그는 문을 두드렸다. 금발 머리 여자가 나왔다. 탄탄하고 늘씬했다.

"안녕하세요. 제이 씨 계십니까?"

"네, 무슨 일로 그러시는지 여쭤봐도 될까요?"

"FBI 요원 케이슨 볼드윈입니다. 제이 씨가 일주일 전에 지역 경찰청에 신고한 일을 추적 조사하고 있습니다."

"아, 네. 잠깐만 기다리세요. 저희가 지금 저녁을 먹고 있었거든요."

여자는 집 안으로 사라졌다. 그리고 스웨터를 입은 남자가 문으로 왔다. 남자는 입 안에 뭔가를 씹으면서 볼드윈과 오티즈를 번갈아 쳐다보았다. "안녕하세요, 두 분."

"제이 마일스 씨입니까?"

"네." 그가 손을 내밀면서 말했다. 볼드윈과 오티즈 모두 악수를 했다. 제이가 말했다. "그 사람을 찾았습니까? 저희 집 문과 창문을 점검했던 남자요?"

"아니요." 볼드윈이 말했다. "거기 관해 몇 가지 물어볼 게 있습니다. 괜찮으시다면요."

마일스는 한 걸음 밖으로 나와서 뒤쪽으로 문을 닫았다. "하십시오."

"작성하신 진술서를 읽어 보았는데 혹시 그 이후에 뭔가 보신 게 있는지 궁금합니다. 똑같은 밴 차량이 이쪽으로 지나가는 걸 봤다든지요."

"아니요. 아무것도요."

"그리고 당신의 이웃이 자기가 본 차가 경비업체였다고 확인해 줬다더군요?"

"제가 그에게 업체의 로고와 밴 차량 사진을 보여줬습니다. 그랬더니 자기가 본 게 분명하다고 했습니다. 길 건너에 사는 이웃도 역시 봤답니다."

"이런 일이 전에도 있었습니까?" 오티즈가 물었다.

"아니요. 경찰서 경관 말로는 경비업체가 가끔 실수로 다른 집을 가기도 한다더군요. 하지만 제 이웃은 그 사람과 말도 나누었거든요. 다른 집을 잘못 찾았다면 알아차렸을 것 같은데요."

"어떤 이웃이지요?"

"바로 저기. 빌 콕스입니다. 그리고 길 건너 저 집에 콜린 보일이고요."

볼드윈은 명함을 꺼내 그에게 주었다.

"그 사람을 다시 보거나 이상한 사람이 집 근처에 나타나면 저한테 전화해 주세요. 아시겠죠?"

"물론입니다. 저 근데, FBI가 왜 이 일에 관여하는지 여쭤봐도 될까요?"

"그냥 조심하자는 차원입니다. 시내에서 가택 침입이 몇 건 있었고 폭행당한 사람들이 있었거든요. 선생님 댁과 같은 제보는 조사해 봐야 하지요. 제가 경비업체에게 나와서 모든 것을 점검하라고 하겠습니다. 훌륭한 개 한 마리를 두셔도 좋을 것입니다."

그는 두 사람을 번갈아 쳐다보았다. "두 분 지금 저를 겁주시는 겁니까? 무슨 일이 벌어지고 있는 거죠?"

오티즈가 뭐라고 말을 꺼냈지만 볼드윈이 끼어들었다. "말씀드린 것처럼 그냥 조심하자는 것뿐입니다."

그는 고개를 끄덕였다. "알겠습니다. 그럼, 업체에게 와서 모든 것을 점검하라고 하지요."

두 요원은 남쪽에 있는 이웃집으로 잔디를 가로질러 갔다. 충분히 멀리 왔을 때 오티즈가 말했다. "그에게 말해 줘야 한다고 생각하지 않아?"

"그렇게 해서 뭐 해? 그 사람은 기껏해야 밤늦게 집에 오는 십 대 자식한테 잔소리나 퍼부어대겠지."

"나라면 알고 싶을 거야."

"뭘 알고 싶어? 경비업체에서 어떤 직원이 나와서 경보 장치를 체크한 거지. 아무 일도 아닐 거라고. 어쨌든 이 사람들은 조만간 살인 사건에 대해 알게 될 거야. 그래서 내가 가택 침입범이 들어와 폭행을 했다는 이야기를 해 준 거고. 그가 자세한 것을 알 필요는 없어."

나이가 지긋한 남자가 가운을 걸치고 문 앞에 나왔다. 방금 샤워를 마치고 나온 듯 머리카락이 젖어 있었다.

볼드윈은 배지를 보여주고 말했다. "빌 콕스 씨입니까?"

"그렇소. 드디어 당신들이 이 앞을 질주하는 그 차들에 대해 들은 모양이군 그래? 저 너머에 카마로 자동차를 타는 남자애가 하나 있지. 그 애가…."

"콕스 씨, 저희는 선생님이 옆집인 제이와 로잘린의 집에 왔던 경비업체 직원을 보셨다고 해서 왔습니다."

콕스는 길 건너편을 가리키던 손을 내렸다. "아, 그래요? 언제 말이오?"

볼드윈과 오티즈는 서로 눈빛을 주고받았다. "한 이삼일 전입니다. 선생님이 보신 사람의 생김새를 좀 알려주실 수 있을까요?"

콕스는 잠시 생각을 했다. 볼드윈의 눈에 그의 흐릿한 눈빛이 들어왔다. 할머니가 생의 마지막 나날을 보내시던 때 자주 보였던 그 눈빛이었다. 그 눈빛이 보이면 곧 할머니는 당신의 아버지가 당신의 12번째 생일에 당신을 월드 시리즈 경기장에 데리고 갈 계획을 세웠던 이야기를 시작하시는 것이었다.

"기억이 안 나." 콕스가 이윽고 말했다. "내 생각엔 백인이었어."

오티즈가 말했다. "머리 색깔은 기억하시나요? 문신을 했다거나 그런 건요? 그 사람을 알아볼 수 있는 어떤 특징이 있을까요?"

콕스는 그 말을 일축하듯 손을 내저었다. "모르겠어. 누가 그런 걸 기억하겠어?"

볼드윈이 말했다. "그 사람을 다시 보게 될 경우 부탁 하나 드려도 될까요? 그 사람 사진을 찍어주시겠습니까? 그렇게 해 주시면 제가 동네에서 속도를 내는 그 십 대 소년하고 얘기를 좀 해보겠습니다."

콕스는 의심스럽다는 듯 그를 쳐다보더니 말했다. "알겠어."

두 사람은 그 집에서 나와 길을 건넜다. 경비업체 서비스 직원을 보았다는 또 다른 이웃인 콜린 보일과 얘기를 하기 위해서였다. 하지만 문 앞에 나온 것은 십 대 여자아이였다. 어머니는 밤늦게 돌아오실 거라고 했다. 볼드윈은 명함을 남겼다.

두 사람은 차로 돌아왔다. 오티즈가 말했다. "콕스 씨한테 보여줄 몽타주 작가를 불러올게."

"그 노인은 온전한 정신이 아니야, 오스카. 치매지. 예전에 본 적이 있어. 그는 우리에게 도움이 안 돼. 마쉬를 경찰청으로 오라고 해서 이쪽에 순찰자를 몇 대 더 추가할 만한 인력이 있는지 물어봐. 그 정도가 우리가 할 수 있는 일이야. 그 경관 말이 맞았어. 서비스 직원들은 늘 주소를 잘못 찾는다고. 시내까지 계속 내려가 보자. 그러면 할 일은 다 하는 거야." 그는 손으로 얼굴을 문질렀다. "게다가, 우리가 찾는 그놈은 낮에 기어 나올 만큼 어리석지는 않을 거야. 모든 사람이 잠든 한밤중에 여기 오겠지."

오티즈는 마일스의 집을 쳐다보았다. "네 말이 맞았으면 좋겠네."

"그러게, 내가 틀리면 진짜 오랫동안 기분이 엿 같을 거야."

15

야들리는 심장이 멎는 것만 같았다. 그녀는 팔을 내려다보았다. 면회실 안은 따뜻했음에도 팔에는 소름이 돋아 있었다.

에디 칼은 무심한 얼굴이었다. 길었던 그의 머리카락은 짧게 밀려있었고 새치가 듬성듬성했다. 그는 서른여덟 살인 그녀보다 겨우 몇 살 더 많을 뿐인데도 덥수룩한 턱수염이 허옇게 세어 있었다. 얼굴과 목을 제외하면 흰색 죄수복에 가려지지 않은 유일한 부분인 그의 팔뚝은 희끄무레한 근육질이었다.

그녀가 마지막으로 그를 보았을 때 그는 눈이 부시게 황홀했다. 그녀에게 작별 인사를 했을 때조차도. 그리고 그녀가 그를 처음 만났던 그 순간부터 그가 발산했던 그 저항할 수 없는 매력 그대로였다.

그는 그녀에게 그만두려고 노력했었다고 말했다. 그리고 그녀에게 키스를 했다. 그런 다음 그는 자신들의 아파트 욕실 창문으로 달려가서 차고 아래로 뛰어내렸다. 그는 그 순간이 올 것을 준비해두었던 것이 틀림없었다. 곧바로 주차장에 있는 맨홀로 달려가서 안으로 기어 들어갔고, 그대로 사라져 버렸던 것이다. 특수 기동대가 임신했다고 비명을 지르는 그녀를 마룻바닥에 쓰러뜨리도록 놔두고서.

칼은 그 뒤 3주 동안 두 주를 오가며 광란의 범죄 행각을 벌였다. 처음에 그는 주유소에서 노인 부부를 죽였다. 커다란 돌덩이로 남편의 머리를 가차 없이 가격하여 두개골을 으깨어 놓았다. 그는 그 차를 훔쳤고 아내는 그날 밤늦게 목이 졸려 죽은 상태로 길가에서 발견되었다. 며칠 뒤에 그는 어떤 집에 침입하여 스무 살이 좀 넘은 여성을 욕조에 빠뜨려 숨지게 하고 현금과 보석을 훔쳐 달아났다. 야들리가 특히 고통스러웠던 일은 그가 길에서 한 가족의 미니밴을 탈취했던 사건이었다. 그는 가족의 아버지를 죽이고 차 안에 있던 어머니와 아이들에게 부상을 입힌 뒤 돈을 빼앗았다.

야들리는 그가 붙잡히고 난 뒤 한 달이 지나서야 그 사건에 대한 기사를 겨우 읽을 수 있었다. 자신이 그와 가장 깊은 부분을 공유했었다는 사실을 직면할 수가 없었던 것이다. 체포되기 직전에 저지른 범행에 더해 그는 세 쌍의 부부를 살해한 혐의로 유죄 판결을 받았다. 밤에 그들의 집에 잠입하여 그들을 묶고 입에 재갈을 물리고 아내들을 성폭행한 뒤 목을 그었던 것이다.

유죄 판결 후 한 달 뒤에 배심원단이 사형 선고를 권고했고 그 뒤부터 지금까지 그는 사형수로 수감 중이었다.

칼이 자리에 앉았다. 그의 눈은 타라의 눈처럼 감청색 장미꽃잎 같았고 입술은 살짝 붉은 윤기가 돌았다. 경비대원이 인터콤을 켰다. 그런 다음 그는 두 사람만 남겨 놓고 나갔다.

그녀는 마른침을 삼켰다. "카메라는 껐어. 당신이 여전히 상고 계류 중이라는 걸 알고 있어. 그러니까 이 대화가 녹음되지 않을까 걱정하지 않아도 돼."

"당신은 내가 기억하는 것보다 더 아름답군."

입을 열어본 지 오래된 탓인지 목이 쉰 듯 새된 그의 목소리에는 거칠고 냉혹한 느낌이 묻어 있었다.

그녀는 머리가 핑그르르 돌았다. 밑에 있는 땅바닥이 갈라지는 것만 같았다. 눈을 감고 3, 2, 1, 뒤에서부터 숫자를 세었다. 1에 맞춰 그녀는 눈을 뜨고 그를 보았다.

"건강해 보이네." 그녀가 말했다.

"난 건강하지. 그리고 계속 이런 상태로 있을 계획이야. 적어도 얼마 동안은 말이야. 최종 상고는 넉 달 안에 끝날 거야. 그게 끝나는 순간 처형될 테지. 난 교수형을 선택할 거야. 개들처럼 안락사는 당하지 않을 거거든. 난 사람처럼 죽으려고 해."

"진정한 사람은 힘없는 사람들을 살해하고 처형당하지 않아."

그녀의 목소리에는 적의가 너무나도 고스란히 드러났다.

그녀는 그 적의를 감추어 보려 필사적으로 노력했었다. 그녀가 여기 온 유일한 이유는 그에게서 가능한 한 어떤 정보라도 얻어내기 위해서였고, 그러고 나면 다시는 이곳을 찾지 않을 것이었다. 그러나 그녀는 자기가 얼마나 강하게 반발할지를 제대로 예측하지 못했던 것이다. 그녀는 온몸이 아픈 것 같았다.

"당신 재혼은 한 건가?"

"내 얘기를 하러 여기 온 게 아니야."

그는 아무 말 없이 한동안 그녀를 지켜보았다. "알다시피 난 한순간도 당신을 사랑하지 않은 적이 없었어. 사실을 알고 난 뒤 당신에겐 모든 것이 바뀌었겠지만 내겐 아무것도 바뀐 게 없어."

"당신이 사랑이라는 걸 할 줄 아는 사람이야? 당신은 사랑이 뭔지 알아? 아니면 그건 당신에게 어떤 재미있는 관념 같은 건가?

그가 빙그레 웃었다. "내가 보낸 그림들은 받았어?"

칼은 이 모든 일이 일어나기 전에도 이미 유명한 화가이자 조각가였다. 그가 체포되어 공판을 받고 나자 그가 그린 수십 개의 작품들은 가격이 하늘로 치솟았다. 야들리가 처음 받은 그림에는 그 그림을 팔아서 그녀와 타라의 생계비로 쓰라는 쪽지가 들어 있었다.

"그래, 받았어. 고마워."

"하지만 그 그림들을 팔지는 않았지, 그렇지? 쓰레기통에 버렸나?"

"아니."

"거짓말."

"아니야. 불태워 버렸어."

그는 미소 지었다. "몇 개나?"

"전부 다. 그리고 당신 스튜디오에 있던 것도 남김없이."

그가 낄낄 웃었다. "정말 너무 유감이네. 나는 물감을 5년 전에 빼앗겼거든. 여기서… 오해가 좀 있어서 말이지. 지금쯤 그 그림들은 상당한 가치가 있었을 텐데."

"당신 돈은 필요 없어."

그는 고개를 끄덕였다. 야들리는 자신이 얼마나 오래 여기서 계속 버틸 수 있을지 알 수 없었다. 마치 자이로스코프를 타고 빙글빙글 돌고 있는 것만 같았다. 자이로스코프가 갑자기 멈추면 심장이 몇을지도 몰랐다.

"아버지가 말씀하시길 당신이 해마다 크리스마스에 몇 주간 목장에 와서 지낸다더군. 부모님과 여전히 연락을 해 줘서 고마워."

"당신 부모님은 좋은 분들이셔."

잠깐 말이 멎었다.

"아이는 어떻게 지내?" 그가 부드러운 목소리로 말했다.

야들리는 일순간 말을 할 수가 없었다. 그가 *자신의 딸*을 생각한다는 사실에 역겨움이 밀려들었다.

"잘 지내고 있어."

"나에 대해 물어보기는 해?"

"아니. 열 살 때 며칠 동안 물어본 적은 있었어. 아빠가 누군지 궁금해했지. 난 그 애에게 거짓말을 하는 건 온당치 않다고 생각했어. 그래서 인터넷에서 당신에 대한 기사를 읽게 했어. 그 뒤론 다시는 당신 얘기를 꺼낸 적이 없어."

그는 야들리가 있는 쪽의 작은 창문 밖을 바라보았다. "나를 위해 한 가지만 해 주겠어? 내가 부탁할 자격이 없다는 건 알고 있어, 하지만 그 애를 내게 데려와 주겠어? 딱 한 번만."

"안 돼."

그가 그녀에게로 눈길을 돌렸다. 어느 다른 세상에서 그녀가 사랑에 빠졌던 그 눈에서 그녀는 이제 증오 말고는 아무것도 보이지 않았다. "내가 어떤 사람이건, 나는 여전히 그 애의 아버지야."

"당신이 자기에게 더 중요한 일은 강간과 살인이라고 결정한 순간 당신에게서 그 권리는 사라졌어. 그 아이가 어떤 일들을 겪었는지 당신이 알기나 해? 초등학교 때 모든 아이들이 그 애가 누군지 알게 되었고 그때부터 아이들은 그 애를 피투성이 타라라고 부르기 시작했어. 선생들조차도 그 애와 함께 있으려 하지 않았어…. 나는 그 애를 다른 학교로 전학시키려고 이사를 해야 했어. 두 번을 그렇게 해야 했어. 당신 때문에 그 애는 지금껏 내내 따돌림당하고 있어."

"미안해."

"아니. 미안하지 않지. 당신은 그게 무슨 말인지도 모르는 사람이야."

그는 몸을 뒤로 기대고 숨을 내쉬었다. "당신은 책을 너무 많이 읽었어. 연쇄 살인은 세 가지 지표가 있어, 그렇지? 어릴 때 동물에게 해코지를 하고 야뇨증이 있고 방화를 시작한다. 내가 그중 하나라도 했나? 내 어린 시절이 끔찍하지 않았다는 건 당신이 알잖아. 부모님이 나를 너무도 사랑하셨다는 것도 알고. 나는 공감 능력이 없어야되는 사람이지. 내가 영화를 보면서 얼마나 많이 울었는지 알지? 태양이 지는 걸 봤을 때는? 내가 진짜 잭슨 폴락의 그림을 처음 봤을 때 기억나? 아이처럼 울었었지. 이런 게 사이코패스라 이름 붙인 특징들에 해당되는 거야? 그런 게 아니라, 인간의 행동은 어떤 스펙트럼 위에 있는 것이고 우리는 모두 그 스펙트럼 위의 어디쯤에 있을 뿐인 거 아닌가? 우리 중 몇몇은 한쪽에 더 치우쳐 있고 몇몇은 다른 쪽에 더 치우쳐 있는 거지. 자신이 어느 쪽이 될지를 선택하는 사람은 아무도 없고 우리의 기질은 그냥 태어날 때 주어지는 거 아닌가?"

"당신은 사이코패스야. 대부분의 사이코패스는 자신들이 사이코패스라는 걸 깨닫지 못해. 왜냐하면 자신들의 내면을 들여다볼 통찰력이 없거든."

"난 당신에 대한 사랑을 느꼈어. 난 공감할 줄 알았어. 당신이 내 목숨을 요구한다면 1초 만에 내줄 거야. 나를 하나의 용어로 귀결시켜서 그게 나라는 인간이라고 규정해서는 안 돼. 난 사이코패스가 아니고 해리성 장애자도 아니야. 내가 그런 일을 했던 이유는" ─ 그는 천천히 눈을 깜박였다 ─ *"그게 마음에 들었기 때문이야."* 그가 나지막이 읊조렸다.

그녀는 마른침을 삼켰다. 그리고 자리에서 일어섰다. "잘 있어, 에디."

"당신은 무슨 도움이 필요한지 아직 말도 하지 않았잖아." 그녀가 돌아서자 그가 말했다.

야들리는 그 자리에 멈춰 서서 그를 향해 몸을 돌렸다. 그의 얼굴은 능글맞게 웃고 있었다. 그녀는 다시 자리에 앉았다.

"볼드윈 요원이 이미 도움을 청했는데 당신이 거절한 것 같은데." 그녀가 차갑게 말했다.

그는 고개를 끄덕였다. "모방범이 있다니 기분이 아주 묘하군. 모욕감을 느껴야 할지 우쭐해져야 할지 모르겠어."

"당신이 도울 수 있다는 생각이 안 들어. 난 그냥 그 사람이 부탁을 해서 여기 온 것뿐이야."

"그건 너무 설득력이 약하군, 제시카. 당신이 내가 못 할 거라고 말하면 바로 그 말 때문에 내가 도울 게 분명하다고 생각하는 거지?"

"당신이 왜 돕고 싶겠어? 당신은 자기 자신밖에 생각하지 않는 사람이잖아. 사실 나는 누군가가 저 바깥에서 당신이 한 일을 하고 있다는 사실에 당신이 짜릿함을 느낀다고 생각해."

"내가 한 일은 아니지. 볼드윈이 내게 말해준 바로는 아니야. 당신의 그 남자친구가 아는 것 이상으로 미묘한 차이점들이 있거든."

"차이점이 뭔데?"

그는 얼굴에 미소를 띤 채 어깨를 으쓱했다. "그게 있으니까 우리가 협상을 하는 거지."

16

볼드윈의 라스베이거스 집은 그의 집들이 다 그랬던 것처럼 임시 거처였다. 그는 FBI에서 끊임없이 옮겨 다녀야 했기 때문에 집을 절대 사지 않았다. 한곳에서 제일 오랫동안 살았던 기간은 5년으로 그의 첫 부임지에서였다. 그 이후로는 3년마다 계속 보직 순환이 이어졌다.

경력을 쌓고 나면 많은 특별 요원들은 자기가 선호하는 보직을 선택할 기회를 얻어 서서히 이동을 줄이기 시작하고 그러다 한곳에 정착하게 된다. 그렇게 되면 가족도 이루고 어느 정도 안정성이 생긴다. 그는 결코 그런 전철을 밟지 않았다. 그는 책상물림이 아니었고 FBI가 기자들의 카메라 앞이나 의회 청문회의 증인으로 세우는 유형이 아니었다. 말하자면 그는 조직에 구멍이 생겼을 때 그걸 메꾸는 사람이었다.

그것이 결국 그가 '순환 도로 도살자'를 붙잡게 된 경위였다.

'순환 도로 도살자'는 텍사스의 길게 뻗은 고속도로를 따라가며 남녀를 막론하고 고등학생들을 죽이고 있던 놈이었다. 볼드윈이 오스틴 지부에서 근무하던 때였다. 놈을 잡기 어려웠던 것은 그가 자신의 승합차에서 살인을 했고 시신들을 길가에 유기했는데 유기 장소가 각기 달랐기 때문이었다. 또한 수백 마일가량 이어지는 고속도로에서 범인이 대상으로 삼은 피해자들 간의 공통점을 도무지 찾을 수 없었기 때문이었다.

FBI는 '도살자'가 트럭이나 다른 유형의 장거리 화물 차량 운전사일 것이라 추론했으나 볼드윈은 그렇게 생각하지 않았다. 그는 살인자가 추적을 막기 위해 위장을 시도한 것이며 시신을 유기한 장소에 어떤 패턴이 있을 거라고 생각했다. 인간은 오로지 패턴에 따라 생각한다는 것이 그의 지론이었다. 그들이 그것을 의식하건 그렇지 않건 말이다.

그는 시신 유기 장소를 모두 추적했다. 거의 오스틴시 전체에 버금가는 거리였다.

거기서부터 시작해서 볼드윈은 등록된 성범죄자들, 특히 납치 전과가 있는 자들에게 관심을 집중했다. 헨리 루카도라는 사람이 발견되었다. 그는 학교 버스 정류장에서 버스를 기다리던 열두 살짜리 여자아이를 납치하려고 했었다. 그 아이가 경찰에서 진술한 내용 중에 그의 관심을 끄는 것이 있었다. 그 아이는 루카도가 차를 태워 주겠다고 하면서 자기는 또래 아이들을 항상 차에 태워 준다고, 아이들이 그걸 재미있어한다고 했다고 진술했다.

볼드윈의 머릿속에는 동화책 속 악랄한 주술사처럼 썩은 치아에 사악한 미소를 띤 한 남자가 그려졌다. 헨리 루카도의 운전면허 사진을 보자 그는 그 남자가 자신이 찾고 있던 자라는 것을 *직감했다*.

루카도는 몸싸움 없이 순순히 굴복했다. 아파트 현관문을 열었을 때 거기 볼드윈이 서 있는 것을 보자 그는 그저 "오래 걸렸네요."라고 말했을 뿐이었다.

그에게 수갑을 채웠을 때 볼드윈의 머릿속에 제일 먼저 떠오른 것은 어머니의 장례식이었다. 15년 동안 생각해 본 적이 없던 그 무엇이었다.

어머니에게 일어난 일을 그가 야들리에게 이야기했던가? 그는 아니라고 생각했다. 하지만 그는 그녀가 알고 있으리라 확신했다. 자신들의 관계가 이루어지지 않은 이유 중 하나, 그가 그녀를 멀리하고 결국 바람맞혀서 웨슬리가 들어설 여지를 준 이유가 그것이 아니었을까, 그는 생각했다. 괴물들을 잡아야만 하는 그의 내면의 동기를 이해하는 그 누군가가 있다면 그것은 그녀일 것이었다. 그리고 그는 그녀가 자신을 이해하고 있다는 사실을 날마다 되새기는 상황을 견딜 수 있을 것 같지가 않았다.

그는 소파에 앉아서 맥주를 한 모금씩 마시면서 야구 경기를 보았다. 그러나 집중을 할 수가 없었기 때문에 TV는 꺼진 거나 마찬가지였다. 그의 관심은 온통 오직 한 가지, 다음 차례가 될 집에 쏠려 있었다. 피로 물든 다음 침대, 부모의 죽음을 자신이 알려야 하는 다음 아이.

그는 어머니가 돌아가신 사실을 알게 된 순간이 생각났다. 경찰서에서 아버지가 데리러 오기를 기다리고 있던 그에게 형사가 사고였다고 말해 주었다. 어머니의 남자친구인 펠릭스가 어머니가 발을 헛디디는 것을 보았다고, 너무 취해서 지하실 계단으로 굴러떨어지는 것을 보았다는 것이다. 형사는 안타까운 일이라고 말하고는 창문도 없는 방에 볼드윈을 홀로 남겨 두고 나갔다.

그것은 사고가 아니었다. 볼드윈은 그때 겨우 일곱 살이었지만 펠릭스가 어머니에게 입 다물지 않으면, 그리고 자기에게 함부로 대하면 죽여 버리겠다고 소리치던 것을 기억하고 있었다. 볼드윈은 무엇 때문이 싸움이 일어났는지는 기억할 수 없었지만 펠릭스가 어머니에게 먹을 것과 살 집을 의탁하고서 일도 하지 않고 지냈던 사실과 관계된 것이었다고 생각했다.

아버지가 그를 데리러 오기 전에 볼드윈은 펠릭스가 경찰서를 나가는 것을 보았다. 그들은 서로를 쳐다보았다. 두 사람은 말을 나누지는 않았지만 눈빛으로 알고 있었다. 펠릭스가 어머니를 죽였고 볼드윈은 그것을 알고 있음을.

그는 해군에서 제대하자마자 곧바로 샌프란시스코 경찰청에 들어갔고 3년 만에 형사가 되었다. 그는 형사로서 제일 먼저 어머니의 사건을 기록 보관실에서 꺼내어 틈이 날 때마다 조사할 생각이었다. 그러나 그가 일을 시작해 보기도 전에 펠릭스는 음주 운전 사고로 죽고 말았다. 그의 차는 도로를 벗어나서 달리다가 협곡에 처박혔다. 볼드윈은 시체 안치소에 있는 그를 보러 갔다. 살갗은 백지장처럼 하얗고 입술은 푸른 분필 색이었다. 그는 펠릭스의 귀에다 몸을 구부리고 속삭였다. "지옥에서 뜨거운 맛을 봐, 이 개자식아."

소파 테이블에서 그는 하이드로코돈 병을 집어 들어 알약 두 알을 튕겨냈다.

누가 현관문을 두드렸다. 그는 약병을 쿠션 밑에 밀어 넣고 문 앞으로 나갔다. 야들리가 거기 서 있었다. 그녀는 표정이나 몸동작으로 생각을 드러내는 일이 거의 없었다. 볼드윈은 그런 생각을 찾도록 훈련받은 사람이었다. 그는 그녀가 항상 그래왔던 것인지, 아니면 에디 칼 사건 이후에야 자신을 보호하는 방식으로 그렇게 된 것인지 의문스러웠다. 자신이 대부분의 사람들 생각은 읽을 수 있으면서 그녀를 읽지 못한다는 사실이 그를 절망케 했다.

"어, 제시카, 웬일로?" 그가 말했다.

"당신은 거짓말쟁이야. 나는 더 이상 당신을 믿을 수 없어." 그녀가 말했다. "당신과 함께 이 사건을 조사하고 싶지 않아. 다른 수사 검사를 찾아봐."

그녀는 돌아서서 진입로로 내려가기 시작했다.

"제시카, 기다려. 기다려 봐."

그는 그녀의 앞으로 달려갔다. "잠깐만 기다려 줘."

그녀는 멈췄다. "그를 만나러 갔었어, 케이슨."

"아."

"아? 나한테 할 말이 그게 다야? 아, 라고?"

그녀는 고개를 내저었다. "내가 너무 바보 같았어. 당신이 법원에 찾아왔을 때 나는 당신이 정말 내 도움을 원한다고 생각했어. 당신이 원한 건 그의 도움이었는데 그가 이미 딱 잘라서 거절했던 거지. 그래서 당신은 전 부인이면 그를 구슬려서 입을 열게 할 수 있을지도 모른다고 생각했던 거야. 이 일이 나한테 얼마나 고통스러울지 상관도 없이 당신은 그가 당신을 도울 수 있도록 나를 이용한 거야."

"제시카, 그렇게 된 게 아니야."

"그렇게 진지한 얼굴로 거기 서서 나한테 또 거짓말을 해?"

"거짓말하는 게 아니야. 그는 거절을 한 게 아니야. 돕겠다고 했지만 당신이 관여해야만 그렇게 할 거라고 했어."

그녀는 지나가는 차들을 쳐다보면서 고개를 가로저었다. "그걸 왜 나한테 말해 주지 않았어?"

"당신이 거절할 거란 걸 알았으니까."

"그러니까 우리의 관계, 앞으로 우리가 같이 맡을 모든 사건들을 이 사건 하나 때문에 다 태워 없애 버린 거네? 딱 그런 식으로 에디 칼이 당신을 돕도록 할 수 있을 텐데? 그리고 이건 딴 말인데, 그는 아무도 돕지 않을 거야. 그가 이런 식으로 하는 건 재미있기 때문이야. 지겨워질 때까지, 아니면 처형당할 때까지 그는 당신을 가지고 놀 거야. 그리고 당신은 저 사람들을 살해한 자를 잡기는커녕 근접하지도 못할 거고."

"노력은 해야지."

"왜? 당신은 이보다 더 지독한 사건들도 눈 하나 깜박하지 않고 해냈잖아."

그들은 그녀의 차 옆에 서 있었다. 사이드미러에 먼지가 살짝 앉아 있었다. 그는 엄지손가락으로 먼지를 닦았다. "딘의 아이들한테 얘기를 했어. 예전에 부모들에게 자식이 죽었다는 말을 해 본 적은 있었지만 그 반대의 경우는 한 번도 없었어. 한 번도. 아이들의 그런 눈을 한 번도 본 적이 없어. 그 아이들은 산산이 부서진 거야, 영원히 말이야. 이제 막 인생을 시작하고 있는데 제어 불능의 한 개자식 때문에 게네들은 벌써 인생이 무너졌다고." 그는 잠시 동안 말이 없었다. "똑같은 말을 어떤 사람이 내게 해 줘야 했던 적이 있었지."

"당신이 그런 일을 겪어야 했던 건 마음 아파, 케이슨. 정말이야. 하지만 앞으로 어떤 사건에서 당신 이름을 보게 되면 나는 손을 뗄 거고 다른 검사한테 넘길 거야."

"그래."

"이 사건이 모방범의 짓이란 건 언제 알았어?"

"나는, 으음… 바로 알았어. 딘 부부 때. 그 사건이 있고 며칠 뒤에 가서 에디를 만났던 거야."

그녀는 가방에서 차 열쇠를 꺼냈다. "집에 가야겠어. 비켜 줘."

"더 많은 사건들이 일어날 거야, 제시카. 에디는 우리를 도울 수 있어. 그는 자기가 한 일이나 그 이유에 대해 아무한테도, 자기 변호사한테도 말을 한 적이 없어. 우리는 그가 어떤 식으로 피해자들을 골랐는지도 몰라. 그가 그런 일을 뚫어볼 줄 안다면? 이자가 피해자들을 선택하는 방식을 그가 안다면? 빌어먹을, 이 모방범이 누군지 그가 안다면? 나는 또 다른 부부가 침대에서 그렇게 되어 있는 걸 보고 싶지 않아. 그런데 놈을 멈추게 하기 위해 내가 할 수 있는 모든 걸 다 하지는 않았다는 걸 알고 있어. 우리의 관계를 끝내고 싶다니, 좋아. 받아들일게. 하지만 마지막으로 이번만 나를 도와줘. 놈을 붙잡을 수 있게 도와줘. 당신 없이는 할 수 없는 일이야. 놈이 실수를 하지 않는 한 말이야. 그리고 그런 날이 언제 올지는 아무도 몰라. 세 쌍의 부부가 죽은 뒤, 아니면 여덟 쌍의 부부, 아니면 아홉, 스물? 얼마나 많은 사람들이 목숨을 잃어야 당신이 나한테 전화해서 '*내가 틀렸어. 도와줄게.*'라고 말할까? 제시카, 나를 좀 도와줘." 그는 그녀 가까이 다가섰다. "다시는 아이들에게 부모가 죽었다는 말은 하고 싶지 않아."

그녀는 숨을 길게 내쉬었다. 그녀가 입을 열었을 때 그는 자신의 말이 통했다는 것을 알았다. 그들이 그만큼 서로를 잘 이해한 덕분이었다. "그는 도움을 주는 대가로 원하는 게 있어. 그게 뭔지는 나한테 말하려 하지 않았어. 하지만 우리 둘 다 내키지 않을 일이라는 건 확실해."

17

타라는 최근 들어 식구들과 함께 저녁을 먹지 않으려 했다. 하지만 야들리는 오늘 밤 억지로 셋이 저녁을 먹자고 했다. 그녀는 오늘 에디 칼을 보고 온 후 그래야 한다는 걸 깨달았다. 그녀는 자신과 딸에게는 너무나 낯선, 정상적인 가족으로 사는 느낌을 갖기를 절실히 원하고 있었다.

그녀가 안으로 들어오자 주방에 서 있던 웨슬리가 그녀에게 주의를 주며 무슨 말을 하려는 듯 눈썹을 치켜올렸다. 그러나 바로 그때 타라의 방문이 열리면서 케빈이 나왔다. 케빈은 말랐고 피부가 푸르스름한 빛이 돌 정도로 창백한 아이였다. 그 아이는 날씨가 어떻든 상관없이 항상 머리에 회색 비니 모자를 쓰고 다녔다. 대마초 냄새가 훅 풍겼다. 눈이 빨갛게 충혈된 것을 보니 최근에 사용한 모양이었다.

타라가 말했다. "엄마, 왔어?" 그리고 킬킬 웃었다.

분노가 치밀어 합리적인 사고가 전혀 되지 않았다. "우리 집에서?" 그녀는 케빈에게로 한 걸음 다가섰다. "너 약에 취한 상태로 우리 집에 들어와서 나도 없는데 우리 딸 방에 들어갔어?"

"워워, 아줌마, 소름 돋아요. 전 그냥…."

"나가."

"엄마!"

"나가, 케빈. 안 그러면 경찰을 불러서 널 데리고 가라고 할 거야."

그는 실실 웃으면서 타라에게 V자를 흔들어 보이며 야들리 옆을 스쳐지나 밖으로 나갔다.

"엄마, 어떻게 이렇게 날 창피 줄 수 있어요?"

"넌 저 애를 다시는 못 봐, 타라. 단 한 번도. 저 애랑 너는 끝이야."

"엄마가 나한테 그럴 수는 없어요!"

"넌 외출 금지 중인데 내 말을 듣지 않았어. 그리고 약에 취해 있는 애를 우리 집으로 오게 했어. 가만, 근데 그 애가 어떻게 집에 올 수 있었지? 넌 휴대폰이 없잖아."

아이는 고개를 내저었다. "다 개소리야."

야들리는 딸에게 더 가까이 다가섰다. 그리고 아이의 눈을 응시했다. "너는 그 애를 다시는 못 봐. 알겠어? 그게 안 되면 난 너를 자퇴시켜 홈 스쿨링하게 할 거야."

타라는 피식 웃었다. "네, 그래요. 엄마가 언제 집에서 나랑 시간을 보내기나 하나요?"

그 말이 가슴을 후벼팠다.

"타라, 너랑 싸우고 싶지 않다. 너는 그 애를 다시는 못 본다. 이 이야기는 끝났어."

타라는 그녀를 밀어젖히려 했다. 야들리가 아이를 뒤로 밀었다.

웨슬리가 둘 쪽으로 왔다. "자, 숙녀분들—"

"당신은 끼어들지 말아요, 병신." 타라가 말했다.

"타라!" 야들리가 고함쳤다.

타라의 얼굴에 분노가 솟아올랐다. 주체할 수 없는 분노. 부모와 싸울 힘이 아직 없다는 것을 아는, 그래서 대신에 무력한 울분을 터뜨리며 되는 대로 모든 것을 파괴하고야 마는, 아이의 그런 분노였다.

"난 걔네 집에 가서 살 거예요. 걔 아버지가 그래도 된다고 했어요."

"그 사람을 납치 혐의로 체포할 거야."

웨슬리는 부드럽게 말했다. "제시카, 이건 아니지—"

"엄마는 날 못 막아!"

타라가 웨슬리를 옆으로 밀치고 뛰쳐나갔다. 아이는 대문으로 달려 나갔다. 야들리가 아이를 뒤쫓았다. 아이가 깜깜한 밤 속으로 사라지는 것이 보였다.

"타라! 지금 당장 이리 돌아와. 지금 당장!"

그녀는 가슴을 진정시키려고 한 손으로 눈을 가렸다. 웨슬리가 뒤에 와서 섰다.

"발코니에서 와인 한잔하면서 좀 진정해. 내가 가서 데려올게."

"아니, 내가 가야 해."

"그러면 상황만 더 나빠질 거야. 내 말 믿어. 내가 갈게. 좀 진정하도록 해."

그녀는 그가 슬리퍼를 신고 차고에서 차를 빼는 것을 지켜보았다.

✦

웨슬리와 타라는 한 시간 후에 집에 왔다. 야들리는 발코니에 앉아서 별들을 바라보며 진을 잔뜩 탄 롱아일랜드 아이스티를 마시고 있었다. 그녀의 생각은 타라가 어렸을 때로 가 있었다. 야들리는 타라가 아무 힘없는 아기여서 자신에게 모든 것을 요구하던 그때, 자신이 엄마로서 제일 힘든 시간을 보내고 있다고 생각했었다. 그때, 특히 종일 일을 해서 자기들 두 식구를 먹여 살리면서 로스쿨을 다니고 있던 때. 그녀는 매일같이 하루가 끝날 무렵이면 쓰러져서 다시는 일어나지 못할 것만 같았다.

그 시간들을 돌아보며 그때가 최고의 시간이었다고 회상하게 될 줄은 꿈에도 몰랐다. 모래시계 속의 모래처럼 그 시간들은 어떻게 그리 빨리도 흘러가 버렸을까.

웨슬리가 그녀 옆에 앉았다. "타라는 괜찮아?" 야들리가 물었다.

"괜찮을 거야. 이건 그냥 평범한 십 대의 반항이야, 제시카. 내가 사무실에서 늘 보는 일이지. 예외라면, 타라는 운 좋게도 당신같이 잘 보살펴주는 엄마가 있다는 거야." 그는 그녀가 마시던 음료를 한 모금 마시고는 말했다. "이거 아무것도 안 넣은 진이야?"

"와인보다 좀 더 강한 걸 마시고 싶었어."

"그래, 잘했어." 그는 한 모금 더 마시고는 잔을 되돌려 주었다. "당신 괜찮아?"

"내가 언제 저 애를 잃은 걸까, 웨슬리? 저 애가 두 팔로 나를 끌어안고 사랑한다고 말하던 때가 엊그제 같은데, 이제 저 애는 내가 쳐다보지도 못하게 해."

"딸들은 다 엄마랑 복잡미묘한 관계에 있는 거야." 그는 잠시 침묵했다. "당신은 십 대일 때 어땠어? 당신은 한 번도 옛날얘기를 안 하잖아."

야들리는 술기운에 얼굴이 달아오르고 속이 뜨거워지는 것을 느꼈다. 그녀는 웨슬리가 자신의 과거에 대해 물을 때마다 화제를 돌리는 데 선수였으나 지금은 그렇게 하지 않을 만큼 취한 상태였다.

"난 엄마한테 반항하거나 엄마를 미워할 시간이 없었어. 열네 살

무렵에 난 학교에 다니면서 두 가지 일을 했어. 2시부터 6시까지 한 군데서 일하고 그런 다음 7시부터 11시까지 다른 데서 일했어. 그 후 몇 시간 공부를 했고 다음 날이면 똑같은 일을 또다시 반복하곤 했지."

"왜 그렇게 많이?"

그녀는 한 모금 더 마셨다. "내가 일을 안 했으면 길거리에 나 앉았을 거거든. 엄마는 실업 급여를 술 마시는 데 써버렸고 실업 급여가 끊기고 나서는 생계 급여를 타기 시작했어. 식품 할인 구매권을 반값에 팔아서 보드카랑 맥주를 샀지. 식품 할인 구매권으로는 술을 살 수가 없으니까 말이야. 집세나 음식을 살 돈은 남지 않았으니까 그걸 내가 감당해야 했어. 나는 가스 요금을 내거나 옷 같은 것들을 살 만큼 돈을 벌지는 못했지만 우리가 누울 방을 지키고 냉장고에 음식이라도 넣어 둘 수 있다는 게 자랑스러웠어."

그는 아무 말 없이 그녀를 바라보았다. "아버지는 어디 계셨어?"

"아버지는 내가 열세 살 때 우리를 버리고 떠났어. 지금쯤은 어디선가 돌아가셨겠지."

그는 고개를 돌려 별들을 쳐다보았다. "내가 당신한테 당신 부모님에 대해 처음 물어봤던 때 생각나? 당신은 부모님 이야기는 하고 싶지 않다고 입을 닫았어. 당신이 이렇게 내게 다 말해 줘서 고마워, 제시카. 우리는 이제 이렇게 하나가 된 거야."

야들리는 속에서 느껴지는 알코올의 따뜻함이 기분 좋았다. 그리고 불현듯 웨슬리와 여기 함께 있다는 것에 감사했다. 그는 타라를 존중했고 아이를 심하게 비난하지 않으면서 최대한 보호했다. 야들리는 그 점이 놀라웠다. 아이가 자신을 학대하지 않도록 하는 것과 생활에 소소한 것까지 간섭해서 아이를 노이로제에 걸리게 하는 것

사이의 균형을 어떻게 그토록 잘 유지할 수 있단 말인가. 웨슬리는 그렇게 타고난 사람 같았다. 그는 어린 자식들에게 훌륭한 아버지가 되었을 사람이었다.

"2년만 지나면 타라는 열여덟 살이 돼. 타라가 떠나면 난 어떻게 하지? 저 애는 최악의 남자에게로 달려갈 거야. 자기 아빠 같은 사람 말이야. 타라는 어렸을 때부터 아빠를 찾았어. 난 그것만은 피하고 싶었지만 그렇게 하지 못했어." 그녀는 술잔을 입에 가져가려다 잔이 빈 것을 알고는 놀랐다. "오늘 그 사람한테 갔다 왔어."

"농담이겠지."

그녀는 고개를 저었다. "케이슨이 원한 건 내 도움이 아니었어. 에디의 도움이었지. 하지만 에디는 그의 청을 거절했고 내가 이 사건에 개입해야만 돕겠다고 했대. 그래서 케이슨이 나를 찾아온 거였어."

"무슨 목적으로 당신에게 개입하라는 거지?"

"누가 알겠어? 그 사람에겐 즐길 거리인가 보지. 그는 이게 재미있다고 생각하나 봐." 그녀가 숨을 내쉬었다. "얼른 끝이 나서 죽었어야 하는데."

웨슬리는 손가락으로 허벅지를 두드렸다. 뭔가를 깊이 생각하고 있을 때 그가 무의식적으로 하는 버릇이었다. "그가 타라를 보고 싶다고 했나?"

"맞아. 어떻게 알았어?"

"내가 당신을 괴롭히려고 한다면, 정말로 괴롭히려고 한다면 그렇게 할 테니까. 당신 딸을 통해서 말이야. 당신은 그렇게 하지 않을—"

"절대로. 그는 타라를 절대로 못 봐. 장례식에도 데려가지 않을 거고 죽었다는 얘기도 하지 않을 거야. 어쩌면 타라가 인터넷에서 뉴스를 보거나 누군가가 타라에게 알려줄 수는 있겠지. 하지만 나한테서는 아무 말도 못 들을 거야."

"그래, 그렇게 결심했으니까 됐네, 그렇지? 그럼 당신이 이 살인 사건들을 수사하거나 더 이상 수사에 도움을 주지 않아도 되잖아."

그녀는 대답하지 않았다.

"제시카, 설마 당신 진짜로 그럴 생각 —"

"웨슬리, 내가 뭘 해야 되겠어? 그놈은 잡혀야 하는데 말이야." 그녀의 목소리는 의도한 것보다 더 화가 나 있었다. 그녀의 타고난 평정심이 술기운에 약해진 것이었다. 그녀는 자기가 왜 술 마시는 것을 좋아하지 않는지 알게 되었다.

"물론, 놈은 잡혀야지. 그리고 잡힐 거야. 하지만 당신이 개입하는 건 아니야. 이 일에는 들어가지 마. 당신은 처음부터 견뎌내기 힘들 거야."

그녀는 잔을 내려놓고 일어났다. 거친 나무 난간을 손으로 쓸어 보았다. 따뜻한 바람에 머리카락이 날렸다. 멀리멀리 이어진 어둠 속에서 저 멀리 산 너머로 라스베이거스 스트립의 은은한 불빛이 비쳐 오고 있었다. 불빛에 그림자가 드리워진 모래와 협곡들은 어쩌면 그 빛 때문에 더욱더 어두워만 보였다.

"그 모방범이 또다시 살인을 벌였다는 걸 알게 되면 이 직업은 내게서 빛을 잃을 거야. 한동안 여전히 사건을 담당할 수는 있겠지만, 정말 중요한 순간에 내가 할 수 있었던 것을 하지 않았다는 걸 알게 되겠지. 그러면 이게 그냥 직업일 뿐이었다는 것을 깨닫게 되고 결국 난 이 일을 그만둘 거야. 법조계를 아예 떠나겠지."

"그래서? 그것도 그리 나쁘지는 않아. 세상에는 당신이 할 수 있는 수많은 다른 일들이 있으니까. 사진 작업을 다시 해 보라고 내가 항상 말해 왔잖아."

사진이라. *어떻게?* 그녀는 생각했다. 여러 가족들이 도살당하고 있는 상황에서 자신이 그들을 돕기 위해 아무것도 하지 않았다는 사실을 알면서 어떻게 나무와 들판 사진을 다시 찍을 수 있단 말인가?

가족사진을 찍게 되면 악몽에서 봤던 그들의 모습, 방 침대 위에 고개를 떨구고 있던 그 모습만 보이지 않을까? 사진은 그녀가 십 대 때부터 꿈꾸어 왔던 열정이었지만 에디 칼의 범죄를 알게 된 그 순간부터 그녀는 다시는 사진을 찍을 수 없다는 것을 알았다.

그녀는 산 너머의 불빛과 금방이라도 집어삼킬 듯이 도시를 에워싸고 있는 기괴한 그림자들을 응시했다.

놈은 잡혀야만 해.

18

야들리는 카페의 칸막이 자리에 앉아 오티즈와 볼드윈을 기다리고 있었다. 그녀 근처에는 젊은 커플이 앉아서 누가 어디에 돈을 썼는지를 두고 다투고 있었다. 그녀는 자신과 칼이 젊었을 때의 기억을 떠올렸다. 화가인 칼은 겨우겨우 밥벌이를 하고 있었다. 하지만 야들리가 갤러리에서 그를 처음 만났을 때 그는 행복해 보였다.

그의 작품들 중 그녀의 호기심을 자극하는 그림이 하나 있었다. 그림 속에는 여섯 개의 사각형이 연이어 있었는데 각각의 사각형마다 한 남자가 농장의 울타리 옆에 서 있는 모습이 그려져 있었다. 남자의 얼굴은 사각형을 하나씩 넘어갈 때마다 점점 사라져가다가 맨 끝 사각형에는 울타리와 그 너머의 농장만 남고 남자의 얼굴은 사라지고 없었다.

그녀가 그림을 응시하고 있을 때 칼이 다가와서 뒤에 섰다. 그리고 말했다. "이게 마음에 들어요?"

"그래요. 뭔가가 뇌리에 떠올라 사라지지 않네요. 그렇지만 이 작가는 좀 더 연습을 해야겠어요. 너무 빤히 들여다보여요. 너무 빤한 건 예술에서는 치명적인 결함이죠."

그는 미소를 지으며 말했다. "그 사람한테 확실히 전할게요."

그녀의 친구가 그 작품의 작가를 그녀에게 소개한 것은 바로 그날 밤이었다. 그가 칼이었다.

"미안해요." 빨갛게 달아오른 얼굴로 그녀가 말했다.

"아니에요, 당신 말이 맞아요." 그가 아름답게 미소 지으며 말했다. 웃을 때 칼의 눈은 별이 빛나는 것 같았다.

야들리는 그때 대학을 막 졸업하고 사진작가로 겨우 입에 풀칠을 하고 있었다. 그녀는 돈을 많이 벌어서 어릴 때 한 번도 갖지 못했던 커다란 집과 멋진 자동차를 사는 꿈을 꾸고 있었다. 하지만 칼은 돈에는 눈곱만큼도 관심이 없어 보였다. 그는 한 번씩 자기 집 바깥 보도에서 잠을 자곤 한다고 했다. 오로지, 돈을 다 잃고 없어도 상상한 것만큼 그리 끔찍하지는 않을 거라는 것을 스스로 겪어보기 위해서라고 했다. "그 어떤 것도 당신이 생각하는 것만큼 영원히 좋거나 영원히 나쁘지는 않아." 그가 그녀에게 한 말이었다.

언젠가 한번은 둘이서 그런 식으로 함께 자기도 했다. 보도 위에서 바로 앞 교차로를 지나가는 자동차 소리와 주택의 배수구에서 나는 냄새를 자장가 삼아 침낭 속에서 둘이 잤다. 그때 야들리는 살면서 중요하다고 배웠던 모든 것이 거짓말이라는 것을 알았다. 그날 밤 이후 그녀는 다시는 돈 걱정은 하지 않았다.

그때 볼드윈이 카페로 들어왔다. 야들리는 좌석에 등을 기댔다. 오티즈가 금방 따라 들어와서 말했다. "별일 없죠, 제시카?"

"잘 지내죠?"

"이 바보 녀석이랑 어슬렁거리고 있죠. 있잖아요, 제가 이 녀석과 세인트 조지 경찰청 경관 몇 명을 불러냈거든요. 가서 볼링이나 치고 맥주 좀 마시자고. 그랬더니 집에서 검시 서류들을 보겠다고 하잖아요. 맛이 간 놈이에요."

야들리는 볼드윈을 쳐다봤다. 그들은 서로를 응시했다. "맞는 말이네요." 그녀는 숨을 깊이 들이마셨다 내뱉었다. "당신을 돕기로 마음 먹었어. 그렇지만 몇 가지 기본 원칙이 있어."

"뭐든지 말해." 볼드윈이 말했다.

"에디한테 하는 일은 뭐든지 다 내 승인을 받아야 해. 어떤 일이건 다, 케이슨. 그 사람이 디저트를 하나 더 받는 것까지도 말이야. 그에 게 무슨 일이 일어나는지 항상 내가 알고 있어야 해."

"그럴게, 문제없어."

"그에게 두 채널을 가동하는 건 안 돼. 그는 우리를 이간질할 거야. 그러니까 우리 중 한 사람만 그와 대면해서 그를 상대해야 해. 당신 은 나한테 그를 다루라고 하겠지. 내 입장에서는 당신이 그 일을 하 는 게 좋지만 우리 둘 다 내가 되어야 한다는 걸 알잖아."

"맞아."

그녀는 나가려고 일어서는 젊은 커플을 힐끗 쳐다보았다. "당신이 그를 처음 만났을 때 그가 나한테 뭘 원한다고 했어?"

"단지 당신이 개입했으면 좋겠다고 했을 뿐이야. 그가 정상적인 사 람이라면 당신을 그리워해서 그런 거라고 하겠지만 그가 진짜 원하 는 게 뭔지 도대체 누가 알겠어."

"좋아. 다음 단계로 가자. 나는 그에게 사건 파일을 가지고 갈 생각 이야. 그런 다음 그와 인터뷰를 하고."

볼드윈은 얼굴을 찡그렸다. "그 전에 우리가 한 가지를 해 줘야 한 다고 그가 요구했었어."

"뭘?"

"살해 현장을 보고 싶대."

19

야들리는 매디슨 애그비의 집무실 밖에 서 있었다. 노크를 하고 기다렸더니 "들어오세요."라는 판사의 목소리가 들렸다.

야들리는 집무실로 들어가서 문을 닫았다. 애그비는 정년이 얼마 남지 않은 모로칸계의 우아한 여성으로 로즈 장학생이었기도 했다. 그들은 수년간 서로에 대한 존경심을 키워 온 사이였다. 판사는 야들리가 자신의 재판정에서 무분별한 신청을 제기하거나 부당한 주장을 전혀 하지 않는 점을 고맙게 생각한다고 했다. 제대로 된 소송 건이 아니라면 야들리의 책상에 오자마자 기각되어 버릴 것임을 애그비는 알고 있었다. 그들은 둘 다 세상에서 절대적으로 귀중한 한 가지가 있다면 그것은 시간이라는 점을 이해했고 그런 시간을 1분 1초라도 낭비하지 않으려는 열의를 공유하고 있었다.

"안녕하신가?" 그녀는 컴퓨터에서 눈을 떼지 않고 말했다.

야들리는 그녀의 맞은편에 앉았다. "네, 판사님. 얼굴이 좀 타셨네요."

"바르바도스에 갔다 왔지. 자네도 가 봤나?"

"아뇨, 저는 사실 한 번도 외국에 가 본 적이 없어요."

애그비가 자판에서 손을 떼고 돌아앉았다. "자네는 좀 즐겨야 해. 평생 일만 하고 살면 안 된다고."

야들리는 얼굴에 부끄러운 미소를 띠고 어깨를 으쓱했다. "나중에는 그렇게 되겠죠. 딸아이가 크고 나면요."

"아, 그래. 그게 위험 신호야. 자네는 항상 나중을 생각한단 말이지. 딸이 지금 몇 살이지?"

"열다섯 살이에요."

애그비는 고개를 내저었다. "옛날에 한번 자네가 딸을 법정에 데리고 온 일이 생각나는군. 돌봐줄 사람을 구하지 못해서 말이야. 그 애가 아홉 살인가 열 살 때였던 것 같군. 자네 옆에서 아이는 행복한 얼굴이었어. 내 평생에 그렇게 즐거웠던 법정은 처음이었네. 아이들에겐 그런 힘이 있어, 안 그런가?"

"네, 분명 그렇죠."

애그비는 의자를 살짝 젖히고는 의자 뒤로 기대앉았다. "그래, 오늘은 무슨 일로 온 건가? 급한 일이라고 했잖아."

"네, 그렇습니다. 이 명령에 서명을 해주셨으면 합니다." 야들리가 서류 가방에서 한 쪽짜리 서류를 꺼내 판사의 책상 위에 올려 놓았다.

애그비는 그것을 재빨리 읽었다. "설마 이건 농담이겠지."

"정말이에요."

그녀는 서류를 내려놓고 손으로 턱을 괴었다. "나더러 연쇄 살인범이 범죄 현장을 볼 수 있도록 풀어주는 데 서명하라고?"

"풀어주는 건 아니에요. 사슬에 묶어서 FBI 요원 두 사람이 대동할 것이고 교도소 경비대원이 계속 같이 있을 거예요. 발목에는 위치 추적 장치도 채울 겁니다. 그리고―"

"도대체 왜 내가 이걸 해 줄 거라고 생각하지?"

"우리는 그에게 사진을 제공하려고 했지만 그건 싫대요. 우리가 필요한 정보를 그 사람이 갖고 있거든요. 그런데 이게 그 사람이 내건 조건 중 하나예요. 직접 그 집들을 보고 싶다는 거죠."

"제시카, 나는 여기에 서명하지 않을 걸세. 그자가 풀려나서 누군 가를 해친다면 어찌 될지 상상이 안 되나? 거기에 서명한 사람이 나 고, 그걸 요청한 사람이 당신인 거야."

그녀는 고개를 끄덕였다. "알고 있습니다. 하지만 판사님은 이해하 시잖아요. 다른 선택의 여지가 있었다면 제가 이런 요청을 하지 않았 을 것이라는 걸 말이에요."

애그비는 다시 한번 서류를 훑어보더니 말했다. "그 사람이 체포된 후 그를 본 적이 있나?"

"어제 봤어요. 처음으로… 그러니까 그때 이후 처음으로."

"자네가 그 젊은 나이에, 게다가 임신한 상태에서 그런 일을 겪은 건 정말 안됐네. 나로서는 상상도 할 수 없는 일이야."

"그건 이 세상에서 제일 사랑한 사람에게 심장을 도륙당한 것 같 은 일이었어요." 그녀가 말했다. 그럴 생각은 아니었는데 그런 말들 이 쏟아져 나와서 그녀는 당혹스러웠다. "하지만 저는 지금 그 사람 이 필요해요."

"무엇 때문에?"

"네 사람을 살해한 사건을 수사하고 있습니다. 우리는 이 사건의 수사를 도울 수 있는 타당한 정보를 그가 갖고 있다고 생각해요."

애그비는 잠시 생각을 했다. "자네 말이 맞아. 나는 자네를 정말 믿 고 있네. 자네가 처리할 수 없는 일을 나한테 서명하도록 해서 우리 관계를 망치지는 않을 것이라는 걸 알지. 그래서 자네에게 이 일에 대해 깊이 묻지는 않겠네. 내가 묻는 건 하나일세. 자네, 확신하나?"

야들리는 머뭇거렸다. "네, 확신합니다." 그녀는 거짓말을 했다.

그녀는 거짓말을 해 본 적이 없었다. 혀가 타는 느낌이 들었다.

"아뇨, 사실 확신은 없습니다…. 하지만 필요한 일이라고 생각해요."

애그비는 수긍했다. 그녀는 펜을 들어 서류에 서명을 하고 그것을 야들리에게 되밀었다. "조심하게, 제시카."

✦

야들리는 교도소 바깥에 서서 오티즈의 차 앞을 서성이고 있었다. 범죄 현장 청소 팀이 내일 아침에 올슨의 집에 오기로 되어 있었다. 그러므로 현장 방문은 오늘 밤에 이루어져야 했다.

해는 한 시간 전에 진 상태였다. 교도소 경비 타워의 밝은 불빛이 주변의 모든 것을 눈부신 형광색으로 조명하고 있었다. 야들리는 그 불빛이 조리되는 음식을 비추는 전자레인지 불빛과 비슷하다고 생각했다.

"이건 끔찍한 구상이야." 야들리가 말했다.

자기 차에 기대서서 소셜 미디어를 훑어보고 있던 오티즈는 "전에 재소자들과 이런 걸 해본 적이 있어요. 칼은 사슬에 계속 묶여 있을 거예요. 그리고 만약 조금이라도 기미가 보이면 제가 엉덩이에 주사를 찔러 버릴 거예요. 연쇄 살인범들을 보면 손가락이 근질거리거든요." 그는 그녀를 올려다보았다. "죄송해요. 검사님께 이런 말 하면 안 되는데 말이에요."

그녀는 팔짱을 낀 채 땅 밑을 보면서 계속 서성거렸다. 몇 분 뒤에 문이 열리고 볼드윈이 나왔다. 그의 뒤에, 베이지색 제복을 입은 건장한 교도소 경비대원과 볼드윈 사이에 하얀 죄수복을 입은 칼이 있었다. 사슬은 그의 손목과 발목에 채워진 강철 수갑에서부터 그의 사타구니 밑을 거쳐 양쪽 어깨를 넘어서 다시 수갑으로 내려와 있었다. 그것은 마치 탈출 곡예사 후디니가 탈출을 시도할 때 쓰는 복잡한 기계 장치 같았다.

교도소 호송차가 오티즈의 차 근처에서 기다리고 있었다. 볼드윈이 말했다. "내가 동승할게."

칼은 그녀에게 미소를 지으며 윙크했다. 그녀는 추운 겨울날 불에 델 듯 뜨거운 커피를 급히 들이켠 것처럼 순간적으로 모든 감각이 없어져 버리는 것만 같았다. 호송차가 떠날 때까지 천년만년이 걸리는 느낌이었다.

그들이 가고 나자 오티즈가 말했다. "어둠의 카사노바가 저 개자식한테 딱 맞는 말이라는 것 하나는 인정하겠어요. 잘생긴 놈이잖아요. 어디 들어가면 누구든 한 번은 쳐다볼, 그런 타입이에요, 그렇죠?"

그건 거미줄 같은 아름다움이야, 그녀는 생각했다. 그리고 호송차가 어둠 속으로 사라져 보이지 않을 때까지 미등의 불빛을 응시하고 있었다.

20

볼드윈은 주먹 뒤쪽으로 호송차의 벽을 쳐서 경비대원에게 출발한다고 알렸다. 쇠창살로 된 창문이 운전석과 조수석을 죄수석으로부터 분리시켜 놓았다. 필요한 경우 경비대원이 호신용 스프레이를 뿌릴 수 있도록 창문에는 골프공 크기만 한 구멍이 두 개 나 있었다. 볼드윈은 칼을 마주 보고 앉았다.

볼드윈은 자신이 만나 본 가장 악랄한 인간은 헨리 루카도였다고 항상 생각해 왔다. 십 대 아이들을 살해하고도 조금도 양심의 가책을 느끼지 않던 인간이었다. 그런데 여기 루카도보다 더 많은 사람들을 죽이고서 양심의 가책은커녕 오히려 살인을 즐기는 듯했던 자가 앉아 있었다. 이 물건이 야들리와 사랑을 나누는 상상이 머릿속에 불현듯 떠오르자 그는 속이 메스꺼웠다.

볼드윈은 주머니에서 암갈색 작은 병을 빼서 흰색 알약을 꺼냈다. 하이드로코돈이었다. 그는 물도 없이 약을 삼켰다. 칼은 고속도로에 들어설 때까지 한참 동안 그를 지켜보고 있었다.

"나한테 도움을 청해야만 해서 죽을 지경인 모양이군."

마치 차를 타고 어디 놀러 가기라도 하는 듯 차의 옆쪽에 머리를 뒤로 기댄 채 칼이 말했다.

"마음에 드는 일은 아니었지."

칼은 웃으며 턱을 들어 우람한 체격의 경비대원을 가리켰다. "저 친구는 한 번 재소자 허리를 부러뜨렸어. 재소자가 식판으로 저 친구 머리 옆을 쳤거든. 그랬더니 그 녀석을 인형처럼 들어서 자기 무릎 위로 떨어뜨려 버렸어. 녀석은 다시는 걷지 못했어."

볼드윈은 아무런 대꾸도 하지 않았다.

"오." 칼이 킬킬거리며 말했다. "그래서 저 친구를 고른 거로군, 안 그래? 뭐, 걱정하지 마. 나는 도망칠 계획이 없으니까. 그런데 우리 는 아직 거래를 실제로 성사시키진 않았잖아."

"당신이 나한테 아직 아무것도 준 게 없지."

그는 어깨를 으쓱했다. "어쩌면 그럴 능력이 안 될지도 모르지. 하 지만 내 생각에는 줄 수 있을 거 같기는 해."

볼드윈은 이가 악물리는 것을 느끼고는 몸을 이완시키려고 애썼 다. "누구 짓인지 알고 있지, 안 그래?"

"내가 어떻게 알겠어? 당신들이 내 편지와 면회인들을 수년간 체 크해 왔을 텐데."

"그랬지. 청혼받은 게 몇 번이지? 내가 헤아리기로는 40건이 넘었 어."

"그래… 희한한 일이지, 안 그래? 그 여자들은 내가 어떤 놈인지 정확히 알고서 나를 찾아냈더라고."

"정신적으로 불안정한, 도움이 필요한 여자들이지."

"아니, 그렇지 않아. 죽고 싶은 사람들이지, 적어도 그들의 무의식 은 그래. 그들은 최악의 나쁜 남자라는 게 스릴이 넘치기 때문에 자 신들이 그렇게 한다고 생각하지만 마음속으로 진짜 원하는 건 죽음 이야. 어떤 일을 할 때 우리는 사실 그 일을 왜 하는지 결코 알지 못 해."

"당신은 자기가 왜 그 일을 했는지 정확히 알 거라고 생각하는데."

"그건 왜?"

"당신은 미치광이니까."

그는 킬킬거렸다. "그건 이유가 아니지."

"그럼 왜 그런 건데?"

그는 미소를 지었다. "내가 말해주면 *그자*를 찾을 수 있게 될 거야. 그렇다면 나는 그때 뭘 얻을 수 있지?"

조용한 주택가의 과속 방지턱을 넘으면서 호송차가 덜컹거렸다. 볼드윈은 허리께에 권총의 무게가 느껴졌다. 그는 머릿속에서 칼에게 총을 쏘는 장면을 그리지 않으려 노력했다.

"당신이 누구 짓인지 정말 안다면 우리가 시간을 많이 절약할 수 있을 텐데."

그는 어깨를 으쓱했다. "나야 뭐 세상에서 시간이 제일 많은 사람인걸."

볼드윈은 이제 웃음을 보였다. "글쎄, 어쨌든 4개월은 있는 셈이네."

두 사람은 차가 올슨의 집 앞에 멈출 때까지 다시는 입을 열지 않았다. 칼은 두 집을 다 보겠다고 했으나 딘의 집에는 아무것도 남아 있지 않다는 것을 볼드윈은 알고 있었다. 친척들이 집을 새로 칠하고 새 카펫과 가구를 들여놓고 집을 매물로 내놓은 상태였다. 그 집을 산 새로운 가족이 혹시 집에 들를지도 몰라서 볼드윈은 칼이 그곳에 가는 것은 거부했다. 새로운 생활을 시작하게 될 새집에서 그 가족이 그를 보는 것은 할 짓이 아니었다.

"제시카는 진짜 특별하지, 안 그래?" 경비대원이 운전석에서 내리자 칼이 말했다.

볼드윈은 대꾸하지 않았다. 그는 야들리와 사귀던 시절에 그녀가 마지막으로 여행에 초대했던 기억이 났다. 타라와 함께 옐로우스톤에 가자고 했었다. 야들리는 그 여행을 몇 달 동안 기대하며 기다리고 있었다. 볼드윈은 같이 가기로 했으나 떠나기 일주일 전에 사건 하나를 맡게 되었다. 젊은 엄마가 아들을 유모차에 태워 공원을 산책하던 중에 성폭행당하고 목이 졸려 목숨을 잃은 사건이었다. 그는 야들리에게 그 사건을 다른 사람에게 넘기고 싶지 않다고, 그래서 여행은 가지 못하겠다고 말했다. 그는 그 일로 그녀가 화를 낸 까닭을 알 수가 없었다. 사건이 먼저였기에 그로서는 너무나 분명한 선택이었던 것이다. 나중에야 그는 그 선택으로 무엇을 잃었는지 깨달았다. 하지만 다시 한번 선택을 해야 하더라도 다른 선택을 하리라는 확신은 없었다.

경비대원이 차량의 문을 열고 칼에게 몸짓을 했다. 칼은 일어나서 밖으로 나왔다. 경비대원이 그의 팔을 잡고서 그가 내리는 것을 도왔다. 경비대원이 칼의 족쇄를 점검하고 있는 동안 볼드윈은 차에서 뛰어내렸다. 몇 분 뒤 오티즈와 야들리가 차를 댔다.

칼은 고개를 들어 달을 바라보았다. "바깥에 나갈 수 있는 시간이 딱 한 시간 있는데 오후 시간이야. 달을 이렇게 십여 년 만에 보게 되니 기분이 묘하네. 어떤 여자의 목에서 피가 콸콸 쏟아져 나오는 걸 달빛 아래 지켜봤었지. 그 여자네 침실 천장에 채광창이 있었거든. 그건 마치 피라기보다는… 진하고 두꺼운 물감 같았어. 투옥되기 전에는 그 피를 내 물감들이랑 섞을 생각을 전혀 못 했다는 거 알아? 이 세상에 그렇게 그려진 그림이 있다면 얼마나 멋지겠어. 물론, 제시카라면 그것들도 타 불태웠겠지만 말이야."

야들리와 오티즈가 그들에게 다가왔다. 칼은 그녀를 바라보았다.

"당신 추워 보이는군." 칼이 말했다. "볼드윈 요원, 내 아내한테 당신 재킷을 좀 주겠소?"

"난 당신 아내가 아니야. 이런 이야기는 그만하지."

21

그들은 진입로를 올라가 현관문까지 갔다. 볼드윈이 문을 열었다. 야들리는 칼이 올슨의 집 안에 들어간다는 사실이 싫었다. 허락을 구하지도 않았고 구했다 하더라고 허락받지 못했을 터이라 왠지 불경스러운 것 같았다.

볼드윈이 앞장서고 오티즈, 칼, 그리고 경비대원이 뒤를 따랐다. 야들리는 잠깐 기다렸다가 그들에게 합류했다.

칼은 거실에 서서 주위를 둘러보았다. 벽난로 위에는 사진이 하나 있었다. 확대하여 캔버스에 인화한 올슨 부부와 여섯 살 난 아이작의 사진이었다. 아이는 웃고 있는 부모 사이에 앉아 있었다. 눈은 호기심으로 반짝이고 있었다. 칼은 그 사진을 바라보고 나서 말했다. "뒤뜰을 보고 싶군."

그들은 현관으로 가서 뒷문으로 나갔다. 야들리는 뒤뜰에는 가보지 않았다. 뒤뜰에는 넓은 인조 잔디가 깔려 있었고 구석에는 작은 놀이 세트가 있었다. 울타리 옆에는 짙푸른 잎사귀들을 이웃집 담벼락 너머로 늘어뜨린 야자나무들이 있었다.

"당신이 잘못 알았어, 볼드윈 요원." 칼이 말했다.

"뭘 말이오?"

"그자는 차고나 세탁실에서 기다린 게 아니야. 놈은 그들을 구경하고 싶었을 거야. 그들의 있는 그대로의 모습을. 그러면 짜릿할 거거든, 안 그래? 이제 곧 죽을 텐데 그런 사실을 알지도 못한다는 것을 아는 기분이랄까? 이 가족이 한자리에서 같이 먹는 마지막 끼니라는 것을 알지 못한 채 웃으면서 밥을 먹고 하는 것을 보는 게 즐거웠을 테지." 그는 사슬에 묶인 양손을 들어 놀이 세트를 가리켰다. "그자가 저 밑에 숨었다면 삼면이 차단되어 완벽히 몸을 숨길 수 있어. 누군가 여기로 나와서 몸을 숙이고 보지 않았다면 그를 보지 못했을 거야. 그랬다고 해도 재빨리 울타리 너머로 달아날 수 있었을 거고. 붙잡혔다고 해도 그가 한 짓은 무단 침입일 뿐이어서 그날 약을 잃어버렸다든가, 머리가 혼란스러웠다든가 하고 핑계를 댈 수 있었겠지. 그러고 나서 다른 가족을 고르면 되고."

볼드윈은 그 놀이 세트를 바라보았다. "그게 그자가 안에서 기다렸을 것이라는 추측보다 더 개연성이 있다고 생각하는 이유는?"

야들리가 말했다. "자기라면 그랬을 거니까."

칼이 그녀를 뒤돌아보았다. 그의 얼굴에 번진 미소가 그녀의 말이 옳았음을 보여주고 있었다.

"차고에서 집 안으로는 어떻게 들어갔을까?"

"그건 모르지. 내가 있던 시절에는 경보 장치가 그렇게 많지 않았으니까. 그자는 경보 장치를 피해 갈 수 있는 기술적인 지식이 있었을 게 분명해."

"하지만 놈은 현관문에 달린 경보를 울렸어. 왜 그런 불필요한 짓을 한 거지?"

"여자가 겁이 난 모습을 보는 게 좋았나 보지. 경보가 울리고 그 뒤에 우왕좌왕하는 모습을 보는 건 재미있지 않겠어? 오브리 올슨의 눈에 어린 공포를 한 번 봐. 그 모습에 놈은 성적 충동이 일었을 거야."

야들리는 오브리의 이름이 그의 입에서 나오는 것이 끔찍했다.

"이제 침실을 보고 싶군."

그들은 다시 집 안으로 들어갔다. 침실의 문을 열 때 경비대원이 칼의 팔을 잡았다. 볼드윈이 스위치를 눌러 불을 켰다. 칼은 잠깐 서 있었다. 꼼짝도 하지 않고. 그는 마치 박물관에서 눈길을 사로잡은 조각 작품을 보고 있기라도 하듯 핏자국을 보고 있었다. 침대 발치로 몇 걸음 다가선 그는 손을 내려 매트리스를 만졌다.

"아무것도 손대지 마." 볼드윈이 말했다.

칼은 손을 치웠다. 그런 다음 눈을 감고 잠깐 호흡을 했다. 야들리는 그가 피 냄새를 맡을 수 있을지 궁금했다. 그녀가 이전에 이곳에 왔을 때 공기 중에는 여전히 피 냄새가 옅은 안개처럼 떠다녔었다.

"당신이 나한테 준 서류에는 부검 보고서는 없었어." 칼이 말했다. "남편은 맞서 싸우려고 했었나? 손과 팔에 베인 흔적이 있었나?"

"그랬어."

칼은 고개를 끄덕였다. "그는 남편의 목을 먼저 베고 그다음에 아내를 깨워 남편이 죽어가는 걸 보게 했어."

병리학자도 같은 추정을 한 바 있었다. "그건 우리도 이미 알고 있었어." 야들리가 말했다. "당신이 하는 말은 우리한테 전혀 도움이 안 되고 있어."

"이런 건 어떨까. 그자는 그 아내가 아이를 깨우지 못하도록 입에 뭔가를 둘렀을 거야."

"끈 자국 같은 건 발견하지 못했어." 오티즈가 말했다.

"아니, 부드러운 어떤 걸 사용했다면 발견하지 못했겠지. 실크 속옷 같은 거랄까."

볼드윈과 오티즈는 서로 시선을 교환했다. 야들리는 그들이 오브리의 모든 속옷에 대해 미세 증거 테스트를 하지는 않았다는 것을 알았다.

칼이 볼드윈을 쳐다봤다. "당신들은 그를 잡지 못할 거야. 아주 경험이 많은 녀석이야. 아마도 형사거나 전직 FBI 요원일 것 같군. 정신적인 문제로 인해 해고되었을 수 있는 어떤 사람 말이야."

야들리도 같은 생각을 했었지만 아무에게도 말하지 않았었다. 자신과 칼이 비슷하게 사고한다는 사실이 그녀는 불편했다. 그와 결혼 생활을 할 때 때때로 그들은 서로가 상대방의 말을 끝마치곤 했었다. 그런 기억이 떠오르자 그녀는 몸서리가 쳐졌다.

"그랬으면 좋겠지? 우리를 서로 등 돌리게 만들고 어디 한 번 웃어 젖혀 보시지." 볼드윈이 말했다.

"오브리의 속옷과 실크 스카프들, 스타킹, 그런 것들을 모두 체크해. 그리고 놀이 세트 속에 들어가서 구석구석 찾아봐. 뭐든 찾으면 내게 알려주고."

볼드윈이 경비대원에게 고갯짓을 했다. 경비대원과 오티즈가 칼을 데리고 나갔고 야들리와 볼드윈은 침실에 남아 있었다.

볼드윈은 이제는 짙은 암갈색이 된 침대 위의 핏자국을 응시했다.

"속옷은 테스트하지 않았지?"

야들리가 말했다.

"과학 수사대에게 서랍을 수색하게 하기는 했지만 DNA 테스트는 하지 않았어. 오브리에게 재갈을 물렸을 것이라고 생각할 이유가 없었어. 그리고 그랬다 하더라도 살인범들은 보통 자기 것을 가져오니까 말이야. 하지만 칼은 틀렸어. 그 정체불명의 용의자가 뭔가로 그녀를 재갈 물렸다고 하더라도 그걸 다시 가져갈 정도의 지능은 있을 테니까."

볼드윈은 서랍장 서랍을 열고 안에 있는 오브리 올슨의 속옷과 브래지어들을 보았다. "제시카, 내 생각에 에디는 누가 한 짓인지 알고 있는 것 같아. 그의 교도소 면회인 명단에 수상한 사람은 아무도 없었어. 편지를 주고받은 사람 중에도…. 하지만 그가 알고 있다는 생각이 들어. *그런 느낌이 와.* 모방범은 범죄를 단지 모방하기만 하지는 않았을 거야. 에디와 접촉해서 승인을 받고 싶었을 거야. 에디에게는 분명 신나는 일이었겠지. 감옥을 나올 기회를 얻고 현장을 보고… 당신과 시간을 보내는 것이. 그가 얼마나 오래 우리를 가지고 놀아야 그 이름을 내놓을지 모르겠네."

"그가 진짜 안다 해도 우리한테 내주진 않을 거야. 반대급부가 있지 않은 이상은 말이야."

"원하는 게 뭘까?"

"그는 사형당하지 않길 바라고 있어."

볼드윈은 서랍을 닫으면서 조소했다. 그리고 그녀를 돌아보았다. "우리한테는 그럴 힘이 없지."

"그도 그건 알아. 하지만 그는 살인이 더 많이 일어나기를 바랄 거야. 지금은 판사도 정치인도 그의 사형 선고를 미루게 하지는 못해. 하지만 두세 번의 살인이 더 일어나면 관계자들은 뭐라도 하라는 압박을 받게 될 것이고, 그렇지 않으면 여론의 비난에 시달리게 되겠지. 에디는 이 사건의 수사에 협조하는 대가로 자신을 살려주는 편이 그나마 낫다는 사실을 권력을 쥔 사람들이 알게 되길 바라고 있어."

22

야들리는 이 사건과 무관한 어떤 사건의 영장을 작성하느라 사무실에 있다가 볼드윈의 문자를 받았다. 오브리 올슨의 속옷을 긴급 테스트한 결과였다. '검정 팬티 한 개에서 그녀의 타액과 라이언 올슨의 피가 일부 검출되었음. 예비 테스트였으므로 20%의 허위 양성 반응 가능성은 있지만 에디 말이 맞다고 생각함.'

야들리는 의자에 등을 기대고 앉아 뭐라고 답을 할지 생각했다. 주된 질문은, 정체불명의 용의자는 왜 그 팬티를 가져가지 않았을까, 였다. 대부분의 성범죄자들은 실제 성행위를 했건 하지 않았건 그 경험을 나중에 되새길 수 있는 기념품을 원한다. 그 팬티는 가져가기에 완벽한 물건으로 생각되었다. 야들리는 과연 이 살인 사건이 성범죄자의 짓이 맞는 걸까, 의문이 들었다.

나중에 전화할게. 그녀는 문자를 보냈다.

사무실에서 나온 그녀는 길 건너 작은 식당으로 갔다. 아침도 먹지 못했기에 화이트 에그 오믈렛과 호밀 토스트를 함께 주문했다.

그녀는 휴대폰을 꺼내 오랫동안 걸지 않았던 번호로 전화를 했다.

"사트입니다." 남자 목소리가 답했다.

"다니엘, 저 연방 검찰청의 제시카 야들리예요."

"제시카, 잘 지냈어요? 목소리 들으니 반갑네요."

"저도요. 지금 통화해도 괜찮으세요?"

"물론이죠. 중간에 강의가 비어 있는 시간이에요. 만사 다 문제없죠?"

사트는 성적 일탈, 특히 폭력을 수반한 성적 일탈 문제에 특별한 관심을 갖고 있었지만 한 번도 아들리에게 칼이나 칼과 함께 지낸 시간에 대해 묻지 않았었다. 그녀는 그의 그런 점을 존경했다.

"저는 다 괜찮아요. 사춘기 딸아이를 키우고 있으니까 어떨지는 짐작하시겠죠."

"나도 세 명을 키웠소. 아이들이 독립해서 자기 힘으로 사는 게 얼마나 힘든지를 깨닫고 나면 부모한테 더 고마워하지요. 내 그건 보장해요."

"글쎄요, 두고 봐야죠…. 딸아이는 저보다 훨씬 똑똑해요. 걔는 열심히 노력하지 않고도 성공할 수도 있을 테죠. 그러면 저한테 뭐하러 그렇게 계속 죽으라고 일만 했냐고 비웃을지도 모르고요. 그건 그런데요. 실은 제가 전화드린 이유는요, 제가 볼드윈 요원과 함께 사건을 하나 맡고 있는데, 알고 계시지요?"

"그럼요, 알고 있소."

"케이슨은 에디 칼이 그 모방범의 정체를 알고 있다고 확신하고 있어요. 저는 지난 14년간 칼을 면회한 사람들의 목록을 다 살펴보았어요. 학자들과 언론인들 외에 그를 면회한 사람은 없었고 그에게 편지를 보낸 사람들은 대부분 그를 정신적 동반자로 여기는, 정신적으로 문제가 있는 사람들이었어요."

"그런 유형의 연쇄 살인범들에겐 아주 흔한 일이지요. 칼이나 테드 번디같이 외모가 매력적인 사람들은 특히 더 그렇고."

"그 말씀에는 동의해요. 하지만 제가 개입해야만 협조를 하겠다고 그가 말한 이유가 무엇인지 알 수 있는 통찰력 같은 게 필요해서요 그가 저한테 원하는 것이 무엇인지, 진짜로 모방범의 정체를 알고 있는 것인지 파악을 해야 할 것 같아요."

"야들리 검사의 직관적인 느낌은 뭔가요?"

야들리는 음식이 나오자 휴대폰을 내리고 종업원에게 고맙다고 말했다. "제 직관은 그가 원하는 건 저에게 상처를 주는 것뿐이고 아무것도 알지 못한다는 거예요."

"이 일을 진짜 논하고 싶은 건가요, 제시카?"

"선생님은 그간 그 일이 궁금하셨겠지만 저한테는 일부러 아무것도 묻지 않으셨다는 것을 알아요. 그건 정말 감사드려요. 하지만 이제는 도와주셨으면 해요. 제 느낌은… 모르겠어요. 저는 그에 관해서는 갈피를 잡지 못하겠어요. 이게 맞는 말이라면요. 그가 뭘 원하는지도 모르겠고, 그냥 저와 제 딸이 다치게 될 것만 같아요."

"그게 그의 동기일 가능성이 농후하지요. 그의 이력을 보면 십 대 후반서부터 그는 성적 착취자였으니까. 그렇지만 그런 것이 야들리 검사에게도 해당되는지는 잘 모르겠군요."

"그건 어째서죠?"

"결혼 생활 중에 그가 심리적으로 당신을 조종한 적이 있나요? 폭력적이거나 성적으로 학대한 적은?"

"아니요."

"단 한 번도?"

"단 한 번도요. 기억하는 한 그는 저한테 언성을 높인 적도 단 한 번도 없었어요. 그것 때문에도 그가 체포된 게 너무나 기가 막혔어요."

"음, 내 의견을 묻는다면 나는 그가 사형 집행이 목전에 다가온 이

후부터 원하는 것을 얻고자 조작을 시작했다고 봐요. 이 새로운 범죄들에 대해서는 그가 아무것도 모를 가능성이 높아요. 그런데 당신이 그 사실을 깨닫기 전에 원하는 것을 얻어낼 수 있기를 바라는 거지요."

"그는 이 사건을 뚫어보는 뭔가가 있는 것 같아요. 그는 살해당한 여자들이 아이들을 깨울까 봐 입에 재갈을 물렸다고 했거든요. 케이슨이 긴급 테스트를 한 결과 오브리 올슨의 팬티에서 타액과 남편의 피가 묻어 있는 것을 발견했어요. 박사님 생각에 모방범은 왜 그걸 자기가 가져가지 않았을까요? 완벽한 기념품 같은데 말이에요."

"뭔가 다른 것을 가져갔겠지요. 어떤 가해자들은 밤에 집 안에서 발견될 두려움이 없을 경우 범행 장면을 비디오로 녹화하기도 합니다."

야들리의 등골이 오싹했다. 이 사건을 수사하기 위해 그런 비디오들을 봐야 한다는 생각을 하자 속이 메스꺼웠다.

"그냥 논의 상, 우리가 이 남자를 이해하는 데 도움이 될 정보를 에디가 갖고 있다고 가정해 보죠. 박사님이라면 어떻게 그에게 그 정보를 받아내겠어요?"

"그 문제에는 하나의 선택이 있을 뿐이에요. 에디 칼은 곧 처형될 겁니다. 그는 그 정보를 그냥 내주느니 죽는 쪽을 택할 거예요. 그러니까 그가 거짓말을 한다고 생각하고 무시하거나, 아니면…."

"아니면 뭐죠?"

"아니면 그가 원하는 것을 줘야지요."

"그게 뭔가요?"

"야들리 검사 당신이죠."

23

야들리는 교도소 경비대원에게 칼을 데려와도 된다는 신호를 보냈다. 그녀는 등을 바로 세우고 철제 의자에 앉아 있었다. 하나밖에 없는 창으로 들어온 햇빛이 면회인들이 창문 유리에 남긴 손자국을 비추고 있었다. 몇몇은 어린 아이들의 손자국이었다.

그녀는 하루 종일 사트 박사가 했던 말을 곱씹어보고 있었다. 그에게서 필요한 것을 얻으려면 너 자신을 에디 칼에게 바치라고 했던 말. 그가 아무것도 알지 못한다는 쪽은 승산이 없었다. 그가 모방범의 정체를 안다면 두 사람이 서로 교류했다는 것일 텐데 칼의 방문록에는 학자들과 언론인들 외 그가 대화를 나눈 사람은 없었다. 그럼에도, 그 부분은 파헤쳐야 할 필요가 있었다. 다음 주가 다가와 또 다른 가족이 목숨을 잃는다면 그녀는 자신이 에디 칼이 원하는 대로 했다면 어땠을지 끊임없이 되뇌일 것이었다.

그럼에도 한 가지 생각이 계속 신경을 거슬리며 맴돌았다. 사트 박사가 그에게 '너 자신을 주라'고 한 것은 무슨 의미였을까.

칼이 들어와서 자리에 앉았다. 그는 그녀에게 미소를 지었으나 경비대원이 나갈 때까지 아무 말도 하지 않았다.

"지난밤에 당신과 시간을 보내서 좋았어." 그가 말했다.

"에디, 누구 짓인지 알고 있어?" 그녀는 그의 말을 무시하고 말했다.

"어쩌면."

"그만, 게임은 이제 그만해. 난 그런 것에 지쳤어. 당신이 진짜 원하는 게 뭔지 말하면 내가 할 수 있는지 생각해 볼게. 당신이 나를 가지고 놀 생각이면 나는 지금 나가서 당신을 이 사건에서 완전히 배제할 거야."

"지금 나간다고? 피에 젖은 다음 부부가 뉴스에 나오면 당신 느낌이 어떨지 궁금하군. 그런 걸 보고도 당신이 멀쩡할 리가 없지. 당신은 언제나 가슴이 따뜻한 사람이었잖아."

그녀는 잠시 말없이 앉아 있었다. 그에게 거짓말을 하는 건 아무 소용이 없었다. 그녀가 만난 모든 사람들 중 그녀의 안팎을 속속들이 꿰고 있는 사람은 오직 둘뿐이었다. 타라와 에디 칼.

"또 다른 부부가 죽고 내가 그것을 막기 위해 할 수 있는 모든 것을 다 하지 않았다면 고통스럽겠지. 하지만 당신과 계속 상대하는 것보다는 덜 고통스러울 거야. 당신이 원하는 게 뭔지 말해."

그는 양팔을 허벅지에 올려놓고 뒤로 기대었다. "두 가지야. 둘 다 간단해, 정말이야. 나는 죽고 싶지 않아, 당연히도. 사형 집행을 연기하고 종신형으로 감형되기를 원해."

"그건 내가 약속할 수 없다는 걸 알잖아. 하지만 가능한 일을 알아볼게. 두 번째는?"

"이건 훨씬 더 쉬워. 타라를 보고 싶어."

"안 돼."

"이건 타협 불가야."

"그럼 이걸로 끝이군."

그녀는 일어섰다. 그러자 칼이 재빨리 말했다. "누구 짓인지 나는 알고 있어."

생각지도 못하게 야들리는 숨이 멎었다. 그녀는 억지로 숨을 내쉬고 다시 자리에 앉았다.

"거짓말."

"사실이야."

"우리는 당신 편지와 방문록을 이미 다 살펴봤어. 그는 당신과 연락할 수 없었어."

그는 어깨를 으쓱했다. "어쩌면 그는 나와 함께 여기 있는 것 아닐까? 그가 경비대원이라면?"

야들리는 가슴이 뛰면서 온몸에 냉기를 느꼈으나 그것은 곧 자신에 대한 실망감으로 바뀌었다. 어떻게 그 생각을 못 했을까?

"아니면 청소부들 중 한 명이라면? 혹은 에어컨을 수리하거나 조명 기구를 교체하러 오는 용역들 중 한 명이라면? 어쩌면 빨랫감을 처리하는 사람이라거나? 제시카, 분명한 건 이 교도소 직원들 한 사람, 한 사람, 그리고 그다음에는 건물 유지와 공사 용역을 수주하려고 견적을 내는 수백 명의 업자들 등등 모든 사람을 다 체크해야 할 거라는 거지. 그렇게 하려면 몇 달은 아닐지라도 몇 주는 걸릴 거야. 그런데 시계는 다음 차례가 될 사랑스러운 가족을 향해 째깍째깍 가고 있다는 거지." 그는 앞으로 몸을 기울였다. "나는 죽고 싶지 않아. 그리고 내 딸을 보고 싶어. 이건 불합리한 요구가 아니지."

야들리는 마른침을 삼켰다. "내가 뭘 할 수 있는지 생각해 볼게."

✦

집에 돌아온 야들리는 발코니에서 오후의 태양을 받으며 서 있었다. 비가 잠깐 내리다 그치자 저 멀리 붉은 바위산들 위로 무지개가 떠올랐다. 그녀가 와인을 한 모금씩 마시고 있을 때 타라가 나와서 테이블 앞에 앉았다.

타라는 정학 4일째였다. 야들리가 아는 한 아이는 어려운 과학 주제를 다룬 글들을 읽거나 그림을 그리면서 지내고 있었다. 마치 자기가 제일 재미있는 것들을 공부하기 위해 해방되기라도 한 듯했다.

타라의 그림을 보면 야들리는 항상 마음이 불편했다. 타라는 대부분의 그림들을 휴지통에 버렸지만 몇 개는 자기 방에 걸어두고 보관했다. 야들리는 버려지는 것들과 보관하는 것들의 차이를 알 수가 없었다.

지금까지는 그 그림들 중 어떤 것도 에디 칼의 작품과 비슷한 것은 없었다. 하지만 그녀는 어느 날 집에 와서 칼이 그린 적이 있던 어떤 것을 타라가 그리고 있는 장면을 목격할 것만 같은 두려움을 갖고 있었다. 타라가 정확히 언제 그림을 그리기 시작했는지는 기억이 나지 않았다. 야들리는 자신이 그것을 잊었다는 사실이 마음에 걸렸다.

그들은 케빈 때문에 다툰 이래로 기본적인 말들 외에는 대화를 나누지 않았다. 그러나 야들리는 지금 아이가 나타난 것을 좋은 신호로 받아들였다.

"교감 선생님은 지난번에 또다시 네가 대학이나 영재 학교 입학시험을 쳐야 한다고 말씀하셨단다. 이 학교에서는 네가 도전할 만한 것이 없고, 그래서 네가 반항하는 거라고 말이야." 야들리는 돌아서서 딸을 보면서 나무 난간에 몸을 기댔다. "이 모든 일이 그런 거였니, 타라? 지겨워서 반항하는 거?"

그 파란 눈동자가 깜박거리지도 않고 그녀를 응시했다. "영재 학교에는 가지 않을 거예요. 그렇지만 라스베이거스 대학으로는 지금 가도 괜찮을 것 같기는 해요. 관심 있는 주제들이 몇 개 있는데 이해를 도와줄 교수들이 있으면 좋겠거든요. 그래도 케빈과 떨어지는 게 괜찮은지는 잘 모르겠어요. 케빈은 내년에 졸업하니까 내가 좀 기다려도 되겠죠."

야들리는 케빈 같은 아이 때문에 딸이 진로를 바꾸려고 생각한다는 사실에 역겨움을 느꼈지만 그런 기색을 드러내지는 않았다. "라스베이거스 대학은 좋은 학교야. 거기 가면 재미있을 거고 새로운 친구들도 많이 사귀게 될 거야."

타라는 무지개를 바라보면서 대답했다. "나는 박사 과정으로 바로 들어가서 거기 있는 사람들 중에서 제일 좋은 성적을 받을 열다섯 살짜리 살인자의 딸이죠. 친구는 한 명도 사귀지 않을 거예요." 아이는 잠시 말을 멈췄다. 눈은 그대로 무지개를 향하고 있었다. "엄마가 며칠 전에 아이패드를 잠그지 않은 채로 두고 갔는데 사건 파일이 열려 있었어요. 모방범이 있다죠?"

야들리는 화가 치솟았다. 그래서 화를 삭이느라 잠시 호흡을 가다듬어야만 했다. "파일을 보지는 않았겠지?"

"펼쳐진 쪽에 아빠 이름이 있는 걸 봤어요. 그 사람에게 무슨 일이 일어나고 있는지 알 권리를 가진 사람이 있다면 그건 나라고 생각해요."

"타라, 그건 —"

"엄마가 웨슬리 아저씨한테 그 얘기를 하는 것도 들었어요. 엄마가 아빠를 사건에 개입시켰다는 것도요. 아빠는 도움을 주는 대가로 뭘 원하죠?"

"네가 간섭할 일이 아니야. 네가 걱정할 문제가 아니라고."

"그건 다 지나간 일이에요, 엄마. 엄마가 그 사람한테서 나를 보호하려 해도 소용없어요. 그 사람은 내 아빠고 그 사실은 절대 바뀌지 않아요."

아들리는 몸에 힘이 풀리는 느낌이었다. 그녀는 딸의 옆 의자에 앉아 와인 잔을 다 비우고 잔을 내려놓았다. "그가 원하는 건 터무니없는 거야."

"나를 보고 싶다고 해요?"

그 목소리에서 느껴지는 일말의 희망이 아들리의 가슴을 무너뜨렸다. 그녀는 타라의 손을 잡았다. "예쁜 우리 딸, 그 사람은 너에게 상처를 줄 거야. 그게 그 사람이 하는 짓이야. 가족, 친구, 아내, 딸, 그 어떤 것도 그 사람에게는 중요하지 않다고."

타라는 고개를 끄덕였다. "그 사람한테 한 번 어버이날 카드를 보냈어요. 여덟 살 때요. 열 살 때 엄마가 나를 앉혀 놓고 모든 걸 다 말해 줬죠. 그런데 난 그보다 훨씬 전부터 알고 있었어요. 서랍에서 엄마의 옛날 운전면허증을 발견했는데 성이 칼이었어요. 무슨 일인지 알아내는 건 오래 걸리지 않았어요. 그 사람이 답장으로 뭔가를 보내주지 않을까 기다리며 몇 주를 보냈어요. 하지만 끝내 보내지 않았어요." 아이는 크게 숨을 내쉬었다. "수치스러워요. 가끔은 우리가 어떤 특징을 공유하고 있을까 궁금했어요. 그 사람도 수학에 소질이 있나요? 제일 좋아하는 색은 보라색인가요? 건포도의 식감을 싫어하고 길바닥 위에서 나는 비 냄새를 싫어해요?" 타라는 말을 멈추었다. "그 사람의 어두운 기운이 내 속에도 있을까요? 잠재되어 있다가 나올 기회를 기다리는 걸까요?"

"타라 —"

아이는 자리에서 움직이며 양손을 주머니에 넣었다. "엄마는 그 사람의 범죄를 흉내 낸 사람을 찾을 거예요?"

야들리는 잠깐 동안 말없이 아이를 쳐다보았다. "그래, 찾을 거야."

"그 남자가 정말 에디를 모방하는 거라면 그 사람의 최종 목표는 우리한테 오는 것일지도 몰라요. 에디 칼의 가족을 죽이는 것 말이죠." 아이는 자신의 신발을 내려다보며 진지하게 말했다.

"타라, 엄마를 봐… 엄마는 절대로, *절대로* 누가 널 해치게 내버려두지 않을 거야. 우리한테는 아무 일도 일어나지 않아. 우리는 이 남자를 잡을 거고 그러면 다시는 아무도 다치지 않을 거야."

타라는 아무 말 없이 잠시 무지개를 쳐다보았다.

"이제 가볼래요. 대학원 과정을 알아봐야 될 것 같아요."

아이는 먹구름이 산을 향해 이동하는 것을 보면서 야들리를 발코니에 홀로 남겨두고 자리를 떴다. 무지개는 사라져 갔다.

24

야들리의 휴대폰이 울렸을 때 타라는 자기 방에 있고 웨슬리는 서재에서 일하는 중이었다. 그리고 야들리는 거실에서 요가를 하고 있었다. 그녀는 무시할 생각이었으나 음성 녹음으로 넘어간 전화는 조금 있다 다시 울리기 시작했다.

"제시카입니다." 그녀는 목소리에 짜증이 묻어나지 않도록 신경 쓰면서 말했다. "제시카, 교도소의 소피 글레드힐이야. 개인 전화로 전화해서 자네를 귀찮게 해서 미안해. 그런데 자네가 지금 바로 알아야 할 일이 있어."

"무슨 일이에요?"

"에디 칼한테 30분 전에 이메일이 왔어. 우리는 사전에 그가 받을 이메일들을 검열해. 제시카… 그 두 부부를 살해한 사람이 보낸 거였어."

그녀는 아드레날린이 용솟음치는 것을 느꼈다. "곧 갈게요."

그녀는 즉시 볼드윈에게 문자를 보냈다. 그리고 검정 스커트와 흰 블라우스로 옷을 갈아입고 손으로 머리를 매만지고 나서 웨슬리의 서재로 갔다. 그녀는 먼저 노크를 했다. 그는 집중하고 있을 때 갑자기 방해받는 것을 싫어했기 때문이다. 그가 말했다.

"들어와요."

그는 다초점 안경을 쓰고 책상에 앉아 있었다. 어둑어둑해진 방 안에서 그는 모니터에서 반짝거리는 청색광을 뚫어지게 쳐다보고 있었다. 해는 거의 졌고 희미한 주황색 노을만이 창으로 들어오고 있었다.

"나 나가봐야 해. 몇 시간 뒤에 돌아올게."

"어디 가는데?"

"교도소."

그는 하던 일을 멈추고 그녀를 쳐다봤다. 안경을 벗어 책상 위에 놓았다.

"그를 만나러?"

"우리가 찾고 있는 사람이 그에게 이메일을 보낸 것 같아."

"그게 수사 검사하고 무슨 상관이 있지?"

"영장이 필요할지도 몰라. 내가 거기 있으면 몇 분 만에 전자 영장을 발부받을 수 있어."

그는 그녀를 찬찬히 살펴보았다. "제시카, 나는 로스쿨 1학년 학생이 아니야. 교도소 이메일을 체크하는 데 영장은 필요 없어."

"그래, 하지만 인터넷 서버 제공자한테서 기록을 얻을 수 있을지도 몰라." 그녀는 다가가서 그의 뺨에 키스했다. "몇 시간 안 걸려, 약속할게."

✦

볼드윈은 양복 상의를 입었지만 넥타이는 매지 않은 채 야들리를 태우러 왔다. 그는 며칠 동안 면도를 하지 않은 모습이었고 눈 밑에는 다크서클이 더 짙어져 있었다. 그의 차에서는 폴로 향수의 향과 깨끗하게 세탁한 가죽 냄새가 났다. 오티즈가 조수석에 앉아 있었다. 그는 양복 상의 안에 디트로이트 라이언스 티셔츠를 입고 있었다.

볼드윈은 그녀가 뒷좌석에 앉자 그녀에게 자신의 휴대폰을 건넸다. 화면에는 이메일이 띄워져 있었다.

칼 선생님,

별고없이 잘 지내시지요. 저는 벽 뒤에 있는 저 자신에 대해 무언가 조금 알 것 같습니다. 저는 선생님이 자신의 마음속에서 살고 계시리라는 것을 금방 알았습니다. 마음이야말로 저자들이 선생님에게서 절대로 앗아갈 수 없는 것이니까요.

선생님은 제가 한 일에 관해 아무것도 읽지 못하셨으리라 생각이 되네요. 애석한 일입니다. 선생님은 본인의 일을 제가 이어받아 하고 있는 것을 자랑스러워하시리라 저는 믿고 있습니다.

선생님은 엄청나게 많은 편지들을 받으시겠지요. 선생님을 동경하는 사람들이 자랑삼아 보낸 것들도 있을 겁니다. 선생님께 제 주장의 진실성을 보여주기 위해 좋아하실 만한 사진을 한 장 첨부했습니다.

답장을 보내 주시면 조만간 다시 연락드리겠습니다.

따뜻한 마음을 전하며.

당신을 존경하는 이가.

야들리는 화면을 아래로 이동했다. 그러자 첨부된 사진이 보였다. 헉, 소리가 낮게 터져 나왔다.

오브리 올슨이었다. 사진은 두 발자국 정도 떨어져서 찍은 것이었다. 경찰이 발견한 검은색 팬티가 입에 둘려 있었고 공포로 가득한 눈이 크게 열려 있었다. 얼굴과 머리카락에는 피가 흥건했다. 침대에는 그녀의 옆에 고개를 떨군 채 누워 있는 그녀의 남편이 있었다. 사진의 밝기로 볼 때 밤에 찍은 것이었다.

"OTD에 이 이메일을 검증하도록 할 거야." 볼드윈이 말했다. "

"이 이메일을 입수하자마자 긴급요청을 보낸 상태야. 또 그렉에게 여기로 오라고 했고.

OTD는 기술적인 문제에 관해 과학 수사적 검사를 하는 FBI의 기술 지원 부서였다. 그렉 뉴할은 라스베이거스 지부의 OTD 담당자였다.

야들리는 자신들의 범죄 장면을 휴대폰으로 찍어 인터넷에 올린 여러 강간범들의 신원을 확인하여 그들을 체포하는 과정에서 그의 도움을 크게 받은 바 있었다. 그런 일은 일반 대중이 생각하는 것보다 훨씬 빈번하게 일어나곤 했었다.

"그 여자네." 그녀가 나지막이 말했다.

그들이 교도소에 도착하자 뉴할이 바깥에서 그들을 기다리고 있었다. 그는 반팔 와이셔츠를 입고 고등학생이 쓸 법한 알이 두꺼운 안경을 쓰고 있었다. 교도소 주차장의 밝은 불빛에 그의 대머리가 반짝였다. 그는 알루미늄 공구 케이스를 들고 있었다.

"한참 걸렸네요." 그가 말했다. 그는 야들리에게만 미소를 지었다. "야들리 님, 안녕하세요?"

"그럼요, 그렉. 안부 인사 고마워요."

그는 항상 그녀를 야들리 님이라고 불렀다. 그리고 그녀가 무심히 있을 때마다 항상 그녀를 쳐다보는 것을 그녀는 눈치채고 있었다. 한 번은 연방 정부 청사 길 건너에 있는 헬스 센터에서 중량 운동기구를 바닥에서 들어 올리려고 허리를 굽히는데 그가 쳐다보고 있다가 눈이 마주쳤다. 그는 얼굴이 빨개져서 주변을 왔다 갔다 했다. 그녀가 헬스 센터에서 나가려고 하자 그는 저녁 식사를 할 수 있겠냐고 어색하게 물었었다. 그녀는 그에게 이미 사귀고 있는 사람이 있어서 안 되겠다고 거절을 했다. 그는 다시 한번 얼굴이 빨개져서 미안하다고 했었다.

그들 네 사람은 교도소로 들어가서 접수처에서 글레드힐을 만났다. 그녀는 그들을 금속 탐지기로 통과시키고 엘리베이터에 신분증 배지를 갖다 댔다.

컴퓨터실은 2층에 있었다. 대부분의 재소자들은 품행이 방정하면 컴퓨터를 이용할 시간을 부여받았다. 사형수들의 경우 변호인들 및 대법원과 지속적으로 소통해야 하고 이를 위해 법률적 조사나 뉴스, 기록물 등에 접속할 수 있어야 해서 무제한으로 컴퓨터에 접속하는 것이 가능했으나 검열을 받아야만 했다.

컴퓨터실 내부에는 젊은 경비대원과 트레이닝복 차림의 좀 더 연장자로 보이는 사람이 서 있었다. 경비대원은 긴장돼 보였다. 그는 양손 엄지손가락들을 허리춤의 벨트에 집어넣고 있었다. 연장자는 그냥 짜증스런 표정이었다.

글레드힐이 말했다. "저 컴퓨터예요."

뉴할은 알루미늄 공구 케이스를 그 컴퓨터 옆에 내려놓았다. 그가 케이스를 열자 작은 전선들과 마더보드, 윤기 나는 강철 파이프, 커넥터들과 모니터, 그리고 야들리가 식별할 수 없는 여러 개의 다른 기구들이 보였다.

칼의 이메일은 교도소 컴퓨터에 이미 띄워져 있었다. 뉴할은 그 이메일의 몇몇 구역들을 클릭했다. 그랬더니 촘촘하게 묶인 활자들과 숫자들이 한 줄로 새 창에 나타났다. 이메일의 부호였다. 뉴할은 앞으로 몸을 기울였다. 그가 흔히 보이곤 하는 걱정스러운 표정과 몸짓이 순간적으로 달라졌다. 그는 손가락으로 턱을 만지며 화면에 나타난 부호를 읽었다. 마치 중세의 수도승이 고문서를 해석하듯이.

"여기 보이죠. 이 헤더들을 순서대로 읽어 보세요."

그가 말했다. "새 서버를 통과할 때마다 고유한 코드가 첨가됩니다. 그러니까 제일 앞으로 가야 해요. 거기가 첫 번째 게이트웨이입니다. 여러분이 찾는 게 그거죠."

뉴할은 알루미늄 공구 케이스 속에 있는 모니터 위에 프로그램을 열었다. 창에는 '내 최애 툴박스'라는 이름이 적혀 있었다. 그는 교도소의 컴퓨터를 케이스에 연결했다. 그다음에는 컴퓨터의 코드를 툴박스에 붙여넣었다. 그러자 또 다른 코드 페이지가 모니터에 나타났다. 뉴할은 소형 장치를 컴퓨터의 USB 포트에 꽂았다. 밑에서부터 새 코드가 올라오면서 코드가 양쪽 화면에 같이 움직였다. 그는 30초 정도 그 코드가 지나가기를 기다린 후 말했다. "바로 여기예요."

마침표로 나누어진 한 줄의 숫자들이 화면에 나타나 있었다. 툴박스의 팝업에는 '블랙리스트에 없는 IP'라는 글귀가 씌어 있었다.

"이 말은 이 이메일이 사기꾼이 이전에 이용한 IP에서 보내온 것이 아니라는 뜻입니다. 보세요, 이 자는 우리를 따돌리려고 서로 다른 서버들을 통해 이메일을 보냈어요. 아마도 인터넷에서 무료로 다운로드한 어떤 프로그램을 이용했을 겁니다. 아주 간단한 일이죠. 돌에다 뭘 써서 창문으로 던지는 거나 다를 게 없어요."

뉴할은 혼잣말을 중얼거리더니 툴박스에 뭔가를 입력하면서 노래를 흥얼거렸다. 야들리는 그 노래가 토마스 돌비의 「그녀는 과학으로 나를 눈멀게 했어」라는 것을 알 수 있었다.

"됐어." 잠시 뒤 뉴할이 말했다. "누워서 떡 먹기지. 이게 그 이메일이 발송된 원래 게이트웨이와 IP예요. 제가 말했다시피 놈들은 가짜 흔적을 만들려고 했지만 실제로는 아마추어 수준이었던 거죠. 아마도 온라인으로 조사를 해보고 거기 있는 것을 사용한 것일 겁니다. 당신들이 찾는 남자는 기술적 지식이 없는 사람이에요."

글레드힐이 말했다. "왜 지금이죠? 살인은 몇 주 전에 시작되었잖아요. 왜 지금 그에게 연락한 걸까요?"

야들리와 볼드윈은 서로를 힐끗 쳐다보았다. 볼드윈은 뉴할이 이메일 코드를 스크롤 하자 나타난 오브리의 사진을 내려다보았다.

"왜냐하면 놈은 에디가 이 수사에 개입하고 있다는 것을 이제 알게 된 거죠. 그리고 그 사실을 아는 사람들은 단 하나의 집단밖에 없어. 경찰."

그가 야들리를 돌아보며 말했다. "놈은 우리 중에 있어."

25

볼드윈은 야들리를 집에 내려 주면서 새로운 소식이 있으면 바로 알려주겠다고 했다. 그리고 덧붙여 말했다. "그리고 제시카, 거짓말해서 미안해. 그러지 말았어야 했는데. 용서해 줬으면 좋겠어."

그녀는 아무런 대답도 하지 않고 차에서 내려 집으로 들어갔다.

타라의 방에서는 아무런 소리도 들리지 않았다. 그녀는 딸의 방문을 열었다. 타라는 모로 누워 자고 있었다. 얼굴이 야들리 쪽을 향해 있었다. 그 얼굴은 야들리가 기억하는 아기의 얼굴이었다. 그녀가 알던 아이는 잠 속에서만 존재했다. 타라가 깨어 있을 때 야들리는 아이가 그녀에게서 분리된 하나의 인격체, 자신만의 여인이 되어 가고 있다는 사실을 뼈아프게 깨닫고 있었다. 그것은 마치 야들리의 한 부분이 자신으로부터 떨어져 나와 혼자서 세상 속으로 표류해 가는 것 같은 느낌이었다.

방 안에는 타라의 그림들이 걸려 있었다. 야들리는 일부러 그 그림들에 눈길을 주지 않았다.

그녀는 타라의 방문을 닫고 침실로 갔다. 웨슬리는 이미 잠들어 있었다. 야들리는 옷을 갈아입고 침대 속으로 들어가서 조용히 누웠다. 그리고 가만히 밤하늘을 바라보았다. 은백색 초승달이 작은 발코니 유리문으로 창백하고 희미한 빛을 비추고 있었다.

웨슬리의 손이 그녀에게로 왔다. 그들은 두 손으로 깍지를 꼈다. 그가 눈을 떠서 그녀를 잠시 쳐다보더니 손등에 입을 맞추었다.

"당신이 무슨 일을 하고 있는지 알았으면 좋겠네." 그가 속삭였다.

그는 다시 눈을 감았다. 방으로 스며들어와 구석에 그림자를 드리운 달빛 속에서 그녀는 그의 손을 잡은 채 그렇게 잠이 들었다.

✦

OTD에서 추적한 IP의 주소지는 라스베이거스에서 한 시간가량 떨어진 외곽에 있는 프림의 한 아파트였다. 집주인은 오스틴 케트너라는 사람이었다. 야들리는 그 이름이 왠지 낯익었다. 왜 그런지를 생각해 보기도 전에 또 다른 문자가 왔다. 볼드윈이 그 이름을 검색했더니 수십 개의 뉴스가 나왔다는 것이다. 그는 에디 칼의 피해자들 중 한 사람이었던 것이다.

야들리는 책상에 앉아서 『라스베이거스 선』지에 실린 기사를 읽었다. 그의 부모는 칼의 세 번째와 네 번째 피해자였다.

수사관들은 칼이 그 가족을 어디선가, 아마도 케트너 가족이 죽기 전날 저녁에 식사를 했던 멕시칸 식당에서 보았을 것이라고 생각했다. 야들리가 아는 한 그것은 순전히 추측일 뿐이었다. 칼은 누구에게도 자신이 저지른 범죄에 관해 입을 연 적이 없었기 때문에 그들은 그가 어떻게, 언제 피해자를 골랐는지 알 길이 없었다. 유죄 판결은 정액에서 나온 유전자 증거를 우선으로 해서 이루어졌다. 칼은 이른바 분비 양성자*였는데 모든 곳에 정액을 남겼던 것이다. 또한 칼이 한 피해자의 집 창으로 기어 올라갈 때 그가 보지 못했던 목격자가 있었다. 목격자는 한 블록쯤 떨어진 곳에 차를 주차해 놓고 번호판을 떼어내던 중이었다. 이후 칼의 개인 작업실을 수색한 결과 강력 접착 테이프와 밧줄, 그리고 칼과 칼갈이 등과 함께 피해자의 여러 물건들이 발견되었다.

부모가 죽어 있는 것을 발견한 사람은 오스틴 케트너의 형이었다. 그녀가 읽은 신문 기사에는 오스틴의 사진이 나와 있었다. 그는 기껏해야 열 살이나 열한 살 정도로 보였다. 카메라를 응시하는 그 아이의 눈빛은 빛을 잃은 채 텅 비어 있었다. 그는 지금 이십 대 중반일 것이다.

야들리는 컴퓨터 창을 닫고 의자에 등을 기댔다. 한 가지 생각이 떠나지 않았다. *그날 밤 나는 뭘 하고 있었을까?*

케트너 부부가 살해되었던 화요일 밤에 그녀는 어디에 있었던가? 칼이 오스틴의 부모를 죽이기 위해 집을 떠날 때 그녀는 분명 그에게 키스를 하고 사랑한다는 말을 했을 것이다.

그녀는 숨을 길게 내쉬고는 볼드윈의 문자에 답을 했다. '구금되는 대로 그 사람을 만나고 싶어.'

---

* 타액이나, 눈물, 모유, 오줌, 정액과 같은 혈액 이외의 체액에 수용성 ABO 혈액형 항원이 존재하는 사람. 정상인의 80%는 혈액형에 따라 체액 내에 혈액형 항원을 분비하는데 이들을 분비 양성자라고 부른다.

26

프림은 인구가 겨우 2,000명 남짓으로, 지자체에 병합되지 않은 곳이었다. 그래서 라스베이거스 경찰청이 그곳의 경찰 업무를 처리하고 있었다. 볼드윈은 그들에게 기동타격대 5명을 보내 달라고 요청했다. 경찰들이 일반 자동차로 케트너의 주소지로 가는 동안 볼드윈과 오티즈는 따로 차를 몰고 갔다.

오티즈가 운전을 하고 볼드윈은 케트너에 관한 자료를 읽었다. 백인 남성, 이십 대 중반, 독신남, 음주 운전 및 취객 행위 등 여러 차례 음주 전과가 있음, 전 부인과 자식이 한 명 있음, 몇 년 동안 양육비를 지급하지 않음. 그는 경찰이 아니었다. 볼드윈은 그 점이 마음에 걸렸다. 하지만 케트너는 연방 청사를 비롯한 라스베이거스 정부 청사들과 계약을 맺은 청소업체에서 일하고 있다는 것이 밝혀졌다. 케트너는 볼드윈이 퇴근한 후 그의 사무실에서 족히 몇 시간 동안 그의 파일들에 접근할 수 있었을 것이다. 그래서 에디 칼이 이번 수사에서 그들을 돕고 있다는 것을 알았을 것이다.

"나는 이런 뭣 같은 일은 더이상 안 할 거라고 생각했어." 오티즈가 말했다.

"어떤 일 말이야?" 휴대폰에서 눈을 떼지 않은 채 볼드윈이 되물었다.

"조끼를 입고 문을 걷어차는 그런 일 말이야, 이 친구야. 디트로이트 마약 전담반에서 5년 동안 그 일을 했거든. 나는 하루걸러 총을 당길 일은 없는 근사한 사무직을 원했는데 말이지. 싫어서가 아니라 안전해질 필요가 있거든. 레베카랑 어린 딸을 생각해서 말이야."

"우리는 필요한 곳에 배치될 뿐이야. 게다가, 자네는 부서 이동이 1년도 안 남았잖아, 맞지? 어쩌면 운이 좋아서 금융 사기나 그 비슷한 쪽에 가게 될지도 모르지."

오티즈는 청량음료를 한 모금 마셨다. "그자가 진짜 우리가 찾는 놈일 거라 생각해?"

"이메일이 그의 아파트에서 발송됐고, 그는 우리 파일들과 노스 라스베이거스 경찰청 파일들에 접근이 가능했던 자니까. 그리고 사트 박사가 그린 대략적 윤곽과도 맞아떨어져."

"제시카는 어때?"

"제시카가 뭐?"

"어떻게 생각하냐고?"

볼드윈은 이제 그를 쳐다보았다. "제시카가 어떻게 생각하는 게 무슨 상관이야?"

그는 어깨를 으쓱했다. "모르겠어. 제시카라면 이런 유형의 남자들을 이해할 것 같아서."

볼드윈은 다시 휴대폰을 보았다. "이런 유형의 남자들을 이해하는 사람은 아무도 없어."

아파트 단지는 카지노 근처에 있었다. 카지노 앞에는 롤러코스터가 있었고 가족 친근성을 자랑하는 입간판이 있었다. 경찰관들이 단지 뒤쪽을 빙 둘러 차를 대고 있었다. 오티즈와 볼드윈은 앞쪽에 주차를 했다. 기동타격대 대장이 전화로 볼드윈에게 출동 준비가 완료

되었음을 알렸다. 케트너의 고용인은 그들에게 금요일은 그가 쉬는 날이라고 말해 주었다. 아파트 단지의 관리인은 케트너가 집에 있다고 했다.

"내가 먼저 그와 말을 해 볼게." 볼드윈이 말했다.

"아무리 생각해도 그건 아니야. 바로 쳐들어가야 해."

"딱 5분만 줘."

근처에 배치되어 있던 경관이 그의 아파트에 드나든 사람은 없다고 알려주었다. 오티즈는 조끼의 끈을 묶으면서 말했다. "이자가 그 놈이 맞다면, 놈은 우리 머리 꼭대기에 있어."

"딱 5분이야." 볼드윈이 차에서 내리면서 말했다. "우리 중 누구라도 다치는 걸 막을 수 있다고."

"아니면 자네가 총에 맞겠지."

볼드윈은 티셔츠와 청바지를 입고 있었다. 그는 방탄복을 가리기 위해 헐렁한 저지 데블스 후드를 걸쳤다. 2층으로 계단을 올라가면서 그는 휴대폰을 쳐다보는 척했다. 쓰레기 수거 트럭이 단지 안으로 들어와서 뒤쪽의 대형 쓰레기 수거함으로 향했지만 단지에는 아무도 나오지 않았다.

볼드윈은 케트너의 집 문을 노크했다.

짧은 밤색 머리에 안경을 낀 작은 남자가 문을 열었다. 얼굴은 여드름투성이었고 알코올 중독으로 부어오른 코는 모세혈관이 터져 빨갰다. 얼굴을 보면 십 대를 벗어난 지 얼마 안 되어 보였기에 그러한 모습은 해괴한 느낌이었다.

"안녕하세요, 저를 좀 도와주셨으면 하는데요. 저는 레이철 마드리드를 찾고 있거든요? 몇 층 아래 사는 여자예요. 그런데 연락이 안 되네요."

"저는 모르는 사람인데요, 미안합니다." 케트너가 말했다.

"그렇군요, 그럼 제가 그녀에게 줄 박스를 하나 여기 맡기고 가도 될까요? 다른 이웃에도 가봤는데 다들 집에 없어서요."

그는 난처한 표정이었다.

"미안합니다." 볼드윈이 말했다. "성가신 일이라는 건 아는데요, 제가 오늘 콜로라도로 떠나야 하는데 거기서 이걸 부치려면 30달러는 족히 들거든요."

"좋습니다. 그러죠, 뭐."

"멋진 분이시군요. 감사합니다. 그런데 이게 좀 무거워요. 차 트렁크에서 꺼내는 걸 좀 도와주시겠어요?"

케트너는 한숨을 쉬었다. 짜증이 난 것이 분명했다. 그러나 그는 "신발 좀 가져올게요."라고 했다.

그는 문을 열어 둔 채 집 안으로 들어갔다. 볼드윈은 안으로 걸음을 옮겼다. 집은 더럽거나 어수선하지는 않았지만 대마초와 담배 연기가 밴, 지워지지 않는 냄새가 났다. 구석에 있는 작은 책상에 컴퓨터가 놓여 있었다.

볼드윈은 복도 쪽을 슬쩍 보았다. 그러고 나서 컴퓨터의 사진 앱을 열고 스캔했다.

"이것 봐!"

그가 돌아서자 케트너가 거기 서 있었다.

"당신 대체 뭐 하는 거야?" 케트너가 앞으로 다가와 볼드윈을 옆으로 밀고 컴퓨터의 창을 닫았다.

"미안해요. 그냥 이메일을 확인하고 있었어요." 볼드윈이 말했다.

"여기서 나가! 그 박스는 보관해 주지 않겠어."

"바닥에 엎드려, 오스틴." 그가 차분히 말했다.

"뭐라고?"

볼드윈은 주머니에서 배지를 꺼내 위로 올렸다. "잠자코 바닥에 엎드려. 그러면 아무 일도 일어나지 않고 다 잘 될 거야. 안 그러면 이 건물을 포위하고 있는 경찰들이 3분 내에 이곳으로 진입할 거야. 그때는 무슨 일이 생길지 예측할 수 없어. 그렇지만 그냥 내 말을 듣는 것보다는 훨씬 더 괴로울 거라는 건 확실해."

케트너는 눈을 둥그렇게 뜨고 그 자리에 꼼짝하지 않고 서 있었다. 눈 깜짝할 사이에 그가 볼드윈을 향해 몸을 던졌다. 볼드윈은 몸을 휙 숙였다가 그의 뒤로 가서 섰다. 그리고 팔로 그의 목을 감았다. 그는 케트너의 다리를 안쪽에서 걸어 넘겼고 다리가 땅에 닿자 그의 위에 올라탔다. 볼드윈은 그를 힘껏 눌렀다. 케트너가 숨을 쉬려고 헉헉대는 것이 느껴졌다.

"진정해, 진정해… 그냥 힘을 풀어."

케트너는 손톱으로 볼드윈의 얼굴을 할퀴려고 팔을 마구 흔들며 반항했다. 볼드윈은 다른 팔로 케트너의 뒷머리를 눌러 공기를 완전히 차단했다. 그의 몸에 힘이 풀리자 볼드윈은 팔을 느슨하게 했다. "그래, 좀 진정해… 진정하라고."

볼드윈은 그의 몸을 뒤집고 휴대폰을 꺼내어 오티즈에게 상황 종료 문자를 보냈다.

27

케트너를 오티즈의 차에 태우고 나서 볼드윈은 그의 집을 수색하는 경찰에 합류했다.

그들은 컴퓨터와 노트북을 모아서 경찰서로 가져갔다. 볼드윈은 경찰이 고용한 인력에 상관없이 뉴할이 그 컴퓨터들을 조사하기를 바랐다. 그래서 즉시 뉴할에게 밤에 와야 할 수도 있다고 문자를 보냈다.

'와,' 그가 답했다. '기다리기 힘들군. 저녁은 자네가 사는 거야.'

경관들은 흉기와 쪽지들, 케트너가 두 부부를 살해했다는 증거가 될 만한 것들을 찾고 있었다. 하지만 볼드윈이 찾는 것은 그런 것들이 아니었다. 그는 케트너가 두 부부를 살해할 수 있는, 그런 유형의 사람이라는 것을 보여주는 것이 없는지 찾았다.

거실에 있는 작은 책장의 대부분은 첩보 소설들이 차지하고 있었다. 냉장고에는 유가공품들과 간편 냉동식들만 들어 있었다.

욕실 장에는 진통제를 포함한 여러 가지 약들이 있었다. 볼드윈은 누가 보고 있지 않은지 주위를 흘낏 둘러본 뒤 진통제 병을 주머니에 넣었다. 그리고는 그 자리에 서서 거울에 비친 자신의 모습을 바라보다가 약병을 다시 욕실 장에 넣고 욕실을 나왔다.

침실에서 그는 라텍스 장갑을 끼고 손을 매트리스 아래로 넣어 훑으면서 침대 밑을 점검했다. 침대 협탁에는 서랍이 세 개 있었다. 그 속에는 종이들과 케트너가 그의 전 부인일 것으로 생각되는 젊은 여성과 찍은 사진들이 있었다. 한 장의 사진에는 케트너에게 어깨 목마를 탄 채 활짝 웃고 있는 금발의 곱슬머리 어린 여자아이가 있었다.

벽장에는 약간의 옷들과 달랑 두 켤레의 구두가 있었다. 위쪽 선반에는 박스들이 여러 개 있었다. 그 속에는 케트너가 중요하게 생각하는 서류들이 들어 있었다. 이혼 판결문, 소파와 TV 같은 큰 물건들을 구매한 영수증, 그리고 비어 있는 낡은 지갑이 몇 개 있었다.

선반 중간쯤에 흰색 신발 박스가 놓여 있었다. 볼드윈은 그 박스를 내려서 뚜껑을 열었다. 목걸이였다. 그는 목걸이를 뒤집었다. 잠금장치 옆에 각인이 있었다. 그는 각인의 글자를 읽었다. 간담이 서늘해졌다.

✦

라스베이거스 경찰청은 케트너를 라스베이거스 시내에서 가까운 경찰서로 데리고 갔다. 국내의 모든 경찰청이 부러워할 만한, 완벽하게 세련된 현대식 건물이었다. 볼드윈은 사건 담당 형사들에게 자신이 도착할 때까지 케트너를 조사하지 말라고 엄격하게 지시해 놓았다.

그가 도착했을 때 케트너는 형사 두 사람에게 취조를 받고 있었다. 볼드윈은 한숨을 쉬고는 문을 열었다. 그는 초면인 형사들에게 미소를 지으며 말했다. "케이슨 볼드윈 요원이요, 만나서 반갑소. 잠깐 밖에서 얘기 좀 할 수 있을까?"

그들은 서로 시선을 교환하더니 자리에서 일어섰다. 볼드윈은 그들을 따라 밖으로 나갔다.

"이것 보게, 친구들, 이 건은 연방 사건이오. 이 수사는 우리가 맡은 겁니다. 물론 제가 여러분들의 상관이 아니라는 건 알고 있소, 그리고 내가 한 말을 귓등으로도 안 들은 사람이 누군지도 알고 있소. 하지만 지방 검찰청과 연방 검찰청이 이 사건을 검토한 결과 연방 차원의 수사가 되어야 한다는 데 의견의 일치를 보았소. 여러분의 노고에 감사드리는 바지만 저 친구는 내가 단독으로 조사해야겠소."

"만약 그가 사는 곳이 —"

"저 친구는 노스 라스베이거스와 세인트 조지에서 범죄를 저지른 혐의를 받고 있소. 거주지가 여러분의 관할 구역에 있을 뿐이오. 그러니까 내가 얘기를 나누게 해주시죠. 그러면 우리 모두 퇴근할 수 있소."

둘 중 한 형사는 그를 노려보았으나 둘 다 아무 말도 하지 않았다. 이 사건은 언론의 열띤 관심을 끌 것이었고 볼드윈이 볼 때 이 형사들이 케트너를 조사한 것은 더 윗선의 지시에 의한 것임이 틀림없었다. 자신들이 FBI에게 한 방 먹이는 것을 언론에 보여줄 수 있는 기회일 것이므로.

볼드윈은 그 자리에 서 있는 형사들을 남겨두고 취조실로 들어갔다. 그는 자리에 앉아 아이패드를 꺼내고 잠시 케트너를 가만히 쳐다보았다. 케트너는 초조한 듯 손가락을 움직이고 있었다. 그리고 말했다. "가도 될까요?"

"왜 가도 된다고 생각하지?"

"저는 아무것도 안 했으니까요. 저 형사들이 저한테 살해된 어떤 가족들 얘기를 했어요. 저는 무슨 말을 하는 건지 모르겠어요."

"전혀 모른다?"

그는 고개를 가로저었다. "뭔가 착각하신 것 같아요. 제 말은, 저는 당신들이 찾는 사람이 분명 아니라는 거예요. 이건 미친 짓이에요. 저는 어떤 사람도 해치지 못해요."

볼드윈은 십여 초 남짓 미동도 없이 앉아 있다가 아이패드의 잠금을 풀었다. 화면에는 사파이어 목걸이 사진이 있었다.

"그건 뭐죠?" 케트너가 말했다.

"나 이거 참, 오스틴. 나를 좀 믿어."

"무슨 말씀을 하시는 거예요? 평생 한 번도 본 적이 없는 물건이에요."

"이건 오브리 올슨이라는 여자 거야. 일주일 전에 유타주 세인트 조지에서 살해됐지."

"그렇군요, 하지만 그게 저하고 무슨 상관이 있나요?"

"이 목걸이는 내가 자네 집 벽장에 있는 신발 박스에서 찾아낸 거야."

그의 눈이 휘둥그레졌다. "뭐라고요?" 그는 자리에서 펄쩍 뛰어 일어났다. 볼드윈도 권총에 손을 대면서 같이 일어났다.

"이건 미친 짓이야!"

"자리에 앉아, 오스틴."

"제 평생 본 적이 없는 물건이라고요."

"그 얘기를 해보자고. 그렇지만 먼저 자리에 앉아."

케트너는 몸을 떨었다. 볼드윈은 총에서 손을 떼고 먼저 자리에 앉았다. 케트너도 따라 앉았다.

"나는 사실을 말하고 있어. 저 물건은 자네의 집 벽장에 있던 신발 박스에서 찾아낸 거네. 각인은 라이언 올슨이 그의 아내에게 새겨준 것이고. 분명 상당히 비싼 거겠지. 자네는 기념품을 잘 고른 셈이야.

딘 부부 집에서 가져온 것은 찾지 못했지만 자네 물건들을 다 뒤지면 찾을 것 같은 예감이 들어." 그는 테이블에 손을 얹고 앞으로 몸을 기울였다. "에디 칼이 자네한테 한 짓은 정말 유감이네, 오스틴. 그가 이 모든 일의 원인이라는 것을 알고 있다네. 내 생각을 말하자면, 딘 부부와 올슨 부부는 그의 피해자지, 자네의 피해자가 아니야. 그러나 우리는 자네가 이 일을 또 하게 될 다른 사람들을 보호해야 하네. 그러니까 자네가 나한테 솔직하게 말해주면 나도 자네를 진솔하게 대하지. 다른 사람들은 몇 명이나 되지?"

"어떤 다른 사람들이요?"

"자네가 이렇게 한 다른 가족들 말이야."

"무슨 개소리야, 내 말 못 들었어요? 나는 아무 짓도 안 했다고요. 그 목걸이는 평생 본 적도 없어요."

경찰 생활 16년 동안 볼드윈은 거짓말에 능숙한, 심지어 자기 자신들조차 속이는 것 같은 사람들을 수없이 다루었었다. 케트너의 반응은 진실된 것 같았지만 그가 오브리 올슨의 목걸이를 자기 아파트에 가지고 있었다는 사실은 그가 그녀를 살해했다는 것 말고는 달리 설명될 수가 없었다. 완벽한 사이코패스는 조작의 달인이다. 그래서 볼드윈은 돌다리를 두들겨 보듯 해야 한다는 것을 알고 있었다. 상황을 컨트롤할 수 없다고 느낀다면 케트너는 입을 닫고 변호사를 부를 것이다.

볼드윈은 재킷을 벗었다. "우리는 한동안 여기 있어야 할 것 같군."

28

야들리는 밤늦게까지 기다렸으나 볼드윈의 문자는 오지 않았다. 그리고 그녀가 보낸 문자에도 답하지 않았다.

아침에 그녀가 사무실에 도착하자 상관인 로이 리우를 포함해서 여러 검사들이 금속 검색대 근처의 로비에 모여 커피를 마시며 담소를 나누고 있었다. 그들은 그녀를 보더니 박수를 치기 시작했다.

그녀는 당황하여 얼굴이 달아올랐다. "무슨 일 있었나요?"

리우가 그녀에게 『라스베이거스 선』지를 내밀었다. 1면 기사가 어둠의 카사노바 2세가 체포되었다는 내용이었다.

"제시카, 아주 멋지게 해냈어. 총장님이 축하 전화를 하셨어. 이건 전국적인 뉴스야."

"어떻게 된 거죠? 아직 언론에 공개하지 않았는데요."

"볼드윈 요원의 FBI 지부장 보좌가 내게 자신들이 체포에 성공했다고 전화로 알려 왔어. 그래서 내가 먼저 알게 된 거지. 왜 연쇄 살인범의 존재를 지역 사회에 알리지 않고 시민들을 위험에 빠뜨렸느냐는 질문이 쏟아질 터여서 내가 간밤에 『선』지에 독점 기사를 준 걸세. 다른 방향으로 초점을 돌리는 조건으로 말이야. 기본적으로 우리가 언론에 아무것도 공개하지 않은 것은 그 어둠의 카사노바 2세가 언론을 따라 행동할 것이라고 믿었기 때문이라고 설명을 했지."

야들리는 이를 악물었다. "오스틴 케트너가 자백을 했나요?"

"아니. 놈은 부인하고 있어. 하지만 딘 부부와 올슨 부부가 살해된 날 놈은 어떤 알리바이도 없어. 그리고 오브리 올슨의 목걸이가 그의 벽장에서 발견됐고 소피아 딘의 팬티가 그의 양말 밑에 처박혀 있었어."

야들리는 축하를 해 주러 다가오는 사람들을 피해 자신의 사무실로 가서 문을 닫았다. 그리고 기사를 읽었다. 기사는 부모의 죽음 이후 길을 잃은 에디 칼의 피해자를 그리고 있었다. 상처 입고 무너진 한 어린아이가 그에게 크나큰 충격을 주었던 바로 그 괴물이 되어 나타났다는 이야기였다. 기사의 말미에는 케트너에게 또 다른 피해자가 있는지를 알아보기 위해 유사한 성격의 범죄들을 조사하고 있다는 말이 언급되어 있었다.

야들리는 신문을 내려놓고 의자에 등을 기대었다. 그녀의 눈은 사무실의 뿌연 유리 벽을 멍하니 바라보고 있었다. 정체불명의 용의자가 살인 주기를 따른다면 이르면 다음 주쯤 다음 살인이 일어날 것이었다.

그녀는 볼드윈에게 문자를 보냈다.

그 사람을 지금 당장 만나고 싶어.

클라크 카운티 구치소는 감옥이라기보다는 초현대식 사무용 빌딩에 가까워 보였다. 빛이 최대한 투과되도록 유리창이 즐비한 석조 건물이었다. 건축가는 이 건물을 설계하면서 직원들이 낮에는 햇빛을, 밤에는 거리의 불빛을 볼 수 있게 하려 했던 게 분명했다. 감옥의 직원들은 우울증과 알코올 중독 비율이 높고 자살률도 높기 때문이다.

복도는 온통 하얬다. 그녀가 배지와 신분증을 1차, 2차 경비대원들에게 두 번에 걸쳐 보여주면서 걸음을 옮길 때마다 복도에는 발자국 소리가 울렸다. 배지 덕택에 그녀는 아무런 검색도 받지 않았다.

접견실 밖에는 또 다른 경비대원이 그녀를 기다리고 있었다. 그가 신분증을 스캔하자 문 위의 불빛이 빨강에서 초록으로 바뀌었다. 접견실에는 여러 개의 창이 있었고 방문객과 재소자를 분리하는 유리 칸막이는 없었다.

케트너는 암청색 셔츠와 파란색 바지를 입고 발에는 슬리퍼를 신고 나왔다. 그는 그녀의 맞은편에 앉았다. 야들리는 그를 데려온 경비대원을 보고 말했다. "감사합니다. 마치고 나서 부를게요."

"정말입니까? 저는 여기서 대기할 수 있습니다."

"괜찮아요. 감사합니다."

그녀는 그가 나갈 때까지 기다렸다가 케트너를 쳐다보았다.

"당신은 누구세요?"

"내 이름은 제시카 야들리예요. 당신 사건을 담당하고 있는 연방 검사입니다."

"저를 좀 도와주셔야 해요." 그가 말했다. 절박함이 느껴지는 높은 목소리였다. 눈에는 눈물이 그렁그렁했다. "저는 아무 짓도 하지 않았어요. 그 사람들은 제가 네 사람을 죽였다고 생각해요."

"당신이 그랬어요?"

"아니요! 저는 누구도 해치지 않아요. 그 물건들이 어떻게 제 아파트에 들어와 있는지 저는 몰라요. 그 FBI 요원은 제 말을 믿지 않아요. 그는 자기가 사건을 수사할 것이라고, 하지만 제가 사전 형량 조정을 생각해볼 수도 있다고…." 그의 목소리가 갈라졌다. "사형을 피하려면 말이에요."

케트너는 고개를 숙였다. 그는 울고 있었다.

"그 물건들이 어디서 난 거라 생각해요?" 야들리가 물었다. 그녀가 상대했던 대부분의 살인범들은 완전히 막다른 골목에 서지 않는 한 눈곱만큼의 책임감도 느끼지 않았다. 그리고 그들 중 많은 이들은 살면서 어느 시점에선가 자유자재로 우는 법을 배웠다.

"모르겠어요. 우리 집에는 경보 장치가 없어요. 그리고 저는 주5일 아침 6시부터 저녁 6시까지 집을 비우고요. 누군가 숨어 들어와서 그 물건들을 남기고 제 컴퓨터에서 이메일을 보낸 거예요."

"누군가 그런 짓을 하고 싶었다면 이유가 뭐죠?"

"저야 모르죠." 그는 테이블을 내려다보았다. "제 부모님은 살해당하셨어요. 그들이 말하기를 똑같은 방법으로 제가 그 사람들을 죽였대요." 그의 눈이 그녀의 눈과 마주쳤다. "수백만 년이 지난다 해도 저는 누군가에게 그런 짓은 못 해요."

야들리는 솟아오르는 죄책감을 집어삼켰다. 자신이 그의 부모를 살해한 남자와 결혼했었다는 것을 그가 안다면 케트너는 무슨 말을 할까? 그날 밤 칼이 자기 작업실에서 늦게까지 있을 거라고 말했었다면 그녀는 아마도 아이스크림을 먹으면서 영화를 보고 있었을 것이다.

남편이 당신 부모를 살해하는 동안 내가 본 영화는 뭐였을까?

그런 생각을 하자 온몸이 차가워지며 역겨움이 번져갔다. 케트너가 지금 어떤 사람이건, 그의 삶이 그를 어떤 지경으로 몰고 갔건, 그녀 역시 거기에 책임이 있는 사람이었다.

"우리는 문제의 그날 밤 당신이 어디 있었는지를 알아야 해요. 4월 18일과 3월 22일이에요."

그는 고개를 저었다. "한 달 전 특별한 날도 아닌 어느 날 밤에 내가 어디 있었는지 어떻게 기억이 나겠어요?

"나야 모르죠. 그건 당신한테 달려 있어요."

그는 마른침을 삼켰다. "저는 주로 밖에서 저녁을 먹어요. 그래요, 대부분이요. 저녁은 집에서 안 먹어요. 그날이 무슨 요일들이죠?"

"4월 18일은 금요일이었어요. 3월 22일은 수요일이고."

"음… 금요일이라. 맞아요, 저는 금요일에는 특히 집에서 먹은 적이 없어요. 가끔은 친구들이랑, 아니면 그냥 혼자서 외식을 하죠. 그걸 찾아봐 주세요."

"그건 당신의 변호사가 해야 하는 일이에요."

"저는 변호사가 없어요."

"변호인을 구해야죠."

"전 아무 짓도 안 했어요. 확인을 좀 해주세요. *제발*… 저는 죽고 싶지 않아요."

야들리는 그를 몇 초간 더 지켜보다가 자리에서 일어섰다. 거짓말 중의 최악은 자신을 속이는 것이다. 인정하고 싶지 않았지만 그녀의 직감은 이미 말하고 있었다. 그를 믿는다고.

29

야들리는 구치소 건너편 커피숍에서 기다리고 있었다. 그녀는 볼드윈에게 문자를 보내어 연방 검찰청 사건 관리 사이트에 케트너의 신용카드 사용 내역을 올려달라고 부탁했다. 그녀는 천천히 커피를 마시면서 창밖을 무심히 바라보았다. 구름이 흘러와서 해를 가리고 보슬비가 살짝 내리기 시작했다. 라스베이거스 길거리는 아주 적은 양의 비도 감당하지 못해 금세 물웅덩이가 만들어진다. 사람들이 건물에서 차로, 차에서 건물로 뛰어다녔다. 마치 하늘에서 염산이라도 내리고 있는 것처럼.

"안녕하세요."

그녀가 고개를 들자 터틀넥 셔츠에 캐주얼 재킷을 입은 어떤 남자가 서 있었다. 턱선이 강하고 푸른 눈을 가진 잘생긴 남자였다.

"같이 차 마셔도 될까요? 어여쁜 숙녀분이 내리는 비를 보며 혼자 있는 게 싫어서요."

"아뇨, 전 괜찮아요. 감사합니다."

"정말이에요? 제가 맛있는 거 대접하고 무슨 속상한 일이 있으신지 들어드릴게요. 표정이 무척 슬퍼 보여서 대화 상대를 원하시지 않을까 생각했답니다."

"사려가 깊으시네요. 그렇지만 사양할게요. 감사합니다. 전 괜찮아요."

"이렇게 하면 어떨까요. 그러니까 —"

"이렇게 공세를 하는 걸 어떤 여자가 좋아할지 모르겠지만 전 그런 사람이 아니에요. 제발 가 주세요."

그의 얼굴에서 미소가 사라졌다. 그리고 그는 들리지 않는 소리로 무슨 말인지 중얼거리더니 나가 버렸다. 야들리는 타닥타닥 길바닥에 떨어지는 빗소리를 향해 돌아앉았다.

볼드윈이 사용 내역서가 왔다는 문자를 보냈다. 그녀는 그 내용을 빠르게 훑어보았다.

케트너는 3월 22일에는 사용 내역이 없었으나 4월 18일에는 두 건의 내역이 나왔다. 하나는 드라이브 스루 커피점이었고 다른 하나는 팻블루 버거라는 햄버거 가게였다. 야들리가 아는 곳이었다. 케트너의 집에서 그리 멀지 않은 패스트푸드를 파는 곳이다.

그녀는 차로 걸어갔다. 얼굴에 떨어지는 빗방울이 따뜻했다.

팻블루 버거 가게는 점심 인파로 북적거리고 있었다. 야들리는 줄선 사람들을 가로질러 계산대로 갔다. "가게 매니저를 좀 불러 줘요."

검은색 티셔츠와 청바지를 입은 여자가 나왔다.

"제가 매니저인데요. 무슨 일이신가요?"

"저하고 따로 이야기 좀 할까요?"

그녀는 옆쪽으로 걸음을 옮겼다. 야들리도 따라갔다. 그녀는 배지를 보여주고 말했다. "연방 검찰청에서 나왔습니다. 우리가 조사하고 있는 어떤 사람이 어느 날 밤에 여기서 저녁을 먹었는데요. 그 시간을 알고 싶어서요. 여기 CCTV가 있는 걸 봤어요. 그 영상은 얼마나 오래 보관하나요?"

"CCTV는 회사 보안팀으로 바로 업로드됩니다. 여기에 보관하지는 않아요."

"그럼 보안팀을 불러 주겠어요?" 여자는 움직이지 않았다. "법적으로 당신에게 아무런 책임이 없도록 영장을 받을 겁니다. 절차상 시간이 좀 걸려요. 그동안 제가 영상을 볼 수 있도록 가져와 주겠어요?'

그녀는 고개를 끄덕였다. "총 매니저한테 전화해서 그래도 되는지 물어볼게요."

✦

그녀가 아이언 포트레스 시큐리티 사에 도착했을 때 볼드윈은 도로 경계석 옆에 차를 세우고 기다리고 있었다. 보도에서 그녀를 맞으면서 그가 말했다. "일 처리가 빠르네."

그녀는 그가 왜 케트너를 체포하기 전에 미리 그의 신용카드를 조회하지 않았는지 의아했다. 그녀는 그가 이 사건을 종결시키기를 바라는 마음이 너무 커서 편견에 치우치지 않았기를 바랐다. 경찰이 용의자의 유죄를 증명하기를 바라는 마음이 크면 결코 좋은 결과가 나오지 않는 법이었다. 그렇게 해서 무고한 사람들이 감옥에 가게 되는 것이다. 야들리는 연방 요원들이나 지역 경찰을 대상으로 한 연수 세미나에서 언제나 그들에게 용의자를 포착하면 역으로 생각을 해야 한다고 가르쳤다. 용의자가 범죄를 저지르지 않았다는 것을 증명하려 해야 한다는 것이다. 그게 증명이 안 된다면 그들이 범인을 잡은 것일 가능성이 크다는 말이었다. 그리고 그다음, 그다음에 비로소 법적 절차를 위해 더 많은 증거들을 모아야 하는 것이다.

그녀는 다시 한번 볼드윈이 용의자 선별을 위해 사람들을 정렬시키기 전에 목격자에게 사진을 보여주었던 생각이 떠올랐다. 그는 지처 보였다. 그는 보통 다림질되어 반반한 양복을 입고 다녔는데 오늘은 양복에 주름이 져 있었다. 너무 여러 번 입은 것 같아 보였다.

"사전에 그의 카드를 조회했어?" 야들리는 최대한 아무렇지도 않게 물었다.

"아직 거기까진 신경을 쓰지 못했어. 아마도 하루 이틀 뒤에 하려고 했을 거야."

"아마도?"

그는 걸음을 멈추고 그녀를 쳐다봤다. "그래, 아마도. 당신도 알다시피, 나는 아직 다른 사건들도 맡고 있어. 나한테 무슨 하고 싶은 말이 있는 거야, 제시카?"

"아니. 단지 우리가 서로 같은 생각인지 확인하고 싶을 뿐이야."

"그건 물론이지. 지금은 이 일을 끝내고 보자. 한 시간 안에 지부장 보좌에게 브리핑을 해야 해."

보안업체는 1층의 작은 사무실에 위치해 있었다. 볼드윈은 FBI 신분증을 보이고 책임자를 만나게 해 달라고 했다. 벽에 그림이 걸려 있는 것이 보였다. 강이 끝나는 곳에 폭포가 하나 있고, 그 폭포가 커다란 못으로 떨어지는 그림이었다. 그녀는 잠시 그림을 응시했다. 칼도 비슷한 그림을 그린 적이 있었다. 하지만 그의 그림에서 못은 텅 빈 암흑이었다. 물은 그 암흑 속으로 떨어져 흔적도 없이 사라졌다. 그리고 못의 끝에는 그 깊은 심연을 내려다보며 어린 남자아이가 하나 서 있었다.

그녀가 뒤돌아 주위를 보았을 때 볼드윈은 팻블루 버거의 비디오 영상을 보기 위해 지역 관리자를 만나고 있었다. 그는 모니터와 다른 전자 기기들이 가득한 방으로 그들을 안내했다.

그들이 방의 뒤편에 서 있는 동안 관리자가 비디오를 작동시켰다.

비디오 영상은 컬러였고 화질이 선명했다. 대부분의 보안업체들이 디지털 영상을 도입하고 있었다.

"자, 자, 어디 보자," 관리자가 혼잣말을 했다. "4월 15일, 16일, 17일이고… 여기가 18일이네요. 하루 전체를 보실 건가요?"

"4시 이후면 될 것 같아요." 야들리가 말했다.

"그런데, 저는 여러분과 함께 여기 있을 수가 없답니다. 이렇게 하면 앞으로 빨리 감는 것이고 이건 되감기예요. 여기 이 둥근 버튼들이요. 제가 한 번씩 들어와서 어떻게 하고 계시는지 체크는 할게요."

볼드윈은 자리에 앉아서 앞으로 빨리 감기를 시작했다. 그는 처음에는 2배속으로, 그다음에는 3배속으로 감으며 얼마간 계속 그 속도를 유지했다.

"드라이브 스루로 샀대?" 그가 말했다.

"매장에서 먹었다고 했어."

그들은 한동안 말없이 영상을 지켜보았다. 그러다가 그가 말했다.

"저기 그 친구네, 제시카."

"그러면 당신은 걱정할 게 없네."

그는 그녀를 돌아보았다. "그게 무슨 소리야?"

"낚시꾼들이 물고기 잡는 일에 완전히 정신이 팔리면 자기가 물고기를 잘못 잡았다는 것을 모르게 되잖아. 그러기엔 당신이 너무 침착한 사람이라는 건 내가 알지만 말이야. 멈춰 봐. 바로 거기."

볼드윈은 비디오를 정지시키고 되감기를 했다. 그것은 분명 케트너였다. 그는 계산대에서 주문을 했다. 음식이 나오자 그는 음식을 가지고 테이블에 앉아서 먹었다.

"먹는 데 걸린 시간은 17분." 볼드윈이 말했다. "대략 7시 30분이군."

"시간대가 맞지 않아."

"먹고 나서 바로 올슨의 집으로 갔다면 당연히 맞아. 그는 집에서 몇 시간 숨어 있을 것을 계산하고 뭔가를 먼저 먹고 싶었던 거야."

"그 사람과 얘기해 봤잖아. 정말 그가 이런 일을 해낼 만큼 지적 수준이 높은 사람으로 보였어?

"왜 아니지? 필요한 건 뭐든지 다 인터넷에서 배울 수 있어. 그리고 그는 경찰 파일들과 과학 수사 실험실에 접근할 수가 있어. 몇 년 동안 그가 얼마나 많은 것을 배웠는지 누가 알겠어?" 그는 의자를 돌려 그녀를 보았다. "경찰의 눈을 가리는 편견에 대한 당신의 지적은 맞는 말이야. 하지만 변호사들도 같은 편견으로 눈이 멀 수 있어. 그들은 누군가가 유죄라거나 무죄라는 것을 강하게 믿으면 그런 자신들의 믿음에 부합하지 않는 모든 증거를 무시하지."

그녀는 화면 속 케트너의 얼굴을 쳐다보았다. 저 사람이 그녀가 찾고 있던 사람이란 말인가? 오브리 올슨으로 하여금 곧 자신이 죽게 되리라는 것을 알면서 자기 집 침대에서 피 흘리며 죽어가는 남편을 보도록 만든 괴물이란 말인가?

"우리가 찾는 자는 아주 조심성이 많은 사람이야." 그녀가 말했다. "자기 집에 기념품을 보관하는 건 그가 했다고 하기엔 너무 어설픈 짓이야. 금방 찾을 수 있는 곳에 두는 건 특히 더 그렇고. 환풍기 속에 넣어둘 수도 있고 아니면 방수 케이스에 넣어서 변기 수조에 둘 수도 있었는데 말이야."

"이런 유형의 범죄자들은 시간이 갈수록 자신을 제어하지 못하게 돼. 당신도 말한 바 있지. 그들은 현실과 환상의 경계가 모호해질수록 흐트러지게 돼. 에디도 그랬잖아. 그래서 그가 붙잡히게 된 거잖아."

"에디는 명료하게 사고하고 있었어. 그가 잡힌 건 다른 이유 때문이야."

"무슨 다른 이유?"

그녀가 사트 박사를 만나기 전에 그는 심리학 학술지에 칼이 아내가 임신한 사실을 알고 난 후부터 무의식적으로 잡히려 했다는 글을 썼었다. 사실상 그가 범행을 멈추려 했다는 것이다.

그녀가 대답하기 전에 볼드윈이 말했다. "우리는 두 부부만 살해되었다고 생각하지, 그런데 만일 그게 케트너에겐 여섯, 일곱이었다면? 그쯤 되면 그의 사고는 완전히 뒤틀리게 돼. 케트너는 어린 시절의 정신적 외상을 털어버리면서 어떤 이상 심리 상태에 도달한 거야. 집에서 기념품이 발견되었고 이메일이 그의 컴퓨터로 발송됐어. 탄탄한 알리바이도 없어. 그리고 범죄를 저지르고도 남을 시간이 있었지. 뭐가 문제인 건지 난 모르겠는데."

"만약 내가 이 범행을 내가 아닌 다른 사람의 짓으로 돌리고 싶다면 케트너는 거기에 딱 맞는 사람이야. 사람들은 그가 에디의 피해자였기 때문에 정신이 나갔고, 그래서 에디가 그에게 했던 짓을 하고 있다고 생각할 테지. 내가 본 바에 따르면 그는 우리가 찾는 사람이 될 만한 지적 능력이 없어."

"케트너의 IQ를 아는 거야? 나는 모르거든. 그와 같은 사이코패스는 다른 사람들을 조종하는 데 명수일 거야."

그녀는 고개를 저었다. "나는 그가 범인이라고 생각하지 않아. 그를 풀어 주라는 말이 아니야. 하지만 계속해서 파헤쳐야 해."

"그는 오브리 올슨의 그 빌어먹을 목걸이를 자기 집에 갖고 있었다고!" 볼드윈은 거의 고함을 치듯 말했다. "도대체 뭘 파헤친다는 거야?"

"그렇게 나한테 소리 지르지 마, 케이슨. 나는 이대로는 케트너를 범인으로 기소하지 않을 거야."

그는 혀를 입안에서 한 바퀴 돌렸다. 얼굴은 화가 치밀어 울긋불긋했다. "당신을 이 사건에 끌어들인 게 실수였는지 몰라. 당신은 너무…."

"너무 뭐? 감정적이라고? 너무 감정적인 여자란 말이야, 케이슨?"

"그런 얘기를 하려던 건 아니야."

그녀는 문으로 향했다. "더 많은 자료를 조사해 와, 안 그러면 그를 풀어줄 거야."

30

볼드윈에게 새된 소리로 말을 했지만 야들리는 케트너의 일이 어떻게 진행될지 정확히 알고 있었다. 그리고 그녀에게는 그것을 멈출 힘이 없었다. 검찰 총장이 직접 리우에게 전화를 해서 전 국민의 이목을 사로잡은 살인범을 검거한 담당 부서에 축하 인사를 전해주라고 했다. 그를 기소하지 않을 방법이 없었다. 야들리가 하지 않는다면 리우는 그녀를 사건에서 제외하고 다른 검사에게 하게 할 것이 분명했다.

그 사실을 아는 야들리는 목에 무거운 사슬이 걸려 있는 듯했다. 그녀는 걸으면서 생각을 떨쳐 버리려 애썼다. 한 블록을 두 바퀴째 돌았을 때 웨슬리에게서 전화가 왔다.

"응." 그녀가 말했다. "저녁은 밖에서 먹었으면 좋겠어. 밖에서 만나도 될까?"

"물론이지. 그런데 사실 전화를 한 건 타라 때문이야. 당신이랑 같이 있어?"

"아니. 왜?"

"타라는 외출 금지 상태잖아. 그런데 내가 하루 종일 집에 있었는데 타라를 못 봤거든. 오늘 아침에 나가면서 아이 방에 한번 가봤어?"

그녀는 걸음을 멈추었다. "아니."

"10시쯤에 내가 살짝 들여다봤는데 방 안에 없었어."

✦

타라가 아는 모든 사람들에게 연락을 해 봤지만 타라를 찾지 못한 뒤 야들리는 두 가지 가능성밖에 없다고 판단했다. 집 앞 진입로에 차를 세우고 타라의 방으로 달려간 순간 그녀의 가슴은 얼어붙었다.

타라가 좋아하는 옷과 신발들이 거의 없어졌고 제일 좋아하는 귀걸이와 팔찌를 넣어둔 보석 상자도 없었다. 타라는 벽장에 있는 항아리에 돈을 보관해 왔다. 일곱 살 때부터 해오던 버릇이었다. 어디에도 그 항아리는 없었다.

극심한 공포가 그녀에게 휘몰아쳐 왔다. 야들리가 타라에게 케빈을 다지는 보지 못할 것이라고 분명히 말을 한 후이므로 한 가지 가능성은 아이가 그와 함께 도망을 쳤다는 것이다. 다른 가능성은 생각만 해도 끔찍한 일이었다. 그러나 그녀는 기를 쓰고 그 가능성을 생각해 보았다. 야들리가 이 사건에 개입된 것을 아는 모방범이 타라를 데리고 갔을 가능성이었다. 하지만 그 가능성에 모든 것을 다 쏟아붓기 전에 먼저 타라가 케빈과 함께 있지 않다는 것을 확인해야 했다.

케빈의 집은 라스베이거스 스트립에서 30분 정도 떨어진 곳에 있었다. 그 동네는 작은 바위 언덕 앞에 자리하고 있었다. 집들은 쇠락해 보였다. 그녀는 전에 여기 와 본 적이 있다는 것을 알아차렸다. 보호 관찰관과 함께 어떤 피고인의 집을 수색하기 위해서였다. 심각한 가정 폭력으로 유죄 선고를 받은 뒤 총기 소지가 제한되었던 사람이 있었다. 그의 아내가 어느 날 밤 겁에 질려 야들리에게 그가 노점상에게서 여러 개의 총기를 샀다고 했다.

다행히도 보호 관찰관이 불상사 없이 그 총기들을 빨리 찾아냈다. 야들리는 그가 집에서 퇴거하고 집의 소유권을 아내에게 넘긴다면 그를 새로운 폭력 혐의로 기소하지 않는다는 데 동의해 준 바 있었다.

그녀는 케빈 왓슨의 집을 찾아냈다. 그의 아버지 더스틴 왓슨이 민소매 셔츠 차림으로 담배를 입에 물고 나왔다. 얼굴에는 기름기가 흐르고 우둘투둘 얽힌 자국이 있었다. 그는 찢어진 청바지와 더러운 부츠를 신고 있었다. 야들리의 눈에 리클라이너 소파에 걸쳐 놓은 가죽 조끼가 들어왔다. 조끼의 뒷면에는 폭주족들의 패치가 붙어 있었다. 그녀는 전에 여러 차례 그들을 상대했던 적이 있었다.

"케빈 여기 있나요?"

"당신은 누구요?"

"타라의 엄마예요."

그는 그녀를 위아래로 훑어보았다. "케빈한테 원하는 게 뭐요?"

"제 딸이 허락도 없이 집을 나갔어요. 제 생각에 케빈과 함께 있을 것 같군요."

그는 히죽히죽 웃었다. "제기랄, 뭐, 그 녀석다운 일이군. 온갖 잡것들이 시도 때도 없이 다 여기로 개를 찾아온다니까요."

야들리는 화를 얼굴에 드러내지 않으려 노력했다. 그녀는 억지로 미소를 지으며 말했다. "케빈하고 잠깐 이야기를 나눌 수 있게 해 주시면 감사하겠어요."

그는 고개를 가로저었다. "여기 없소."

"학교에 전화했더니 케빈은 오늘 학교에 가지 않았더군요. 어디에 있을지 짐작 가는 데가 있으신가요?"

"없소." 그가 말했다. 눈은 그녀의 가슴에 가 있었다.

그녀는 명함을 꺼내어 그에게 주었다. 명함을 보더니 그는 표정이 바뀌었다. 그것은 감옥살이를 해 본 사람의 표정이었다. 전과자들은 경찰을 보면 두 가지로 반응한다. 반항하거나 복종하거나. 출소를 한 뒤 반항을 하면 결국 빠르게 감옥으로 돌아가게 된다. 재생의 희망이 없을 만큼 망가지지는 않은 똑똑한 사람들은 사회 전체와 싸워 봐야 승산이 없다는 것을 깨닫게 된다.

더스틴 왓슨은 반항아 타입이었다.

"그럼, 당신 경찰이오?"

"검사입니다. 케빈이 집에 들어오면 바로 저한테 전화하게 해주시겠어요?"

그는 그녀의 얼굴에 명함을 튕겼다.

그녀는 그를 응시하며 얼굴이 굳어졌다. "케빈이 어디 있는지 말해요, 안 그러면 난 당신이 가석방 상태인지 확인하고 보호 관찰관에게 당신이 나를 폭행했다고 할 거예요."

"당신을 폭행했다고? 무슨 개소리야. 난 아무 짓도 안 했어."

"나한테 물건을 던져서 내 얼굴을 쳤어요. 그건 폭행이에요. 자 이제, 케빈이 어디 있는지 알아요, 몰라요?"

그는 그녀를 빤히 쳐다봤다. 야들리는 그에게 빠르게 다가섰다. 마치 그를 치기라도 할 기세였다. 그는 순간적으로 뒤로 물러섰다. 얼굴에 한 줄기 두려움이 스쳐 갔다.

"케빈한테 전화하라고 해. 내가 다시 여기 오는 일이 없게 하라고."

그녀가 막 뒤돌아서 떠나려고 할 때 그의 벨트 구멍에 매달린 고리가 눈에 띄었다. 고리에는 열쇠 세트가 달려 있었다. 열쇠가 달린 납작한 주머니칼 같아 보였다. 위에는 록매스터스 (LOCKMASTERS)라는 글자가 쓰여 있었다.

"그건 뭐죠?" 그녀가 말했다.

"뭐 말이오?"

"그녀는 고갯짓으로 열쇠를 가리켰다. "만능열쇠네요."

"맞아요, 그래서 뭐? 한 번씩 열쇠를 두고 집 문을 잠그고 나올 때가 있거든."

"공용 만능열쇠인가요?"

그는 현관으로 침을 뱉었다. 침은 그녀의 발치에 떨어졌다. "당신이 나를 체포하지 않을 거라면 여기서 꺼지시오."

그녀는 차로 돌아와서 휴대폰으로 검찰청 데이터베이스에 접속했다. 그리고 더스틴 왓슨의 이름과 주소를 입력했다. 그런 다음 그녀는 볼드윈에게 전화했다. "나 좀 도와줘, 케이슨."

31

볼드윈이 야들리의 집에 도착했을 때 그녀는 휴대폰을 귀에 갖다 붙인 채 중앙 발코니에 나와 서 있었다. 사무용품 판매점 전화로 타라의 친구들 중 한 명의 어머니와 통화를 하기 위해 기다리는 중이었다.

볼드윈이 말했다. "아동 납치 경보와 전국 지명 수배령을 내렸어. 타라의 사진은 남북 50마일 이내 경찰서들에 다 돌렸어. 제시카, 아이들은 가출하기도 해. 이건 그냥 일어나는 일이야. 그래도 타라는 우리가 찾을 거야."

"타라는 전에 한 번도 그런 적이 없었어." 난간에 몸을 기대면서 그녀가 말했다. "그 애가 같이 있는 그 남자애는…."

"알고 있어." 그가 주저하며 말했다. "그 아버지가 아이가 어젯밤에 집을 나갔다고 인정했어. 자기 물건들을 챙겨서 돌아오지 않을 거라고 했대."

"어디로 갔대?"

그는 어깨를 으쓱했다. "아버지는 모른대. 오스카 말로는 그는 케빈이 누구랑 어디로 갔는지 관심을 쏟는 그런 유형으로 보이지 않았대."

여자 목소리가 전화기에서 들렸다. 야들리가 상황을 설명했지만 그녀는 자기 딸은 학교에 있고 자신은 타라에 대해 아는 것이 없다고 말을 하고는 급하게 전화를 끊었다.

웨슬리가 나왔다. 손에는 휴대폰을 들고 있었다. "라스베이거스 경찰청에 부탁해서 시내에 좀 인기 있는 싸구려 호스텔들에 타라의 사진을 남겨 달라고 했어."

"고마워." 손톱을 씹으면서 그녀가 말했다.

웨슬리가 볼드윈을 향해 말했다. "볼드윈 요원. 오랜만이군요."

그들은 악수를 했다.

"도와줘서 고맙습니다." 웨슬리가 말했다.

"당연한 일인걸요. 두 분한테 필요한 일은 뭐든 해드려야죠. 저는 고등학교로 가서 케빈을 아는 학생들과 얘기를 좀 해 보겠습니다. 그 애들은 어디로 가든 차를 타고 가야 했을 텐데 케빈과 타라는 차가 없으니까 누군가 그 애들을 태워 준 겁니다."

"아니면 우버 택시를 불렀을지도 몰라." 야들리가 말했다.

"모든 택시와 승차 공유 회사들도 확인해 볼 거야." 그는 그녀에게 가까이 다가가서 손을 살며시 잡았다. "타라는 내가 찾을 거야." 그가 말했다. "약속하지."

"고마워, 케이슨."

그는 그녀와 웨슬리에게 고개를 끄덕이고는 집에서 나갔다. 웨슬리는 그에게 차가운 눈길을 보내고 있었다.

그녀는 난간 너머로 몸을 기울이고 텅 빈 사막을 바라보았다. "내가 타라를 이렇게 만들었어, 웨슬리."

"당신이 그런 게 아니야."

"타라는 이 세상에서 자기한테 맞는 곳이 어딘지 찾으려 하고 있어. 그런데 나는 매번 그 애가 그걸 알아내도록 내버려 두는 대신 그걸로 애를 야단쳤어."

"당신이 뭘 해야 했는데? 그 남자아이랑 아무렇게나 놀러 다니고 그때그때 기분에 휩싸여 행동하도록 했어야 해?"

"모르겠어. 어떤 거. 다른 어떤 거겠지."

그는 그녀의 뒤로 다가와서 손을 어깨에 얹었다. 목에 느껴지는 뜨거운 숨결에 피부가 따가웠다. 그는 그녀의 뺨에 키스를 하고는 말했다. "당신은 훌륭한 엄마야. 그리고 할 수 있는 모든 걸 다 했어. 이 일은 피할 수 없는 거였어. 애들이 달리 뭘 해야 할지 모르기 때문에 벌이는, 그냥 그런 일일 뿐이야. 나는 소송 후견인 실에서 매일 이런 일을 보고 있어. 많은 애들이 하루 만에 집에 돌아오고, 또 많은 애들은 일주일 안에—"

"그리고 어떤 애들은 결코 돌아오지 않지. 타라가 어떤 그룹일지 우리는 몰라."

그는 부드럽게 그녀를 돌려세워 그녀의 눈을 들여다보았다. "우리는 타라를 찾아서 집으로 데리고 오게 될 거야. 그리고 그때는 우리 셋이 휴가를 떠나는 거야. 멕시코, 영국, 스코틀랜드, 어디든지 말이야. 어딘지는 중요하지 않아. 우리는 같이 시간을 보내면서 이 일을 다 극복해낼 거야. 알겠지?"

"만약 타라가 케빈과 같이 있는 게 아니라면? 만약 놈이 우리 집에 침입해서 타라를 데리고 갔다면? 내 잘못이야, 웨슬리. 내가 이 사건을 맡았잖아. 내가 그자를 우리 인생에 끌어들인 거야. 타라한테 무슨 일이 생긴다면," — 그녀는 다시 돌아서서 멀리 사막을 바라보았다 — "나는 견디지 못할 거야."

32

감옥 독방의 노출 벽돌 벽은 어딘지 모르게 우아하면서도 세련된 느낌까지 들었다. 하지만 에디 칼은 그 벽이 수 세기 전에 사용하던, 장작을 태워 쓰는 오븐의 내부와 비슷하다고 생각했다. 그 오븐의 벽에는 안에서 조리되는 음식의 진액이 다 흡수되었다. 그는 이 벽의 벽돌들은 어떤 진액을 흡수했을까 궁금했다.

그 벽에 등을 대고 침상에 앉아 무릎 위에 놓은 작은 캔버스의 부드러운 표면 위로 연필을 굴리면서 그는 재소자가 선택하는 죽음의 방식 중에 오븐이 있다면 얼마나 아이로니컬할지 생각해 보았다. 사형을 문명화한다는 허식은 기만적인 위안이었다. 사람이 다른 사람을 살해할 때는 무엇 때문인지를 알아야 하고 그에 대한 책임을 져야 한다고 그는 생각했다. 사형을 담당하는 사람들이 자신들 또한 살인자라는 것을 받아들인다면 사형수 사동은 훨씬 더 순조롭게 운영될 수 있을 것이다.

모델도 없이 손으로만 그린 그의 소묘는 바깥세상의 직업 화가가 그린 것만큼이나 뛰어났다. 칼은 두 살 때부터 그림을 그려 왔다. 그의 삼촌인 데이비드는 비교적 점잖은 양반이었지만 사업을 하느라 고군분투했었기에 칼의 아버지인 스티븐에게 돈을 빌리지 못하면 항상 급하게 돈을 마련하느라 동동거렸다. 그 삼촌은 칼이 네 살 때 그린 그림 몇 점을 가져가서 자기 이름을 붙이고 자신이 북유럽 인상파 화가라고 주장했었다. 그 그림들은 곧잘 팔렸으나 칼은 더 이상 삼촌을 위해 그림을 그리지 않겠다고 했다. 자신이 원하는 것을 그릴 수 없었기 때문이었다. 삼촌은 그에게 꽃과 숲과 무지개, 강가의 어린이들과 캠핑장 모닥불에 마쉬멜로를 굽는 가족들을 그리라고 했었다.

"에디, 네 그림들은 점점… 고약해져 가고 있어." 다섯 살 때 삼촌이 그에게 말했다. "내 생각에 우리는 좀 더 행복한 그림에 초점을 맞춰야 할 것 같아. 행복한 것들을 너도 좋아하잖아, 안 그래?"

행복한 것들이라… 행복한 것들… 칼은 34년 동안이나 삼촌은 정확히 무슨 생각으로 그런 문구를 사용했을까, 그리고 왜 그는 그 행복이라는 것이 어떤 사람이건 똑같을 것이라 생각했을까 궁금했다.

칼은 그림을 몇 개 더 그리기는 했지만 그의 아버지에게 삼촌이 한 짓이 발각되면서 그 사기극은 끝이 났다. 그리고 삼촌은 다시는 칼을 자기 아파트로 데려갈 수 없었다. 그 아파트에서 칼이 삼촌을 위해 그림을 그렸었기 때문이었다. 칼은 나중에 데이비드 삼촌이 41세의 나이로 동부 해안 어딘가에서 마약 과다 복용으로 사망했다는 소식을 들었다.

무릎 위에 놓인 그림은 색칠하지 않은 소묘였다. 그가 FBI의 수사에 협조하는 것에 대한 포상으로 교도소장이 몇 가지 도구만을 그에게 허용했기 때문이었다. 그 그림은 자신의 전 부인을 거의 정확하게 묘사하고 있었다. 알몸으로 해변에 누워 있는 모습이었다. 그녀의 머리는 밀려오는 파도에 젖어 있었다. 한 손을 가슴에 얹고 그녀의 눈은 머나먼 옛 기억에 잠긴 모습이었다. 그녀의 몸은 피부가 아니라 힘줄과 그 아래 근육이 그대로 드러난 상태였다.

사형수 사동에서 형 집행을 기다리는 사형수 17명은 서로를 잘 알고 있었고 경비대원 한 사람 한 사람을 잘 알고 있었다. 자신들이 직원을 잘 대하면 역으로 자신들도 좋은 대우를 받는다는 것을 알고 있었다. 모범적으로 행동하면 복도를 자유롭게 돌아다닐 수도 있었다. 칼은 다른 사형수들이 그를 해하려고 할 경우를 대비해서 보호 감호라는 별도의 보안 속에 놓여 있었다. 그런 그조차도 원한다면 자유롭게 돌아다닐 수 있었다.

다른 사형수들 중 어느 누구도 그에게는 한마디 말도 붙이지 않았다. 아니 그가 있는 쪽을 쳐다보지도 않았다.

칼은 자신의 독방에서 나가는 일이 거의 없었다. 이곳에는 창이 없었다. 어느 방들이나 어두운 지하 감옥인 것은 다 똑같았다. 그래서 그는 대부분의 시간을 자기 방에서 지내는 쪽을 택했으나 감방의 문은 열어두는 것을 좋아했다. 그렇게 하면 갇혀 있다는 느낌이 덜 들었기 때문이다.

"그년 끝내주더라고." 그의 감방 문에서 목소리가 들려왔다.

경비대원 한 사람이 거기 서 있었다. 대머리의 한쪽 옆으로 상처 자국이 쭉 내려와 있는 남자였다. 그는 재소자들에게 자기를 병장이라고 부르라고 강요했다. 그럼에도 칼은 그가 경찰이나 군에 복무했던 적이 없다는 것을 충분히 알 수 있었다.

"저 여자가 왔을 때 카메라로 지켜봤거든. 넌 어떻게 저런 매력덩어리를 놓칠 수가 있는지 이해가 안 돼. 나라면 푹 빠져서 죽으라고 매달릴 텐데 말이지. 바로 그래서 너 같은 멍청이는 여기 있고 내가 바깥에 있는 거지 뭐."

"당신도 대부분 나랑 여기 있는 것 같은데, 병장. 당신도 나처럼 갇혀 있는 건 마찬가지야. 다만 당신은 자발적으로 있는 거고. 누구 보고 멍청이라는 거야?"

병장은 칼의 침상으로 다가와서 베개에 가래를 탁 뱉었다. "그림 내놔."

"아직 다 못 그렸어."

"내가 다 그렸다고 하면 다 그린 거야." 그는 캔버스에 손을 가져갔다.

눈 깜짝할 사이에 칼이 그에게로 튀어 올라 그를 후려쳤다. 주먹이 강철 방망이처럼 날아가서 병장은 감방 창살에 등을 부딪치고 쓰러졌다. 칼은 침상 옆 선반에 있던 텔레비전을 들어서 병장의 머리에 내려쳤다. 그는 의식을 잃었고 피가 벽으로 튀었다. 텔레비전은 바닥에서 박살이 났다. 사방에 깨진 유리와 플라스틱이 널브러졌다.

경비대원의 머리에 움푹 팬 상처에서 피가 흘러나와 시멘트 바닥을 적시며 감방 중앙에 있는 배수구를 향해 조금씩 흘러갔다. 칼은 그것을 쳐다보다 있었다. 어둡고 진한 피가 천천히 바닥의 굴곡을 따라 굴러 물결처럼 뒤틀리며 흘러갔다.

그는 피에 연필 끝을 담갔다가 캔버스에 찍어서 야들리의 얼굴에 색칠을 했다.

경보음이 사형수 사동에 울려 퍼졌다. 바깥쪽 복도에서 군홧발 소리가 쿵쿵 울리는 것을 들으며 그의 입술에는 웃음이 번져갔다.

그는 다시 한번 연필을 피에 적셔 계속해서 그림을 그렸다.

33

야들리는 온몸이 차갑게 얼어붙은 듯했다. 아무런 다른 감각이 없었다. 집이 꼭 새장처럼 느껴졌다. 웨슬리가 소파에서 저녁 뉴스를 보고 있을 때 그녀는 타라의 방으로 가서 아이의 침대에 걸터앉아 팔꿈치를 무릎에 얹었다. 고개는 타라가 신던 슬리퍼를 보느라 기울어져 있었다. 팔다리가 떨어져 나간 것만 같았다. 팔다리가 잘린 고통은 타라가 집에 오지 않는 한 없어지지 않을 것이었다.

그녀는 그날 하루 종일 더스틴 왓슨에 온 신경이 쏠려 있었다. 그가 모방범이라는 실낱같은 증거라도 있는지 찾으려 애썼다. 그리고 그가 타라를 제 발로 자기 집에 오도록 하려고 일부러 자기 아들을 타라에 학교에 심어 놓는 짓까지 하지 않았을지 의심했다. 좀도둑질에서부터 성폭행 시도까지 그의 범죄 이력을 보면 그는 성인군자와는 거리가 먼 사람이었다. 하지만 그가 딘 부부와 올슨 부부를 죽일 만큼 머리가 좋은 사람일까? 확실히 알 수 있는 유일한 방법은 그의 집을 수색하는 것이었다.

야들리는 심지어 만능열쇠를 사서 그의 집 바깥에 앉아 있었다. 그가 나가기를 기다렸다가 안으로 들어가서 타라가 지하에 갇혀 있는 건 아닌지 확인할 생각이었다. 그러나 그의 폭주족 친구들이 나타나자 덜컥 겁이 났다. 그래서 그녀는 그의 보호 관찰관에게 문자를 남기는 쪽을 택했다.

야들리는 타라의 방 벽들을 쳐다보았다. 아이가 그린 그림들이 걸려 있었다. 모두 세 개였다. 그림들은 모두 너무나 정교했다. 선들은 깔끔했고 색감은 부드러웠고 각도는 정확했다. 그 그림들을 열다섯 살짜리 아이가 그렸다는 사실을 알지 못한다면 사람들은 분명 수십 년간 교육받고 연습을 한 직업 화가의 그림이라고 생각했을 것이었다.

야들리는 언젠가 아이에게 왜 그림을 그리냐고 물었었다. 그러자 타라는 사람은 모두 뭔가를 창의적으로 분출할 필요가 있다고 말했을 뿐이었다. 두 사람은 두 번 다시는 그 이야기를 나누지 않았다.

보호 관찰관은 그녀에게 전화로 자신은 지금 다른 곳에 나와 있다고, 하지만 내일 아침에는 더스틴 왓슨의 집 앞에서 만날 수 있다고 했다.

야들리는 볼드윈이 그녀의 상태를 체크하러 집으로 왔을 때 모든 것을 다시 설명했다. 그러자 그는 요원 두 명을 더스틴 왓슨의 집 근처에 배치하여 드나드는 사람을 감시하게 했다.

"그가 집을 비우고 아무도 집 안에 없으면" 볼드윈이 그녀에게 말했다. "내가 집에 잠입해서 수색을 할 수 있는 시간이 잠깐 있을지도 몰라. 하지만 우리는 영장을 발부할 만한 거리가 별로 없어."

그들은 서로를 바라보았다. 두 사람 사이에 무언의 다짐이 전해졌다.

그녀는 고개를 끄덕였고 그는 아무 말도 하지 않고 떠났다.

야들리는 더는 집 안에 머물러 있을 수가 없었다. 요가복으로 갈아입고서 그녀가 말했다. "잠깐 나갔다 올게."

"어디로 가?" 웨슬리가 물었다.

"그냥 산책 좀 하게. 여기 벽들 사이에 가만히 앉아 있으면 미쳐 버릴 것 같아."

"나도 같이 나갈게."

"아니야. 혼자 있고 싶어."

해가 지고 있는 시간임에도 바깥의 기온은 여전히 뜨거웠다. 집 앞 진입로 바닥에서 열기가 올라오는 것이 느껴졌다. 대문 앞의 우편함은 비밀번호가 걸려 있었다. 그녀는 번호를 누르고 편지 봉투 두 장을 꺼냈다. 하나는 건강 보험 사업자가 보낸 그녀의 치료 기간 안내문이었다. 다른 하나는 평범한 흰색 편지 봉투였는데 반송 주소가 없었다.

그녀는 편지를 꺼냈다. 첫 몇 글자를 읽는 순간 그녀는 입이 바짝 말랐고 목덜미의 털이 곤두섰다.

✦

FBI 현장 감식반이 편지를 인수했다. 과학 수사대 전문가 여러 명이 지금 야들리의 집 앞에 있었다. 그녀는 현관 바깥에 서서 그들이 작은 스테인리스 핀셋으로 편지 봉투를 집어 들어 증거물 봉투에 집어넣는 것을 지켜보고 있었다.

볼드윈은 잔디 위를 왔다 갔다 하면서 워싱턴에 있는 증거물 분석 실험실과 통화를 했다. 전화를 끊고 나서 그는 그녀에게 와서 말했다. "괜찮아?"

그녀는 양손으로 가슴을 감싸 안고 있었다. 추워서가 아니라 손이 떨릴지도 몰라서였다. 그녀는 그런 모습을 아무에게도 보이고 싶지 않았다.

"그가…" 말이 나오지 않았다. 너무 두려운 말이어서, 그녀의 몸이 그 말을 거부하는 것만 같았다. 그 말이 사실이 될지 모른다는 두려움이 그녀의 말을 막았다.

"타라는 그 사람 집에 없어." 볼드윈이 말했다. "타라가 가출한 것과 당신이 이 편지를 받은 건 아무런 관련 없는 별개의 사건들인데 서로 맞물려 일어난 것뿐이야. 당신은 타라가 어젯밤에 몰래 나간 것 같다고 했지. 그렇다면 이 편지를 보낼 만한 시간이 없었을 거야."

"그자가 타라를 데려가면서 이 편지를 넣고 갔을 수도 있잖아. 우편으로 편지를 보낸 척하면서 말이야."

"그럴 것 같지는 않아. 하지만 만약의 경우를 생각해서 오스카한테 우체국에 확인해 보라고 할게. 곧 알게 되겠지. 그리고 어쨌든 간에 비밀번호도 없이 그자가 어떻게 당신 우편함에 접근했겠어?"

그녀는 보라색 라텍스 장갑을 낀 과학 수사대가 두꺼운 검정색 고글을 쓰고 우편함 위로 적외선램프를 작동시키는 것을 지켜보았다. 그 편지 속 말들이 그녀의 마음속에 계속해서 울리고 있었다.

당신이 나의 작업에 관심을 가져주다니 무척 행복하군요. 야들리 님. 당신은 올슨 부부에게 특별한 관심이 있나 보더군요, 그렇죠? 행복한 가족이죠. 한 가족이 그처럼 행복하기는 어려울 거예요. 남편의 따뜻한 피가 처음으로 뿜어져 나와 자기의 얼굴을 때렸을 때 그녀가 받은 충격을 상상해 봐요. 당신이 나와 함께 그 장면을 봤어야 하는데 유감이오.

따뜻한 마음을 전하며.

그 '따뜻한 마음'이라는 말에 그녀는 얼음물을 뒤집어쓴 것 같은 충격을 받았다. 교도소의 수신 이메일을 검열하는 경비대원과 교도소장, 볼드윈, 오티즈, 뉴할, 그리고 그녀를 제외하고는 칼에게 온 이메일을 읽은 사람은 아무도 없었다. 모방범이 그 이메일의 마지막에 쓴 문구가 바로 그 말이었다는 것을 아는 사람은 아무도 없었다.

웨슬리가 집 밖으로 나와서 말했다. "놈이 잡힐 때까지 내 아파트에서 지내면 돼. 내가 먼저 가서 청소하고 준비해 놓을게. 전혀 문제될 것 없어. 방도 많고."

야들리가 고개를 저었다. "타라가 돌아올지도 몰라. 나는 여기 있어야 해."

"제시카―"

"아니, 난 여기를 떠나지 않을 거야, 웨슬리. 여기가 내 집이야. 그렇지만 당신은 가야 해. 이건 당신의 싸움이 아니니까. 당신이 위험에 처해야 할 이유가 없어."

그는 그녀를 응시했다. 그녀가 그의 마음을 상하게 했다는 것을 알 수 있었다. "당신이 내게 그런 형편없는 말을 하다니." 그는 이렇게 말하고는 집 안으로 다시 들어갔다.

"당신은 여기 혼자 있으면 안 돼." 볼드윈이 말했다. "웨슬리가 여기 있는 게 좋아."

"나도 알아. 내가 왜 그런 말을 했는지 모르겠어. 그냥… 반사적으로 그랬나 봐."

"밤에 순찰 경관이 이곳을 지키는 게 제일 좋을 것 같군. 라스베이거스 경찰청에서 하지 못하면 내가 우리 수사국에서 사람을 찾아볼게."

"아니야. 당신이 돕고 싶다면 타라를 찾아 줘. 당신이 할 수 있는 한 모든 인원을 타라를 찾는 데 다 투입해 줘."

그는 손을 엉덩이에 걸친 채 어깨 너머로 전문 기술자 두 명을 흘 긋 쳐다봤다. 그들은 뭔가를 두고 킬킬거리고 있다가 그의 시선을 보 고는 멈췄다.

"케이슨?"

"응?"

"그는 편지에서 나를 야들리 님이라고 했어. 나를 그렇게 부르는 사람은 세상에 단 한 명밖에 없어."

볼드윈은 그녀를 보았다. 누구를 말하는지 그는 정확히 알고 있는 것이다.

그리고 그것은 범인의 범주에 딱 맞았다. 기술적인 지식과 과학 수 사 지식이 있는 어떤 사람. 오스틴 케트너를 자신의 자리에 완벽하게 꿰맞춘 어떤 사람.

볼드윈은 야들리에게서 눈을 떼지 않은 채 휴대폰으로 전화번호를 눌렀다. "그렉," 그가 말했다. "케이슨 볼드윈이야. 오스틴 케트너 노 트북 건을 도와줘서 자네한테 내가 저녁을 사야 하는 데 말이야. 나 는 지금 아무 일도 없어. 전화해 줘."

그는 전화를 끊었다. "그의 집으로 가 볼게." 그가 말했다. "제시카, 만약 범인이 그라면. 만약 범인이 그동안 내내 우리 중에 있었다면 나는 뭘 해야 할지 모르겠어."

"바로 문자 보내 줘, 만약 —"

"물론이지."

그녀는 그가 떠나는 것을 지켜보았다. 기다리는 동안 그녀가 가야 겠다고 생각할 수 있는 곳은 딱 한 군데밖에 없었다 그녀에게 답을 줄 수 있는 단 한 곳.

◆

그녀는 막상 교도소에 도착해서는 오랫동안 차 안에 앉아 있었다. 먹구름이 달을 지나 흘러가는 것을 바라보면서. 그녀는 교도소장 글레드힐의 개인 휴대폰으로 문자를 보내 타라가 없어졌다는 것을 설명하고 칼을 지금 바로 만나게 해 달라고 부탁했다. 소장은 아무것도 묻지 않았다. 다만 안전책을 마련하고 칼을 행정 처분 방에서 나오게 하려면 20분이 필요하다고 말했다.

야들리는 차에서 내렸다. 칼을 올슨 부부의 집으로 데려간 날 밤에 동행했던 우람한 근육질의 경비대원이 교도소 입구에서 그녀를 기다리고 있었다. 그의 옆에는 키가 작고 젊은 아메리카 원주민이 서 있었다. 그 젊은 친구가 그녀에게 미소를 지으며 말했다. "안녕하세요, 저는 앤서니라고 합니다."

"안녕하세요"

사형수 사동이 위치한 두 번째 건물로 가는 긴 복도를 걸으면서 그녀는 갑자기 오스틴 케트너가 여전히 수감되어 있다는 사실이 생각났다. 그것은 그녀에게 편지를 보낸 남자가 그가 아니라는 사실을 말해주는 것이었다. 그의 모든 서신은 검열을 받기 때문이었다. 또한 그것은 그가 딘 부부와 올슨 부부를 죽인 남자가 아니라는 사실을 말해주는 것이었다. 로이 리우는 케트너의 방면을 반대할 것이었다. 그는 케트너에게 바깥에 파트너가 있을 것이라고 말하며 그 가설에 기반해서 수사를 밀고 나갈 것이었다. 두 사람이 있는 것이고 그래서 기념품은 케트너가 가지고 있지만 다른 누군가가 편지를 보냈다는 것이다. 사람들이 또 다른 살인범이 여전히 어딘가에 숨어 있다고 생각할지라도 케트너에게 유죄를 선고하는 것을 언론은 반길 것이고 따라서 그녀의 상관들도 그럴 것이다.

"칼은 행정 처분 방에 넣지 않을 수 없었어요." 앤서니가 말했다. "그 정신병자 새끼가 경비대원의 머리를 엄청 심하게 가격했거든요. 그 뭐죠, 두개골 같은 게 다 보였다니까요." 그는 신이 나서 말을 하고 있었다. "그리고 그다음에는 경비대원의 피를 가지고 계속 그림을 그렸대요. 그가 그린 건—"

"입 다물어, 앤서니." 다른 경비대원이 고함을 질렀다. 그의 굵은 목소리는 커다란 동물이 으르렁거리는 소리같이 들렸다.

사형수 사동에 도착해서 그들은 오른쪽에 있는 감방들 쪽으로 갔다. 아들리가 전에는 한 번도 본 적이 없는 곳이었다. 행정 처분 방은 격리 징벌방을 고상하게 일컫는 말이었다. 야만적인 관행이야, 아들리는 항상 그렇게 생각해 왔다 그러나 과연 실행 가능한 다른 대안은 무엇일지 그녀는 알 수 없었다. 다른 재소자들이 어떤 재소자를 더이상 신뢰하지 못한다면 당국은 그들에게 어떤 조치를 취해 주어야 했던 것일까?

방은 시멘트 맨땅바닥에 창문도, 가구도 없었다. 칼은 벽에 기댄채 알몸으로 앉아 있었다. 명상을 하는 듯 눈을 감은 채였다. 들통 하나가 두루마리 휴지와 함께 한쪽 구석에 놓여 있었다. 재소자는 두꺼운 투명 플라스틱 장벽으로 면회인과 분리되었다. 행정 처분 방에 있는 재소자가 자살 시도를 할 수도 있으므로 경비대원이 24시간 관찰할 수 있도록 투명막을 해놓은 것이다.

"역겹지, 안 그래?" 칼이 눈을 뜨면서 말했다. "지금이 아니라 5세기 전에 런던탑에서 했던 짓 같은 거지."

장벽 앞에 앉은 그녀에게 철제 의자의 차가움이 전해졌다. "당신이 경비대원을 다치게 했다고 하더군."

"그래, 분명 상처 자국은 남겼지. 그건 그 자식 잘못이야. 나는 살 날이 넉 달밖에 안 남은 목숨인데 그 자식들은 아직도 나를 위협하는 게 먹힌다고 생각하는 거지. 나는 더 이상 잃을 게 없는 사람이고 위협 따위로 나를 움직이게 할 수는 없는데 말이야." 그는 그녀를 빤히 쳐다보았다. 그녀를 꿰뚫어 보는 그 짙은 눈빛으로. "당신은 뭘로 나를 움직이게 할 거지, 제시카?"

그녀는 마른침을 삼켰다. "타라가 없어졌어. 그리고 오늘 편지가 한 통 왔어." 그녀는 휴대폰을 꺼내어 받은 편지의 사진을 띄웠다. 그녀는 일어나서 그 사진을 장벽에 갖다 대었다. 칼이 일어섰다. 큰 키에 근육질인 그는 십 년이 넘도록 햇볕을 제대로 쬐지 못해 알비노처럼 피부가 하앴다. 그가 장벽으로 다가서자 강철 안전장치가 덜컥거렸다. 경비대원들이 장벽에서 두 걸음 거리에서 그를 정지시켰다.

"그거 재미있는걸." 그가 말했다. "올슨 부부에 대해 당신이 느끼는 감정은 그가 제대로 짚은 건가? "

"그래."

"당신이 그런 식으로 느낀 걸 그가 어떻게 아는지 생각나는 거라도 있어?"

"나는 올슨의 집에는 갔었지만 딘에게는 가지 않았어. 그것 말고 다른 뭔가가 있다고는 생각하지 않아."

그는 눈썹을 치켜올렸다. "그러니까 당신이 올슨의 집에는 갔지만 딘의 집은 가지 않았다는 것을 알 만큼 이 사건을 아주 잘 아는 누군 가의 짓이네. 딱 한 집단만 그걸 알겠지."

"경찰이지. 나도 알아."

그는 그녀에게서 눈을 떼지 않고 천천히 고개를 끄덕였다. "당신은 감옥에 있는 그 남자애한테 사과해야겠군."

"그에게 사과해야 할 사람은 당신이겠지, 에디. 그의 가족을 살해한 것에 대해서 말이야. 부모가 죽은 후 그에게는 아무것도 없었어. 돌봐줄 만한 친척들도 없었지. 그와 그의 형은 후견 제도 속으로 흔적도 없이 사라져버린 거야."

칼은 바닥에 양반다리를 하고 앉았다. "당신은 그 편지와 타라가 없어진 일이 관련되어 있다고 생각하는 거야? 나는 그렇게 보지 않아."

"왜 그렇지?"

"나는 아이들은 한 번도 해치지 않았어. 그가 정말 모방범이라면 그도 마찬가지일 거야."

"그건 그가 절망적인 상황이 아니고 우리가 그를 거의 찾아내지 못했을 때 이야기지."

"가능한 얘기야. 하지만 왜 당신을 건드리지? 사건 해결에 기여할 만한 어떤 특별한 기술이 FBI한테는 없고 당신한테 있는 건 아니잖아. 그가 적대감을 가져야 했던 사람은 사건을 지휘하는 요원인데 그는 대신에 당신에게 적대감을 드러냈어. 왜 그랬다고 생각해?"

"모르겠어." 그녀는 앞으로 몸을 기울였다. "범인이 누구인지 안다면, 에디, 제발 나한테 말해 줘." 그 말을 하면서 그녀는 더러운 녹물을 삼키는 느낌이었다. **부탁이야.** 그가 우리 딸을 데리고 있을지도 몰라."

그는 숨을 깊이 들이마시더니 눈을 감았다. "당신은 내가 제일 그리워하는 게 뭔지 알아? 보트를 타고 갈 때 얼굴에 살랑이던 바닷바람이야. 그 바람을 못 맞아 본 지 십수 년이야. 바다에서 나는 냄새가 있다는 건 기억하지만 그 냄새가 어땠는지는 잊어버렸어. 다른 냄새가 그걸 대체해 버렸지. 기분 좋은 냄새지. 마치 막 깎은 잔디에 비가 내릴 때 나는 냄새 같은 거야. 하지만 그 냄새가 바다 내음이 아니라는 건 알고 있어. 진짜가 없으면 마음이 뭔가를 만들어낸다는 게 재미있지 않아?" 그는 눈을 뜨고 그녀를 보았다. "냄새에만 해당되기는 하지만 말이야. 왜 그런 거라고 생각해?"

"당신은 사진처럼 선명한 기억력을 가지고 있잖아. 그래서 모델이 없어도 당신은 항상 완벽한 그림을 그릴 수 있었던 거고. 사진 같은 기억력을 가진 많은 사람들이 전한 바에 따르면 그들은 눈으로 본 것을 세밀한 부분까지 완벽하게 기억해 낼 수 있음에도 불구하고 실제로 자신들에게 더 큰 영향을 주는 것은 냄새라고 해. 이건 당신이 더잘 알지 않아? 아니면 그냥 나한테 칭찬이 듣고 싶은 거야?"

그는 웃었다. 끔찍한 웃음이었다.

"내가 고통스러운 게 즐거워, 에디? 나를 그렇게도 미워해?"

"아니. 난 당신을 미워하지 않아. 한 번도, 단 1초도 미워해 본 적이 없어."

그가 그렇게 말한 것은 애정을 보여주기 위해서일 테지만 야들리는 다시는 그에게 애정을 느끼지 못하리라는 것을 알고 있었다. 그녀를 위해 그가 썼던 가면은 벗겨졌다. 그녀를 사랑하던 다정다감한 화가, 산과 시와 일몰을 사랑하던 화가라는 가면 말이다. 가면이 벗겨지자 그를 사람으로 보는 것조차 힘든 일이었다.

"당신이 내게 했던 짓이 당신이 나를 미워한다는 증거야. 우리의 결혼 생활 전체가, 내가 당신에게 주었던 모든 시간이, 내 삶의 편린들이 거짓말에 기반했던 거였어. 당신은 역할 놀이를 한 거야. 내가 거기에 빠져든 게 우스웠겠지, 안 그래? 당신은 틀림없이 내가 세상에서 제일가는 바보라고 생각했을 거야."

"아니야. 내가 항상 당신에게 당신은 가슴이 너무 따뜻하다고 했었잖아. 당신은 사람이 착한 존재라고 너무 굳건히 믿어서 그렇지 않은 사람들이 당신을 이용할 기회를 주는 사람이지."

"그래서 그게 내 잘못이라고?" 그녀는 조소했다. "당신은 여기 있는 사람들이랑 전혀 다를 게 없는 사람이야, 에디. 특별한 사람이 아니라고. 당신은 약하기 때문에 다른 사람들을 해쳤으면서 그들을 보고 약하다고 비난하고 있어."

"그건 사실이 아니야. 하지만 당신이 기억하는 내가 아니라 지금의 나를 보는 게 당신에게 힘들다는 건 알아. 그건 역할 놀이는 아니었어, 제시카. 그 사람도 역시 나였어. 그냥 나의 다른 부분이었던 거지. 그리고 그 부분의 내가 당신을 사랑했던 거야."

"그렇다면 우리 딸을 찾도록 나를 도와줘. 당신은 그 사람이 누군지 알지? 만약 당신이 모른다면 그가 어떤 식으로 피해자를 고르는지 나한테 말해 줘."

"나는 몰라."

"당신은 어떻게 골랐는데?"

그는 생각하는 동안 침묵했다. 그러더니 말했다. "내가 도와주는 대가로 원하는 게 있다고 말했잖아. 나는 사형 집행 유예를 받고 싶어."

"연방 사형수 사동 재소자가 사형 집행 유예를 받는 유일한 방법은 항소 법원이나 대통령을 통하는 거야. 당신처럼 수많은 사람들을 살해한 사람에겐 거의 불가능한 일이야."

그는 어깨를 으쓱했다. "그게 내가 내거는 조건이야."

"당신 딸을 구하는 일인데도?" 그녀가 고개를 내저었다. "나는 당신 속에 아직 사람다운 무언가가 남아 있을 거라고 생각했어. 한 자락의 측은지심 같은 거라도 말이야. 그런데 애초에 그런 게 있었다

하더라도 여기 있으면서 죽은 거라는 생각이 드네."

그녀는 나가려고 일어섰다. 그러자 그가 말했다. "당신이 딘의 집으로 갔었다면 그가 그런 글을 썼을 거라 생각해?"

"그게 무슨 말이야?"

"말 그대로야. 일이 거꾸로 되었다면, 그래서 당신이 올슨의 집이 아니라 딘의 집으로 갔다면 그가 편지를 썼을까? 만약 그 대답이 아니요, 라면 올슨 부부와 관련해서 그가 걱정하는 게 있다는 뜻이지. 당신이 보지 않았으면 하는 뭔가가 있는 거야."

야들리는 그를 한참 동안 쳐다보았다. "당신이 마음을 바꿔 우리 딸을 구할 수 있도록 돕고 싶다면 내가 교도소장에게 말해서 당신이 필요할 때마다 전화를 쓸 수 있도록 해 줄 거야. 내 개인 휴대폰으로 전화하면 돼. 내 전화번호야, 에디. 당신에게 남기고 갈게. 이건 나한테 그만큼 중요한 일이야."

그는 고개를 옆으로 기울였다. "남편은 사형수 사동에 있고 딸은 무덤에 있다…. 연방 검찰청에서 당신 평판이 썩 좋지는 않겠네. 안 그런가?"

그녀의 입꼬리가 살짝 올라갔다. 그것만이 그녀가 그의 앞에서 드러낸 일말의 감정이었다. "타라를 찾게 도와줘." 그녀가 말했다. "그러면 내가 사형 집행 유예에 대해 알아볼게. 당신 목숨은 그 애한테 달려 있어."

34

늦은 시간이었음에도 불구하고 야들리는 곧바로 올슨의 집으로 차를 몰고 갔다. 그녀는 세인트 조지 경찰청에 전화를 했다. 어떤 경위가 전화를 받았다. 그 경위는 부동산업자가 열쇠를 가지고 있는데 오늘 그 부동산업자가 몇몇 사람들에게 그 집을 보여줬기 때문에 문이 열려 있을지도 모른다고 했다.

그녀는 집 앞에 차를 대고 한참 동안 집을 바라보다가 정문으로 갔다. 문은 잠겨 있었지만 창문들은 열려 있었다. 집에서 죽음의 냄새를 빼려는 것이었을까. 하지만 부동산업자가 그런 생각을 했을 것 같지는 않았다.

뒤뜰의 울타리는 잠겨 있지 않았다. 그리고 주방으로 이어지는 커다란 뒤쪽 유리창이 열려 있었다. 그녀는 창의 방충망을 젖히고 그 사이로 기어 들어갔다.

집은 시원했고 레몬 향 같은 것이 났다. 주방 식탁에는 집에 대한 설명이 담긴 전단지들과 부동산업자의 연락처가 놓여 있었다. 지난번에 야들리가 다녀갔을 때는 없었던 장식품들이 집을 가득 채우고 있었고 다른 어떤 가족의 사진들이 방과 복도에 걸려 있었다. 이 집은 이제 더 이상 올슨의 집이 아니었다. 그들의 흔적은 이 집 안 어디에도 남아 있지 않았다.

야들리는 집 안을 한 바퀴 돌아보고는 아이작의 침실 문 앞에 멈춰섰다. 문을 열었더니 집의 다른 곳들과 마찬가지로 새 가구들과 장식품들이 있었다. 새 협탁에는 『골목길이 끝나는 곳』* 한 권이 놓여 있었다. 책의 어느 부분에 책갈피까지 끼워져 있어 사람이 살고 있는 듯한 분위기를 풍기고 있었다.

그녀는 침대 위에 앉아서 주변을 둘러보았다. 냄새, 그녀가 처음 이곳에 왔을 때 느꼈던 아이작의 냄새는 사라지고 없었다. 방에서는 이제 가구 광택제 냄새와 방향제 향이 났다. 그녀는 그 냄새들이 장례식장 냄새 같다고 생각했다.

집 전체가 기만이었다. 끔찍한 검은 그림자를 일시적인 조명으로 밝히고 있는.

부부의 침실은 창문과 마찬가지로 열려 있었다. 침대 시트와 블라인드, 카펫, 벽장 문들이 모두 교체되었지만 침대 프레임은 그대로였다. 올슨 부부가 죽던 날 밤에 누워 있던 바로 그 짙은 나무색 프레임이었다. 아마도 값비싼 침대였고 분해하여 옮기기 어려웠기 때문에 그 가족이 남겨두기로 결정한 모양이었다. 아니면 그들은 원하지 않았지만 부동산업자가 신경을 쓰지 않았던 것인지도 몰랐다.

벽장에는 옷들이 있었지만 올슨 부부의 옷은 아니었다. 서랍장의 서랍들은 비어 있었다. 거울은 새것이었다. 단 한 가지 물건만이 이곳에서 벌어진 일을 말해주고 있었다. 천장에 달린 실링팬이었다. 실링팬의 날개 하나에 작은 동전 크기의 암갈색 얼룩이 있는 것이 보였

---

* 『아낌없이 주는 나무』의 저자 쉘 실버스타인이 쓴 우화집. 130편의 시와 삽화로 구성되어 1974년에 초판이 나온 이래 지금까지 어린이는 물론 성인 독자들에게도 끊임없이 사랑받고 있는 책이다.

다. 그녀는 그 자국이 깨끗하게 없어질 수 있을지 아니면 영원히 지워지지 않을 상처로 그 집에 남게 될 것인지 궁금했다.

그녀는 침대 위에 앉아서 오브리 올슨이 죽어 있던 쪽에 놓인 베개를 만져보았다. 오싹한 기운이 팔에 전해지면서 소름이 돋았다. 베개가 따뜻했던 것이다.

야들리는 숨을 내쉬고 일어서서 한 번 더 주위를 돌아보았다. 칼의 말이 맞고, 모방범이 자기가 뭔가를 남기고 갔다고 생각했더라도 그것은 이제 사라지고 없는 것이다.

그녀는 방을 나가면서 문을 닫으려고 양개식 방문의 손잡이를 잡았다. 문을 당겨 닫으면서 그녀는 가해지는 압력이 다르다는 것을 느꼈다. 처음에 이곳에 왔을 때는 주의를 기울이지 않았던 부분이었다.

두 개의 문 중 하나, 오른쪽 문이 완전히 닫히지 않고 약간의 틈이 있었다. 그녀는 문들을 다시 열고 오른쪽 문의 경첩들을 들여다보았다. 윗부분의 경첩이 중간과 아랫부분 것들보다 더 새것으로 보였다. 그 경첩은 교체된 것이었다. 경첩의 칠이 돌아가며 긁혀 있었다. 마치 경첩을 한 번도 교체해 본 적이 없는 누군가가 서두르려고 하다가 점점 초조해져서 어설프게 일을 처리한 느낌이었다.

야들리는 가까이 몸을 기대고 섰다. 경첩에는 나사가 세 개씩 박혀 있었다. 위쪽 경첩의 맨 위 나사는 나머지 것들과 색깔이 달랐다. 밑의 나사 두 개는 유광의 은색이었지만 맨 위의 나사는 무광의 금속 색깔이었다. 그녀는 나사들을 만져보았다. 맨 위의 것과 아래 두 개의 차이가 느껴졌다. 라이언 올슨이 같은 종류의 나사가 없어서 그냥 다른 것을 썼다는 것이 가능한 일일까.

야들리는 휴대폰으로 경첩과 나사들의 사진을 여러 장 찍었다. 볼드윈에게 보여줄 것이었다. 현장 감식반에 그 사진을 분류해서 특이

점이 발견되는지 물어보라고 할 것이었다.

야들리는 침대를 한 번 더 쳐다보고는 문을 닫았다.

35

"빌 어르신이 오늘 오후에 여기 왔었어." 로잘린 마일스는 하품을 하며 침대에서 옆으로 돌아누웠다. "우리 집 사다리를 빌려 갔다고 생각하시더라고. 내가 사다리는 어르신 것이라고 말해 줬어. 그분은 기억력이 점점 더 나빠지고 있어."

"사람을 불러야 하지 않을까 싶네." 그녀의 옆에서 책을 읽고 있던 제이가 소설책에서 눈을 떼지 않고 말했다. "그 일이랑 지난주 경비 업체 건을 생각해 보면 간병인을 집에 오도록 하거나 아니면 뭔가를 해야 할 시점인 것 같아."

제이가 다음 쪽으로 책장을 넘길 때쯤 로잘린은 이미 코를 골고 있었다. 그는 그토록 빨리 곯아떨어지는 아내의 능력이 부러웠다. 작년에 그의 어머니가 뇌졸중으로 돌아가신 후 그는 극심한 우울증에 시달리고 있었다. 한동안은 침대에서 일어나 나올 기력도 없었으나 지금은 불면증으로 괴로운 밤들을 보내고 있었다. 오늘 밤도 막내아들 에이브가 악몽을 꾸었을 때 그는 여전히 잠들지 못한 상태였다. 제이는 아들의 손을 잡고 옆에서 30분 동안 같이 누워 있어 주었다. 다른 손으로는 휴대폰의 몇몇 소셜 미디어 사이트를 넘나들면서.

제이는 눈꺼풀이 점점 무거워지는 것을 느꼈다 그는 불을 끄고 책을 협탁에 내려놓았다. 몇 분 안에 그는 잠이 들었다.

✦

　제이는 자신을 흔드는 손을 느꼈다. 아드레날린이 온몸을 타고 흘러내렸다. 깊은 잠에 빠져 있는데 누군가가 깨웠을 때 제이가 제일 먼저 느끼는 것은 공포였다. 로잘린의 얼굴이 옆에 보였다. 그것이 그를 안심시켰다.

　"무슨 일이야?" 그가 신음소리를 냈다.

　"무슨 소리가 들렸어."

　"무슨?"

　"모르겠어. 주방에서 난 소리야."

　"더그가 물을 마시거나 뭐 그런 거겠지."

　"가서 확인 좀 해볼래?"

　"아무 일도 아니야, 로잘린. 우리가 경보 장치를 왜 설치했겠어."

　"진짜 큰 소리였어. 제발, 응?"

　그는 한숨을 쉬었다. 그리고 이불을 걷어내면서 침대 옆으로 발을 휙 내렸다. 눈을 비비면서 하품을 한 다음 일어나서 복도로 나갔다.

　거실은 조용하고 정적이 흘렀다. 아이들 방은 거실에서 멀리 떨어져 있어서 방에서 새어 나오는 불빛도 보이지 않았다. 제이는 벽 스위치를 켰다. 모든 것이 제자리에 있었다. 그는 거실을 훑어 지나갔다. TV 옆에 장난감들이 여러 개 있었다. 그는 장난감들을 주워 올리며 "에이브, 아 정말."하고 중얼거렸다.

　장난감 통은 지하의 놀이방에 있었다. 그래서 그는 불을 켜고 그쪽으로 향했다. 그가 장난감들을 통에 던져 넣고 위층으로 돌아가려고 몸을 돌렸을 때 욕실 문이 닫혀 있는 것이 보였다. 다섯 명의 아이들 중 둘이 여기서 잠을 잤기 때문에 로잘린은 아이들이 발을 헛디디거나 변기에 여기저기 오줌을 튀기지 않도록 항상 야간 등을 켜놓고 욕실 문을 열어놓았다.

제이는 아이들 중 한 명이 욕실에 있다고 생각했다. 그는 살짝 노크를 했다. 그러나 대답이 없었다. 욕실 안은 비어 있었다. 바닥에는 장난감이 몇 개 더 있었다. 그는 몸을 구부려 장난감들을 주워 올리면서 고개를 내저었다. 그가 일어서는 순간 칼이 그를 내려쳤다. 어깨에서 팔꿈치까지 극심한 통증이 몰려왔다.

피가 벽으로 후두두 튀었다. 그때 샤워 커튼 뒤에서 사람의 형상이 튀어나왔다. 머리에 검은색 스타킹을 덮어쓰고 있어서 얼굴은 전혀 보이지 않았고 검은색 셔츠와 바지를 입고 있었다. 칼이 다시 한 번 내려오자 제이는 비명을 질렀다. 그의 몸이 뒤로 휘청거렸다. 칼은 그의 얼굴을 빗나가 쇄골에 꽂혔다.

공포와 고통, 그리고 아드레날린이 번개처럼 그를 타격했다. 제이 마일스는 반격했다.

그는 그 인간에게로 날아올라 그의 허리 쪽을 들이받았다. 두 사람은 욕조 옆면에 강하게 부딪쳤다. 제이의 육중한 무게에 눌려 범인의 등이 욕조에 쿵 하고 박혔다. 덩치는 제이가 더 컸지만 힘은 범인이 더 셌다.

그는 제이를 밀쳐 냈다. 그들은 다시 자리에 섰다. 범인이 칼을 크게 휘둘러 제이의 목을 거의 칠 뻔했다. 칼날은 그의 가슴을 파고들어 한 줄기 따뜻한 피가 셔츠를 적시며 흘러내렸다.

제이는 그 칼을 빼앗지 않으면 자신은 목숨을 잃게 된다는 것을 알았다. 그는 칼의 손잡이를 잡으려 애썼으나 피범벅이 된 그의 손은 너무 미끄러웠다. 그 인간은 라텍스 장갑을 끼고 있었으므로 칼을 쥐기가 훨씬 쉬웠다. 제이는 양손으로 칼날을 끌어올렸다. 칼을 밀어내려 할수록 강철이 살을 파고들어 그는 고통으로 외마디 비명을 질렀다.

로잘린이 계단으로 뛰어 내려왔다. 그녀는 비명을 질렀다.

"경보기를 울려!" 칼을 놓치면서 제이가 소리 질렀다.

로잘린은 창문으로 달려가 창을 열었다. 경보음이 위층에서 삐삐 소리를 냈다. 비밀번호를 넣을 시간을 주는 경고음이었다. 아이들이 방에서 튀어나왔다. 로잘린은 아이들을 부여안고 계단 위로 전력 질주했다.

제이는 온몸의 체중을 실어 범인을 향해 칼날을 되밀었다. 칼날이 너무 깊게 파고들어 손뼈에 자국이 났으리라 생각했다. 그는 고통으로 날카롭게 비명을 지르면서도 계속해서 칼날을 밀어 칼날의 끝이 범인의 목 근처까지 가게 했다.

20초가 지나자 마침내 경보음이 울리기 시작했다. 고막이 터질 듯한 삐이익 소리가 온 집에 울려 퍼졌다. 그 소리가 너무 커서 제이는 이웃들이 다 깰 것이라 생각했다.

범인이 칼을 손에서 놓았다. 그는 주먹으로 제이의 얼굴을 후려쳤다. 세 차례 주먹질을 당한 후 제이는 자세를 다시 잡았다. 머리가 핑 그르르 돌았다. 그 주먹질 중 한 번에 그의 턱뼈는 금이 갔다.

범인은 제이의 손에서 칼을 비틀어 뺐다. 그는 욕실을 뛰쳐나가 위층으로 올라갔다.

"로잘린, 달아나!" 제이가 소리를 질렀다. 그는 점점 의식이 희미해져 갔고 마침내 캄캄한 암흑이 눈앞에 드리워졌다.

36

야들리가 전화를 받은 것은 이른 새벽이었다. 그녀는 아예 잠을 잘 생각도 하지 않고 있었다. 대신 그녀는 발코니에 앉아서 와인을 한 모금씩 마시면서 소설을 읽으며 다른 곳에 신경을 분산시키려 애쓰고 있었다. 지금 그녀는 같은 문단을 세 번째 읽고 있었다.

웨슬리도 잠을 이룰 수 없기는 마찬가지였다. 그는 일찍이 타라의 친구들이 사는 동네들로 아이를 찾기 위해 차를 몰고 나섰다. 그녀는 그에게 아침 수업이 있으니까 집에 있으라고 강하게 요구했지만 그는 스트레스가 그녀를 잠식해가는 상황에서 하는 일 없이 앉아 있을 수는 없다고 말했다. 그녀는 좀 전에 있었던 언쟁 때문에 그가 여전히 화가 나 있는 상태여서 나가려는 것이 아닐까 불안했지만 그는 그녀에게 키스를 하며 사랑한다고 말해 주었다.

전화는 볼드윈에게서 온 것이었다.

"응." 그녀는 타라가 발견되지 않았을까 하는 생각에 차오르는 흥분을 억누르며 대답했다.

"제시카, 깨워서 미안해. 당신이 바로 알고 싶을 것 같아서."

"무슨 일인데?" 그녀가 말했다. 흥분은 차가운 공포로 변했다.

"또 다른 범행이 일어났어."

섬뜩했다. 그리고 속이 뒤집어졌다. 너무나 메스꺼워서 피부까지 뒤집어지는 것만 같았다. 천장에서 떨어지는 핏방울과 구슬처럼 빛을 잃은 차가운 눈동자와 그 눈동자를 에워싼 진이 빠진 창백한 살갗이 눈에 보였다. 방 안을 가득 채운 독가스 같은 죽음의 냄새.

그녀는 토할 것 같다.

"제시카, 듣고 있는 거야?"

"그래. 피해자가 누구인지 말해 줘."

"제이 마일스와 로잘린 마일스. 오스카와 나는 며칠 전에 그들과 얘기한 적이 있어. 제이가 경비업체 직원을 부른 적이 없는데도 자기 집에 경비업체에서 어떤 사람이 왔었다는 신고를 했기 때문이야. 이번 사건은 달라, 제시카. 그들은 살았어. 그의 아내가 누군가 주방에 있는 소리를 들었어. 장난감이 몇 개 거기 널려 있어서 살인범이 그 장난감을 밟고 발을 헛디디면서 아일랜드 테이블 위에 걸려 있던 냄비와 프라이팬들이 덜커덕거렸나 봐. 그는 지하로 내려가서 욕실에 숨어 있다가 제이한테 들켰어. 그들은 몸싸움을 벌였고 놈은 도망쳤어. 제이는 병원에 있어. 피를 엄청 흘렸지만 목숨은 구했어."

"내가 갈게."

"아니, 당신에게 알리려고 전화한 것뿐이야. 지금은 당신에게 이런 일을 전하기에 끔찍한 때라는 건 알고 있어. 하지만 당신은 내가 보고하기를 바랄 것이라 생각했어. 나는 여기 현장 감식반과 함께 있고 최고의 요원들이 콴티코에서 오늘 내려올 거야. 그중에는 우리가 전에 같이 일했던 뉴욕대 의대 열상 전문가도 한 사람 있어. 살인범은 상처를 조작할 시간이 없었어. 그러니까 그가 사용한 칼날의 종류를 알 수 있을 거야. 우리 전문가가 칼날의 종류를 특정할 수 있으면 최근에 구입한 그와 비슷한 칼들을 추적할 수 있게 될 거야. 승산이 없을 수도 있지만 이건 특별한 거지. 그리고 그가 현장을 정리할 시간이 없었기 때문에 뭔가를 남기고 갔을지 누가 알겠어? 어쨌든 우리가 작업을 하고 있으니까 당신이 여기 올 이유는 없어. 타라가 집에 올지도 모르니까 당신은 그냥 거기 있어. 새로운 정보가 생기면 알려 줄게."

그는 잠시 말을 멈췄다. "케빈 왓슨의 친구들을 다 조사하고 있어. 타라가 그 아이와 함께 있다면 어딘가에서 자야 하는데 돈이 별로 없으니까 친구네 집에 있을 가능성이 커. 또 케빈의 아버지 집도 계속 감시하고 있는 중이야. 지금도 폭주족 친구들이 놀러 와 있어. 거기서 그 친구들과 무슨 일을 벌일 것 같지는 않아. 제시카, 타라가 집으로 돌아올 때까지 감시를 늦추지 않을 거야."

"고마워." 그녀가 말했다. "그리고 전화해 준 것도 고마워."

"할 수 있으면 잠을 좀 청해 봐."

그녀는 전화를 끊고 휴대폰을 물끄러미 바라보다가 앞에 있는 유리 테이블에 놓았다. 뒤에 누군가가 있는 느낌이 들어 돌아보니 웨슬리가 있었다. 그는 고개를 내저으며 말했다. "어디서도 타라를 찾지 못했어. 당신 쪽에는 무슨 연락이 있어?"

"아니."

그는 한숨을 쉬고는 사막을 내다보았다.

"또 사건이 터진 거야?"

"그런 것 같아."

"그래서 지금 거기로 달려갈 참이었어?"

"그러려고 했어."

그는 난간에 등을 기대고 그녀의 앞에 섰다. "도대체 왜 그렇게 할 생각이었어?"

"나는 수사—"

"수사 검사가 무슨 일을 하는지 내가 모른다고 생각해, 제시카? 그 일은 사무실에 앉아서 서류를 검토하는 거야. 가끔씩, 가끔씩은, 나가서 목격자들을 인터뷰하기도 하지. 경찰이 놓친 것들을 물어보려고. 아니면 범죄 현장을 방문하거나 그 비슷한 일들을 할 수도 있고. 이 사건처럼 막 벌어진 범죄 현장으로 달려가는… 그런 일은 없는 법이야."

"그건 과장이야. 나는 다른 사건들 때도 이렇게 했어. 그들은 영장이 필요하고 조언도 필요해…. 검사는 모든 게 헌법의 틀에서 진행되는지 확인을 할 수 있어. 그래야 나중에 문제의 소지가 없게 되니까. 검거만 생각하고 법적인 절차를 생각지 않으면 경찰이 엉성하게 일 처리를 하게 돼."

"제시카, 당신은 정보를 얻기 위해 사형수 사동에 있는 연쇄 살인범을 면담했어. 그건 수사가 아니야. 집착이지." 그는 그녀 앞에 무릎을 쪼그리고 앉아서 그녀의 손을 잡았다. "나는 이걸 지켜보고 있을 수가 없어. 그렇게는 못 해. 내 의견은 당신에게 아무것도 아닌 것 같은 느낌이 들어."

"전혀 그렇지 않아. 그건 ―"

"아니, 맞아. 당신은 내 의견을 진심으로 받아들이지 않아. 내가 하지 말라고 하는데도 당신은 위험한 상황에 몸을 던지고 있어. 이건 아니야. 우리의 관계를 오래 지속시키려 노력한다면 이건 아니야." 그는 그녀의 손에 키스를 하고 일어섰다. "나는 당신이 이 사건을 그만뒀으면 해. 이 사건을 다른 사람에게 넘기라고 당신의 동반자로서 부탁하는 거야. 당신이 그렇게 하지 않으면…."

"내가 그렇게 하지 않으면, 뭐, 웨슬리? 나와 함께 살지 않겠다는 거야? 지금 나를 협박하는 거야?"

"아니, 누구도 다른 사람을 협박하지는 못해. 나는 단지 이 상황이 심각하다는 것을 당신이 알기를 바라는 것뿐이야. 당신이 나한테 심각하게 부탁한다면 나는 생각해 볼 것도 없이 바로 그렇게 할 거야. 그리고 당신도 똑같이 해주기를 바라는 거고. 당신이 내키지 않는다면, 글쎄, 그때는 우리의 관계가 진전될 수 있을지를 진지하게 고민해 봐야겠지."

그는 안으로 들어갔다. 야들리는 오늘 밤은 작은방 소파에서 자기로 마음먹었다.

37

아침에 야들리는 작은방에서 잠이 깨어 위층으로 올라갔다. 어쩌
다 한 번씩 웨슬리는 나가기 전에 그녀를 깨우고 싶지 않다고, 사랑
한다고, 작은 쪽지를 남기곤 했다. 지금 여기 쪽지는 없다.

그의 말이 옳은지도 몰랐다. 그녀가 이 사건에서 손을 뗄 시점인지
도 몰랐다. 이 사건을 원래 묻혀 있어야 했던 곳에 묻어 버려야 할지
도.

그녀는 먹을 것을 만들려고 냉장고로 갔다. 몸에 힘이 하나도 없었
다. 그녀는 냉장고에 부딪히며 바닥에 털썩 주저앉았다. 얼굴을 손에
파묻었다. 넋을 놓으면 눈물이 쏟아져 나올 것이었다. 하지만 그녀는
계속해서 생각했다. '*저들에게 굴복해서 운다면 나는 지옥에 떨어질
거야.*'

어쩌면 이 사건을 포기해야 할 때일지 몰랐다. 그리고 검사라는 그
녀의 직업도. 그녀는 이 사건을 포기하면 검사의 일은 그녀에게 의미
를 잃어버리고 매일매일의 지루한 분투가 되리라는 것을 알았다. 그
냥 알았다. 더 큰 것을 잃기 전에 그만두고 다른 일을 하는 편이 더
나을 것이다. 아니면 어디 다른 곳으로 이사를 하는 편이 더 나을 것
이다. 그녀는 이곳에서 모든 것을 엉망으로 만들어 버렸다. 그러니
그녀에게 지금 필요한 것은 새롭게 시작하는 것일지도 모른다. 칼과

함께 살았던 곳에서 너무 가까운 네바다에 계속 있었던 것이 잘못이었다. 이혼이 성립된 순간 바로 짐을 싸서 유럽이나 호주로 이민을 갔어야 했다.

깊은 슬픔이 그녀를 잠식했다. 그녀는 완전히 다르게 살 수도 있었을 것이다. 그때 바로 떠났더라면 타라는 위험에 처하지 않았을 것이었다. 야들리는 딸에게 좋은 엄마가 되지 못했다. 고통이 그녀의 가슴을 비수처럼 후벼팠다.

겨우 자리에서 일어났을 때 그녀는 휴대폰을 아래층에 두고 왔다는 것을 깨닫고 가지러 갔다. 놓친 문자가 있었다. 문자에는 주소가 빽빽이 나열되어 있었고 그 뒤에 한 줄 글귀가 있었다. 심장이 내려앉았다. '제발 나 좀 도와줘요. 엄마.'

✦

야들리가 찾아간 주소는 라스베이거스 시내에 있는 아파트 단지였다. 죽은 잔디를 사이에 두고 세 개의 건물과 오랫동안 사용하지 않은 듯 먼지와 모래가 바닥에 겹겹이 쌓인 수영장이 있었다.

아파트 호수는 2층에 나열되어 있었다. 그라피티로 얼룩진 복도에서는 오줌 지린내와 곰팡이 냄새가 났다. 문들은 다수가 금이 가고 부서진 상태였고 복도의 양쪽 끝에 있는 두 개의 창문은 그녀가 상상조차 하고 싶지 않은 물질들로 더럽혀져 있었다.

6호였다. 야들리는 잠깐 기다렸다. 그녀는 막 노크를 하려다 멈추었다. 대신, 그녀는 가방에서 38구경 권총을 꺼냈다. 벽장 속 총기 금고에 보관하고 있던 것이었다. 몇 년 전에 청소를 하려고 꺼냈던 것말고는 한 번도 금고에서 꺼내지 않았던 총이었다.

그녀는 눈을 감았다가 떴다. 그런 다음 손잡이를 돌리고 근들거리는 문틈으로 어깨를 끼워 넣었다. 나무는 오래되었고 처음부터 싸구려였다. 손잡이 근처에 금이 가 있어서 문이 홱 하고 열리고 말았다.

아파트는 온갖 물건들과 침낭, 패스트푸드 포장지와 오래된 피자 박스들로 뒤덮여 있었다. 얼룩진 매트리스 몇 개가 거실을 채우고 있었다. 두 사람이 벽에 기대앉아 있었다. 기껏해야 열일곱 살 정도 되어 보이는 남자아이와 여자아이였다. 남자아이의 입에는 담배가 물려 있었다. 플라스틱이 녹는 냄새와 머리카락 타는 냄새가 섞인 듯한 냄새가 났다. 필로폰 타는 냄새가 틀림없었다.

"타라 야들리는 어디 있지?"

여자아이가 말했다. "당신은 누군데요, 걔 엄마예요?"

그녀는 모욕을 느꼈지만 *엄마*라고 했다. 야들리는 그 아이들 옆을 지나 복도로 들어갔다. 침실 두 개와 욕실이 있었다. 그녀는 첫 번째 침실 문을 열었다. 숨이 멎을 정도의 충격이 그녀를 엄습했다.

타라는 바닥에 앉아 있었다. 케빈이 아이 옆에서 잠들어 있었다. 다른 젊은 남자 둘이 침대 위에 자고 있었다. 타라의 눈이 커다래졌다. 아이는 펄쩍 뛰어올라 엄마에게로 달려와서 양팔로 엄마를 껴안았다.

젊은 남자들 중 한 명이 몸을 움직이며 말했다. "이봐, 무슨 ―"

야들리는 총을 들었다. 그 남자는 양손을 들어 올렸다.

"아이구야, 진정해요, 숙녀분." 그가 말했다.

한 팔로 딸을 감싸 안고 야들리는 뒷걸음으로 침실을 나와서 아파트를 빠져나왔다.

집으로 돌아오는 길에 타라는 울음을 터뜨렸다. 야들리는 아이가 울도록 내버려 두었다. 뺨을 적시던 눈물이 마를 때까지 두 사람은 한마디 말도 하지 않았다. 타라가 창밖을 보면서 입을 열었다. "우리는 도망가서 로스앤젤레스에 있는 그 애의 삼촌이랑 같이 살 생각이었어요. 케빈은 자기 친구들이 사는 아파트에서 우리가 잠시 지낼 수 있다고 했어요. 그 친구들은 처음에는 친절했는데 나중에는 우리한테 돈을 벌어오라고 하기 시작했어요. 그리고 제일 쉬운 방법은… 내가 남자들한테 성매매를 하는 거랬어요. 다른 여자애들한테도 그렇게 하라고 한다면서. 그 애들은 일주일에 천 달러를 번대요. 나는 케빈이 있는 대로 소리를 지르면서 그 애들을 패버릴 거라고 생각했어요." 타라는 숨죽이며 울고 있었다. "그런데 그 애는 내가 그렇게 해야 한다는 거예요. 그게 좋은 생각이라면서, 그건 그냥 섹스일 뿐 아무것도 아니라고요. 내가 싫다고 하자 케빈은 불같이 화를 냈고, 내가 거기서 나가지 못할 거라고 했어요."

아이는 다시 울고 있었다.

울음을 그치고서 타라는 엄마를 보며 말했다. "엄마는 소리도 안 지르네요. 나한테 화난 거 아니에요?"

야들리는 고개를 저으며 부드럽게 말했다. "아니야."

"왜요?"

"엄마는 너를 잃는다는 게 어떤 건지를 깨달았단다. 지금 너무 마음이 놓여서 화 같은 건 나지도 않아."

타라는 고개를 창 쪽으로 돌려서 창밖을 스쳐 지나가는 카지노와 가게들을 보았다. "난 너무 바보 같았어요. 나는 케빈이 나를 사랑한다고 생각했는데 그 애는 나를 안중에도 두지 않았던 거예요."

"너는 바보가 아니란다. 엄마를 봐… 너는 바보가 아니야. 타라, 사람들의 장점을 찾아내서 그걸 악용하는 남자들이 있어. 연민의 감정, 용서하는 마음, 배려심, 측은지심, 사랑. 그들은 이런 것들을 갈구하고 그걸 너한테 악용하는 거지. 하지만 그런 성정은 약점이 아니야. 그런 성정은 네가 가진 힘이고 어떤 누구도 네가 거기에 반하는 일을 하도록 만들지는 못해."

아이는 고개를 내저었다. "케빈은 바보예요. 책도 거의 안 읽는다고요. 그렇지만 내가 똑똑하면 뭐해요. 그 애 같은 애가 나를 완전히 바보로 만들었는데요."

"너는 사람들의 장점을 알아보잖아. 그런 걸로 자책하지 마."

아이는 마지막 눈물을 닦아냈다. "그럼 엄마도 그러지 말아요."

야들리는 타라를 쳐다보았다. 그리고 딸의 손을 잡았다. 가는 동안 그들은 계속 손을 잡고 있었다.

38

야들리는 리우의 사무실로 전화를 걸어 연차를 좀 내겠다고 했다. 웨슬리에게는 너무 화가 나 있어서 알리지 않기로 했다. 타라는 아침을 먹고 곧바로 자러 갔다. 야들리는 잠깐 딸의 옆에 누워 있다가 라스베이거스 경찰청 실종 전담 부서에 있는 친구에게 전화를 했다. 그녀는 그에게 그 아파트와 케빈이 한 일을 알려주었다. 그러자 형사는 오늘 중으로 그곳을 조사하겠다고 약속했다.

야들리는 주방에서 커피를 내렸다. 그 방문을 열었을 때의 장면이 거듭해서 떠올랐다. 더럽고 누추한 바닥에 앉아 있던 딸의 모습, 그리고 아이를 나가지 못하게 하던 세 명의 남자들. 구역질이 날 것 같은 충격이었다.

그 경악스러웠던 순간 머릿속에는 어떤 말도 떠오르지 않았다. 문을 여는 순간, 한순간에 눈앞에 그림이 펼쳐지던 그 찰나가 모든 것이었다. 그 찰나를 떠올리는 것만으로도 마음이 무너져 내렸다. 사람의 마음은 어떤 때는 너무 빨리 움직이고 어떤 때는 너무 느리게 움직인다.

그 문.

야들리는 커피를 따르다 말고 커피잔 속 검은 액체를 가만히 바라보았다. 그 문을 열던 순간, 그것이 충격이었다. 너무나 갑작스러웠기에 고통도 그만큼 깊었던 것이다. 순식간에 온몸을 휩싸던 공포. 그것은 인간의 뇌에서 가장 원초적인 부분, 동물에게 도망치라고, 싸우라고, 아니면 얼어붙으라고 알려주는 그 부분을 깨우는 것이었다.

심장이 쿵쾅거렸다. 그녀는 볼드윈에게 문자를 했다.

당신이 해 줘야 할 일이 있어. 지금 바로, 바로 말이야.

말해 봐.

가서 아이작 올슨하고 얘기를 나눠 봐. 필요하면 학교에서라도. 그 애한테 부모가 살해되기 전날 부모의 침실 문이 고장 나 있었는지 물어 봐. 문이 닫히지 않았는지 말이야.

당신이 보내준 사진 속 그 경첩 때문에?

그래, 지금 바로 가 줘. 부탁해.

알았어, 다른 건?

타라 집에 왔어.

진짜 잘됐네! 나는 타라한테 아무 일 없을 거라 생각하고 있었어. 어디 있었던 거야?

그건 나중에. 아이작이 뭐라고 했는지 바로 알려 줘, 케이슨.

그럴게.

다음 몇 시간 동안 그녀는 안절부절못하고 집안을 왔다 갔다 했다. 타라는 계속해서 잠을 잤다. 야들리는 딸 아이가 그 아파트에서 어둠 속에서 들리는 작은 소리에도 귀를 곤두세운 채 잠들지 못하고 그 더러운 벽에 기대어 있는 모습을 그려 보았다.

아침 10시쯤 문자가 왔다.

아이작 말로는 문이 고장 나 있었대. 자기가 문에 매달려서 고장이 난 거였고 문이 닫히지 않았대. 그래서 그 애 아빠가 주말에 고치려고 했대.

야들리는 숨을 쉬기가 힘들었다. 그녀는 마사라는 사람 좋은 퇴직자 이웃에게 웨슬리가 집에 올 때까지 여기 와서 타라 옆에 있어 줄 수 있는지 물어보았다.

야들리는 급하게 청바지와 블라우스를 걸치고 집 밖으로 달려 나갔다. 마사가 현관 계단을 올라오고 있었다.

✦

볼드윈은 그녀의 맞은편 의자에 앉아 있었다. 오티즈는 야들리의 사무실 바깥에서 비서와 수다를 떨고 있었다. 볼드윈은 손에 고무공을 쥐고 있었다. 사무직 사람들이 팔뚝을 강화하고 손목 터널 증후군이 심해지지 않도록 하기 위해 손으로 꼭 쥐도록 만들어진 것이었다. 야들리는 몇 가지 다른 데이터베이스로 동시에 여러 가지 검색을 했다.

"이건 아닌 것 같은데." 볼드윈이 말했다. "이런 유형의 범죄에서 타깃은 거의 언제나 여성이거든."

그녀는 고개를 저었다. "성폭행은 없었어. 우리는 범인이 남편을 먼저 죽인 이유가 남편이 죽어가는 모습을 아내가 지켜보며 고통스러워 하도록 하려는 것이었다고 추측했어. 하지만 나는 그게 실용적인 결정이었다고 생각해. 남편들이 더 강하기 때문이지. 범인은 좀 더 위협적인 대상을 먼저 제거하고 아이들을 깨우지 못하도록 아내에게 재갈을 물렸던 거야. 타깃은 아이들이었어. 분노는 아이들을 향한 것이었고 아이들이 문을 열고 부모의 모습을 보는 것이 성폭행을 대신하는 거야. 범인에게는 아이들이 문을 열어서 한순간에 그 학살의 장면을 보는 것이 중요해. 그게 고통을 배가시키거든. 아이들이 복도를 걸어오다 멀리서 그 장면을 보게 되면 얘기는 달라지지. 아이한테 그 광경을 머릿속에서 처리할 시간, 뇌가 스스로를 분리시켜 보호하게 할 시간이 생기니까. 그렇게 되면 정신적 외상이 극대화되지는 않을 거야. 아이들이 연결 고리인 거야. 그게 범인이 대상을 고르는 기준이야. 부모들은 아이들에게 고통을 각인시키는 도구에 불과하다는 거지."

데이터베이스 검색으로는 딘과 올슨, 마일스의 아이들에 대한 정보가 별로 나오지 않았다. 그래서 그녀는 연방 소년법 기록 데이터베이스로 들어갔다. 그것은 사법 체계 전체에서 가장 보안 수준이 높은 데이터베이스로서 극소수의 선별된 요원들만이 접근할 수 있는 곳이었다.

그녀는 사건 파일에 나온 생년월일을 넣고 아이작 올슨을 제일 먼저 찾아보았다. 불과 몇 초 만에 그의 법원 사건 이력이 나왔다.

그녀는 펄펄 끓는 쇳덩이를 삼킨 것처럼 갑자기 위가 불타는 느낌이 들었다. 서랍에 제산제가 있었지만 그녀는 약을 가지러 가지 못했다. 화면에서 눈을 뗄 수가 없었기 때문이었다.

"입양아구나." 그녀는 혼잣말로 낮게 읊조렸다.

자리에 앉아 있을 수가 없었다. 그녀는 일어나서 엄지손톱을 깨물면서 사무실을 왔다 갔다 하기 시작했다.

"무슨 일이야?"

"아이작 올슨은 입양아였어."

"그렇다면 내가 알았을 텐데."

"비공개 입양이었어."

비공개 입양은 매우 엄격하게 보호된다. 대부분의 경우 그것은 양 부모가 아이들에게 입양 사실을 밝히려 하지 않는다는 뜻이었고, 따라서 법원은 사건 파일을 봉인하여 일반 대중, 혹은 대부분의 경찰 요원들조차도 접근할 수 없게 했다. 컴퓨터가 광범위하게 사용되기 전에는 물리적인 서류철을 파기하곤 했지만 지금은 기록이 남아 있되 데이터베이스에 숨겨져 있는 것이다.

그녀는 자리에 다시 앉아서 엠마 딘과 에릭 딘을 검색했다. 엠마는 소피아 딘과 아드리안 딘의 친자식이었지만 에릭은 입양아였다. 역시 비공개 입양이었다. 그녀는 마일스의 다섯 아이들을 검색했다. 두 아이가 입양아였고 둘 다 비공개 입양이었다.

그녀는 의자에 등을 기대고 앉았다. 볼드윈이 그녀의 뒤로 와서 어깨 너머로 컴퓨터 화면을 읽었다.

"입양아가 있는 가족을 고르는 거였어." 그의 말은 야들리가 아니라 스스로에게 하는 말에 가까웠다.

"그렇지만 어떻게?" 야들리가 물었다. "지역 경찰조차도 이 데이터베이스에는 접근하지 못해. 범인은 FBI여야 해."

볼드윈은 고개를 저었다. "절대 아니야. 우리 사람들 중에는 없어. 체크해 볼 수는 있지만 절대 그럴 리가 없어. 데이터베이스에 접속해서 로그인한 사람을 찾아내는 건 쉬울 거야. 로그인은 기록되잖아. 당신들 사람은 어때? 검찰 조사관은?"

"우리 조사관은 두 사람밖에 없어. 그 중 한 사람은 여성이고 다른 한 사람은 지난주에 사건 때문에 플로리다로 파견됐어. 그는 제이 마일스를 공격할 수가 없었어. 그리고 검사들도 상황은 마찬가지야. 로그인을 했으면 기록이 남게 되어 있어. 확인하기 너무 쉽지. 이 데이터베이스에 접속 가능한 사람이 또 누가 있지?"

"법원, 그러니까 법원 직원일 수도 있어. 당연히 확인해 봐야 해.
당신도 알다시피 판사들은 살인사건 수사 인터뷰를 좋아할 리가 없
지. 그러니 각오해."

"그렉 건은 어때?"

그는 고개를 저었다. "그는 접속이 불가능했을 거야. 게다가 올슨
부부가 살해된 날 밤에 그는 어떤 사건을 자문하느라 솔트레이크시
티에 있었어. 그곳 지부장 보좌한테 확인해봤더니 그렉하고 같이 점
심을 먹었대."

"접속이 불가능했던 건 오스틴 케트너도 마찬가지야."

그는 그녀를 흘깃 보고는 다시 화면에 눈을 주었다.

"그래, 나도 그럴 거라 생각해."

"또 다른 사람은 누가 있지?"

그는 어깨를 으쓱했다. "아마도 입양 센터, 소송 후견인 실…."

섬광 같은 고통과 깨달음에 모든 생각이 중단되었다. 그 말이 작동
버튼이 되어 가슴 속 깊은 우물 속으로 자신이 빨려 들어가 버린 것
만 같았다. 야들리는 기절할지도 모른다는 생각에 손으로 책상을 짚
었다. 손을 뗀 그녀는 일어나서 가방을 집어 들었다.

"난 가 봐야겠어." 서둘러 문밖으로 나가며 그녀가 말했다.

39

"내 사무실에서 그 비디오 영상을 보면 되네." 교도소장 글레드힐이 말했다.

야들리는 소장의 책상에 앉았다. "배려해 주셔서 고마워요, 소피."

"고맙기는 뭘. 하지만 내가 전에 자네한테 말했다시피 그를 면회한 사람들은 교수들 여럿이 다야. 어쩌다 한 번씩 기자들이 있기는 했지만. 관심을 끄는 사람은 아무도 없었어. 정신병자들은 여기 못 들어온다고."

"네, 아무것도 아닐 테지만 그냥 확인해 볼 필요가 있어서요. 비디오 영상은 언제까지 보관되나요?"

"예전에 테이프를 사용하던 때는 재사용을 하곤 했지. 하지만 디지털로 바뀐 뒤부터는 모든 영상을 다 보관하고 있어. 그게 언제였냐면… 7년 전인가? 그러니까 그때 것까지는 볼 수 있어."

"그 정도면 될 거예요. 다시 한번 감사드려요."

"그래. 뭐 필요한 것 있으면 얘기해. 나는 점심 먹으러 가볼게. 오면서 자네 먹을 샌드위치 가지고 올게."

야들리는 7년 전 칼의 첫 면회인부터 시작했다. 『라스베이거스 선』지의 기자였다. 사형수 면회실의 비디오카메라는 구석에 달려 있었다. 칼의 얼굴은 보이지 않았지만 그의 손이 보였다. 그러나 면회인은 상반신이 또렷하게 보였다. 기자는 키가 큰 흑인 여성이었다. 그녀는 그 여자를 건너뛰고 다음 사람으로 넘어갔다. 미시간 대학교 범죄학 교수였다. 역시 여자였다. 야들리는 그녀도 건너뛰었다.

그녀는 열여덟 명의 면회인들을 신원 확인 후 건너뛰었다. 열아홉 번째에 이르러서 그녀는 화면을 정지시켰다. 방명록에 로저 코히라는 이름이 기입된 남자였다. 네브래스카 대학교 사회학 교수였다. 그 면회인은 야구 모자 밑으로 금발 머리가 삐져나와 있었고 안경을 끼고 있었다. 가짜인지 진짜인지 알 수 없는 무성한 턱수염이 얼굴을 가리고 있었지만 그를 알아보지 못할 수는 없었다. 속아 넘어가기에는 그녀가 너무나 잘 아는 얼굴이었던 것이다.

로저 코히는 웨슬리 폴이었다.

✦

야들리는 비디오의 나머지 부분을 끝까지 보았다. 로저 코히는 7년 동안 칼을 열세 번 면회했었다.

오브리 올슨의 사진을 첨부하여 칼에게 보낸 이메일은 하나의 계략이었다. 적어도 다음 살인까지는 그녀와 볼드윈으로 하여금 칼과 모방범이 이전에 한 번도 만나거나 서신을 교환한 적이 없다고 믿도록 만들어 혐의가 오스틴 케트너에게 옮겨지도록 하기 위한 계략.

비디오 영상에는 소리가 녹음되지 않았다. 교도소에서 새로운 범죄 정보를 찾기 위해 변호인과 의뢰인의 대화를 녹음했다는 것이 밝혀진 90년대 네바다 대법원 사건을 계기로 녹음이 금지되었던 것이다. 야들리는 그들이 무슨 말을 하는지 들을 수 없어 미칠 것만 같았다.

어느 쪽으로든, 그녀는 *완전히* 확신을 할 수 있어야 했다.

야들리는 교도소장 비서에게 비디오를 디스크에 복사하여 자신에게 이메일로 보내 달라고 부탁했다. 이메일에 날짜와 시간, 자신이 취했던 행동을 상세하게 적어달라고 했다. 그래야 필요할 경우 그녀가 나중에 관리의 연속성을 확립할 수 있을 것이었다.

웨슬리는 자신의 아파트는 그대로 둔 채 그녀와 타라가 있는 곳으로 이사를 왔다. 야들리는 언제나 그것이 그가 독립성을 지키는 방식이라고 추정했었다. 그는 마흔네 살이고 한 번도 결혼한 적이 없었다. 그의 말에 의하면 진지한 관계로 만났던 사람도 없었다고 했다. 그래서 누군가와 함께 살기 위해 이사를 하는 것이 그로서는 무척 두려운 일이었을 것이라고 야들리는 생각했다. 그녀는 아파트를 그대로 두기를 원하는 그에게 다시 생각해 보라는 말도 하지 않았다. 그 아파트에는 대출금도 없었기 때문에 더더욱 그랬다.

아파트 단지는 고급스러운 분위기가 감돌았다. 정문에 자동 출입 관리기가 아닌 진짜 경비원이 있는, 외부인 출입 제한 단지였다. 경비원이 그녀에게 누구를 만나러 왔느냐고 물었다. 그녀는 웨슬리 폴의 약혼녀라고 말했다. 그러자 그는 방문자 서류에 서명을 하게 한 뒤 그녀를 들여보내 주었다.

단지 내에는 건물이 여러 개 있었다. 그의 집은 단지의 뒤쪽, 공용 수영장 근처에 있는 3층짜리 건물의 꼭대기 층에 있었다. 야들리는 관리실에 들렀다. 두 명의 여자가 유리로 된 커다란 책상을 사이에 두고 서로 마주 보며 앉아 있었다. 벽에는 포스터가 아닌 그림들이 걸려 있었다.

야들리는 오른쪽에 있는 여자에게 미소를 지었다. "저는 제시카 야들리라고 합니다. 여기 입주민인 웨슬리 폴의 약혼녀예요. 그 사람

집에 들어가서 곧 있을 결혼식에 필요한 몇 가지 물건을 가져가야 해요."

"아, 알겠습니다. 폴 씨가 같이 가시나요?"

그녀는 계속 미소를 유지했다. "아뇨, 그 사람이 같이 가면 제가 여러분께 문을 열어달라고 할 필요가 없겠죠."

여자는 눈썹을 치켜올렸다. "글쎄요, 죄송합니다. 제가 그냥 들어가시게 할 수는 없답니다. 당신이 누군지 모르는데 만약 뭐라도 없어지면 저희가 책임을 져야 하거든요."

그녀는 고개를 끄덕이고는 배지를 보여주었다. "이해합니다. 하지만 저는 연방 검사이기도 합니다. 그리고 이건 수사의 일환입니다."

"죄송해요. 폴 씨의 허락이 없으면 들어가실 수 없습니다."

야들리는 휴대폰을 꺼내서 전화번호를 눌렀다. 전화음이 두 번째 울렸을 때 볼드윈이 받았다.

"당신 어디에 있는 거야?" 그가 말했다.

"당신이 해 줘야 할 일이 있어. 부탁이야."

그녀는 머뭇거렸다. 말이 나올 것 같지가 않았다. 어쩌면 그녀는 그 말을 꺼내기가 두려웠는지도 모른다. 그녀가 말을 하지 않자 볼드윈이 말했다. "제시카?"

"웨슬리 폴의 아파트 수색 영장을 발급해 줘. 구체적인 내용은 내가 알려 줄게."

40

수색 영장을 기다리는 동안 야들리는 수영장으로 나가서 아이들이 노는 모습을 지켜봤다. 아이들은 물속 술래잡기 놀이를 했다. 그리고 그다음에는 수영 경주를 했다. 한 아이가 반칙 때문에 졌다고 화를 냈다. 자기는 다른 아이들처럼 물안경이 없었다는 것이다.

그녀는 등줄기가 서늘해졌다. 마일스 가족이 살해당할 뻔하던 날 밤에 웨슬리가 타라를 찾아보겠다며 해가 뜰 무렵까지 밖에 있었다는 것이 생각났던 것이다.

그녀는 음악을 들으려고도 해보고, 휴대폰에서 뭐라도 읽으려고도 해보았다. 다른 사건들을 살펴보려고도 했다. 그러나 그 무엇도 가슴을 짓누르는 무거움을 없애주지는 못했다. 심장마비가 시작되면 틀림없이 이런 느낌이 들 것이라 생각되었다.

휴대폰에서 딩동 하고 이메일 알림음이 울렸다. 전자 영장이 승인되어 발부된 것이다.

야들리는 영장을 관리실 직원에게 보여주었다. 여자는 한 번도 영장을 본 적이 없는 것 같았다. "상부에 전화해 볼게요." 여자가 말했다.

야들리는 분노가 차올랐다. 그녀는 턱을 움직였다. 이를 갈고 있는 턱 근육만이 유일하게 터져 나올 듯 들끓는 분노를 보여주는 신호였다.

"시간은 이미 충분히 낭비했어요. 나를 즉시 안으로 들여보내지 않는다면 FBI 요원을 이리로 불러서 당신들 두 사람 다 법 집행 방해로 체포하고 저 문을 발로 차 부수게 할 겁니다."

여자의 얼굴이 창백하게 질렸다. 그녀는 뭐라고 말하려 했으나 말은 나오지 않았다. 다른 여자가 일어나서 말했다. "열쇠를 가져올게요."

✦

웨슬리의 아파트는 작았다. 침실 하나와 욕실 하나, 주방과 서재, 그리고 거실이 있었다. 침실에는 벽장이 하나 있을 뿐이었고 식료품 저장실이나 이불장은 없었다. 야들리는 여자가 서류에 서명을 해야 한다는 둥의 얘기를 하고 있을 때 등 뒤의 현관문을 닫아 버렸다.

하얀색 카펫과 소박한 가구가 우아했다. 한눈에 보이는 소박함이었다. 그림도, 사진도, 장식품 같은 것도 전혀 없었다. TV와 DVD 플레이어, 그리고 책들로 빼곡한 책장이 전부였다. 책장 맨 위 칸에는 테드 번디, 제프리 다머, 히틀러, 스탈린, 그리고 에디 칼의 전기들과 함께 연쇄 살인과 이상 심리학, 과학 수사에 관한 책들이 수십 권 꽂혀 있었다.

침실에는 얇은 매트리스가 깔린 낮은 일본풍 침대가 있었다. 침대 위에는 그림이 걸려 있었다. 그 그림을 본 순간 그녀는 어딘가에 앉아야만 할 것 같았다. 다리가 무너져 내릴 것 같아서였다. 그것은 에디 칼의 그림이었다. 그녀가 본 적이 있는 그림이었다. 상자처럼 보이는 물체 내부에 검은 형상이 있었다. 형상의 얼굴은 하얀색이었다.

상자처럼 보이던 물체는 이제 보니 무덤인 것 같은 생각이 들었다.

그녀는 침대 위에 앉아서 손을 베개에 대보았다. 차가웠다. 그리고 부드러웠다. 커버는 실크였다.

그녀는 베개 솜을 빼내어 안을 살폈다. 그다음에는 침대 밑과 매트리스 밑, 욕실과 주방 서랍들 속과 옷들을 다 뒤져보았다. 그녀는 냉장고, 냉동고, 그리고 싱크대를 뒤졌다. 웨슬리의 집 어디에도 공구통은 보이지 않았다. 그래서 그녀는 주방에서 버터나이프를 가져와서 환기구의 나사를 풀어 열고 안을 확인했다. 아무것도 없었다.

칼의 전기는 두꺼웠다. 거의 600쪽은 될 듯했다. 칼에게 이런 자격이 있을까, 그녀는 생각했다. 그녀는 그 책을 꺼내어 손에 들었다. 책은 너무⋯ 뻣뻣했다. 책을 열자 1/3 지점에 디스크가 보였다. 두 번째 디스크는 중간에 들어 있었다. 금색 DVD 디스크들로 아무런 제목도 적혀 있지 않았다. 그녀는 속이 메스꺼웠다.

그녀는 한참 동안 마음을 다잡은 끝에 용기를 내어 한 장을 DVD 플레이어에 넣고 TV를 켰다. 그녀는 숨을 깊이 들이마시고 눈을 감았다. *제발⋯ 내가 틀렸으면⋯ 내가 틀렸으면.*

그녀는 재생 버튼을 눌렀다.

41

비디오 영상의 첫 장면은 캄캄했다. 그러나 야들리는 발을 끄는 소리를 들을 수 있었다. 금속이 찰칵거리는 소리가 나고 그다음 렌즈의 뚜껑이 열렸다.

그녀는 그 방을 바로 알아보았다. 올슨 부부의 침실이었다. 영상은 푸르스름했지만 밝았다. 라이언 올슨과 오브리 올슨이 서로의 옆에 누워 자고 있었다. 영상은 그들의 모습을 오래도록 비추고 있었다. 아무 일도 일어나지 않았다. 라이언 올슨은 코를 골고 있었다.

카메라 뒤쪽에서 무슨 소리가 더 들려왔다. 야들리는 그 소리가 어디서 나는지 알 수 없었다. 어쩌면 옷일 수도 있고 침대 시트 소리인지도 몰랐다. 부드러운 어떤 것을 다른 것에 문지르는 소리 같았다. 라이언 올슨이 코를 들이마셨다. 그러자 짧은 순간 코 고는 소리가 멎었다. 확연한 숨소리가 그 침묵의 자리를 채웠다. 하지만 그것은 올슨 부부에게서 나는 소리가 아니었다.

영상의 오른쪽으로 벗은 몸이 나타났다. 남자의 둔부와 다리였다. 그의 손가락 끝에는 칼이 흔들거리고 있었다. 그는 다른 소형 카메라를 들고 침대 발치에 서 있었다. 휴대폰이 아니라 세련된 최신형 디지털카메라였다. 그는 사진을 몇 장 찍고는 카펫 위에 놓인 작은 플라스틱판같이 생긴 물체 위에 카메라를 내려놓았다. 캠코더 쪽으로 몸을 돌리지 않았기 때문에 남자의 얼굴은 보이지 않았다.

남자는 올슨 부부가 잠들어 있는 모습을 보면서 칼날을 허벅지에 대고 톡톡 두드렸다. 웨슬리가 생각에 잠겨 있을 때 손가락들로 허벅지를 톡톡 치는 그 모습이었다.

토할 것 같은 메스꺼움 때문에 식도에서 뜨거운 액체가 용솟음쳤다. 토하지 않으려고 그녀는 침을 삼켜야만 했다. 나오는 액체를 힘으로 눌러 내리기라도 하듯 그녀는 손으로 입을 막았다. 남자는 천천히 침대를 향해 다가갔다.

남자는 카메라의 초점이 자신에게 정확히 맞춰져 있는지 확인하려는 듯 캠코더 쪽을 흘깃 쳐다보았다. 웨슬리였다.

뱀이 먹잇감을 날름 집어삼키듯 그는 재빨리 몸을 숙여 라이언 올슨의 목에 칼을 꽂았다.

야들리는 고개를 돌렸다. 더 이상은 참을 수가 없었다. 그녀는 욕실로 달려가서 토하고 말았다.

✦

구토가 멎자 야들리는 변기의 물을 내리고 세면대를 붙잡고 몸을 일으켜 세웠다. 그녀는 거울 속 자신의 모습을 가만히 보았다. 자신이 남자들에게 매력적으로 보인다는 것을, 그리고 서른여덟이라는 나이에 비해 동안으로 보인다는 것을 알고 있었지만 지금은 자신의 모습이 늙어 보인다는 생각이 들었다. 늙고 지친 모습이었다.

그녀는 얼굴에 물을 철썩철썩 튀기고 입을 헹궈 냈다. 그 후 한참 동안, 얼굴이 거의 다 마를 만큼이나 한참 동안 그녀는 손 위로 물이 흘러내리도록 내버려 두고 있었다. 가방이 바닥에 있었다. 그녀는 가방을 들어 올려 세면대에 놓았다. 가방에서 일회용 생리대를 꺼낸 그녀는 그것으로 아직 젖어 있는 몇몇 얼굴 부분을 닦았다. 웨슬리의 수건은 사용하고 싶지 않았다.

그녀는 거울을 보지 않으려 했다. 그녀가 욕실 밖으로 한 발짝 발을 내디뎠을 때 목소리가 들려왔다.

"안녕, 내 사랑."

42

시간은 느렸다. 야들리는 식당 테이블에서 종이 냅킨이 땅바닥으로 떨어지는 생각을 했다. 냅킨은 훌쩍 날아올라 공기 중을 떠다니다 바닥에 살며시 내려앉았다. 야들리는 그것을 지켜보고만 있다. 마치 움직여서 냅킨을 잡으라는 뇌의 명령에 팔다리가 말을 듣지 않는 것 같이.

웨슬리는 DVD 플레이어를 꺼놓았다.

"당신은 한 번도 여기 오겠다고 하지 않았지." 주위를 돌아보며 그가 말했다. 동요 없는 차분한 목소리였다. "이 집 어때?"

그녀는 대답하지 않았다.

그는 양손을 주머니에 찔러 넣고 소파 팔걸이 위에 걸터앉아 크게 숨을 내쉬었다. "관리실 전화를 받고 내가 얼마나 놀랐을지 상상해 봐. 이런 날이 오리라고는 전혀 생각하지 못했었거든. 나는 이 일을 계속해서 당신에게 숨길 수 있을 거라고 생각했어. 안일하게도 말이야. 당신이 이 사건에 개입할 줄은 정말 몰랐거든. 당신이 내 말을 듣고 이 건을 그냥 내버려 뒀다면 얼마나 좋았겠어. 자기야, 궁극적으로 이건 정말 당신 잘못인 거야."

그녀는 *웨슬리, 당신은 도움이 필요해. 내가 도와줄 수 있어*, 라고 거의 말할 뻔했다. 그러나 그의 눈빛을 보고 그녀는 그런 말이 소용

없다는 것을 알았다. 그의 눈은 이상하게 달라져 있었다. 인형의 눈처럼 생명이 깃들지 않은 눈빛으로 변해 버린 것이다. 아니 어쩌면 그녀가 지금 그렇게 받아들이고 있을 뿐인지도 몰랐다.

"나는 나갈 거야, 웨슬리. 비켜 줘."

그는 팔을 뻗어 문을 가리켰다. "물론이지, 가."

거실을 통해 간다면 문까지는 스무 발짝이면 닿을 거리였다. 웨슬리 옆을 지나 주방을 통해 간다면 아마 서른 발짝 정도일 것이다. 웨슬리는 약간 과체중이긴 했지만 힘이 세고 빨랐다. 그가 그녀를 잡으려 한다면 그녀는 도망치지 못할 것이었다.

"뒤돌아서 여기서 나가. 그리고 아래층으로 내려가. 그럼 내가 따라갈게."

그는 피식 비웃었다. "내가 바보인 줄 알아?"

"난 당신이 나를 사랑한다고 생각해." 그녀는 거짓말을 했다. "그리고 나를 해치고 싶지 않을 거라고."

"내가? 당신이 어떻게 알지? 당신은 나에 관해 아무것도 몰라. 내 이름조차 모른다고."

그녀는 그와 자신의 침대에서 사랑을 나누고 눈을 맞추면서 그녀를 사랑한다고 말하고, 그런 그를 믿었던 생각을 하자 또다시 토할 것처럼 속이 울렁거렸다. 그녀는 다시 토하지 않으려고 안간힘을 써야만 했다.

"자기야, 당신 안색이 완전히 창백해. 침실에 누워서 눈을 좀 붙이는 게 어떨까? 침대가 굉장히 안락하다는 걸 알게 될걸. 그런 다음에 얘기를 나누면 되지."

그녀는 그가 자신에게 벌써 덤벼들지 않은 이유는 이웃들 때문이라는 것을 깨달았다. 이 아파트는 세대들이 촘촘히 붙어 있었다. 누군가 들을지도 모르는 것이다.

"소리를 지를 거야."

"그래 봐. 누군가가 들을지도 모르지만 못 들을 수도 있지. 또 듣는다 하더라고 그 사람들이 뭔가를 할 수도 있고 안 할 수도 있어. 정말로 그런 위험을 무릅쓸 생각이야?"

"당신은? 사형수 사동에서 당신의 그 우상과 함께 있고 싶어?"

그가 킬킬거렸다. "나의 우상이라. 재미있는 표현이군."

"그럼 당신은 뭐라고 부르려고?"

그는 어깨를 으쓱했다. "친애하는 친구이자 영향을 주는 사람이랄까. 조언자랄까. 하지만 그거 알아? 우리가 한 일은 비슷하기만 할뿐 똑같지는 않아. 그로 인해서 나는 우리 사이의 차이를 알게 되었지." 그는 얼굴을 찡그렸다. "*어둠의 카사노바 2세라니*. 역겨워서 견딜 수가 없어. 그 마지막 부부는, 사랑스러운 마일스 가족 말이야, 조금 더 있다가 처리하고 싶었지만 존중이라는 게 뭔지를 당신한테 가르쳐 줘야만 한다고 생각했지. 그 부부의 피로 당신한테 남길 쪽지를 쓸 생각이었어. 언론이 나에게 이름을 붙인다면 내가 그 이름을 선택할 수도 있다는 생각이 들었지. *독 묻은 노끈*, 이게 내가 생각해 둔 거야. 어디서 나온 말인지 알아? 중세 일본에서야. 암살자들은 밤에 목표물의 초가지붕에 작은 구멍을 내. 그들은 그 구멍으로 가늘게 꽃은 노끈을 내려보내 목표물의 입술에 닿게 한 다음 그 노끈에 독을 떨어뜨리는 거야. 때로는 독이 노끈을 타고 내려가 입술에 닿는 데까지는 몇 시간이 걸리기도 하지. 그게 이 남자들이, 가끔은 여자들도 있어, 지키는 규율이야. 규율, 그리고 죽음을 기다리는 인내력."

"당신은 암살자가 아니야, 웨슬리. 당신은 아이들을 목표로 하는 도살자야."

그는 활짝 웃었다. "추측건대, 그 문 경첩 때문이지?"

그는 입천장을 혀로 치며 똑딱똑딱 소리를 냈다. "그건 정말 치욕스러웠어. 나중에 다시 가서 그 경첩을 교체할 생각이었어. 하지만 케이슨이 그 집을 감시하게 할지도 몰라서 불안했지."

"당신이 시간을 들여 문을 고치다니 믿을 수가 없어. 엉성한 솜씨던데."

그는 고개를 끄덕였다. "그래, 당신 말이 맞아. 내가 틀리는 경우는 많지 않지. 하지만 틀렸을 때는 솔직하게 인정하는 게 미덕이야. 그건 멍청한 결정이었어. 하지만 그 문을 열었을 때 아이들의 얼굴에 나타날 그 표정을 생각하면…." 그는 키득거렸다. "위험을 무릅쓸 가치가 있지."

그는 눈을 감고 코로 깊게 숨을 들이마시면서 고개를 들어 천장을 보았다. "당신은 그게 어떤 느낌인지 짐작도 하지 못할 거야, 제시카. 벽을 울리는 숨죽인 비명, 마지막 남은 숨을 내뿜고 있는 눈, 그 냄새." 그는 다시 숨을 들이마셨다. "가끔씩 밤에 그 냄새가 나곤 해. 피와 배설물, 그리고 땀이 뒤섞인 냄새. 역겨우면서도 중독성 있는 냄새지. 죽음의 순간에 인간이 뿜어내는 냄새 같은 그런 냄새는 세상 어디에도 없어. 그 비슷한 냄새도 없어. 생명이 그 냄새 속에서 사그라지는 거지. 당신은 생각도 할 수 없겠지. 분명… 그건… 숭고한 일이야." 그가 눈을 떴다. "나라는 걸 어떻게 알았지?"

"아이들이 진짜 타깃이었다는 걸 깨달았을 때 비공개 입양 기록을 갖고 있는 몇 안 되는 관계 기관 중 하나가 소송 후견인 실이란 걸 추론하는 건 어렵지 않았어."

그는 고개를 끄덕였다. "그렇다면 그냥 한순간에 생각이 떠오른 건가? 어떤 일도 그냥 일어나지는 않아, 제시카. 당신의 무의식이 연결

점을 찾아낸 거지. 어쩌면 당신은 항상 알고 있었지만 그냥 무시해 버린 건 아닐까?

"아니야." 그녀는 살며시 내뱉었다.

그는 단칼에 자르는 그녀의 태도를 감지한 듯 키득거렸다. "어쩌면 당신은 나나 에디 같은 사람과 함께 살 운명인지도?"

그녀는 눈을 감고 타라를 떠올렸다. 타라를 위해서 여기서 살아남아야 했다. 타라는 이 세상에 그녀 외에는 아무도 없었다.

웨슬리가 말을 계속할수록 그의 말은 그녀에게 상처가 되지 않았다. 아들리는 세면대에 올려 둔 가방을 힐끗 쳐다보았다. "당신은 얼마나 오랫동안 내 뒤를 밟은 거야?"

그가 빙그레 웃었다. "내가 말해도 믿지 못할걸."

"지금이라면 무슨 말이라도 믿을 거야."

그는 팔짱을 꼈다. "당신을 지켜본 건 아주 오래됐지. 우리가 만나기도 전에 나는 당신을 알고 있었거든. 사실 당신이 나를 한 번 본 적도 있어. 7월 어느 더운 날 당신을 뒤쫓다가 음료를 마시려고 아이스크림 가게에 들렀었지. 얼마 안 있어 당신과 타라가 들어왔어. 우리는 서로에게 미소를 지었었어."

그녀는 기억을 돌이켰지만 그 순간은 기억나지 않았다.

"하지만 이 모든 일들 중 가장 어려웠던 일이 뭔지 알아? 당신이 나를 사랑하게 만든 일은 아니야. 그건 진짜 쉬웠지. 가장 어려웠던 건 로스쿨 임용이었어. 당신이 지원한 걸 알고 나도 재빨리 같은 곳에 지원을 했지. 나는, 뭐랄까, 명문 대학에서 교편을 잡고 있었는데 라스베이거스 대학에는 겸임 교수 자리만 났던 거지. 그들은 그 정도로 높은 서열의 학교에서 정교수였던 내가 왜 겸임 교수를 원하는 건지 이해를 하지 못했거든. 나는 겸임 교수로 푼돈을 벌면서 기다렸지. 운이 좋게도 당신이 2학년 때 정교수 채용 공고가 났어. 그래서 모든 준비가 끝난 거지." 그는 잠시 말을 멈췄다. "하지만 예전에 살던 곳이 정말 그리웠어. 라스베이거스는 정말 싫어. 이곳은 너무… 천박해, 그렇지 않아?"

"왜 지금이었어, 웨슬리? 왜 이제서야 살인을 시작한 거야?"

"그건 미스터리로 남겨두는 게 나을 것 같군."

그는 그녀를 향해 소파를 밀어뜨렸다.

43

구름이 물러가고 푸르디푸른 하늘이 펼쳐졌다. 볼드윈은 오티즈가 고추와 양파가 든 더블 치즈버거를 먹는 모습을 보고 있었다. 그는 마치 사막 한가운데서 방금 구조된 사람처럼 게걸스러웠다. 턱 밑으로 고추가 자꾸 떨어져서 그는 한 입 베어 먹을 때마다 냅킨으로 연신 입가를 닦아내야만 했다.

"그러니까 우리 딸이 말이야." 오티즈가 햄버거를 입에 가득 넣은 채 말했다. "처음 한 말이 엄마거든, 당연하지? 그런데 쉬는 날에는 내가 하루 종일, 진짜 하루 종일 애를 보고 있어. 보기에는 내가 아내를 위해서, 아내더러 볼 일이라도 좀 보라고 아기를 데리고 나가는 것 같잖아, 그렇지? 사실 나는 딸을 하루 종일 훈련시키는 거야. '아빠, 아빠, 아빠.' 그냥 계속해서 또 하고 또 하고. 하루가 다 끝나갈 때쯤 되면 애가 '*아빠*'라고 말하게 돼. 그런 얘기를 레베카한테는 전혀 안 했지. 그런데 아내가 나한테 딸이 이제 **엄마**라고 하지 않고 **아빠**라고 한다고 문자를 보냈지 뭐야." 그는 킬킬거렸다. "레베카가 알게 되면 날 *가만두지 않을 거야.*"

"음." 볼드윈이 허공을 응시하며 말했다.

"다 먹은 거야?" 오티즈가 다시 한번 햄버거를 크게 베어 먹으려다 말했다. "겨우 샌드위치 한 쪽?"

"배가 안 고파."

"무슨 문제 있어?"

"그 웨슬리 폴의 집 수색 영장 말이야. 제시카가 실제로 뭔가를 발견하면… 내 말은… 나도 모르겠어."

"제시카가 뭐라도 발견한 걸 버릴까 봐 걱정하는 거야?"

"글쎄, 그렇게 직설적으로 말하고 싶진 않지만, 그래 맞아. 그녀는 사랑에 빠져 있어. 아니면 그렇다고 생각하고 있어."

"이봐, 만약 그가 범인이라면, 제시카가 또다시 그런 일을 겪는다면, 제시카는 얼마나 열이 오르겠어? 이 사이코가 그녀가 또 다른 사이코와 결혼했었다는 것 하나 때문에 그녀를 찾아내서 사랑에 빠지도록 속임수를 썼다고? 농담이겠지. 그렇다면 나는 그녀가 그를 죽일까 봐 더 걱정이야. 제시카가 총은 안 갖고 있겠지?"

"모르겠어." 그는 손가락으로 테이블을 두드렸다. "여기 그냥 앉아 있을 수는 없어. 가서 제시카가 어떤지 확인하자."

"나 아직 다 안 먹었어."

그는 일어났다. "내가 나중에 하나 더 사 줄게. 자, 어서."

44

야들리는 욕실로 뛰어 들어가서 문을 쾅 닫았다. 웨슬리의 무게에 눌려 문이 덜커덕거리는 순간 잠금장치가 돌아갔다. 그는 문을 발로 찼다. 야들리는 있는 힘껏 발바닥으로 바닥을 눌러 딛고 등으로 문을 밀었다

"제시카, 문 열어. 얘기 좀 해."

"나는 휴대폰이 있어. 경찰에 전화할 거야."

"제시카!"

그는 발로 몇 번 더 문을 찼다. 문고리 바로 옆 가장자리에 금이 갔다. 몇 번만 더 차면 부서질 것이었다. 그녀는 어젯밤에 가방에서 총을 꺼내지 않았다는 사실이 기억났다. 그녀는 가방을 움켜잡고 더듬거리며 총을 찾았다. 총을 잡자 묵직함이 손에 전해졌다. 그녀는 문에서 몸을 떼고 욕조 가장 뒤쪽으로 들어갔다. 발길질이 두어 번 이어지자 문이 쪼개지면서 확 열렸다.

바로 그 순간 방아쇠를 당겼어야 했다. 그랬으면 웨슬리의 가슴에 구멍이 뚫리면서 그의 셔츠가 피로 물들었을 것이었다. 그녀는 마치 생생한 꿈처럼 그 장면을 선명하게 볼 수 있었다. 순간적으로 그녀는 자신이 그렇게 총을 쏘았다고 생각했다. 웨슬리의 웃음을 본 순간 그녀는 그것이 현실이 아니었음을 깨달았다. 이제 그들은 말하지 않아

도 이미 알고 있었다. 그녀는 그를 죽일 수 없다는 것을.

그는 고개를 내저었다. 얼굴에는 비웃음이 떠나지 않았다. "나는 진짜 당신이 할 수 있을 거라 생각했어. 당신은 내가 만나 본 가장 강인한 여자거든. 나는 당신이 진실을 알아낸다면 나를 정말 죽일 거라 생각했어. 하지만 당신 부모는 둘 다 새가슴이었지. 사과가 나무에서 멀리 떨어지지는 않잖아, 안 그래?"

"나는 할 거야."

"아니, 당신은 못 해." 그가 한 걸음 다가서며 말했다.

"웨슬리," 그녀의 목소리는 겁에 질려 있었다. 손가락이 떨려서 총이 흔들거렸다. "이러지 마. 내가 당신을 죽이게 하지 마."

"이봐, 나는 그냥 대화를 하고 싶은 거야. 단지 대화를 하고 싶어 했다고 나를 죽이지는 못해, 그렇지 않아? 나가서 커피를 좀 내리고 소파에 앉아서 얘기를 하고 싶어."

"더 이상 다가오지 마. 죽여 버릴 거야. 맹세코 죽일 거야."

그는 크게 한 발짝 내디뎠다. 총부리가 그의 가슴을 눌렀다. "어서 해. 해 보라고."

"제발 그만." 그녀가 애원했다. 목소리가 갈라졌다. "제발."

"애원하는 거야? 제시카, 한 번도 당신이 애원하는 걸 본 적이 없어. 정말 불쌍하다고 하지 않을 수가 없네. 나는 정말 당신이 이것보다는 강할 거라고 생각했었어. 아니면 그렇게 강한 모습은 다른 사람에게 보여주기 위한 유령의 집 거울 같은 거였나?"

그는 손을 뻗어 총을 잡았다. 그 순간 웨슬리의 머리가 앞으로 휙 꺾였다. 볼드윈이 그를 밀어붙이고 총부리로 그의 뒷머리를 눌렀다.

"그녀는 못 해도 나는 해. 그런데 나는 당신의 뇌가 터져 제시카의 옷이 더럽혀지는 건 정말 싫거든. 총을 내려놓고 머리 위에 손을 얹는 게 어떨까?"

웨슬리는 낄낄거렸다. 그의 손가락이 총에서 서서히 빠져나와 머리 뒤로 갔다. 오티즈가 그 손을 잡아 비틀어 그를 바닥에 눕혔다. 수갑이 채워지면서 웨슬리의 얼굴이 타일 바닥에 쿵 하고 부딪쳤다.

"이건 내 점심을 망친 값이야, *멍청한 놈*."

45

라스베이거스 경찰청 현지 형사들이 빠르게 도착했다. 볼드윈은 그들의 의례적 방문을 허용했다. 그들 중 두 사람은 제복을 입은 여러 명의 경관들과 함께 왔다. 그들은 대부분 문 주변에 서서 그날 밤에 있을 대학 미식축구 경기 애기로 수다를 떨고 있었다. 형사들 중에서 싸구려 재킷을 입은 뚱뚱한 남자가 야들리에게 그 자리에서 바로 진술을 해 달라고 했다. 하지만 볼드윈은 그에게 자신이 그녀를 차에 태워 집으로 갈 것이고 거기서 진술을 받을 것이라고 말했다.

야들리는 더는 그 아파트에 있을 수가 없었다. 그녀는 바깥에서 그를 기다렸다.

"뭐라고 말을 해야 할지도 모르겠어." 볼드윈이 그녀 앞으로 걸어와서 말했다.

"아무 말 안 해도 돼."

"집까지 태워 줄게."

"아니야, 내 차를 가지고 왔어."

"지금 바로 운전하는 건 안 돼. 내가 당신 차를 몰고 오스카에게 우리를 따라오라고 할게."

그녀는 고개를 끄덕이고 아파트를 올려다보았다. "나는 너무 바보 같았어."

볼드윈은 그녀 앞으로 한 걸음 다가서는 바람에 그녀의 눈에 아파트는 더 이상 보이지 않았다. "당신은 괴물의 희생자가 된 사람이야. 당신이 그를 찾은 게 아니라 그가 당신을 찾아낸 거라고. 본질적으로. 그가 한 짓은 당신이랑 아무 상관이 없어."

그녀는 천천히 눈을 깜박였다. 그리고 그를 쳐다보았다. "이게 처음이었으면 당신 말을 믿었겠지." 그녀는 뒤돌아서 아파트를 보며 말했다. "가자. 이곳은 더 이상 못 견디겠어."

그녀의 집까지 가는 시간은 오래 걸리지 않을 것이었다. 하지만 볼드윈은 뭔가 좋은 일을, 그러니까 타라를 어떻게 찾게 된 건지를 그녀에게 물어봐야 한다고 생각했다. 그러나 곧 생각을 바꾸었다. 그는 그녀가 울지 않는 것이 놀라웠다. 행여 나중에 아무도 보지 못할 때 우는 것은 아닐까 하는 생각이 들었다.

"밥은 먹었어?" 고속도로를 빠져나오면서 그가 물었다.

"배고프지 않아." 그녀는 들릴 듯 말 듯 말했다. 눈은 조수석 창에서 한시도 떠나지를 않았다.

"누군가 얘기할 사람이 필요하면 여기 내가 있잖아. 난 남의 말을 잘 들어주는 사람이야. 그리고 당신 친구잖아, 제시카."

그녀는 대답하지 않았다. 눈은 스쳐 지나가는 도시에 고정되어 있었다. 잠깐 동안 그는 그녀가 무슨 말을 하지 않을까 생각했지만 대신 그녀는 머리를 유리창에 기대었다.

집에 도착하자 그녀는 차 문을 열고 발을 내딛기도 전에 "고마워"라고 했다. 볼드윈은 창문을 내리고 그녀를 불러야만 했다.

"당신이 어떤지 보러 곧 돌아올게. 현장 감식반을 놈의 아파트에 불러야 해. 당신이 마음의 준비가 되면 진술서를 받을게. 리우에게는 이번 주에 당신은 휴가를 낼 거라고 말해둘게."

"고마워."라고 하며 그녀는 돌아섰다.

"제시카?"

그녀가 그를 쳐다보았다.

"당신이 어떻게 견뎌낼지, 아니면 당신 자신에 대해 어떻게 생각하게 될지 나는 상상조차 못 하겠어. 하지만 에디가 한 짓을 겪는다면 누구든 무너졌을 것이라는 건 알아. 그런데 당신은 아니었어. 당신은 그 일로 더 강해졌지. 당신이 더 강해진 건 당신이 생존자이기 때문이야. 이번 일은 그렇지 않을 것 같이 느껴지겠지만 이 일 역시 당신을 더 강해지게 만들 거야. 당신은 원래 그런 사람이니까 말이야."

그녀는 한마디 말도 하지 않고 돌아서서 집 안으로 들어갔다.

볼드윈은 깊은숨을 들이마셨다. 그리고 천천히 숨을 내뱉고는 이웃집들을 둘러보았다. 이웃들이 알게 되면 그녀를 어떻게 대할지 걱정스러웠다.

뒷골에서 두통이 시작되어 앞쪽으로 몰려왔다. 요즘 들어 두통이 부쩍 심해졌다. 수면 부족 때문이라고 그는 생각했다. 그는 밤마다 똑같은 꿈을 꾸면서 잠이 깼다.

꿈속에서 그는 어린아이였고 어머니가 무덤 속에서 텅 빈 눈으로 자신을 올려다보는 모습이 보였다. 죽은 자의 눈빛. 공동묘지는 비에 젖어 있었고 묘비들과 하늘은 먹구름에 뒤덮여 있었다.

어머니는 목이 길게 베여 있었고 피가 다 빠져나간 피부는 창백했다. 볼드윈이 어머니에게 손을 뻗자 어머니는 연기처럼 사라져 버렸다.

웨슬리 폴…

어떻게 이런 일이 있을 수 있지? 야들리는 바보가 된 느낌이었겠지만 그건 그도 마찬가지였다. 그는 웨슬리를 삼 년 전에 알게 되었다. 어떤 어린아이가 관련된 사건에 대해 그의 조언을 구하기까지 했었다. 그는 사진을 보고 헨리 루카도가 '순환 도로 도살자'라는 것을 알아차렸지만 여러 번 만나기까지 한 살인자에 대해서는 조금도 의심하지 못했었다.

그는 자동차 사물함에서 약병을 꺼냈다. 오늘 아침에 무릎 통증을 핑계로 의사에게 받은 것이었다. 그는 두 알을 꺼내서 입에 넣으려고 하다가 멈췄다.

어떻게 그를 몰라볼 수가 있었지?

그는 최근 들어 사고가 느리고 둔해지고 있다는 것을 느끼고 있었다. 생각하는 것 자체가 힘들었다. 긴 밤의 잠에서 깨어나 집중해 보려고 애쓰던 그 순간에 영원히 갇혀 있는 것만 같았다.

그는 알약을 자동차 바닥에 던지고 차를 움직이기 시작했다. 웨슬리 폴은 라스베이거스 경찰청 취조실에서 기다리고 있었다.

46

취조실은 바깥에 비해 서늘했다. 웨슬리 폴은 의자에 꼿꼿하게 앉아 있었다. 앞에 놓인 커다란 테이블에 박힌 쇠고리에 수갑이 걸려 있었다. 그는 금속들이 서로 부딪쳐 쟁그랑거리는 소리를 들으며 장난을 치듯 소매를 끌어당겼다. 그는 커피를 부탁하면 그들이 가져다줄지 궁금했다.

형사 두 사람이 그에게 질문을 해 보았지만 그는 한마디도 하지 않고 조용히 앉아 있었다. 마침내 뚱뚱한 사람이 말했다. "지옥에나 꺼져라." 그리고 그들은 방을 나갔다. 그들은 그가 원하는 대화 상대가 아니었다. 이 사건은 연방 법원에서 다루어질 것이었기에 그가 여기서 필요한 사람은 FBI였다.

오래 기다리지 않아 반갑게도 볼드윈이 들어왔다. 쭈글쭈글한 양복을 입은 오티즈가 따라 들어와서 의자 두 개를 끌어당겼다.

"안녕하시오." 웨슬리가 미소를 띤 채 말했다. "초면인 것 같은데요. 아, 잠깐, 나를 바닥에 넘어뜨린 사람이군. 오티즈 요원, 맞죠?"

오티즈는 눈을 굴렸다. "당신은 우리한테 딱 걸렸어, 웨슬리. 욕실에서 제시카를 공격하는 걸 봤으니까."

"그녀가 내 몸에 총을 대고 있던 걸 말하는 건가? 나는 그녀가 자살하겠다고 위협했기 때문에 문을 부술 수밖에 없었어. 그랬더니 나한테 총을 겨눴지. 진지하게 바라건대 뭔가 좀 더 나은 걸 가지고 와 봐."

볼드윈이 말했다. "그 비디오는 어떻게 한 거야? 제시카는 당신이 DVD 비디오를 갖고 있었다고 했어. 우리는 결국 그 비디오들을 찾 아낼 거야. 지금 당신 아파트를 이 잡듯이 뒤지고 있거든."

그는 장난치듯 웃었다. "나는 자네가 마음에 들지 않는군, 볼드윈 요원. 우리는 인연이 있으니까. 나는 오티즈 요원하고 얘기하고 싶 어. 오티즈 요원하고만 말이야."

"그건 안 돼."

웨슬리는 어깨를 으쓱하고는 등을 의자 뒤에 기댔다. 그는 입에 지 퍼를 잠그는 시늉을 했다.

볼드윈은 아랫입술을 깨물었다. 그는 오티즈를 한 번 쳐다본 뒤 자 리를 떴다.

웨슬리가 말했다. "카메라가 있으니 신경이 쓰이네. 카메라는 꺼 줘. 원한다면 녹음은 해도 좋아. 그건 아무 문제없어."

오티즈는 그를 잠시 노려보았다.

"그렇게 해야만 나는 당신과 얘기를 나눌 수 있어. 오티즈 요원."

오티즈는 일어나서 벽에서 카메라 전선을 뽑았다. 취조실은 사방 이 벽이었고 양방향 거울도 없었다. 오티즈는 잠깐 방을 나갔다가 디 지털 녹음기를 가지고 돌아왔다. 그는 재생 버튼에 손을 가져갔다. 그러자 웨슬리는 그의 손가락을 살짝 잡으며 버튼을 누르지 못하게 했다.

"시작하기 전에 당신한테 묻고 싶은 게 있어."

"뭐지?" 녹음기에서 손을 떼고 의자 뒤에 기대앉으며 오티즈가 말 했다.

"딸은 잘 있나?"

그 순간 오티즈의 얼굴에 떠오른 쓰라린 표정을 그는 놓치지 않았다.

"빌어먹을 자식, 당신이 내 딸을 어떻게 알지?"

"그 애가 지금 집에 없다는 건 알고 있지, 오티즈 요원."

"헛소리 마."

"당신 아내에게 전화해서 아기방에 가보라고 해 봐. 당신 아내는 분명 자기도 모르게 잠들어 있다가 겨우 깨어날 거야. 마치 누가 진정제를 준 것처럼 말이야."

오티즈는 머뭇거리다가 휴대폰을 꺼냈다. 통화음이 들리자 그는 일어나서 웨슬리에게 등을 돌렸다. 웨슬리가 디지털 녹음기를 켰다.

그는 오티즈가 스페인어로 말하는 소리를 듣고 있었다. 잠시 말이 끊어졌다. 기다리는 동안 오티즈는 어깨 너머로 뒤를 돌아보았다. 잠시 뒤 웨슬리는 전화기 너머에서 겁에 질려 소리 지르는 어머니의 목소리를 들었다. 입꼬리에 미소가 감돌았다.

오티즈는 휴대폰을 떨어뜨렸다. "그 애 어딨어?" 그는 고함을 지르며 웨슬리에게 달려들었다.

"안 돼." 웨슬리가 애원하듯 말했다 ."제발 안 돼. 멈춰. 말해줄게. 나를 때리지 마."

오티즈는 오른손을 휘둘러 그를 의자 밖으로 때려눕혔다. 여전히 테이블에 묶여 있던 웨슬리의 팔이 불편한 각도로 비틀려서 손목과 어깨에 날카로운 통증이 엄습했다.

"내가 올슨 부부와 딘 부부를 죽였어. 말했으니까 제발 그만해!"

오티즈는 그의 갈비뼈를 발로 찼다. "그 애 어디 있냐고?"

"라스베이거스에 보관 창고를 하나 갖고 있어. 대로 바로 오른쪽

캐슬 스토리지야. 살인에 사용한 물건들을 거기 보관해 두고 있어. 제발." 그는 이제 울면서 소리를 지르고 있었다. "제발 그만해."

오티즈는 계속해서 그에게 발길질을 했다. 웨슬리는 몸을 움직여 얼굴과 머리가 맞도록 했다. 한 번의 발길질에 그는 거의 의식을 잃을 뻔했다. 풍선처럼 부풀어 오른 그의 입에서 피가 터져 나왔다.

"나는 죽고 싶지 않아!" 웨슬리는 울면서 비명을 질렀다.

문이 벌컥 열리면서 볼드윈이 들어왔다. 그의 뒤에는 형사 두 명이 있었다.

"오스카! 멈춰!"

오티즈는 계속해서 그를 발로 찼다. 세 사람이 그를 끌어내고 나자 웨슬리는 이 하나에 금이 갔다는 것을 알았다.

그는 거의 미친 듯 웃고 싶어졌지만 웃음을 참았다. 대신 피가 철철 흐르는 속에서 흐느껴 울었다. 디지털 녹음기에 담길 수 있을 만큼 큰 소리로.

47

야들리는 타라가 발코니에 앉아서 무슨 나노 입자 결속이라는 것에 관한 책을 읽고 있는 것을 보았다.

딸을 보자 그녀의 가슴은 다시 한번 무너져 내렸다. 이렇게 짧은 생에 이토록 깊은 상처를 입다니. 딸은 이제 어떻게 누군가를, 심지어 엄마조차도, 믿을 수가 있을까?

그럼에도 타라는, 종종 그런 것처럼, 그녀를 놀라게 했다. 야들리가 주저하는 목소리로 웨슬리 이야기를 하자 타라는 아무 말 없이 그저 듣기만 했다. 그들은 한동안 그렇게 앉아 있었다. 마침내 타라가 입을 열었다. "엄마 안 계실 때 교감 선생님과 얘기를 했어요. 선생님이 라스베이거스 대학 수리 과학부 학장에게 전화를 해 주셨어요. 필요한 만큼 학과를 건너뛸 수 있도록 제가 시험을 치면 된대요."

그리고 그날 그들은 대학교 교정을 산책하며 많은 시간을 보냈다. 대학은 시내 한가운데 있었지만 야자나무들과 푸른 관목숲이 있어 충분히 쾌적했다. 어떤 곳들은 라스베이거스와는 완전히 분리되어 있는 느낌이었다.

그녀가 웨슬리를 처음 만난 곳이 바로 이곳이었다. 아니 어쩌면 이곳에서 처음 만났다고 그녀가 생각하는 것일 수도 있었다.

그녀는 잔디밭에서 걸음을 멈추고 벤치에 앉았다. 타라도 따라 했다. 그들은 야자나무들로 둘러싸인 작은 분수를 바라보았다.

"나는 너한테 좋은 엄마가 못된 것 같아." 야들리가 말했다. "네가 절대로 겪지 말아야 할 일을 겪게 만들었어."

"그렇게 생각하면 안 돼요, 엄마. 엄마는 엄마한테 내재한 어떤 점이 그 사람 같은 남자들을 끈다고 생각하겠지만 그 사람은 에디 칼의 자취를 따라가려고 하는 거잖아요. 그 사람은 일부러 엄마를 찾은 거예요. 엄마의 어떤 점에 그 사람이 이끌린 게 아니라고요. 그 사람이 끌린 건 에디였어요. 게다가 전에 어떤 엄청 똑똑한 사람이 말해 준 건데요. 어떤 남자들은 사람들의 장점을 찾아서 이용한다고 해요."

야들리는 딸아이를 잠시 바라보았다. 그리고 그 아이가 방금 해준 말이 얼마나 고마운지 모른다는 듯 타라의 무릎에 손을 얹었다.

"나는 네가 나한테 소리를 지를 거라고 생각했어. 이 모든 일이 내 탓이라고. 네가 웨슬리를 좋아했다는 걸 알고 있으니까."

"그 사람이랑 잘 지낸 건 엄마가 그 사람을 좋아했기 때문이에요. 나는 그 사람이 소름 끼친다고 생각했어요. 내가 샤워하고 있을 때 몇 번 들어온 적이 있거든요. 모르고 그랬다고 생각했었는데 지금 생각하니 일부러 그런 거였어요." 타라는 그녀를 보며 말했다. "엄마는 괜찮아지겠죠?"

"그래, 언젠가는 그렇게 되겠지."

그들은 수리 과학부 건물에 들어가서 강의실에 앉았다. 야들리가 볼 때 그 수업은 어떤 고급 수학적 주제를 다루고 있는 대학원 수준의 수업인 것 같았다. 그녀는 교수가 말하는 것을 전혀 알아들을 수 없었다. 그러나 타라는 재미있어 보였다. 아이의 눈빛은 전혀 동요하지 않았다. 수업이 끝났을 때 타라가 말했다. "금방 돌아올게요."

타라는 교수 앞으로 가서 자신을 소개했다. 아이는 데이븐포트 슈

미트 이론이라는 어떤 것과 연분수에 관해 질문했다. 교수는 그 문제를 토론하는 것이 매우 즐거워 보였고 그렇게 두 사람은 몇 분 동안 대화를 했다. 대화가 다 끝나자 타라는 돌아와서 엄마 옆에 앉았다. 얼굴에 살짝 미소가 감돌았다.

"나보다 정말 많은 것을 알고 있는 선생님이랑 얘기를 해서 기분이 좋았어요."

"그래서 이곳이 마음에 들어?"

"네, 그런 것 같아요."

그들은 학생들이 교실을 다 빠져나갈 때까지 아무 말 하지 않고 있었다. 타라가 입을 열었다. "엄마, 저는 웨슬리 때문에 엄마가 자책하지 않으면 해요. 엄마가 달리할 수 있었던 건 아무것도 없어요. 내가 케빈이랑 어떻게 달리할 수 없었던 것처럼요. 나는 그게 내 잘못이 아니라는 걸 깨달았어요. 나는 케빈이 나를 사랑한다고 믿고 싶었고 그건 전혀 잘못된 게 아니잖아요. 우리가 아니라 그들이 괴물인 거예요."

야들리는 교수가 칠판을 지우는 모습을 지켜보았다. "그래도 여전히 마음이 아파. 에디 이후에 나는 다시는 진지한 관계를 맺지 못할 것이라고 생각했어. 그런데 웨슬리가 나타났어. 내가 어쩌면 틀렸을지도 모른다는 생각이 들더구나. 에디는 우연이었던 것이고 내가 살면서 누군가를 만나는 건 아무 문제없다고 말이야."

타라가 손가락으로 누군가 책상 위에 그려놓은 낙서를 문질렀다. "그 사람들이 웨슬리를 어떻게 할까요?"

"그 사람들은 할 게 아무것도 없어. 이건 나의 굴레야. 나는 그를 기소할 거고 유죄를 입증할 거야. 그러면 판사가 종신형이건 사형이건 결정하겠지."

"엄마는 그 사람과 함께 살았는데 그 사람을 엄마가 기소하도록 할까요?"

"방법을 찾아봐야지. 힘들겠지만 불가능하지는 않아."

대학 지원 서류를 받고 수학 프로그램에 대해 진학 상담자와 면담을 한 후 야들리는 타라를 친구 집에 내려주고 헬스 센터로 갔다.

그녀는 강사와 스파링을 하고 복싱을 한 시간 하고 난 후 헬스 센터 주차장에서 볼드윈에게 전화를 했다. 그녀의 팔은 물먹은 솜 같았다. 호흡은 폐에서 불길이 일기라도 하는 듯 거칠었다. 그녀는 완전히 진이 빠져 있었다. 마지막 십 분 동안 샌드백을 힘껏 쳤기에 손과 손목이 아팠다.

야들리는 오랫동안 차에 앉아서 오티즈와 웨슬리 사이에 일어난 일과 그동안 자신들이 해 온 일에 대해 볼드윈이 말하는 것을 듣고 있었다.

극심한 고통이 그녀의 폐부를 찔렀다. 타라를 잃을 거라고 생각했었기에 오티즈가 느낀 감정을 그녀는 알고 있었다. 비관적 생각이 휘몰아쳐서 사라지지 않을 것이고 만일의 상황… 결코 생각하고 싶지도 않지만 다가오고 말 것 같은 장례식과 관의 모습이 끝없이 떠올랐을 것이다.

"그가 어떻게 오스카의 딸을 데려간 거지?" 야들리가 물었다.

"우리는 그가 아파트에 가기 전에 그 애를 데려갔다고 생각해. 관리실 직원 중 한 명이 수업 중인 그에게 연락을 해서 당신이 수색 영장을 신청했다는 얘기를 해 주었어. 오스카의 집은 그 아파트에서 20분 정도 떨어져 있어. 그래서 우리는 그가 오는 길에 에밀리아를 어딘가에 숨겨뒀을 거라 생각해. 가능한 모든 요원들에게 그 애를 찾게 했고 보안관청과 라스베이거스 경찰청은 순찰 중인 경관들을 다

불러 모았어. 우리는 그 애를 찾게 될 거야." 그는 잠시 말을 멈췄다. "우리는 그가 말한 보관 창고를 수색했어, 제시카. 모든 것이 거기 다 있었어. 죽기 전후 딘 부부와 올슨 부부의 사진들, 마스크와 칼 등 살인 도구들, 피해자들의 집을 미리 살펴볼 수 있도록 그가 어딘가에서 구한 여러 경비업체 스티커들, 그리고… 당신 사진이 있었어."

"그게 무슨 말이야?"

"그는 오랫동안 당신과 타라의 뒤를 밟고 있었어. 그 사진들 중 몇 개는 옛날 것들이야." 그는 잠시 말을 멈췄다. "당신이 침대에서 자고 있는 사진도 있었어. 그는 전에 당신의 집에 들어간 적이 있는 것 같았어."

그녀는 눈을 감았다.

"그는 그냥 자백을 한 게 아닐 거야." 그녀가 말했다.

"엄청 심하게 얻어맞았거든."

"아니, 그런 이야기가 아니야, 케이슨. 그는 몇 년 동안 기소될 경우에 대비해서 계획을 세웠어. 그리고 그는 무슨 일이든 심사숙고해서 했을 거야. 사무실로 가야겠어. 당신이 갖고 있는 모든 걸 나한테 갖다줘."

✦

야들리는 헬스복을 입고 로이 리우의 집무실로 들어갔다. 그녀는 일분일초도 시간을 허비하고 싶지 않았다. 그리고 이 일은 전화로 할 수 있는 것이 아니었다.

야들리는 그의 맞은편에 앉았다. 집무실은 리우가 거대 양당의 정치인들과 악수를 하는 사진들로 주로 장식되어 있었다.

리우는 그녀에게 서글픈 미소를 보였다. "유감이네. 우리 모두 유감이야, 제시카. 우리는 자네를 위해 모금을 시작했어. 조금이라도 도우려고 말일세."

"감사합니다. 하지만 돈은 문제가 아니에요. 우리는 언제나 각자 돈을 관리해 왔어요."

그는 고개를 끄덕였다. "알겠네, 만약 자네가 필요한 게 있으면…."

"제게 필요한 건 일입니다."

"알고 있네. 아버지가 돌아가셨을 때 한동안 나도 일을 통해 견뎌냈으니까. 최소한 제일 힘든 순간은 그랬어. 켄드라에게 주려고 했던 몇몇 사건들이 있어. 그녀가 돌아오면…."

"아뇨. 저는 웨슬리 사건을 맡고 싶습니다."

리우의 입술이 굳어졌다. 그녀는 그가 어떻게 거절을 할지 생각 중이라는 것을 알 수 있었다. 잘못하면 그녀의 감정을 다칠 수도 있다고 생각하면서. 그 사실에 그녀는 화가 났다. 그녀는 여기 있는 남자들 이상으로 보호받을 필요가 없었다. 사실, 그만큼의 보호조차 필요 없었다. 그러나 그녀는 화를 다스렸다. 지금은 원하는 것을 얻는 것이 더 중요했던 것이다.

"미안하네, 제시카. 그럴 수는 없어."

"이건 이해 충돌이 아니잖아요."

"명백한 이해 충돌이네. 자네는 그 비디오를 봤고, 그의 여자친구야. 그래서 변호인이 자네를 증인으로 부를 게 틀림없어. 그들은 자네의 인생을 마지막 한 조각까지 난도질할 걸세."

"그건 단지 제가 증인이 될 거라는 의미죠. 제가 그 사건을 기소할 수 없다는 윤리 규정은 전혀 없어요. 그리고 검사가 자신이 기소하는 재판에서 증언을 한 전례는 많이 있잖아요. 우리가 수사에 참여하니까요. 자주 있는 건 아니지만 있는 일이에요."

"좋아, 자네 말이 맞다고 치더라도 일반 대중의 반응은 어떻게 할 텐가? 자네가 진다면? 그렇게 되면 우리 검찰이 어떻게 비칠지 모르겠나? 모든 사람이 그 사람에 대한 자네의 감정 때문에 자네가 일부러 재판에 졌다고 생각할 거야. 그리고 솔직히 말해서, 제시카, 나는 자네가 도대체 왜 이 사건에 발을 담그려고 하는지를 모르겠네. 자네가 지금 감정적이라는 건 알지만…."

"저는 감정적이지 *않아요*. 이건 제 사건이에요. 처음부터요. 피고인이 누구였든 상관없이 저는 이 사건을 기소했을 거예요. 그걸 지금 바꿀 수는 없어요."

리우는 입안에서 혀로 뺨을 밀면서 그녀를 쳐다보았다. "미안하네, 하지만 내 대답은 안 된다는 거야. 이 사건은 팀이 맡을 걸세. 자네는 법정에 있을 수는 있네. 그건 아무 문제도 없어. 하지만 나는 자네가 이 사건을 맡는 건 원치 않네."

"그의 변호인은 누구죠?"

리우는 살짝 웃음을 보였다. "자기가 직접 변호하겠다고 했네."

당신은 바보처럼 굴고 있군, 야들리는 생각했다. 그는 웨슬리가 스스로 변론을 하게 되어 정말 기분이 좋은 것이다.

"*부장님은 그를 과소평가하고 있어요.*"

"그렇지 않아."

"그는 천재예요. 팀은 그런 사람을 한 번도 상대해 본 적이 없어요."

그는 손가락 사이에 펜을 끼운 채 책상에 팔꿈치를 기댔다. "보관 창고에 범죄 증거를 가득 갖고 있는 피고인 하나 정도는 천재이건 아니건 우리가 처리할 수 있다고 나는 생각하네. 우리는 문제없어." 그는 컴퓨터 화면을 쳐다보았다. 대화는 끝났다는 신호인 것이다. "내가 말했듯이 소송 과정은 얼마든지 지켜봐도 돼. 내 개인적인 생각으로는 그것도 권하지 않네만. 자네가 다른 사건을 맡을 생각이 들면 알려주게." 그가 말했다.

야들리는 깊은숨을 내쉬며 말했다. "부장님, 이 사건을 팀에게 맡기는 건 그의 할아버지가 주지사이고 부장님은 우리가 여태껏 다룬 사건 중 제일 큰 사건을 그에게 맡겨서 주지사의 환심을 사려 하기 때문이라는 걸 우리 둘 다 알고 있잖아요. 제가 두 사람이 같이 일하는 것을 본 이래 부장님은 항상 그래 왔어요. 저는 부장님을 비난하는 게 아니에요. 부장님이 언젠가 정계에 진출하려 하신다는 걸 아니까요. 공직에 있는 야심 있는 인물들은 다 그렇게 하니까요. 하지만 이건 그렇게 하시면 안 돼요. 그는 이 사건을 망칠 거예요. 그리고… 웨슬리의 다음 차례는 저와 타라가 될지도 몰라요. 그가 어떻게 할 계획이었는지 저는 모릅니다. 하지만 좋은 것일 리가 없죠. 만약 그가 석방된다면 그는 우리를 죽이면 재미있겠다고 생각할 수도 있어요. 아니면 저를 위협적인 존재로 보고 제거하고 싶을지도요. 또 아니면 미완의 일을 완성하려 할지도 모르고요. 저는 그런 모험을 감수하지는 않을 거예요. 그가 제 딸을 해칠 기회는 주지 *않을 거란* 말입니다."

"도대체 자네는 자기가 뭐라고 생각하는 거지? 자네는 내가 팀의 할아버지에게 환심을 사려고 팀에게 일을 주는 것이라고 나를 비난하는 건가? 자네는 내가 왜 그랬는지 전혀 모르고 있어. 팀은 자네보다 두 배나 경험이 많고 이 사건에 대해 객관적인 태도를 유지할 수 있는 사람이야. 반면에 자네는 그럴 수 없다는 게 명백하지. 자네가 그런 얘기를 또다시 꺼낸다면 다른 직업을 찾아보는 게 좋을 걸세."

아들리는 일어나서 나가려다가 문 앞에서 멈췄다. "그는 곧 신청을 제출할 거예요."

리우는 그녀를 쳐다보았다.

"증거 배제 신청 말입니다." 그녀가 말했다. "그는 자기가 구타 당하면서 말했던 모든 것을 배제하려고 할 거예요. 그리고 우리가 발견한 그 어떤 것도 독수 과실* 이론을 적용하여 배제하려고 할 겁니다. 그는 우리가 결국은 그 보관 창고를 찾아낼 것을 알고 있었어요. 그래서 이제 거기 있던 모든 것과 우리가 찾아낸 어떤 것이라도 죄다 배제하려 할 거란 말이에요."

"그는 연방 요원의 아이를 납치했어. 제정신이 있는 판사라면 아무도—"

"제정신이 있는 판사라면 취조 중에 피고인을 폭행한 것을 받아들이는 결정을 하지는 않겠죠. 그리고 설령 그런 결정을 한다고 해도 제9 순회 항소 법원에 의해 바로 기각될 거예요. 부장님이 시도해야 할 건 부러진 문 경첩과 저만 보았던 비디오 영상인데 웨슬리가 너무도 잘 은닉해 놓아서 그걸 찾지 못하고 있죠. 그는 저를 복수심에 불타는 애인으로 둔갑시킬 거예요. 우리가 결혼할 계획이었는데 제가 이 사건에 너무 집착하는 바람에 자기가 결혼을 취소했다고 하겠죠. 오스카와 케이슨은 제가 그의 가슴에 총을 들이대고 있을 때 욕실에 들어왔어요. 그는 총을 갖고 있지 않았어요. 그는 이 소송에서 빠져나갈 것이고 살인을 계속할 겁니다. 저부터 시작할지도 모르죠."

*　위법하게 수집된 증거(독수)에 의하여 발견된 2차 증거(과실)의 증거 능력 배제

48

해는 이미 기울었고 달은 뜨지 않았다. 사형수 사동의 면회실은 눈부신 형광등 불빛 때문에 모든 것이 창백한 녹황색으로 빛났다. 야들리는 휴대폰을 들었다. 휴대폰 잠금 화면에는 아직도 그녀와 웨슬리, 그리고 타라가 협곡을 올라가는 사진이 있었다. 그녀는 그것을 지웠다. 그런 다음 휴대폰에 들어 있는 그의 모든 사진을 지웠다.

칼이 들어와서 그녀 앞에 앉았다. 그는 이번에는 발목까지 이어진 수갑을 차고 있었다. 야들리는 그가 또 누군가를 폭행한 것이 아닌지 의문스러웠다.

"당신은 알고 있었지?" 그녀가 말했다.

칼이 그녀를 보았다. 메마른 그의 입술에 야릇한 미소가 스쳐 갔다. "그는 대단한 놈이야, 안 그래? 세상에서 자기가 있을 곳을 찾는 길 잃은 강아지 같지."

그녀가 앞으로 몸을 기울였다. "알고 있었냐고?"

칼 역시 몸을 앞으로 기울였다. 그들의 얼굴은 이제 손 한 뼘 정도의 거리에 있었다. 야들리는 유리 장벽에 비친 자신의 모습을 볼 수 있었다. "무엇보다 말이야, 당신한테 그 사람을 보낸 게 누구라고 생각해?"

면회실에는 바람이 들어올 구석이 없었음에도 야들리는 순간 서늘한 한기를 느끼고 뒤로 기대었다.

"당신과 타라를 계속해서 지켜보고 싶었거든. 게다가 당신은 단 한 번도 내 편지에 답을 안 했잖아. 웨슬리가 좋은 대안으로 보이더군. 그는 나에게 사진을 갖다주고 당신들에게 일어나는 일을 계속해서 알려 줬지. 당신은 비행기 탄 기분이었겠지. 그가 당신을 상당히 좋아했으니까 말이야. 그런데 그는 진정한 애착이 불가능한 인간이거든. 그걸 보면 당신이 얼마나 매력적인지 알 수 있지."

야들리는 역겨워서 견딜 수가 없었다. 하지만 얼굴에는 아무런 기색도 드러나지 않도록 자신을 다잡았다.

"그가 살인을 시작한 이유가 뭐지? 수년간 아무 일 없이 지내다가 갑자기 딘 부부부터 살인을 시작했잖아. 왜지?"

"딘 부부가 처음이었어? 흠."

그들은 서로의 시선을 마주 보고 있었다. "나는 그에게 유죄 선고를 받게 할 거야. 그러면 여기서 당신과 함께 있게 되겠네."

그는 어깨를 으쓱했다. "당신이 그를 유죄 선고받도록 만들길 바라. 장담하지만, 나한테는 팬이 더 많이 있거든."

그녀는 문 쪽을 뒤돌아보았다. 사각 창문 바깥에서 경비대원이 누군가와 이야기를 나누고 있었다. "그가 유죄 판결을 받지 않으면 나와 타라의 뒤를 밟을까?"

"왜 그렇게 생각하지?"

"그게 재미있다고 생각할지도 모르니까, 아니면 그렇게 하는 게 자기에게 유리하다고 생각할 수도 있지."

칼은 고개를 끄덕였다. "그건 분명 가능한 일이기는 해. 그는 자기 자신을 이해하지 못하거든. 그는 아이들에게 정신적 외상을 입히기 위해 이런 일을 한다고 생각해. 하지만 그는 살인을 즐기지는 않

아. 즐긴다고 믿고 있을 뿐이지. 그는 스토커야, 제시카. 그리고 지금 그가 사로잡혀 있는 건 당신이고. 당신은 스토커에 대해 잘 알고 있나?"

그녀는 고개를 끄덕였다. 그녀는 많은 스토커를 기소한 바 있었다. "그래."

"뭘 알고 있지?"

"그들은 제일 위험한 범죄자 유형이야. 그들은 피해자들과의 관계에 대한 환상을 품고 있지. 그 환상이 위협받으면 다른 사람에게 자신이 상상하던 자리를 빼앗기느니 피해자를 죽이는 게 더 낫다고 생각하고."

그는 말을 하기 전에 숨을 두 번 쉬었다. "나는 그가 방면된다면 당신과 타라를 뒤쫓을 가능성이 높다고 생각해. 당신이 그의 정체를 알고 있다는 이유만으로 자신의 환상을 버리지는 않을 거야."

그녀는 칼을 더는 바라볼 수가 없어 고개를 내저었다. "당신은 타라가 죽어도 상관없어? 나한테는 어떤 연민도 바라지 않지만 당신 딸이 잔인하게 난도질당하면 당신도 조금은 아프지 않겠어?"

그는 크게 숨을 내쉬고는 뒤로 기대어 앉았다. 족쇄가 덜커덩거렸다. "그는 당신이 기소해야 해. 다른 사람이 하도록 내버려 둬선 안돼."

"왜?"

"그는 법률적 감각이 대단하거든. 그를 잘 알고 그의 결점을 아는 사람이 그와 정면으로 맞붙어야 해. 게다가 그는 당신이 그렇게 하길 원할 거야. 그는 당신이 순진하다고 생각하니까. 당신이 일을 잘 처리해 내기에는 너무 감정적이라고 보는 거지. 어쩌면 그는 법정에서 자신의 솜씨로 당신을 이해시킬 거라고 생각할지도 몰라. 어쨌든 당신에 대한 집착 때문에 그는 무모한 짓을 할 거야. 그는 다른 사람한테는 그렇게 하지 않아."

그녀는 칼에게 시선을 모으며 고개를 끄덕였다.

"잘 있어, 에디. 다시는 여기 오지 않을 거야."

그녀가 나가려 하자 칼이 말했다. "타라를 보게 해 줘. 그러면 웨슬리가 유죄를 받을 수 있는 어떤 걸 당신에게 줄 수도 있어."

"뭐라고?"

"타라를 이리로 데려와. 그 애한테 직접 말해 줄 테니까."

야들리는 그를 응시했다. 어떻게 *이런 것을* 한때라도 사랑했단 말인가. 그녀는 알 수가 없었다.

"이것만 알아 둬, 에디. 내가 죽기 전에는 타라를 볼 수 없을 거야."

그는 미소를 지었다. "당신은 언젠가 죽을 텐데."

49

웨슬리의 보석 심리가 있기 전날 야들리는 그의 물건들을, 학술상 부상으로 받은 칫솔과 슬리퍼, 그리고 펜들을 포함해 마지막 하나까지 박스에 넣어서 시내 건너편에 있는 보관 창고에 집어넣었다. 그의 기소가 마무리되는 대로 그녀는 모든 것을 기부할 생각이었다. 그의 노트북은 FBI에 제출한 상태였다.

판사는 보석을 불허했고 웨슬리는 소동을 부리지는 않았다. 어느 누구도 판사가 그를 방면하여 거리를 활보하게 만들 것이라고 예상하지 않았다.

이틀 뒤 그는 그녀가 읽어 본 것들 중 가장 통찰력과 설득력이 있는 신청과 그를 뒷받침하는 기록물을 제출했다. 보관 창고에 있던 모든 증거물과 그로부터 파생된 모든 증거물을 독수 과실로서 배제해야 한다는 신청과 기록물이었다. 신청서는 자신의 입장을 뒷받침하는 사례들을 차례로 인용하며 170쪽을 넘겼다. 이틀 동안 그것을 작성했을 리는 없었다. 이 신청서는 바로 이럴 경우를 대비하여 오래전에 작성해 놓았을 것이었다.

또한 그는 야들리가 발부받은 영장에도 이의를 제기했다. 그 영장은 언뜻 보기에도 불충분하며 명백히 결함투성이이므로 합리적인 판사라면 어느 누구도 그 영장에 서명하지 않았어야 한다는 것이었다.

그렇다면 그것은 그녀가 자신의 아파트에 들어올 권리가 없었다는 의미이며 그녀가 비디오에서 보았다는 것에 대한 증언은 금지될 수 있다는 것이다.

오티즈는 휴가를 얻었다. 경찰과 FBI 요원들, 그리고 자원봉사자들은 이웃들을 샅샅이 뒤지고 전단을 붙이고 다녔지만 어떤 흔적도 발견할 수가 없었다. 그럼에도 그들의 노력은 계속되었다. 웨슬리가 오티즈에게 딸이 실종되었다는 말을 했을 때 그 방에는 아무도 없었다. 또한 웨슬리는 그런 말을 한 적이 없다고 부인했다. 물질적 증거나 목격자가 없으면 유괴에 대한 기소는 결코 이루어질 수 없을 것이었다.

그 후 3일 뒤에 야들리는 스티븐 칼과 베티 칼을 마중하러 공항에 나갔다.

✦

칼 부부는 언제나 야들리를 좋아했다. 그녀는 처음 만난 순간부터 그것을 알고 있었다. 수년의 세월 동안 그들은 타라와 끈끈한 인연을 맺어 왔다. 하지만 그들은 뉴멕시코주 라스크루시스에 살고 있었기 때문에 일 년에 서로 고작 두 번 보는 것이 다였다. 크리스마스에는 뉴멕시코에서 2주를 보냈고 타라의 생일에는 그들이 이곳으로 와서 사흘을 지냈다. 필요에 의해 오게 된 것은 이번이 처음이었다.

야들리가 공항에서 그들을 맞이하자 스티븐은 그녀를 가까이 당겨 끌어안았다. 그에게서는 가죽 냄새와 면도 후 바르는 로션 냄새가 났다. 그의 커다란 팔과 넓은 가슴은 따뜻했다. 그녀는 하마터면 그 자리에서 울 뻔했다.

집으로 오는 길에 그들은 거의 말을 하지 않았다. 웨슬리 이야기는 입에도 담지 않았다. 그녀가 전화로 충분히 설명을 한 데다 그들은 신문 기사를 읽은 것 같았다. 이웃인 마사가 그녀에게 『뉴욕 타임스』지에 실린 기사를 보았다고 말해 주었던 것이다.

그들이 문에 들어서자마자 타라는 할아버지, 할머니에게 달려왔다. 세 사람은 서로 부둥켜안고 눈물을 흘렸다.

울음이 끝나자 즐거운 대화와 옛날이야기들이 시작되었다. 타라는 그들에게 라스베이거스 대학과 수학 프로그램에 대해 시시콜콜 온갖 이야기를 했다. 자기가 하고 싶은 공부가 어떤 건지, 어떤 분야의 산업을 자기가 바꿀 수 있는지에 대해서. 가족에 둘러싸인 딸아이의 그런 모습을 보자 야들리는 자신들이 얼마나 고립무원이었는지, 타라가 얼마나 다른 생활을 간절히 원했는지를 깨달았다.

"늦었지만 어디 가서 점심을 먹자." 스티븐이 말했다.

"그럼 두 분이 타라를 데리고 가실래요?" 야들리가 말했다. "저는 해야 할 일이 좀 있어서요."

"야들리, 너는 좀 쉬어야 해. 우리는 네가 원하는 만큼 여기 머물 테니까. 하지만 일이 다 끝나면 우리 목장에 와서 좀 지내야 한다. 우리는 힘닿는 대로 너희 둘을 보살펴 주고 싶단다."

야들리는 억지로 웃어 보이면서 고개를 끄덕였다. "그럴게요. 저는 저녁에 돌아올 거예요. 올 때 저녁 드실 걸 갖고 올게요."

그녀는 샤워를 했다. 그리고 구두를 신고 청색 정장을 입었다. 웨슬리 폴의 증거 배제 신청 심리는 네 시였다.

50

법원 복도는 기자들과 방송국 사람들로 미어졌다. 그들은 야들리가 들어오자 그녀에게 큰 소리로 질문을 퍼부었다. 어떤 기자는 지금도 에디 칼을 사랑하고 있냐고 물었다. 다른 기자는 타라가 정말 그의 생물학적 딸이 맞냐고 물었다.

오스틴 케트너는 살인 혐의를 벗고 지난밤에 석방되었다. 기자 한 사람이 야들리에게 그에게 사과할 계획이냐고 물었다.

고맙게도 판사가 법정을 언론으로부터 차단해 주었다.

법정은 오래된 나무 내음과 오렌지 향의 바닥 광택제 냄새가 났다. 야들리는 방청석 뒷줄에 앉았다. 웨슬리 건의 심리는 이날 오후의 유일한 재판이었다.

그녀가 일찍 도착한 까닭에 법정에는 법원 경위 한 명과 서기만이 자리하고 있었다. 그들은 리우가 그랬던 것처럼 슬픈 미소를 보이며 그녀에게 목례를 했다. 곧이어 볼드윈과 오티즈가 들어왔다. 그 뒤로 라스베이거스 경찰청 배지를 목에 걸고 블레이저 속 권총집에 총을 꽂은 두 사람도 들어왔다. 그들은 웨슬리의 아파트에 왔던 형사들이었다.

웨슬리가 다음으로 도착했다.

법원 경위 두 사람이 그를 데리고 나왔다. 한 사람은 앞에 서고 다른 사람은 뒤에 섰다. 그는 흰색 점프 수트를 입고 흰색 슬리퍼를 신은 채 수갑을 채운 손을 앞쪽으로 하고 있었다. 그의 목에 감긴 목 보조대는 마치 피부에 붙여 놓은 것만 같았다. 두 눈은 모두 시커멓게 멍이 들고 거무튀튀한 점들이 아직도 눈 주위에 퍼져 있었다. 코는 살짝 뒤틀려 있었다. 오티즈에게 맞은 지 한참 지났음에도 그는 마치 오늘 아침에 교통사고를 당한 사람처럼 보였다.

입술에는 알 수 없는 비웃음이 감돌았다. 마치 이 법정 전체가 장난이라고 생각하는 듯이. 그는 단 한 번 뒤돌아서 그녀에게 윙크를 했다.

판사가 나오고 이어 법원 정리가 우렁차게 외쳤다.

"전원 기립. 네바다 지구 연방 지방 법원이 개정을 선언합니다. 매디슨 애그비 판사님이 재판을 주재하십니다."

애그비 판사는 안경을 코에 걸쳐 쓰고 법정을 전체적으로 훑어본 뒤 자리에 앉을 것을 지시했다. "자리에 앉으세요." 그녀는 컴퓨터 자판을 몇 번 누른 뒤 말했다. "오늘 우리는 미합중국 대 웨슬리 존 폴의 사건 심리를 위해 이 자리에 모였습니다. 연방 검찰청의 티머시 제프리 검사가 정부를 대표합니다. 폴 씨는 변호인 없이 자신이 이 소송을 진행할 것이라고 했습니다." 애그비는 그를 똑바로 쳐다보았다. "폴 씨, 당신은 이곳 네바다주의 변호사로 등록되어 있으며 15년 넘게 여러 대학의 로스쿨 교수로 재직해 왔습니다. 그러므로 이번 사건보다 훨씬 경미한 사건이라 할지라도 스스로를 변호한다는 것은 좋지 않은 생각임을 당신에게 상기시킬 필요는 없을 것입니다. 저는 당신에게 변호인을 선임하라고 권하는 바이며 변호인을 선임할 여건이 안된다면 본 법정이 변호인을 지명하겠다고 말하는 것입니다. 이해하십니까?"

그는 자리에서 일어섰다. "네, 존경하는 재판장님. 감사합니다. 저를 염려해 주시는 마음은 감사히 받겠습니다. 하지만 저는 흡연이나 술을 일절 하지 않으며 처방받은 약도 없는 아주 건강한 상태입니다. 그리고 변호인을 선임할 권리에 대해 충분히 인지하고 있으며 그 점을 다 알고도 포기하는 것입니다. 저는 이미 구치소 컴퓨터로 변호인 포기 각서에 서명하여 제출했습니다."

"맞습니다. 저는 당신의 변호인 포기 각서를 받았고 이제 서명을 하여 기록에 포함하겠습니다. 이 소송의 어떤 지점에서건 당신이 마음을 바꾸어 변호인을 원한다면 그 즉시 저에게 알려 주십시오."

"그렇게 하겠습니다. 감사합니다."

법정의 문이 열렸다. 그리고 타라가 할아버지와 함께 살며시 들어왔다.

야들리는 일어나서 입구에서 그들을 맞았다. "여기 오면 안 돼." 야들리가 속삭였다.

"저 사람은 바로 제 옆방에서 잠을 자던 사람이에요…. 저는 이걸 봐야 해요. 부탁이에요."

야들리는 스티븐 쪽을 보았지만 그는 아무 말도 하지 않았다. 그래서 그녀는 그들이 방청석에 앉도록 길을 비켜 주었다.

애그비 판사는 공소 사실을 열거했다. 절도, 가택 침입, 유괴에서부터 폭행과 기물 파손, 신체 상해까지가 다 망라되어 있었다. 그 후 판사는 가장 중대한 공소 사실을 발표했다. 네 건의 1급 살인 혐의였다. 공소 사실은 모두 67건에 달했다. 리우는 생각할 수 있는 혐의란 혐의는 다 넣어 놓은 것이다. 언론이 이 사건에 열을 올리고 있다는 이유로 리우와 팀, 그리고 검찰청의 다른 여러 사람들이 리우의 집무실에 둘러앉아 웨슬리에게 걸 수 있는 온갖 혐의를 찾아 연방 형법을 두루 살피고 있는 모습이 야들리의 눈에 선했다. 그들은 일곱 명이었다. 함께 시간을 보내고 점심을 먹으러 다니는 그룹이었다. 일 년에 몇 번씩 그들은 사륜구동차를 몰고 모래 언덕을 활주하거나 카탈리나섬으로 여행을 가곤 했다. 여자 검사들은 아무도 초대받지 못했다.

살인 사건은 주로 주 법원에서 다루어졌다. 연방 정부가 사건을 맡는 기준은 매우 엄격했다. 하지만 아드리안 딘이 마약 단속국 소속이라는 점 때문에 판사는 소송 전체를 연방 법원으로 옮기도록 승인했다. 피고인들은 가능하다면 언제나 주 법원을 선호한다. 연방 법원은 선고의 가이드라인이 훨씬 더 가혹하기 때문이다.

"좋습니다, 우리가 여기서 할 것은 피고인이 제기한 두 가지 신청의 심리입니다. 첫 번째는 「미합중국 대 바탄의 소송」에 의거하여 자백을 무효로 하고 모든 증거를 배제해 달라는 신청입니다. 두 번째는 이 법원과 제이컵 스타인 판사가 발부한 수색 영장에 의해 획득된 모든 증거와 증언을 배제해 달라는 신청입니다. 피고는 스타인 판사가 수색 영장을 발부하도록 만든 상당한 근거를 확인해주는 진술서에 이의를 제기했습니다. 진술서는 치명적인 결함을 가지고 있으며 허위라는 것입니다." 판사는 팀을 쳐다보았다. "제프리 검사."

"감사합니다, 재판장님. 저는 우선 자백과 그 후 획득된 증거 일체를 배제해 달라는 신청부터 먼저 다루고 그 후에 수색 영장과 관련된 신청으로 넘어가겠습니다."

"좋습니다."

"검찰은 케이슨 볼드윈 요원을 증인으로 신청합니다."

51

볼드윈이 증언대로 성큼성큼 걸어 나갔다. 법원 정리 – 연방 법원에서는 연방 경위가 맡는다 – 가 그에게 증인 선서를 시켰고 그는 자리에 앉아 양복 상의의 맨 위 단추를 풀었다. 법정에서 그는 항상 머리에 투명한 고무밴드를 착용하고 그 밴드를 뒤로 넘겨 좀 더 점잖은 느낌을 주었다. 야들리는 언젠가 한번 그에게 그렇게 하니까 수줍음 많은 회계사로 보인다고 했었다. 그랬더니 그는 크게 웃었다.

팀은 몇몇 예비 질문을 했다. 신청 심리는 재판이 아니었다. 그래서 깊은 인상을 주거나 관계를 돈독히 해야 할 배심원단이 없었다. 일반적인 절차는 사실관계를 파고들기에 앞서 증인에게 단순히 자신이 누구이며 이 사건과 어떤 관련이 있는지를 진술하게 하는 것이었다. 팀은 볼드윈에게 그의 이력을 묻는 것으로 시작했다. 신청 심리에서 불필요하고 시간만 낭비하는 짓이었다. 다음으로 그가 말했다.

"볼드윈 요원, 이 사건과 어떤 관련이 있습니까?"

"저는 이 사건의 수사 책임자입니다."

"조금 자세히 설명해 주시죠."

볼드윈은 FBI가 딘 부부와 올슨 부부의 살인 사건에 개입하게 된 경위와 그 사건들을 지역 경찰의 관할에 넘기기보다는 연방 관할 사건으로 삼아야 할 근거를 설명했다. 그는 범죄 현장과 수사에 대해 짧게 설명했다. 그 대부분이 이 심리에는 적절치 않은 것을 알기 때문이었다. 그러나 팀은 그에게 계속 설명해 줄 것을 요구했다. 결국 웨슬리가 일어나서 "존경하는 재판장님, 피고 측은 시간 관계상 딘 부부와 올슨 부부가 숨진 채 발견되었으며 FBI가 저에게 혐의를 두는 수사를 했다고 명기한다면 좋겠습니다. 그렇게 하면 아마도 우리가 곧장 본론으로 들어갈 수 있지 않겠습니까?"

"고맙소, 폴 씨. 제프리 검사, 관련된 증언으로 넘어갑시다."

팀은 숨을 크게 내쉬고 몇 쪽의 질문들을 휙휙 넘겨야 했다. 소리가 너무 큰 데다 마이크가 너무 가까이 있어서 애그비 판사는 그에게 날카로운 눈길을 보냈다.

"문제의 그 날 당신이 본 것을 설명해 주십시오, 볼드윈 요원." 팀이 말했다.

"물론입니다. 야들리 검사가 폴 씨의 집에 대한 수색 영장을 신청했습니다. 그리고 —"

"여기 이 수색 영장이 맞습니까?" 팀이 영장 원본을 손에 들고 말했다.

"제가 가져온 것이 맞다면, 네, 그렇습니다."

"존경하는 재판장님, 검찰은 증거물 1호를 법정 기록으로 제출하도록 하겠습니다."

웨슬리가 일어섰다. "존경하는 재판장님, 규칙 22조에 의거하여 제프리 검사가 법정 기록으로 제출하기 전에 제가 그 영장을 검토할 것을 요구합니다."

"물론입니다." 애그비가 말했다.

팀은 그 자리에 잠깐 서 있다가 영장을 웨슬리에게 보여 주었다. 웨슬리는 문서를 받아서 그것을 위아래로 훑어본 뒤 테이블 위에 놓았다. 그는 가슴팍에 있는 호주머니에 손을 닿아 보려 했다. "존경하는 재판장님, 죄송합니다. 하지만 제가 그냥 피고이기만 하다면 저는 이 족쇄에 대해 전혀 반대하지 않을 것입니다. 그러나 저 자신의 변호인으로서 저는 특정 물건들을 검사하고 발언대 앞에 나갈 수도 있고 어쩌면 증인에게 다가가야 할지도 모릅니다. 확신컨대 볼드윈 씨는 제가 아무런 저항 없이, 도주할 의도 없이 조용히 투항하였다는 것을 판사님께 말해 줄 첫 번째 증인일 것입니다. 저는 이 족쇄를 풀어 주실 것을 요청드리는 바입니다."

"경위," 애그비가 말했다. "족쇄를 풀어 주세요. 하지만 바로 옆에 서 있으세요. 폴 씨가 허가 없이 증언대나 판사석으로 다가오거나 방청석 쪽으로 가려고 하면 남은 소송 기간 내내 그를 묶어 두시기 바랍니다."

경위는 족쇄를 풀었다. 웨슬리는 자리에 앉아서 주머니에서 돋보기안경을 꺼냈다. 그는 영장을 검토했다. 그가 이미 다섯 번은 족히 읽어 보았을 서류였다. 영장을 따라 읽듯이 그의 입술이 조금씩 움직였다.

영장은 400글자가 채 안 되는 분량이었으나 웨슬리는 10분 동안이나 읽고 있었다. 그럼에도 야들리는 그를 쳐다보지 않았다. 그녀는 팀을 보고 있었다. 그는 1분 1초가 흐를 때마다 점점 짜증스러워진다 싶더니 어느 시점엔가 "다 읽었습니까?" 하고 물었다.

"아직 멀었습니다. 제프리 검사님. 재판은 마라톤이지 단거리 달리기가 아닙니다." 그는 능글맞게 웃으며 말했다.

신청 심리가 시작된 지 30분쯤 흘렀을 것이었다. 그런데 그는 벌써 팀의 평정심을 무너뜨리고 있었다.

웨슬리는 영장을 되돌려주고 나서 말했다. "제출에 이의 없습니다."

"고맙소." 팀이 딱딱하게 말했다. 그는 영장을 서기에게 건넸다. "자 이제, 볼드윈 요원, 하던 얘기를 계속해 주십시오."

볼드윈은 야들리를 흘긋 쳐다보았다. 서로 이야기를 나누기라도 한 듯 두 사람은 같은 생각을 하고 있었다. '팀은 이 신청에서 질 것이다.'

"제가 말씀드렸듯이 야들리 검사는 법원의 서명을 받은 영장을 갖고 있었습니다. 그래서 그녀가 먼저 집으로 들어갔습니다. 그녀는 이미 그곳에 있었기 때문에 영장을 가지고 안으로 들어간 것입니다. 폴 씨가 허락할 때까지 기다린다면 증거가 인멸될 가능성이 농후했으니까요. 저의 파트너인 오스카 오티즈와 저는 얼마 후에 그곳에 도착했습니다. 욕실에서 소리가 나고 있었습니다."

"그래서 어떻게 했죠?"

"저는 안으로 들어갔습니다. 그리고 야들리 검사가 욕조에 서 있고 폴 씨가 그녀 앞에 서 있는 것을 보았습니다."

"야들리 검사는 어떤 모습이었나요?

"겁에 질려 떨고 있었습니다. 그녀는 총을 손에 들고 있었습니다. 나중에 저에게 알려 준 바로는 등록이 된 총이고 가방에 넣어 가지고 있었답니다. 총구는 폴 씨를 향하고 있었습니다."

"폴 씨는 무엇을 하고 있었습니까?"

"그는 야들리 검사를 위협하고 있었습니다."

"이의 있습니다." 웨슬리가 말했다. "존경하는 재판장님, 전문 증거입니다. 볼드윈 씨는 위협하는 소리를 듣지 못했고 야들리 검사의 말을 전하고 있는 것입니다."

판사는 팀을 쳐다보았다. 팀은 "위협하는 소리를 들었습니까?"라고 말했다.

"제가 직접 들었냐는 뜻이라면, 그건 아닙니다. 하지만 야들리 검사의 표정에서 그녀가 겁에 질려 있다는 것을 알 수 있었습니다."

"그다음에는 무슨 일이 벌어졌나요?" 팀이 말했다.

"저는 제 총을 들고 폴 씨에게 총에서 손을 떼라고 말했습니다. 그가 손으로 야들리 검사의 총구를 맞잡고 있었기 때문입니다. 그는 총을 놓고 손을 머리 위로 올렸습니다. 그때 오티즈 요원이 검거를 단행한 겁니다."

"그다음에는 어떻게 했죠?"

"폴 씨를 순찰차에 태운 다음 그의 아파트를 수색하기 시작했습니다. 그런 다음 취조를 위해 그를 라스베이거스 경찰청 지역 경찰서로 이송했습니다."

"그때 무슨 일이 있었는지 설명해 주시죠."

볼드윈은 오티즈를 잠깐 쳐다보았다. 그는 고개를 숙이고 있었다.

"우리는 폴 씨와 함께 취조실에 앉아 있었습니다. 그는 제가 마음에 들지 않는다고 오티즈 요원에게만 말을 하겠다고 했습니다. 그래서 저는 방을 나왔습니다. 그러자 그는 비디오 녹화 장치를 꺼 달라고 요구했고 오티즈 요원이 그렇게 했습니다. 오티즈 요원은 그런 다음 방을 나와서 라스베이거스 경찰청 디지털 녹음기를 빌려서 다시 방으로 들어갔습니다."

"증인은 취조실에서 벌어진 일을 목격했습니까?"

"아니오. 취조실에는 창문이 없습니다."

"다음에는 무슨 일이 벌어졌죠?"

"고함 소리가, 엄청난 고함 소리가 들렸습니다. 그리고 의자가 바닥에 부딪치는 굉음이 났습니다. 급히 안으로 들어갔더니… 오티즈 요원이 폴 씨 위에 서 있었습니다. 폴 씨는 책상에 수갑이 묶인 채로 등을 대고 누워 있었습니다."

"오티즈 요원이 무엇을 한 겁니까?"

"그를 때리고 '그 애는 어디 있어?'라고 소리치고 있었습니다. 폴 씨가 그에게 말하기를―"

"이의 있습니다. 존경하는 재판장님. 전문 증거입니다."

"인정합니다."

볼드윈은 헛기침으로 목청을 가다듬고 계속해서 말했다. "폴 씨는 오티즈 요원을 흥분시키는 무슨 말인가를 했습니다. 그래서 오티즈 요원이 그를 폭행한 것입니다."

"폴 씨는 폭행당하는 도중 무슨 말을 했나요?"

"네. 그는 자신이 살인을 저질렀고 살인의 증거가 되는 여러 가지 물건들을 보관 창고에 넣어 두었다고 했습니다."

"존경하는 재판장님, 오티즈 요원과 폴 씨 사이에 일어난 일을 녹음한 오디오 녹음을 검찰 증거물 2호로 제출하려 합니다."

팀은 서기를 향해 걸어가려다가 잠깐 멈춰서 웨슬리를 쳐다보았다. 웨슬리는 한 번 목례를 하고 웃어 보였다.

서기가 법정 스피커로 녹음을 틀었다. 주먹으로 난폭하게 때리는 소리가 났다. 마치 프라이팬 뒷면을 주먹으로 치는 듯한 소리였다. 웨슬리는 오티즈에게 벼랑 끝에 매달려 구조를 요청하는 사람의 절박함으로 그만하라고 애원하고 있었다. 야들리조차도 그가 진정성이 없다는 것을 알아채기 어려울 정도였다.

그녀는 타라를 살짝 쳐다보았다. 타라는 녹음을 듣는 동안 웨슬리의 등을 노려보며 꼼짝도 하지 않고 앉아 있었다.

팀은 다음으로 볼드윈에게 자백이 없는 상황에서도 어떻게 보관 창고를 찾아냈는지 구체적으로 물었다. 그것은 '불가피한 발견'이라고 알려진 원칙이었다. 불가피한 발견이란 경찰이 어차피 증거를 획득하게 되어 있을 경우 그 증거는 받아들여져야 한다는 것이다.

팀은 상세한 수사 과정을 나열하며 웨슬리가 자백을 하지 않았다 해도 어떻게 증거가 발견되게 되어 있었는지를 논리적으로 이끌어내려 시도하는 것으로 한 시간가량을 보냈다.

설명이 다 끝나자 그는 영장의 세세한 내용으로 옮겨갔다. 야들리가 전화로 볼드윈에게 말한 진술을 글자 하나하나 그대로 인용했다. 야들리는 영장이 신뢰할 수 없다고 간주되는 경우 대부분 어떤 이유에서 그런 것인지 알고 있었다. 또한 그녀는 영장을 신뢰할 수 없도록 만드는 언어를 어떻게 배제해야 하는지도 알고 있었다. 그럼에도 당시에 그들이 가진 증거는 약한 것이었다.

"감사합니다, 볼드윈 요원." 팀이 마지막으로 말했다. "폴 씨에게 증인 신문을 넘기는 바입니다."

52

웨슬리는 발언대 쪽으로 천천히 움직여갔다. 그는 메모지 한 장 갖고 있지 않았다. 그는 말을 꺼내기 전에 볼드윈 요원을 한동안 지긋이 바라보았다. "오늘 안녕하신가요, 볼드윈 요원?"

"네, 감사합니다."

"으음." 그는 볼드윈에게 미소를 보이면서 시선을 고정하고 있었다. "나는 불가피한 발견에 대해 얘기를 좀 하고 싶군요. 제프리 검사가 직접 신문을 할 때 실제로 사용하지는 않았던 용어지요. 불가피한 발견이 무엇인지 알고 계십니까, 볼드윈 요원?"

"네."

"그런데 증인은 그 보관 창고를 결국은 찾아냈을 것이라는 인상을 이 법정에 주었더군요. 맞습니까? 불가피한 것이었다고요?"

"결국은 우리가 찾아냈을 겁니다. 네."

"그렇군요." 웨슬리가 말했다. "증인은 용의자를 특정하는 물적 증거를 나열해 줄 수 있습니까? 증인이 그ー" 그는 약간 머뭇거렸다. 야들리는 이 법정에서 그 머뭇거림을 알아차린 사람은 자신밖에 없으리라고 생각했다. 웨슬리는 목청을 가다듬은 다음 계속해서 말했다. "그 어둠의 카사노바 2세 학살 사건에서 모은 증거 말입니다."

"물적 증거요? 용의자를 특정하는 물적 증거는 없습니다."

"타액이나 피에서 검출된 DNA가 없습니까? 정액은요?"

"없습니다."

"머리카락은?"

"없습니다."

"섬유는?"

"없습니다."

"먼지, 모래, 페인트는?"

"없습니다."

"딘 부부, 올슨 부부, 아니면 마일스 부부의 집에서 발견된 증거 중 어떤 하나라도 용의자와 일치하거나 아니면 용의자를 지적할 수 있게 하는 것이 있습니까?"

볼드윈은 마른침을 삼키지 않을 수 없었다. 그리고 대답했다. "없습니다."

"좋습니다. 그렇다면 분명 목격자의 증언은 있겠군요. 딘과 올슨을 살해한 것을 본 목격자와 마일스 집에 침입한 것을 본 목격자들을 열거해 주십시오."

"물론 마일스 씨와 그의 아내, 그리고 아이들이 있습니다. 이웃인 콕스 씨는 사건이 나기 며칠 전에 경비업체 유니폼을 입고 마일스 씨 집을 조사하던 남자를 목격했습니다. 경비업체에서는 그 시간에 그곳에 배치된 사람은 아무도 없었다고 확인해 주었습니다."

"알겠습니다. 그러면 근자에 그 이웃에게 용의자 선별용 정렬 사진들을 확인하게 했습니까?"

"네."

"그 사람이 나를 그 경비업체 남자가 맞다고 했나요?"

볼드윈은 천천히 고개를 저었다. "아닙니다. 그분은 연로하시고 기억이 오락가락하는 분입니다. 10분쯤 뒤에 저는 그분과 계속 진행을 하는 것이 비생산적이라고 판단했습니다."

"그렇군요. 좋습니다, 그러면 이 범죄를 목격한 다른 목격자들을 열거해 주십시오."

웨슬리는 변호인석 테이블에서 펜과 법정 용지를 집어 들어 자기 앞으로 가져왔다. 길고 긴 명단을 적을 준비라도 하는 듯이.

"마일스 씨의 또 다른 이웃인 콜린 보일 부인이 있습니다. 하지만 그녀는 범인이 경비업체 유니폼을 입었다는 것 외에는 아무것도 기억하지 못한다고 말했습니다."

"알겠습니다. 또 다른 사람은?"

"다른 목격자는 없습니다."

"마일스 부부는 누군지 알아보지 못했나요?"

"네, 범인은 가면 같은 것을 쓰고 있었답니다."

웨슬리는 고개를 살짝 옆으로 젖혔다. "왜 그런 거죠, 볼드윈 요원? 만약 제가 아는 것이 다르면, 증인은 어떤 물적 증거, DNA 증거도 없이, 어떤 미세 증거도 없이, 그리고 단 한 명의 용의자도 지목하지 못하는 목격자들을 데리고 저를 이 사건들의 범인으로 체포한 것입니다. 맞습니까?"

볼드윈은 아무 말도 하지 않았다.

"존경하는 재판장님, 증인에게 대답하라고 해 주십시오."

"볼드윈 요원, 변호인의 질문에 대답하세요."

"네, 증거나 목격자는 없습니다."

"사실 그건 부정확한 말입니다. 그렇지 않소? 올슨의 집 문 경첩이 사방에 여러 자국들이 있고 손상되어 있지 않았나요?"

"그렇습니다."

"그렇죠, 제가 알기로는 야들리 검사가 그 집을 우연히 들렀다가 그 경첩을 발견했다더군요. 증인과 FBI 현장 감식반은 그날 밤 피곤에 절어 있었거나 아니면 숙취에 시달렸던 것 같군요."

"존경하는 재판장님—" 팀이 말했다.

웨슬리는 재빨리 말을 이어갔다. "그렇다면, 저를 기소한 이 사건 전체는 야들리 검사에 의해 이루어진 것이라고 해야 공정하지 않을까요?"

"야들리 검사가 영장을 발부받아 피고의 아파트와 비디오 영상을 본 것이고, 그것이 피고의 자백과 보관 창고의 발견으로 이어진 셈이니, 어떤 면에서는 맞는 말입니다."

"그러니까 이 사건 전체는 자백과 보관 창고, 그리고 야들리 검사의 비디오 영상 목격 증언으로 구성된 것이군요?"

"그렇습니다."

"만약 위의 것들이 없었다면, 증인과 검찰이 저의 유죄를 확실히 밝히기 위해 이 법정에 제출할 증거를 열거해 주십시오."

볼드윈은 입을 꽉 다물었다. 야들리는 그의 턱 근육이 움직이는 것을 볼 수 있었다. 그러고는 그가 말했다. "없습니다."

"감사합니다." 웨슬리가 미소를 지으며 말했다. "이상입니다."

53

"검찰은 오스카 오티즈 요원을 증언대로 부르겠습니다."

오티즈는 일어나서 증언대로 느릿느릿 걸어갔다. 그는 선서를 하고 자리에 앉아 휴지로 코를 닦았다. 머리는 빗지 않은 상태였고 넥타이는 목에서 느슨하게 풀려 있었다. 잠을 제대로 자지 못한 모습이었다.

"증인의 경찰 경력을 좀 말씀해 주시지요, 오티즈 요원."

아들리는 거의 몸을 움찔할 뻔했다.

웨슬리가 일어서서 말했다. "존경하는 재판장님, 제가 감방 구석보다 이 법정을 좋아하긴 합니다만 이 질문은 해야 할 이유가 없습니다. 오티즈 씨는 지금 집안에 급한 일이 생긴 걸로 알고 있습니다. 저는 핵심 문제를 질문하고 그를 보내줄 것을 요청하는 바입니다. 저는 그 폭행의 적격성, 장소, 위법성, 위치, 그리고 일어난 날짜를 명시할 것입니다. 이는 오직 이 심리를 위해서이고, 심리의 빠른 진행을 돕기 위해서입니다."

"제프리 검사, 그 질문으로 넘어가지요."

팀은 한숨을 쉬고는 말했다. "무슨 일이 일어났습니까, 오티즈 요원?"

오티즈는 고개를 들어 그를 쳐다보고는 다시 바닥을 보았다. "우리는… 그를, 피고인을 라스베이거스 경찰청 취조실에 데리고 갔습니다. 그가 볼드윈 요원에게 나가 달라고 했고 카메라를 끄고 싶다고, 하지만 녹음은 해도 된다고 했습니다. 제가 녹음기를 틀려고 하는데 그가 제 딸, 에밀리아에 대해 물었습니다."

"그가 뭐라고 했죠?"

"그는 제 딸이 없어졌다고 했습니다. 집에 전화해서 물어보라고 했습니다. 그리고 전화를 해 보면 제 아내가 진정제를 먹고 겨우 정신을 차리고 있는 것을 알게 될 것이라고도 했습니다. 저는 전화를 했고 아내가 위층으로 가서 확인을 했습니다." 그는 입술을 깨물지 않을 수 없었다. "에밀리아는 없었습니다."

"무슨 일이 일어난 건지 압니까?"

그는 고개를 내저었다. "아내는 샤워를 하고 소파에서 잠이 들었다고 했습니다. 아내는 주방 조리대에 남겨 놓은 음료수에 뭔가가 들어 있었다고 생각합니다. 샤워하기 전에 마셨던 탄산음료에요."

"그게 몇 시죠?"

"오후, 세 시경입니다."

"부인이 세 시 정도에 종종 낮잠을 자는 편입니까?"

"아니요. 한 번도 그런 적이 없습니다. 아내는 낮잠 같은 건 자지 않습니다."

"그렇다면 어찌 된 일이죠?"

오티즈는 좌석에서 몸을 움직였다. "아내는 전화를 받고 잠이 깼다고 했습니다. 제 전화였죠. 그런 다음 아내는 위층으로 갔는데 딸이 어디론가 사라지고 없었습니다. 창문은 열려 있지 않았고 문들도 잠긴 상태였습니다…. 아이는 그냥 사라져 버린 겁니다."

팀은 웨슬리가 야들리를 찾아 자신의 아파트로 가기 전에 오티즈의 집에 들를 시간이 있었을 것임을 보여주는 시간대를 밝혔다. 오티즈는 엉망이었다. 야들리는 그가 몸을 떠는 것을 몇 번 눈치챘다. 웨슬리를 보는 그의 눈에는 분노가 이글거렸고 그 분노가 법정 안을 가득 채우는 듯했다.

"그러니까 취조실에서는 무슨 일이 일어난 거죠?"

팀이 양손을 주머니에 꽂은 채 마지막으로 말했다.

"저는 그냥… 정신이 없었습니다. 평정심을 잃었습니다. 저자가 제 딸을 데려갔습니다." 그의 눈에 눈물이 흘렀다. "우리 아기, 그 애는 너무나 무서웠을 겁니다. 그 애는 아무것도 모른 채 혼자 있을 겁니다." 그는 웨슬리를 뚫어지게 보았다. "내 딸이 어디 있는지 말해."

판사가 말했다. "오티즈 요원, 제발…"

"어디 있는지 말하라고!"

그의 고함소리에 법정 안의 모든 사람이 오티즈에게 시선을 집중했다. 그러나 야들리는 웨슬리를 지켜보았다. 그는 아무도 자기를 보지 않고 있다는 것을 알고는 오티즈에게 윙크를 했다.

오티즈는 증인석을 뛰쳐나왔다. 그는 미식축구 선수처럼 웨슬리에게 돌진했다. 법원 경위는 웨슬리의 움직임에 집중하고 있어서 증언대의 증인에 대해서는 대비하지 않고 있었다.

웨슬리는 주먹이 날아올 것을 예상하며 등을 뒤로 기댔다. 그리고 첫 주먹이 날아왔을 때 눈을 감았다. 주먹은 그의 뺨을 강타했고 그는 바닥으로 넘어졌다. 오티즈가 그를 움켜잡고 두어 번 더 주먹질을 한 다음에야 법원 경위와 볼드윈이 달려들어 그를 저지했다.

법원 경위가 오티즈를 끌어내어 구치감으로 데려가자 그는 울면서 소리를 질렀다. "에밀리아! 우리 아기! 안 돼!" "그 애 어디 있어? 어디 있냐고?"

54

저녁 메뉴는 법원 근처 식당의 스테이크와 으깬 감자였다. 야들리는 타라와 나란히 앉았고 타라의 할아버지, 할머니는 맞은편에 앉았다. 스티븐은 야들리가 딸과 둘이서만 이야기를 나누고 싶어 한다는 것을 눈치채고는 저녁을 반쯤 먹은 상태에서 피곤하다며 택시를 타고 집으로 가겠다고, 나중에 집에서 보자고 했다.

"말도 안 돼요." 야들리가 말했다. "제가 모시고 가야죠."

"아니다, 괜찮아." 스티븐은 타라에게 눈길을 주며 말했다.

야들리는 그에게 배려해주셔서 감사하다는 마음을 전하는 서글픈 미소를 보냈다. 그들은 손녀를 안아 주고는 자리를 떴다.

식당은 조용했다. 그곳은 퇴직한 사람들이 조식 특선과 점심 뷔페를 먹으러 오는 곳이었다. 조명은 어두웠고 창문도 몇 개 없었다. 스피커는 보이지 않았지만 어디선가 컨트리 음악이 나직하게 흐르고 있었다.

타라는 멍한 표정으로 으깬 감자에 포크를 대고 있었으나 한 입도 먹지 않았다.

"배고프지 않니?" 야들리가 물었다.

타라는 포크를 내려놓고 고개를 들었다. "그 사람이 이길 거예요, 안 그래요?"

야들리는 딸에게 아니라고, 검찰이 그의 유죄를 이끌 방법을 찾을 것이라고, 너는 안전할 것이라고 말하려고 했으나 타라는 이제 어린 아이가 아니었다. 너무나 고통스럽게도, 야들리는 자신이 어린 딸을 더 이상 세상으로부터 보호할 수 없다는 것을 깨닫지 않을 수 없었다.

"그래, 그가 이길 거야."

"그가 나오면 우리를 추적해 올 거예요. 분명해요. 어젯밤에 악성 자기애에 관한 책을 읽었어요. 그는 다른 사람들은 옆에 둘 가치가 없다고 생각해요. 우리는 그냥 그 사람의 놀잇감인 거예요."

"그는… 특이한 사람이야. 악성 자기애의 특징들을 갖고 있지만 또한 숭배하는 대상도 있어." 그녀는 거의 *네 아버지*라고 말할 뻔했지만 가까스로 말을 멎었다. "그는 에디 칼을 숭배해. 나는 그가 에디의 말이라면 어떤 짓이라도 할 사람이라고 생각해. 자아도취적이면서 동시에 다른 사람에게 완전히 지배당하고 있다는 걸 스스로 안다는 건 어려운데 말이야."

"그 사람을 보고 싶어요. 에디 칼이요."

야들리는 순간 피가 거꾸로 솟는 것만 같았다.

"안 돼."

"그 사람은 제 아빠예요."

"그래서 어떻다는 거야? 그 말이 무슨 의미가 있어? 너는 단지 유전적으로—"

"엄마." 타라가 부드럽게 말했다. 아이의 눈은 야들리를 응시하고 있었다. "그 사람은 제 아빠란 말이에요."

야들리는 한참 동안 아무 말도 하지 않았다. "그래, 맞아."

"그 사람을 보고 싶어요. 엄마가 그 사람이 원하는 걸 주면 그 사람이 엄마를 도울 수 있을지도 몰라요."

"타라, 그럴 필요는 없다. 이 일이 어떻게 되더라도 너는 무사할 거야. 무슨 일이 일어나더라도."

타라는 포크를 들고 으깬 감자를 다시 뒤적거리기 시작했다. "엄마가 처음으로 저한테 거짓말을 하는 거네요."

✦

집에서 야들리는 타라가 자기 방에 잘 있는지, 칼 부부는 편안한지를 확인했다. 그런 다음 청바지와 운동복 상의를 입고 집에서 나갔다.

병원은 깨끗하고 환했다. 야들리는 웨슬리가 있는 병실로 들어가기 위해 병실을 경호하고 있는 법원 경위 두 사람의 상관에게 전화를 해야 했다.

웨슬리는 TV로 교향악단의 연주를 보며 병실 침상에 누워 있었다. 그녀를 보자 그의 얼굴에 미소가 떠올랐다. 그는 TV의 음을 소거하고 고갯짓으로 세면대 옆에 있는 의자를 가리켰다. 야들리는 그에게서 몇 걸음 떨어진 자리에 앉았다.

"그가 내 뺨을 파열시킨 것 같군. 그런 신사도 주먹질을 할 수 있다니." 그는 그녀에게 웃음을 보이며 말했다. "디지털 녹음기는 치우고 가방은 병실 바깥에 두고 와."

야들리는 잠시 머뭇거리다가 그가 요구한 대로 했다.

"주머니는?" 그가 말했다.

그녀는 그에게 빈 주머니를 보여주었다.

"브래지어와 속옷."

"안 돼."

그가 어깨를 으쓱했다. "그럼 잘 가."

깊은 한숨이 새어 나왔다. 그녀는 마이크나 다른 디지털 녹음기가 없다는 것을 보여주기 위해 브래지어 밑을 보여주고 청바지를 밑으로 내려 손으로 팬티를 훑어 지나갔다.

"어찌해도 내가 말한 건 뭐든 다 배제되게 되어 있어. 탄산음료 마시겠어? 간호사한테 가져오라고 할 수 있어."

"아니, 난 괜찮아. 고마워."

그는 오랫동안 그녀를 쳐다보았다. "오, 주여. 당신은 아름다워. 매번 나를 아찔하게 한단 말이야. 거의 잊어버리고 있었는데."

야들리는 역겨움을 삼켜야 했다. 그녀에게 이제 그는 주변의 공기를 핥아먹는 번지르르한 도마뱀 같았다. 그를 한때 자기 집으로 들어오게 했다는 것이 놀라울 정도였다.

뒤늦게 깨닫게 되면 바보가 되어 버리는구나, 그녀는 생각했다.

그는 TV 쪽으로 몸을 돌렸다. "에밀리아가 어디 있는지 묻고 싶은 거지? 그 애의 목숨을 살려 달라고?" 그는 그녀를 다시 한번 쳐다보았다. "글쎄? 빌어 봐."

"당신한테 어떤 것도 빌지 않아. 당신은 그 일이… 신나겠지."

"나는 지금 이 순간이 신나는데, 제시카."

"당신은 이 신청 심리에서 이기면 사라지겠지. 외국으로 갈 거야?"

그는 웃기만 할 뿐 아무 말도 하지 않았다.

"떠나기 전에 나나 타라를 응징한다든지 하는 일도 없겠지, 그렇지?"

"그건 이번 소송이 진행되는 동안 당신이 나한테 얼마나 잘하냐에 달려 있지."

그녀는 몸을 앞으로 기울였다. "그 애가 어디 있는지 말해 줘, 웨슬리. 그 애를 잡아 둘 이유가 전혀 없잖아. 당신은 자기가 이길 걸 알고 있잖아. 그러니까 우리는 이걸 끝내야 해. 왜 그 애를 부모에게 돌려보내지 않는 거야?" 그녀는 마른침을 삼켰다. "그들이 아이를 묻을 수 있게 해 줘. 무슨 일이 일어났는지 모른다면 그들은 남은 평생 살아도 사는 게 아닐 거야."

"나도 알지. 정말 기분 좋은 일 아니야? 선물을 계속 준다는 건 말이야."

그녀는 자신이 얼마나 그에게 역겨움을 느끼는지 그가 보지 못하도록 입가에 뭔가 묻은 것을 닦아내는 척하며 고개를 돌렸다.

"있잖아, 이 소송은 정말 당신이 넘겨받아야 해. 그 티머시라는 놈은 어설프기 짝이 없더군. 간단한 마약 소지나 수표 사기 같은 것만 수도 없이 기소했을 것 같더군. 그러니까 말랑말랑해졌지. 내가 당신을 항상 흠모해 온 이유는 한 가지야. 당신은 절대 쉬운 길을 택하지 않았다는 거야. 그래서 당신은 지금 이토록 강해진 거지. 당신은 잔잔한 바다가 아니라 폭풍우가 휘몰아치는 바다에서 단련된 훌륭한 선장이 된 거지."

그녀는 생각만 해도 끔찍했지만 의자를 끌어당겨 그의 손 위에 손을 얹었다. 그가 볼 풍선을 불었다. 오티즈에게 맞은 그의 입술은 찢어진 상태였다. 눈은 아래 흰자위에 피가 터져 검붉게 물들어 있었다. 마치 그에게 내재해 있는 더러운 무엇이 눈에 피멍으로 드러나기라도 한 듯이.

"그 애가 어디 있는지 말해 줘, 웨슬리. 내가 당신에게 조금이라도 의미가 있었다면, 그 메마른 가슴에 나에 대한 조금의 감정이라도 있었다면, 제발 그 가족에게 마음의 평화를 줘."

그의 눈에 신이 나는 듯 장난기가 스쳐 지나가는가 싶더니 그가 말했다. "내게 키스해."

"안 돼."

"키스해, 그러면 내가 생각을 좀 해보지. 당신이 언제나 그랬듯이 열정적으로."

그녀는 남아 있는 한 손을 있는 대로 힘껏 움켜쥐었다. 손톱이 손바닥을 찔러 피가 나는 것 같았다. 그녀는 몸을 기울여 그에게 키스를 했다. 그의 갈라진 입술에서는 마른 피 맛 같은 게 났다. 몸을 일으켜 세우면서 그녀는 손등으로 입술을 닦았다. 분노의 쓴 물이 목에서 올라왔다.

"그 애 어디 있어?"

그가 씨익 웃었다. "그다지 열정적이진 않았어."

"웨슬리, 그 애 어디 있냐고?"

그는 그녀의 손 아래에 있던 손을 빼서 그녀의 팔을 손가락으로 더듬어 훑었다. "나랑 사랑을 나누자. 지금 여기서. 저 법원 경위들을 밖에 세워 놓고서. 나랑 사랑을 나누면 당신한테 말해줄게."

그녀는 너무 고통스러워서 의자에서 떨어질 뻔했다. "그럴 순 없어."

"그럼 에밀리아는 없어. 결정은 당신이 해. 당신은 연방 검사이기도 하잖아. 당신은 감옥에 우리의 전용실을 마련할 수도 있어. 그게 내 조건이야. 당신이 나와 사랑을 나누고 내가 당신 몸을 마음대로 하게 해줘. 그러면 그 애가 어디 있는지 알려 줄게. 당신 몸과 그 애를 맞교환하는 거지."

야들리는 손을 치웠다. 그리고 불타는 눈으로 그를 노려보았다. 그녀의 뺨은 벌겋게 달아올라 있었다. 그녀는 끓어오르는 분노를 겨우 겨우 주체하고 있었다.

"당신한테 맹세코 나는 반드시 당신이 대가를 치르게 만들 거야."

그녀는 뒤돌아보지 않고 병실을 떠났다.

55

야들리는 다음 날 아침 일찍 교도소에 차를 세웠다. 그녀는 초조한 마음에 안절부절못하고 있었다. 그녀는 타라와 에디의 만남을 미루고 싶었었다. 기다리고 싶었다. 그러나 타라는 지금, 웨슬리가 풀려나기 전에 만나야 한다고 고집을 피웠다.

"내가 너하고 같이 있을 거야. 네가 불편해지면 언제든지—"

"저는 혼자서 만날 거예요."

"절대 안 돼. 내가 이렇게 하는 건 그가 네 아버지이고 너에겐 그를 만날 권리가 있기 때문이야. 하지만 나는 네가 그와 단둘이 있게 할 수는 없어. 그리고 무슨 일이 일어나는지 내가 볼 수 있는 카메라가 없다면 절대로 안 돼."

"엄마가 있으면 그 사람은 저한테 아무 얘기도 안 할 거예요. 나한테 하고 싶은 무슨 말이 있는데, 엄마가 들어서는 안 되는 거겠죠. 그건 나와 아빠 사이의 일이에요."

야들리는 한숨을 쉬고 시선을 돌렸다. "타라—"

"괜찮을 거예요. 저는 보기보다 더 강해요, 엄마. 엄마한테서 물려받은 거죠."

두 사람은 경비대원이 나와서 "들어가셔도 됩니다"라고 말할 때까지 손을 꼭 잡고 있었다.

56

에디 칼은 두꺼운 유리 벽의 한쪽에 앉아 있었다. 유리 벽의 위쪽에는 작은 구멍들이 나 있었다. 소리가 전해질 만큼의 크기지만 물건이 통과하기에는 작은 구멍들이었다.

그의 전 부인이 면회실 안으로 들어갔다. "타라한테 상처를 주면 내 모든 것을 걸고 당신이 그 대가를 치르도록 만들 거야. 알겠어?"

칼은 고개를 끄덕였지만 말은 하지 않았다. 눈은 타라에게서 떨어지지 않았다.

야들리가 나가고 강철 문이 철컹 금속음을 내며 닫혔다.

타라는 꼼짝도 않고 서 있었다.

"저 카메라 전선을 당겨서 끄고 녹음이 안 되는 걸 확인하렴."

그는 자기 목소리가 타라에게 작은 충격으로 다가갔다는 것을 알 수 있었다.

타라는 천장 모서리에 있는 비디오카메라 쪽으로 몸을 돌렸다. 카메라의 검은색 전선이 벽에 박혀 있었다. 아이는 의자를 가져다 놓고 그 위에 서서 전선을 홱 잡아당겼다. 그런 다음 의자를 유리 가까이 가져와서 자리에 앉았다. 타라는 아무 말 없이 그를 쳐다보았다. 아이의 눈은 사파이어처럼 빛이 났다.

그가 미소를 지으며 말했다. "너는 여태껏 내가 본 사람들 중에 제일 아름답구나. 우리의 첫 만남이 좀 더 괜찮은 곳이었으면 좋았을 텐데. 여기는 너에게는 모욕적인 곳이다."

"우리가 만날 수 있는 좀 더 괜찮은 곳 같은 건 없다고 생각해요."

그는 의자에서 자세를 바꿔 앉았다. 철제 족쇄가 덜커덕거렸다. 그는 타라의 목소리 속에 깃든 자신의 목소리를 느꼈다. 멀리서 들려오는 메아리는 잘 알아들을 수 없어도 자신의 것임을 아는 것처럼, 아이의 목소리도 그랬다.

"너는 수학 영재라고 하더구나."

"웨슬리가 그랬나요?"

그는 머뭇머뭇 대답했다. "그래."

그는 타라의 눈에 매료되었다. 너무나 깊고 밝은 그 파란 눈은 다른 세상에서 온 것만 같았다. 지금까지 그는 자기와 똑같은 색조의 그런 눈을 한 번도 본 적이 없었다.

"잡히지 않았더라면 당신은 결국 우리 엄마를 죽였을 거라는 걸 저는 알아요." 타라가 말했다. "엄마가 그걸 깨닫고 계신지는 모르겠지만 저는 알아요. 저는 당신의 작품들을 연구했어요. 인터넷에 수많은 당신 그림과 조각들의 사진이 있더군요. 당신의 작품은 단계적으로 상승하고 있었어요. 각각의 작품이 그 이전의 작품보다 더 폭력적이죠. 제가 읽은 어떤 기사를 보면 당신은 체포되었을 때 행위 예술을 하고 있었다고 하더군요. 그 상승 속도를 보면 당신은 결국 더 이상 갈 곳이 없었을 거예요. 당신은 자기가 사랑하는 누군가를 죽이려고 결심했을 것이고 그게 당신이 표현할 수 있는 최고의 형태가 되었겠죠. 예술을 위한 희생이죠. 그렇게 해서 당신은 엄마를 어떻게든 불멸의 존재로 만들고 있었던 거예요. 제가 틀렸다고 말해 봐요."

그는 아무 말도 하지 않았다. 그러더니 고개를 저었다. 얼굴에는 부끄러운 듯한 웃음이 어렸다. "지난 세월을 통틀어 내가 하려고 했던 것을 이해하는 단 한 사람을 찾을 수 있기를 바랐는데 그게 내 딸이라니."

그녀는 손톱을 내려다보며 마른 각질을 뜯었다. "저도 진짜 놀랍기는 마찬가지네요."

"나는 네 속에 강한 힘이 있다는 걸 안다. 마치 불사조의 불꽃처럼 네 온 몸이 그걸 뿜어내고 있어. 네 엄마는 내게 네가 학교에서 친구들로부터 겪어야 했던 힘든 일이 있었다는 이야기를 조금 했었다. 그 모든 일이 너를 더 강하게 만들었나 보다. 그걸 후회해선 안 된다. 하지만, 이 말이 너에게 위로가 될지 모르겠다만, 내가 *정말* 미안하다."

타라는 몸을 앞으로 기울였다. "있잖아요, 전 지금까지 내내 조각 하나를 잃어버린 채 살고 있다고 느꼈어요. 아빠가 있어야 했던 곳에 커다란 구멍이 생긴 거죠. 엄마와 저는 오랜 시간 동안 당신의 이름을 입에 담지 않고 지냈어요. 하지만 당신의 부재는 뭐랄까… 유령처럼 항상 우리와 함께 있었어요. 당신을 만난다면 그 유령이 사라질 것이라고 생각했어요. 그런데 지금 그게 절대로 사라지지 않을 것이라는 걸 알게 됐어요, 맞죠?" 아이는 다시 뒤로 앉았다. "당신이 아무리 미안하다고 해도 그걸로는 모자라요. 하지만 당신이 할 수 있는 일이 있어요. 당신은 엄마와 내가 겪어 왔던 일들에 대해 나에게 빚이 있잖아요. 저는 당신이 그걸 갚기를 원해요."

그는 가볍게 너털웃음을 터뜨렸다. "네 속에는 네 엄마가 허락한 것보다 더 많은 내가 있구나. 그래, 어떻게 갚을까?"

"먼저, 당신 그림들을 주세요. 저는 그것들을 팔 수 있어요. 값이 엄청나겠죠."

"네 엄마가 다 태워 버렸다."

"헛소리 말아요. 당신은 비밀을 좋아하는 사람이에요. 당신이 다른 사람에게, 심지어 아내에게도 당신 작품이 모두 어디 있는지 알려줬을 리가 없어요. 특히 당신이 만약 언젠가 잡힐지도 모른다고 생각했다면요. 저는 그 그림들이 필요해요. 당신은 그것들을 내게 주게 될 거예요."

알 수 없는 따뜻한 기운에 그의 피부가 화끈거렸다. 그는 이런 것이 뿌듯한 마음일까 생각했다. 어떤 다른 부모가 아이가 안타를 치는 것을 보거나 아니면 철자 맞추기 대회에서 일등을 하는 것을 보면서 느끼는 그런 감정일 것 같았다.

"또 다른 건?" 그가 미소를 띤 채 말했다.

✦

야들리는 사형수 사동의 복도를 두 시간 넘게 왔다 갔다 하고 있었다. 손톱을 얼마나 물어뜯었는지 엄지손톱은 남은 부분이 없었고 몇 주 전에 바른 매니큐어가 다 지워져 있었다. 문 옆에 선 경비대원은 휴대폰으로 뭔가를 보다가 한 번씩 웃음을 터뜨리곤 했다. 야들리는 그에게 입 다물라고 소리치고 싶었다.

마침내 강철 문에서 노크 소리가 났다. 경비대원은 휴대폰을 치우고 문을 열었다. 타라가 거기 서 있었다. 야들리는 혹시 아이가 울어서 눈이 빨갛게 부어 있는 건 아닌지 아이의 눈을 살폈다. 하지만 눈은 아무렇지도 않았다. 아이는 전혀 충격을 받았거나 긴장하고 있었던 것 같지 않았다. 마치 지겨운 대화를 끝낸 것 같은 표정이었다.

"이제 가도 돼요." 타라가 말했다.

"엄마한테 얘기하고 싶니?" 야들리가 딸의 어깨에 손을 얹으며 말했다.

타라는 거리로 나올 때까지 기다렸다.

"웨슬리는 또 다른 사람을 죽였어요." 아이는 창에서 시선을 떼지 않고 말했다

"뭐라고?"

"그 사람은 엄마가 모르는 다른 어떤 사람을 죽였어요. 에디가 말하길 그게 그 사람이 처음 저지른 살인이래요. 그 사람이 집착하고 있었던 여자였대요." 타라는 엄마를 쳐다보았다. "엄마한테 집착했던 것처럼요."

야들리는 심장이 터져나가는 것 같았다.

"그게 누구야?"

"에디는 그 여자의 이름이 조던 루소라고 했어요. 19년 전의 일이래요. 웨슬리가 테네시에서 태어나 동부 해안에서 살았다는 건 거짓말이에요. 그는 캘리포니아 출신이에요. 이름도 웨슬리 폴이 아니래요. 에디는 그의 진짜 이름이 뭔지는 모른다고 했어요. 하지만 그 이름은 아니래요."

야들리는 잠시 말이 없었다. "다른 말은 안 했어?"

57

　그날 늦은 아침 시간에 야들리와 볼드윈, 팀, 그리고 리우가 리우의 집무실에서 회동했다. 그곳은 연방 검찰청 건물에서 제일 큰 사무실이었고 몇 블록 떨어져 있는 라스베이거스 스트립이 내려다 보이는 모퉁이에 있었다. 회색 카펫이 깔려 있었고 벽의 삼면이 유리였다. 야들리는 남자들에게 등을 보이고 서서 스트립의 거대한 대회전 관람차를 바라보고 있었다. 햇빛이 관람차의 철제 수레바퀴에 부딪쳐 반짝거리면서 계곡 너머로 부서지고 있었다.

　남자들은 모두 자리에 앉아 있었다. 그들의 모습이 유리창에 반사되어 보였다.

　"그자를 병원으로 이송해야만 했잖아." 팀이 말했다. "이 무슨 거지 같은 꼴이야, 케이슨?"

　"저한테 하시는 말씀이세요? 저는 부장님께 오티즈를 증인으로 부르지 말라고 말씀드렸습니다."

　야들리가 말했다. "그건 문제가 아니에요. 웨슬리는 무슨 일이 일어날지 알고 있었어요. 우리가 안 불렀다면 그가 오티즈를 신청했을 거예요."

　리우는 숨을 내쉬고는 뒤로 기대앉아 두 손바닥을 맞댄 채 엄지 두 개를 턱 밑에 갖다 댔다. "애그비 판사가 오늘 아침에 재판을 2주간 연기한다고 했네. 2주 후에 우리는 그 지점으로 되돌아가야 해. 폴 씨는 아마도 오티즈를 다시 증언대에 세울 걸세. 이번에는 그에게 수갑을 채웠으면 하네."

"부장님," 볼드윈이 말했다. "오티즈는 연방 요원입니다ㅡ"

"그는 공개 법정에서 피고인을 폭행했네."

"그의 딸을 납치한 피고인이죠."

그들은 아무 말 없이 앉아 있었다. 볼드윈의 말이 허공에 떠다니는 독이 되어 숨을 쉴 때마다 스며드는 것만 같았다.

"팀, 당신은 이 심리에서 질 거예요." 야들리가 대회전 관람차에서 눈을 떼지 않고 말했다.

"그건 모르는 일이야." 팀이 말했다.

리우가 입을 열었다. "야들리 검사 말이 맞을 수도 있어. 자네가 프랭크스 신청*을 격파하고 제시카의 진술이 들어 있는 영장을 계속 유지할 수 있을지는 모르지. 영장 진술서는 훌륭했으니까. 하지만 자백과 우리가 모든 증거를 찾아낸 보관 창고는 배제될 가능성이 있어."

"그보다 더 나쁠 수도 있어요." 야들리가 돌아서서 그들을 보며 말했다. "독수 과실은 판사 재량이에요. 판사들은 증거 능력이 있는 일련의 것들을 그들이 적합하다고 느끼는 한에서만 제한적으로 적용할 수 있어요. 웨슬리는 *어떤 증거든* 그의 보관 창고에서 발견된 증거는 배제된다는 이유 하나만으로 다 이의를 제기할 거예요. 어떤 것이든요. 불가피한 발견에 근거해서 몇몇 주장에서는 이길지도 모르지만 지게 되는 주장이 훨씬 더 많을 거예요. 이번 소송은 그가 이길 거예

*　1978년에 프랭크스가 델라웨어 지방 법원을 상대로 낸 신청으로 진술서와 그 안에 있는 정보들이 거짓이라는 것을 근거로 영장의 부당성을 주장한 것이다.

요, 부장님."

팀이 말했다. "제시카, 소설 쓰지 마. 나는 여기서 15년 이상 한 번도 패소한 적이 없어."

"여기는 기자들이 없어요, 팀. 그 말은 아껴둬도 돼요. 당신은 사실상 이기는 게 보장된 사건들만 기소했으니까 한 번도 진 적이 없다고 쉽게 말하죠. 웨슬리는 당신보다 영리해요. 그리고 그는 오랫동안 이 소송을 계획해 왔어요. 수년간 말이에요. 당신은 지게 될 거고 그가 풀려나는 순간 우리는 그를 영원히 볼 수 없을 거예요. 물론, 그가 제일 먼저 저를 죽이려고 결심하지 않는다면 말이에요."

"말도 안 되는 소리야." 팀이 얼굴을 붉히며 말했다. "부장님, 저는 이길 수 있습니다."

"오티즈가 그에게 덤벼들지 않고 심리가 일찍 끝났다면 그가 저를 증언대에 부를 계획이었다는 건 알고 있었나요?" 야들리가 말했다.

"뭐라고? 그는 그런 통보를 한 적이 없어. 그렇게 할 수가 없다고."

"그는 당신에게 증인 명단을 제출했어요. 54명이죠. 증인 한 사람 한 사람을 다 살펴봤나요?"

팀은 자세를 바꿔 앉았다. "다 훑어봤어." 그가 말했지만 자신감 없는 목소리였다.

"그렇다면 중간에 제 이름이 있는 걸 보셨을 텐데요. JY로 저와 이름 첫 글자가 같은 두 명의 전문가들 사이에 있었죠. 그래서 당신은 그걸 대충 보고 지나쳤겠죠. 그는 증인 명단 속에 저를 파묻어 놓았어요. 당신이 그걸 못 볼 것이라는 걸 알고서, 그리고 저도 그러기를 바라면서요. 그래서 우리가 대비하지 못하기를 바라면서 말이죠." 그녀는 팔짱을 끼고 뒤에 있는 유리창에 몸을 기댔다. 유리창은 따뜻했다. "팀, 당신은 그와 같은 작자를 상대할 수 없어요. 그는 이 소송을 기각시킬 거예요. 그렇게 되지 않는다 하더라도 배심원단이 그에게 무죄를 주겠죠."

팀은 그녀를 비웃으며 말했다. "부장님, 말씀 좀 하시죠. 이건 제가 할 수 있습니다."

리우는 그를 쳐다보고는 야들리 쪽을 돌아보았다. "자네가 제안하는 건 뭔가?"

"이 신청에서 이기는 순간 그는 조속한 예비 심리를 요구할 거예요. 그러면 이 소송은 기각될 겁니다."

"그렇게 된다고 하더라도 우리에게는 몇 주의 시간이 있어. 어쩌면 몇 달일 수도 있지. 그동안 더 많은 증거를 캐내면 된다고." 팀이 말했다.

"아뇨." 야들리가 굳은 시선으로 말했다. 그는 자긍심 때문에 사고력이 마비된 것이다. 야들리는 화가 나기 시작했다. "우리가 어떤 것을 발견하든 이제는 다 오점이 묻은 거라고요. 배제될 확률이 매우 높죠."

"그렇다면 어떻게 하자는 건가?" 리우가 말했다.

야들리는 주먹을 쥔 채 손가락 마디로 턱을 문질렀다. "제가 조사하고 있는 게 있습니다. 거의 20년 전에 실종된 어린 여성이 있었습니다. 몇 주 뒤에 사막에서 시신이 발견되었죠. 두개골이 함몰된 채로요."

"그게 웨슬리와 무슨 관련이 있지?" 볼드윈이 물었다.

야들리는 그들에게 어느 정도 정보를 노출시켜야 할지 잠깐 생각을 했다. "그가 에디에게 그 여자가 자신의 첫 피해자라고 했습니다."

사무실 안에는 정적이 흘렀다. 이윽고 리우가 말했다. "그 여자가 누구지?"

"조던 루소입니다. 열일곱 살이었어요. 헬스 센터에 간다고 집을 나섰는데 어머니는 그 후 다시는 딸을 보지 못했다고 합니다. 경찰은 그 애가 납치되었을 것이라고 했지만 용의자를 찾아낼 증거가 없었습니다. 그래서 경찰은 어쩌면 그 애가 누군가와 함께 가출한 것인지도 모른다고 생각했지요…. 22일 후에 시신이 발견되기 전까지는요."

"그런 식으로 누군가를 죽이는 건 그의 작업 방식이 아니야." 리우가 말했다.

"그가 처음 한 살인이었어요. 아직은 자신만의 특징을 개발해 내지 못한 거죠. 그는 아마도 공황 상태에 빠져 아무거나 눈에 띄는 걸 집어 들었을 겁니다. 이 경우에는 커다란 돌이었고요. 그리고 그걸로 그 애를 내리쳤습니다. 둘러 말하자면, 그건 우발적인 살인이었던 거죠."

리우는 책상에 팔꿈치를 대고 몸을 앞으로 기울였다. 눈은 맞은편 벽에 걸린 상원의원과 자신이 함께 찍은 사진을 향했다.

"그래서 어떻게 하고 싶은 건가?"

58

그 집은 깨끗하고 조용했다. 그녀의 집에서 불과 8마일 떨어진 곳이었다. 조용한 거리에 위치한 작은 이층집은 붉은 바위들을 등지고 깊숙이 들어앉아 있었다. 이사벨라 루소가 머리를 뒤로 묶고 운동복 차림으로 문밖으로 나와 두꺼운 안경 너머로 야들리를 이리저리 살폈다. 안경을 쓰고 있지 않으면 조던 루소와 판박이로 보일 것이라는 생각이 들었다.

그녀는 소파 테이블에 놓인 쿠폰들을 한데 모아 뚜껑 달린 플라스틱 통에 넣고 나서 소파에 앉았다. 야들리는 그녀의 맞은편 작은 소파에 앉았다. 벽난로 위에는 커다란 사진 액자들이 있었다. 그 사진들 한가운데 눈부시게 아름다운 여자아이의 사진이 있었다. 열다섯 내지 열여섯 살의 조던이었다. 타라의 나이다. 야들리는 타라가 집을 나간 날 밤에 자신이 어떤 느낌이었는지, 어떤 생각을 했는지를 떠올렸다. 이사벨라 루소 역시 매일매일 그런 느낌 속에 살아왔던 것일까, 궁금했다.

다른 사진들은 그다지 눈에 들어오지 않았다. 이사벨라와 곱슬머리의 키 큰 남자, 그리고 다른 두 아이들이 있었다. 벽에도 아이들 사진들이 여러 개 걸려 있었다. 그러나 조던의 사진들이 언제나 그 사진들의 한가운데 있었다.

사진에서 본 남자가 주방에서 나와 인사를 했다.

"안녕하세요." 야들리가 답례를 했다.

그는 이사벨라 쪽으로 돌아서서 그녀에게 몇 시간 뒤에 돌아오겠다고 말했다. 그는 그녀의 뺨에 키스하고 집을 나갔다.

"저 사람은 조던의 아빠가 아니에요." 야들리의 질문을 예상한 듯 이사벨라가 말했다. "그 애 아빠는 우리를 버렸어요. 물론 저의 제일 친한 친구와 말이죠. 항상 그런 식이지 않나요? 항상 제일 친한 친구랑이죠." 그녀는 잠깐 생각에 잠기더니 슬픔이 배어나는 미소를 띠고 말했다. "조던은 언젠가 한 번 내게 자기는 그래서 항상 남자아이들을 제일 친한 친구로 만든다고 말한 적도 있어요."

"따님이 예쁘네요." 야들리가 벽난로 위에 있는 사진을 올려다보며 말했다.

이사벨라는 몸을 돌려 그 사진을 쳐다보았다. "저 애는 잘생긴 자기 아빠를 닮았어요. 우습죠 — 나는 항상 그 애 아빠의 인간성에 반했다고 생각했는데 돌이켜 생각해 보니 그에게 인간성이라는 게 있다는 생각이 들지 않아요. 그의 외모 때문에 나는 그 모든 끔찍한 성격들을 보지 못한 척했던 거예요."

"그건 누구나 그럴 수 있을 거라 생각해요."

그녀는 다시 되돌아 앉았다. "루크는 좋은 남자예요. 조던이 죽고 나서 5년 뒤에 그를 만났어요. 나는 그에게 우리가 결혼하면 아이는 낳지 않겠다고 말했죠. 그런 일을 겪고 나서 도대체 누가 이 세상에 아이를 태어나게 하고 싶겠어요? 그렇지만 그는 결국 조던에게 동생들이 있으면 그 애를 기릴 수가 있다고 저를 설득했어요. 그 애의 한 부분이 돌아오는 것 같을 거라고요."

이사벨라는 잠깐 말을 멈추어야만 했다. 야들리는 그녀가 눈물을 흘리지 않으려 애쓰고 있다는 것을 알았다. 20년이 흘렀건만 마치 조 던이 어제 살해된 것처럼 아픔이 생생하게 밀려드는 것 같았다.

"그리고 정말 그 애가 돌아온 것 같았어요." 그녀는 말을 이어갔다. "여동생은 그 애를 많이 닮았거든요. 여동생이 어렸을 때 아침에 저 를 깨우곤 했는데 그때마다 깜짝깜짝 놀라곤 했어요. 잠깐 동안 그 애가 조던이라고 생각했으니까요. 조던이 죽은 건 그냥 악몽이었을 뿐이고 그 꿈에서 마침내 깨어난 거라고요." 그녀는 한 줄기 흐르는 눈물을 손가락 뒤쪽으로 닦아냈다. "미안해요. 이렇게 시간이 흘렀는 데 눈물을 보이다니 제가 너무 엉망진창인 여자라고 생각하시겠죠."

"무슨 말씀을요. 솔직히 말씀드려 저는 제가 어머니만큼만 강한 사 람이면 좋겠습니다. 이런 일을 겪고 나서 아이들을 다시 가질 만큼이 요."

그녀는 고개를 끄덕이고 숨을 깊이 들이마셨다. "저는 병원 예약이 있어서 곧 나가봐야 해요. 필요하신 게 무엇인가요, 야들리 씨?"

"제시카라고 불러 주세요. 저는 조던 사건을 조사하고 있습니다. 어머니의 상처를 이렇게 다시 헤집을 수밖에 없어서 정말 죄송해요. 하지만, 우리가 구금 중인 어떤 남자가 조던의 죽음에 개입되어 있을 수도 있다는 정황들이 있어서요."

이사벨라는 눈이 휘둥그레졌다. 야들리는 아무런 성과를 얻지 못 해 검찰이 사건을 불기소하기로 결정할 경우를 대비해서 그녀를 흥 분시키지 않으려 표현을 순화하려 애썼지만 그러기에는 마음이 너무 아팠고 그녀의 그 어린 딸을 죽인 남자를 잡을 것이라는 바람이 너무 컸다.

"그 사람이 누구인가요?"

"어둠의 카사노바 2세라고 불리는 남자에 대한 신문 기사를 보신

적이 있나요?"

그녀는 고개를 끄덕였다. "그 부부 살인범 말이군요." 그녀는 잠시 머뭇거렸다. "그 사람인가요?"

"아직은 확실치 않습니다. 그래서 제가 여기 온 것이고요. 저는 조던 사건의 경찰 보고서를 다 읽었는데요. 경찰은 조던에게 남자친구가 없었다고 했지만 조던이 일하던 곳에서 만난 한 친구는 그 애가 누군가와 사귀고 있었을 거라고 말했어요. 그 친구는 그 남자를 한 번도 본 적은 없었지만 조던이 그 친구에게 자기가 누군가에게 푹 빠져 있다고 말했다고 합니다."

이사벨라는 고개를 끄덕였다. "조던에게는 일기장이 있었어요. 작은 크기의 흰색 스프링 노트였어요. 보잘것없는 거였지만 제 여동생이 준 선물이었답니다. 형사에게 주려고 찾아봤지만 조던의 방에 그 일기장은 없었어요."

야들리는 그 말을 듣자마자 '그에게 있는 거야'라는 생각이 떠올랐으나 그녀에게 말하지는 않았다. 그 일기장에 웨슬리가 언급되어 있어서 그가 없애 버렸거나, 아니면 짜릿함을 느끼며 그걸 계속 보관하고 있었을 것이다. 그는 상상 속에서 살인을 다시 체험하고 싶을 때마다 조던 루소의 지극히 개인적인 생각들을 다시 읽었을 것이다.

"또 없어진 것이 하나 있었어요." 이사벨라가 말했다. "조던의 반지요. 가운데 사파이어가 박힌 은반지였죠. 뒤에는 '나의 땅꼬마에게'라는 글귀가 있어요. 그 반지는 그 애가 그때껏 자기 아빠에게 받은 유일한 선물이었어요. 조던은 한 번도 그걸 빼지 않았어요. 샤워를 할 때도요. 그 애가 발견되었을 때 손가락에 반지가 없었어요."

야들리는 고개를 끄덕였다. 그 반지는 경찰 보고서에 언급되어 있었다. "조던의 방은 아직 그대로 있나요?"

"아뇨. 루크와 살기 전까지는 그대로 두었었죠. 루크가 결국 이제 뭔가 새롭게 바뀌어야 할 때라고 하더군요. 지금 그 방은 아들이 쓰고 있답니다. 조던의 물건들은 다락방에 있어요."

"제가 좀 봐도 괜찮을까요?"

그녀는 다락방으로 올라가는 좁은 계단으로 야들리를 데리고 갔다. 그리고 말했다. "이제 저는 나갈 준비를 해야 해요. 부탁인데 어떤 물건이건 가지고 가셔야 한다면 저한테 꼭 말씀해 주세요."

"그렇게 할게요."

다락방은 먼지와 거미줄로 뒤덮여 있었다. 쌓여 있는 박스들에는 아무런 표기도 없었다. 야들리는 첫 번째 박스를 열었다. 옷이 가득했다. 두 번째 박스도 마찬가지였다. 대부분 아기 옷들이었고 청소년기의 옷들도 조금 있었다. 조던이 중고등학교 때 입었던 옷들은 기증을 했거나 여동생이 물려 받았을 것 같았다.

다른 박스에는 조던과 친구들의 사진, 색조 화장품들과 향수, 그리고 로션들이 들어 있었다. 야들리는 향수들 중 하나를 들어 향을 맡아 보았다. 달콤한 향이 살짝 묻어나는 흙내음이었다. 어린 여자아이가 어른처럼 보이기 위해 선택할 법한 그런 것이었다.

박스들을 닫자 숨이 막힐 듯한 슬픔이 밀려들었다. 올슨 부부의 삶도 박스 속으로 들어갔다. 그 박스들은 곧 거미줄로 뒤덮인 어떤 곳으로 치워질 것이고 그렇게 잊혀 갈 것이다.

야들리는 일어나서 손에 묻은 먼지를 털어냈다. 박스들을 가만히 보고 있자니 쓰디쓴 분노가 일었다. 그 예쁜 아이가 생을 제대로 시작하기도 전에 잔인하게 끌려가고 난 후 유일하게 남은 흔적에 그녀는 숨이 멎을 것만 같았다.

그 집을 떠나면서 이사벨라 루소에게 인사를 할 때 그녀의 마음은 오직 한 가지 생각에 사로잡혀 있었다. *당신은 이 사건에서 빠져나가지 못할 거야, 웨슬리.*

✦

야들리는 웨슬리가 서재로 사용하던 방 안에 서 있었다. 그녀는 그곳에 있던 모든 것을, 마지막 하나 남은 종이 클립과 펜까지도 보관 창고에 갖다 놓았다. 나중에 기증할 수 있도록. 그러나 지금 그녀는 웨슬리가 집으로 들어오고 난 이후 이 방에 거의 한 번도 들어온 적이 없다는 사실을 깨달았다. 웨슬리는 그녀에게 집중력이 한 번 흐트러지면 다시 회복되기 어렵다며 꼭 필요한 경우에만 자신을 부르라고 했었다.

서재에는 커다란 책장이 있었다. 지금 그 책장은 텅 비어 있다. 그리고 그녀가 그의 생일 선물로 사 준 널찍한 책상과 의자, 컴퓨터 모니터가 있었다. 한쪽 구석에는 벽장이 있었는데 그녀는 그가 집으로 들어오면서 전에 이 방에 있던 물건들을 그 벽장에 잔뜩 넣어 두었다.

그녀는 벽장으로 가서 문을 열었다. 자신이 쓰던 낡은 사무용 의자가 그 안에 처박혀 있었다. 그 외에 법률 서적들과 사무용품 박스들, 프린터기, 그리고 오래된 컴퓨터가 한 대 있었다. 야들리는 안에 있던 모든 것을 밖으로 끄집어내기 시작했다.

몇 분 걸리지 않아 물건들을 다 끌어낼 수 있었다. 하지만 이상해 보이거나 범상치 않은 것은 아무것도 없었다. 그녀는 벽장 속을 다시 한번 보았다. 그러자 맨 위쪽의 선반이 눈에 띄었다. 뒤져 보지 않은 박스 두 개가 거기 놓여 있었다. 그녀는 박스 하나를 아래로 내려서 열어 보았다. 컴퓨터용 인쇄용지 한 다발과 전선들, 그리고 디스크가 몇 개 있었다. 그녀는 그 박스를 바닥에 두고 또 다른 박스를 내렸다. 각각 천 페이지는 족히 되는 두꺼운 법률 논문들이 들어 있었다. 그녀는 로스쿨에서 이 논문들을 읽을 때의 기억이 났다. 그때를 기억하면 로스쿨 성적을 결정하는 마지막 시험을 시간에 쫓겨가며 공부했던 것이 생각나 지금도 그 불안한 마음의 편린이 느껴졌다.

모든 것을 제자리로 돌려놓으려던 찰나 그녀는 웨슬리가 책 속에 DVD 디스크를 숨겨 놓았던 것이 번뜩 떠올랐다.

그녀는 책들과 논문들을 모두 끌어내려 바닥에 쌓았다. 그녀는 실내화를 벗고 자리에 앉아 하나씩 책장을 넘겨 갔다. 오래 묵은 종이의 냄새를 맡으니 고등학교 시절이 다시 생각났다. 그때 그녀는 두 군데서 일을 하면서 밤잠을 아껴 전 과목 A를 받으려고 기를 썼기 때문에 겨우 몇 시간 눈을 붙이곤 했을 뿐이었다. 그래서 밤늦게 공부를 하려고 커피를 사발로 마시던 그 시절이 떠올랐다. 그렇게 해서 그녀는 장학금을 받고 대학에 갈 수 있었다. 장학금을 못 받았더라면 대학에 갈 수 없었을 것이었다.

그녀는 술을 사느라 있는 돈을 다 써버리던 어머니가 한 번이라도 공과금들은 어떻게 내고 있냐고 물어본 적이 있었던지 기억해내려 해 보았지만 생각이 나지 않았다.

중세 영국법에 관한 밤색 두꺼운 책 한 권이 두께에 비해 너무 가벼웠다.

그녀는 책장을 열었다.

책은 비어 있었다. 그리고 한가운데 흰색 작은 일기장이 있었다. 표지에는 색이 바랜 빨간 색 글씨가 씌어 있었다. **나의 일기.**

59

볼드윈은 점심시간을 이용해 조깅을 하러 갔다. 원래 그는 아침에 달리는 것을 좋아했지만 오늘은 시간이 없었다. 아침에는 가끔씩 스트립에서도 달리곤 했다. 라스베이거스는 밤의 도시이기 때문에 이른 아침에는 밤늦도록 흥청망청 돈을 다 써버리고서 곤드레만드레 취해서 호텔로 돌아가는 몇몇 사람들을 제외하면 도시가 텅텅 비어 있었던 것이다.

그는 딘 부부의 침실에 들어간 이후 조깅을 하러 가지 못했었다.

2마일도 못 가서 숨이 차서 그는 달리기를 끝내지 못하고 집으로 향했다. 마지막 남은 진통제 약병이 주방 조리대 위에 있었다. 그는 '만일의 경우에 대비해서' 약병을 거기 둔 것이라고 스스로에게 되뇌었었다.

물을 한 잔 다 마시고 나서 그는 갈색 병을 집어 들어 알약들을 음식물 분쇄기에 쏟아 버렸다. 그리고 병은 쓰레기통에 던졌다.

야들리가 그의 휴대폰으로 전화를 했다.

"응, 말해." 그가 말했다.

"그는 그 여자아이를 알고 있었어." 그녀가 말했다.

"누구 말이야?"

"웨슬리가 조던 루소를 알고 있었다고. 나는 그 애의 어머니와 이야기를 해봤어. 그 어머니는 조던에게 일기장이 있다고 말했지만 경찰은 결국 찾아내지 못했어. 나는 웨슬리가 사용했던 서재에 있는 벽장 속을 샅샅이 훑었어. 속이 빈 책 안에 그 일기장이 있었어."

"그는 왜 그걸 거기에 둔 거지?"

"아마도 내 집에 그 일기장을 가지고 있는 것이 짜릿했나 보지. 내가 밖에 있는 동안 그 일기장을 읽는 것도." 잠깐 말이 멎었다. "어쨌든, 그 애가 살해되기 3주 전 일기에는 자기보다 나이가 많고 남부 사투리를 쓰는 어떤 남자를 만난 이야기가 있었어. 그 사람을 조던은 웨스라고 썼어. 이사벨라 루소에게 전화로 그에 대해 물어봤더니 그녀는 조던이 일하는 곳에 아이를 데리러 갔다가 그 애가 나이 많은 어떤 남자와 있는 것을 딱 한 번 본 적이 있대. 조던은 두 군데서 일을 했어. 식당에서 종업원으로 일하고 헬스 센터에서는 개인 트레이너로 일을 했대. 이사벨라는 그 남자를 본 곳이 식당 앞이었다고 분명히 기억하고 있어. 나는 용의자 사진들을 가지고 일을 꾸미고 싶지는 않아. 그래서 웨슬리의 사진을 그녀에게 보여주지는 않았어. 오늘 아침에 당신한테 경찰 보고서와 부검 결과를 보냈어. 다 살펴보고 나서 나한테 다시 전화해 줘."

볼드윈은 볼 풍선을 만들어 숨을 뿜어내고는 서둘러 샤워실로 갔다.

◆

카페 안은 사람들로 활기차게 북적거리고 있었다. 볼드윈은 구석 자리에 앉아서 조던 루소의 경찰 보고서를 읽어 내려갔다. 강력계 형사들과 과학 수사 조사관들, 그리고 검시관의 작업은 훌륭했다. 하지만 그들이 더 파헤칠 수 있는 것이 없었다. 그들은 시신이 벌거벗은 채 발견되었기 때문에 비록 입고 있던 옷들이 시신 바로 옆에 있긴 했지만 조던이 죽기 전에 성폭행을 당했을 것이라고 추정했다.

뜨거운 사막의 태양 아래 22일 동안 방치되어 있었기 때문에 조던의 몸은 수분이 완전히 다 빠진 상태였고 동물들이 살을 뜯어 먹은 흔적이 여러 군데 있었다. 검시관은 많은 부분을 규명하지 못했다. 심지어 사망 시각조차 대략적으로 짐작했을 뿐이었다. 그렇게 오랜 시간이 흐른 후 사망 시각을 규명할 유일한 방법은 시신의 부패 정도였으나 뜨거운 열기 때문에 부패가 더 빨리 진행되었던 것이다.

증거물 목록에 일기장은 없었다.

납치 장면을 목격하거나 시신 유기를 목격한 사람도 없었다. 그래서 사건은 18년 전에 라스베이거스 경찰청의 미제 사건 파일로 이관되었다.

볼드윈은 야들리에게 문자를 했다.

보고서에는 조던에게 반지가 있었으나 사라졌다고 되어 있네.

야들리가 답 문자를 보냈다.

아빠한테 받은 은반지인데 가운데 사파이어가 박혀 있대. 사파이어는 그 애의 탄생석이야. 반지 뒤에는 '나의 땅꼬마에게'라는 각인이 새겨져 있어. 그 애 아빠는 조던을 그렇게 부르곤 했대. 나는 웨슬리가 그 반지를 보관하고 있을 거라고 생각해.

그의 보관 창고에서 반지는 발견되지 않았어.

나도 알아. 우리 집에 와서 나 좀 태워 줘.

60

야들리는 볼드윈이 집 진입로에 차를 세우는 것을 보았다. 그녀는 조수석에 앉으며 말했다. "그가 여기서 가지고 있던 물건들을 창고에 다 갖다 넣었어. 뭐가 있는지 제대로 살펴보지 않고서 말이야. 이삿짐센터 사람들에게 맡겨 놓았거든."

"우리가 거기서 반지를 찾을 거라고 생각해? 그럴 리가 없어. 그는 너무 조심성이 많은 사람이야. 설령 범인이 그라 할지라도 말이야."

그녀는 엄지손톱을 깨물었다. "그가 범인이야. 우리 집에 그 애의 일기장을 보관하면서 짜릿해 했다면 다른 물건도 마찬가지였을 거라고 나는 확신해."

그는 공원에 차를 대었다. "제시카, 당신은 이 사건에서 빠져야 돼. 이건 이해 충돌이야. 당신이 뭔가를 발견한다면 어떻게 되겠어? 그게 어떻게 보이겠냐고?"

"이건 나 말고는 아무도 못 해, 케이슨. 다른 누군가가 할 수 있다면 얼마나 좋겠어, 하지만 내가 이 일을 할 수 있는 유일한 사람이라고. 어떻게 받아들여질지는 운에 맡겨야지."

그는 그녀를 잠깐 쳐다보았다. "당신이 같이 가는 건 괜찮아. 하지만 나와 다른 요원들이 수색하는 동안 당신은 차 안에 있어야 해. 그런데 설사 우리가 그걸 찾는다 해도 그는 그냥 조던이 그 반지를 자기에게 주었다고 할 수도 있어."

"우리가 파기 시작하면 더 많은 게 있을 거라고 확신해. 당시의 형사들은 웨슬리를 알지 못했어."

그는 차를 다시 도로로 끌어내어 움직이기 시작했다. 그녀는 잠시 그를 보다가 창문 밖을 내다보았다. "내 생각에는 에밀리아도 살아 있을 것 같아."

"왜지?"

"보험을 든 거랄까. 그는 그 아이를 최대한 활용할 수 있을지 한 번 보려고 할 거야. 그가 어찌어찌해서 유죄를 선고받는다면 사전 형량 조정 신청을 하려 할 거야. 그러면 에밀리아가 죽은 것보다는 살아 있는 편이 훨씬 낫겠지. 그러니까 그가 오스카의 집에서 자기 아파트로 차를 몰고 갔다면 가는 길 어디쯤에 그 애를 맡겨야 했을 거야. 누군가 그 애를 돌보고 있을 테지."

"어딘가에 가둬 놓고 돌아가서 직접 돌보려고 계획했을 수도 있잖아."

그녀는 그를 쳐다보지는 않았지만 고개를 가로저었다. "아니. 그는 자신이 체포될 것이고 보석은 기각될 것이라는 걸 알고 있었어. 누군가 에밀리아를 데리고 있는 거야. 나라면 할 수 있는 한 많은 사람들을 동원해서 집집마다 알아볼 거야."

"그렇게 하려면 몇 달은 걸려."

"언론에 다시 한번 알려 봐. 자원봉사자를 더 많이 모으고. 이 일은 뉴스에서 사라졌잖아. 다시 나오도록 만들어야 해. 내가 아는 한 웨슬리는 친구가 아무도 없어. 누군가에게 돈을 주고 에밀리아를 맡겼을 거야. 그리고 그 사람은 에밀리아가 누군지 모를 거라고 생각해."

창고 건물에서는 짙은 색 양복 차림의 두 사람이 문 옆에서 그들을 기다리고 있었다.

볼드윈과 그 요원들은 빠른 속도로 모든 것을 이 잡듯이 샅샅이 뒤졌다. 그 창고는 야들리가 찾을 수 있는 한 제일 먼 거리에 있었다. 그녀는 웨슬리의 물건들을 자기 집에서 가능한 제일 먼 곳에 두고 싶었던 것이다.

차 안에서 그녀는 그들이 박스를 비울 때마다 땅에 층층이 쌓이는 물건들을 보았다. 옷과 신발, 문구류, 그가 케냐나 캄보디아를 여행하며 사 온 자질구레한 장신구들이었다. 그중에는 고대의 가면을 복제한 것 같은 물건도 있었다. 그 가면은 색이 바래고 눈 밑에는 물 얼룩이 져서 울고 있는 표정이었다. 그 아래에는 웨슬리의 교합 보정기가 있었다. 그의 치아를 완벽하게 복제한 그 기구를 그는 한 번씩 밤에 끼고 자곤 했다. 그 입속에 자신의 혀가 닿았었다는 생각만으로 그녀는 토할 것만 같았다.

"뭔가가 있어." 볼드윈이 말했다.

그는 자물쇠가 채워진 작은 나무 상자를 들었다. 18세기나 19세기의 담뱃갑 같아 보이는 그 상자는 가장자리가 은색으로 장식되어 있었다.

"이거 전에 본 적 있어?" 그가 야들리에게 물었다.

"그가 서재에 보관하던 거야. 한 번도 그게 뭐냐고 물어보지는 않았어. 담배가 들어 있을 거라 생각했거든."

"자물쇠가 정말 튼튼해. 담배를 넣긴 아까운 물건이지."

볼드윈은 자동차 트렁크에서 뭔가를 꺼냈다. 그는 그 상자를 후드 위에 내려놓고 매끈매끈한 열쇠 같은 것들을 집어서 그것들을 하나씩 자물쇠 속으로 밀어 넣어 보았다.

"멈춰 봐." 야들리가 말했다.

"왜?"

"내가 영장을 발부받을게." 그녀는 휴대폰을 귀에 대며 말했다.

"영장은 필요 없어. 이건 당신이 소유하고 있던 그의 물건들 속에 있는 거야. 그리고 어쨌든 그 어머니의 말과 일기장이 우리에게는 타당한 근거가 되는 거고."

"나는 모험 같은 건 안 해."

야들리는 자신의 사무실로 영장을 발부해 달라고 전화를 했고 사무관이 초안을 작성했다. 사무관은 지금 재판이 없는 판사를 찾아 서명을 받을 수 있도록 여기저기 다녀 보겠다고 말했다. 기다리는 동안 볼드윈은 자동차 후드 위에 누워서 하늘을 바라보고 있었다. 다른 두 요원들은 보관 창고에 기대서 있었다.

"당신은 어릴 때 이런 식으로 살게 될 줄 알았어?" 볼드윈이 말했다.

"이런 식이 뭔데?" 그녀는 열린 차창으로 말했다.

"우리가 상대하는 이런 사람들을 상대하는 것? 나는 어릴 때는 항상 소방관이 되고 싶었어. 사람들을 돕고 싶었거든. 불이 난 곳에 어떤 사람들이 있든 나는 그들을 도왔을 거야. 당신은 이 온갖 죽음과 비극을 보고서도 인생을 긍정적으로 보려 하는 것 같아. 하지만 우리가 상대하는 일은 다르잖아. 사람들에 대한 시각을 바꿔 놓지. 나는 가끔씩 내가 추구하던 걸 이루었다면 어디에 있었을까, 생각해 보곤 해."

"그건 알 수가 없지. 지금보다 더 나쁠 수도 있어."

"아니면 결혼을 해서 집안 가득 아이들이 있고 내가 좋아하는 일을 하고 있을 수도 있지. 이렇게 매일 밤 패스트푸드나 먹으면서 미친 놈들을 쫓아다니는 것보다는 낫겠지."

"그런 식으로 생각해 봐야 아무 소용도 없잖아."

그는 고개를 돌려 그녀를 보았다. "우리 이렇게 한번 해볼까? 당신이 5년 동안 혼자 살고, 또 나도 5년 동안 혼자 살면…"

그녀는 싱긋 웃었다. "머리나 먼저 잘라야 할걸. 나는 본 조비랑은 결혼 안 해."

그녀의 휴대폰 진동이 울렸다. 영장이 발부되어 이메일로 보냈다는 것이었다.

"영장이 나왔어?" 볼드윈이 물었다.

그녀는 고개를 끄덕였다. "상자를 열어."

1분도 채 걸리지 않아 상자의 뚜껑이 위로 탁 열렸다. 그는 차 트렁크에서 라텍스 장갑을 가져왔다.

"사파이어라고 했지, 맞아?"

"그래."

그는 먼저 금발 머리 한 묶음을 집어 올렸다. 그리고 다음으로 가운데 빛나는 사파이어가 박힌 은반지가 나왔다. 반지를 뒤집어 보고 그가 말했다. "각인이 있어. '나의 땅꼬마에게'라고."

너는 잡혔어, 야들리는 생각했다.

61

타라는 자기 방에서 잠들어 있었다. 그래서 야들리는 복도에 서서 아이를 바라보았다. 지금 오티즈는 딸의 방에서 텅 빈 아기 침대를 바라보고 있을까 하는 생각이 들었다.

스티븐 칼은 소파 테이블에 발을 올린 채 소파에 앉아 저녁 뉴스를 보고 있었다. TV 소리는 낮게 맞추어 놓았다. 그는 야들리가 신발을 벗어 던지고 양반다리로 옆에 앉자 따뜻한 미소로 맞아 주었다.

"타라는 어땠어요?" 야들리가 물었다.

"아주 재미있게 지낸 것 같더구나. 하지만 우리는 그 애를 볼 시간이 별로 없었단다. 종일토록 친구들과 나가 있었거든. 타라가 우리에게 그 남자애 얘기를 해 줬다. 그 애가 자기한테 전화할까 봐 신경이 쓰인다고 하더라."

"제가 타라의 전화번호를 바꿨어요. 타라한테는 아직 말하지 않았지만요. 그래도 역시 타라를 그 학교에서 데리고 나와야 할 것 같아요. 또다시 그 남자애 가까이 있는 건 안 될 말이에요."

스티븐의 눈은 TV에서 떠나지 않았다. 그녀는 그가 무슨 말을 꺼내려고 한다는 것을 알았다. 그리고 그 말을 꺼내기 전에 이미 여러 번 반복해서 연습했으리라는 것도. "우리 목장 근처에 좋은 학교들이 많단다. 학급당 학생 수가 15명이니까 서로서로 잘 알고 지내지. 몇 마일만 더 가면 사립 학교도 있어. 우리는 타라를 거기에 보낼 정도의 여력은 있단다."

"타라에게는 엄마가 필요해요."

그는 고개를 끄덕였다. "나도 안다. 하지만 타라는 자기 아빠 때문에 인생의 출발점에서부터 이미 불이익을 받았잖아. 그래서 우리는 힘이 닿는 한 그 애에게 도움이 되고 싶단다." 그는 그녀를 쳐다보았다. "이 도시는 어린 여자아이를 키울 만한 데가 아니다. 너도 그건 잘 알고 있을 거야."

야들리가 일어섰다. "마실 것 좀 드릴까요?"

그녀는 진토닉 두 잔을 만들어서 그에게 한 잔을 내밀었다. 그들은 TV를 보면서 말없이 진토닉을 홀짝거리고 있었다. 야들리는 두 사람 다 TV는 안중에도 없다는 것을 알고 있었다.

"칼을 만나러 가실 건가요?" 그녀가 말했다.

스티븐은 진토닉을 길게 한 입 마셨다. "아직 마음을 못 정했다."

"그래도 두 분 아들인걸요."

"그 애가 내 아들이라는 걸 새삼 일깨울 것 없다. 나도 안단다." 스티븐은 잔 속에 든 얼음을 흔들면서 마시던 술을 내려다보았다. "이런 말을 하는 건 끔찍하지만, 그리고 이 말을 입 밖에 내는 데 오랜 시간이 걸렸지만, 경찰이 그 애를 쐈을 때 그냥 죽었다면 좋았을 것 같다. 그 애가 살아나지 않기를 마음속으로 빌었었다. 도대체 어떤 아버지가 친아들에 대해 이런 생각을 하겠니?"

"아버님은 그 사람 아버지이지만 그보다 먼저 인간이니까요."

그는 고개를 가로저었다. "나는 그 애가 죽으면 그 애한테 살해당한 사람들의 가족들이 마음의 평화를 얻을지도 모른다고 생각했단다. 그 애 엄마도 마찬가지고. 아내는 몇 년이 지나고 나서야 마침내 집에서 그 애의 사진들을 치웠단다. 심리 치료사가 처방한 약을 끊는 건 더 오래 걸렸지. 우리가 가서 그 애를 본다면 과거의 그 모든 일들이 다시 수면 위로 올라올 거야. 우리가 다 극복했던 일들이 말이야."

야들리는 하고 싶은 말을 조심스럽게 다듬었다.

"그 사람을 만나고 나면 후회하실지도 모르죠. 하지만 만나지 않으시면 더 후회하실 거예요. 다시 만날 기회가 없을 테니까요."

그녀는 자신의 술잔을 소파 테이블에 놓고 그의 뺨에 입을 맞추었다. 그리고 말했다. "안녕히 주무세요, 아버님. 타라한테 목장에 다니러 가라고는 할게요."

"잘 자거라."

살짝 뒤를 돌아보니 그는 손목으로 눈물을 닦아내다가 두 손으로 눈을 가리고 울기 시작했다.

62

    딘 부부와 올슨 부부 살인 혐의, 그리고 마일스 부부에 대한 살인 미수 혐의는 웨슬리의 자백과 그의 보관 창고에 있던 모든 증거들이 배제된 후 증거 부족으로 기각되었다. 재판장이 기각을 선언한 순간 FBI는 그를 조던 루소 살인 혐의로 체포하였다.

    다음 며칠간 모든 것이 착착 준비되었다. 이사벨라 루소는 캄캄한 방에 서서 용의자 선별 열에 선 여섯 명의 남자들 중 딸이 일하던 식당 앞에서 얘기를 나누고 있던 남자, 그리고 그곳 주차장에서 차를 몰고 나올 때 운전석에 앉아 있던 남자로 웨슬리를 지목했다. 적절한 모든 절차가 뒤따랐고 이사벨라는 웨슬리의 다른 범죄를 다룬 최근의 뉴스를 본 적도, 그의 사진을 본 적도 없다고 주장했다.

    그녀의 신원 확인은 법정에서 효력을 유지할 것이었다. 야들리는 이사벨라가 웨슬리를 어떻게 그토록 빨리 지목할 수 있었는지 꺼림칙한 생각이 들었지만 그런 마음은 혼자의 것으로 묻었다. 웨슬리의 얼굴이 그녀의 마음속에 너무나 깊이 각인된 나머지 20년이란 세월이 흘렀어도 그 기억이 지워지지 않았을 수 있다. 가능한 일이었다. 야들리는 여러 가지 일들을 걱정할 만한 에너지가 고갈된 상태였고 이것은 그런 걱정거리에 해당되지도 않을 일이었다.

    용의자 선별 열을 떠날 때 웨슬리에게는 신청 심리에서 그가 보여주었던 확신에 찬 건들거리는 걸음걸이나 비웃으며 즐거워하던 눈빛이 없었다. 대신에 그는 격분한 듯한 모습이었다. 그 모습에 야들리는 거의 미소를 지을 뻔했다.

"뭐가 잘못됐어, 웨슬리?" 마찬가지로 그의 모습을 보면서 볼드윈이 말했다. "조던 루소가 돌아와서 네 놈에게 복수할 걸 예상 못 한 거야?"

법원 경위가 그를 다시 구치소로 데리고 갈 때 웨슬리는 비웃으며 말했다. "당신은 아무 살인 사건이라도 찾아내서 나한테 끼워 맞추려고 혈안이 된 게 분명해. 이 희극에서 내가 무죄 판결을 받으면, 그리고 그렇게 될 거야, 그러면 나는 악의적 기소와 불법 감금을 강행한 연방 검찰과 FBI, 그리고 특히 당신을 상대로 소송을 할 거야."

"우리는 그 반지를 찾았어, 웨스." 볼드윈이 말했다. "그리고 그 머리카락과 다른 것들도 다. 이 역겨운 놈. 재판장이 네 놈한테 가석방 없는 종신형을 선고하면 그때는 내가 크게 웃어주지."

법원 경위가 웨슬리를 끌고 나가자 그는 입을 악다물었다.

✦

웨슬리 폴의 잠겨진 상자에서 발견된 머리카락이 조던 루소의 빗에서 채취한 머리카락과 일치한다는 문자가 온 것은 오후 두 시였다. 야들리는 조던 어머니의 다락방에 있던 박스들 중 하나에서 그 빗을 본 기억이 났다.

몇 초 지나지 않아 그녀는 리우의 집무실에 서 있었다.

"실험실에서 전화가 왔어." 그녀가 말을 꺼내기도 전에 그가 말했다. "이건 어머니의 증언과 일기장, 반지, 그리고 머리카락이 있는 탄탄한 사건이야. 그 어머니는 시신 발굴 명령에도 동의한다고 했네. 거기에 여전히 뭔가 남아 있다면 우리로서는 행운이겠지."

"그는 정황 증거라고 주장할 거예요. 그 모든 것은 조던이 자기에게 준 것이고 나중에 그 애가 살해된 것은 그냥 우연의 일치이지 자기와는 아무런 관련이 없다고 말이에요. 배심원단이 그 말을 믿을 거라고 생각하지는 않지만, 그래도 우리는 계속해서 조던이 실종된 날 두 사람이 함께 있는 걸 본 사람을 찾을 거예요. 공소장 초안을 작성하고 대배심에 모든 증거가 제출되도록 하겠습니다. 그러니까 —"

"나는 이 사건을 자네한테 맡기지 않을 걸세, 제시카."

한 차례 침묵이 흘렀다. "이건 제 사건입니다. 처음부터 끝까지 제가 쌓아 올린 거라고요. 부장님은 이 증거에 관해 알지도 못하셨을 거예요. 만약 제가 —'

"나는 이 사건을 팀에게 줄 걸세."

"농담이시겠죠. 팀은 우리의 원래 사건을 무너뜨린 일등 공신이에요."

"나는 내 원래의 판단을 지키는 걸세. 자네한테 이 사건을 기소하게 하는 건 적절해 보이지 않을 거야."

그녀가 따지기 시작하자 리우는 한 손을 들고 굳은 시선으로 그녀를 보았다. "팀은 이 부서에서 자네의 선배야. 자네가 로스쿨 1학년이었을 때 그는 살인 사건들을 기소하고 있었어. 자네는 그에게 응당한 존경을 표해야 하네."

"팀은 웨슬리의 상대가 못 돼요. 그는 —"

리우는 마치 그녀의 말은 듣지도 않은 것처럼 계속해서 말을 이어갔다. "내가 팀에게 말했더니 그는 자네가 배석 검사를 해도 좋다고 했네. 공판에서 그를 돕고 증거들과 필요한 다른 것들을 그에게 건네주고 적절할 때 기록을 하고 직접 신문과 반대 신문에서 그가 놓칠 수도 있는 질문들에 대해 의견을 내도록 하게."

"그에게 물건들을 *건네주라고요?* 진심이세요?" 그녀는 팔짱을 꼈다. "만약 제가 남자라면 저에게 지금 배석 검사가 되어 그에게 물건들을 건네주라고 하시겠어요?"

"그런 전술은 나한테 안 먹혀. 자네의 감정을 건드려서 미안하네. 하지만 내가 무슨 말을 하겠나? 자네가 그 남자들을 골랐어. 자네 스스로 이 지저분한 일에 말려든 거라고."

야들리는 자신의 사무실로 돌아오면서 거의 비명을 지를 뻔했다. 그녀는 서랍에서 연필을 꺼냈다. 눈을 감고 깊은숨을 쉬었다. 그리고 연필을 반으로 부러뜨렸다. 손안에서 으드득 소리가 났다. 그녀는 눈을 뜨고 연필을 쓰레기통에 던졌다. 그리고 볼드윈에게 전화를 했다.

"팀이 이 사건을 기소할 거야."

"엿 먹으라는 소리군."

"우리는 이게 절대로 무죄로 끝나지 않도록 만들어야 해."

그는 한숨을 쉬었다. "좋아, 뭐부터 시작해야 하는 거지?"

63

하늘은 흐렸지만 금방 해가 비칠 기미가 보였다. 볼드윈은 어딘가에서 해변에 누워 있다면 얼마나 좋을까 싶었다. 그는 날씨에 따라 기분이 달라졌다. 지난달 내내 휘몰아치던 폭풍우 같은 것은 정말 싫었다.

그는 야들리의 집 바깥에 차를 세우고 안에 앉아서 그녀에게 문자를 했다. 그녀는 운동을 막 끝낸 참이었다고, 곧 나가겠다고 답했다. 보아하니, 그녀는 며칠 전 타라가 조부모와 함께 지내기 위해 뉴멕시코로 떠난 뒤부터 매일 두 시간씩 운동을 하는 것 같았다. 그녀는 타라 이야기를 하려 하지 않았지만 볼드윈은 그녀가 얼마나 타라의 안전을 걱정했으면 아이를 그 멀리까지 보냈을지 잘 알고 있었다.

그녀는 요가 바지와 지퍼 달린 후드 재킷을 입고 나와 그의 차에 탔다. 민트 샴푸 향 같은 것이 났다. 머리카락은 아직도 샤워로 젖은 상태였다. 그녀의 발목과 무릎 사이의 다리가 보였다. 그는 그녀의 종아리 근육을 꽤 오래 쳐다보았다. 그리고 그런 자신에게 야릇한 죄책감이 들었다.

"팀 대신 당신이 와서 좋네." 볼드윈이 그녀의 집에서 차를 빼며 말했다.

"검시관이 뭐라고 하는지 자기한테 보고하라고 했어. 오후 산책을 포기하기 싫은 거지."

볼드윈은 그녀를 흘깃 쳐다보았다. "당신이 이런 일을 참고 견뎌야 하다니 정말 유감이야. 이건 거지 같은 짓이야. 당신이 이 사건을 이끌고 있는 단 한 사람이라는 걸 모두가 알고 있어. 그리고 아무도 그 사실을 잊지 않을 거야."

그녀는 창밖을 바라보았다. "아무 상관없어. 나는 단지 웨슬리가 다시는 세상에 나오지 못하도록 확실히 하고 싶을 뿐이야."

"그 자식이 당신 뒤를 쫓으려 하기라도 하면—"

"당신이 할 수 있는 일은 하나도 없을 거야. 한시도 떨어지지 않고 내 옆에 있을 수는 없으니까. 그는 나를 수년간 조용히 따라온 사람이라는 걸 잊지 마. 그는 사람이라고 믿을 수 없을 만큼 끈질긴 사람이야. 내가 더 이상 경계를 하지 않을 때까지 기다렸다가 그때 나에게 올 사람이야."

"그런 일이 일어나도록 내가 내버려 두지 않을 거야, 제시카."

"아니," 그녀가 그를 쳐다보며 말했다. "내가 내버려 두지 않아."

✦

클라크 카운티 검시관실은 복합 상업 지구의 어린이 박물관 근처에 있었다. 길 건너편은 황량한 벌판이었다. 볼드윈이 기억하는 한, 땅의 소유자들은 아주 오래전부터 그 땅을 개발시키려 애쓰고 있었다.

그들은 서명을 한 후 뒤쪽의 흰색 방으로 안내되었다. 방의 가운데에는 초록색 방수포가 덮인 이동식 철제 들것이 있었다. 검시관보 한 사람이 도넛을 우걱우걱 씹으며 고개 숙여 휴대폰을 보고 있었다. 그들을 보더니 그는 휴대폰을 주머니에 넣었다. "케이슨, 오랜만이네."

"어떻게 지내, 매트?"

"늘 그렇지, 뭐, 제시카, 다시 보게 돼서 반가워요."

그녀는 그에게 살짝 미소를 보였으나 아무 말도 하지 않았다.

"그래서 뭘 좀 찾았다고?" 볼드윈이 물었다.

"그럼." 그는 도넛을 크게 한 입 베어 물고는 남은 조각을 생물학적 위험 물질 쓰레기통 속으로 던졌다. 그리고 손을 씻었다. 그는 라텍스 장갑을 끼고 방수포를 걷어냈다.

볼드윈은 부패 상태가 각기 다른 너무나 많은 시신들을 보아 온 까닭에 시신을 보는 일이 거의 아무렇지도 않았다. 이제는 더 이상 충격을 받지도 않았고 시신이라는 것을 유념하지 않으면 그것이 한때 인간이었다는 것조차 인식하지 못할 정도였다. 그래서 그는 매트가 어떻게 수분이 다 빠진 사체를 들여다보면서 입속에 남아 있는 도넛을 씹고 있는지 이해할 수 있었다. 야들리의 눈은 시신에 고정되어 있었고 아무런 표정이 없었다.

"바로 여기야." 매트가 말했다. "한번 봐."

볼드윈은 사체 가까이 다가서서 몸을 기울였다. 근육과 살은 없어지고 백골과 두꺼운 힘줄 몇 개만 남아 있었다. 치아가 다 떨어져 나간 조던의 머리는 돌멩이에 으스러져 삐죽삐죽 금이 간 두개골일 뿐이었다.

"바로 여기," 오른발을 가리키며 매트가 말했다. "이건 내측 경상 골이라고 하는 거야. 바로 거기 살짝 들어간 자국 보이지? 거의 눈에 안 띄긴 하지만 그건 깨물어서 생긴 자국이야."

매트는 벽 캐비닛에서 플라스틱 치아 한 쌍을 꺼내어 사체로 돌아왔다. 그는 뼈 위의 홈에다 치아들을 조심스럽게 정렬했다. 입은 오른쪽으로 비틀어져 있었다. "그는 이렇게 발목 아래를 깨물어야만 했어."

"조던이 그를 발로 찬 거야." 야들리가 말했다. 두 남자는 그녀를 쳐다보았다. "조던은 그와 몸싸움을 했고 그들은 땅에 쓰러진 거야. 아니면 그가 조던 위에 섰던 거고. 그 애는 그를 발로 찼고, 그는 그 애를 붙잡고 뼈에 자국이 날 정도로 세게 물었던 거지."

매트는 고개를 끄덕이며 치아 모형을 탁 하고 닫은 뒤 제자리에 돌려 놓았다. "조던의 신발이 벗겨졌거나 그 애가 목이 짧은 양말을 신었다면 충분히 말이 돼. 그리고 왜 다른 깨문 자국은 없는지 설명해 주겠어? 그가 깨물었던 전력이 있어?"

"아니." 볼드윈이 말했다. "그의 피해자들 중 누구에게도 그런 흔적은 없었어."

"그렇다면 나는 제시카의 설명이 제일 타당하다고 생각해. 조던은 기어가고 있었거나, 등을 대고 누워 있다가 그를 발로 찼을 거야. 그는 그 애를 잡고 할 수 있는 제일 가까운 곳을 깨물었어. 내측 경상골에는 살이 별로 없어. 그러니까 그 부분이 신발로 가려져 있지 않았다면 그는 거의 뼈 속까지 바로 물어버렸던 거지. 그래서 여기 이렇게 두드러진 자국이 남아 있는 거고."

"전에는 어떻게 이걸 놓쳤던 거죠?" 야들리가 물었다.

매트는 훅, 하고 입바람을 불었다. "글쎄요, 그때는 아직 살이 붙어 있었을 테고 사막에 방치되어 있어 변색이 있었다면 이런 정도는 쉽게 놓칠 수가 있으니까요. 게다가, 아시다시피 샤워를 하면 거의 대부분의 시간을 가슴이나 배를 씻는 데 쓰고 발은 별로 씻지 않잖아요. 발이 우리 몸에서 제일 균이 많은 곳인데도 말이죠. 검시를 할 때도 마찬가지예요. 뭐랄까, 고유한 편향 같은 거죠. 우리들 중 가장 세

심한 사람도 발은 대충 훑어보고 나머지 몸에 집중하는 경향이 있어요. 그 당시에 최초 부검을 한 사람은 신참이었고 그래서… 제 말은, 솔직하게 말씀드려, 그냥 놓친 거라고 생각한다는 겁니다. 이건 아마도 거의 보이지 않았을 거예요. 그래서 발을 너무 빨리 감정한 거죠. 그건 제가 사과드립니다. 향후 보고서에도 똑같이 써 놓을게요."

볼드윈이 말했다. "있을 수 있는 일이지 뭐. 중요한 건 우리가 이제 알게 되었다는 거야."

그는 고개를 끄덕이며 백골이 된 사체를 내려다보았다. "법치의학자를 불러와서 이게 당신네 그놈의 짓인지 알아보도록 해. 내가 도울 일이 있으면 알려줘. 나는 지금 가 봐야 해. 두 사람 다 만나서 반가웠어." 그는 시신을 방수포로 다시 덮었다.

"어떻게 생각해?" 볼드윈은 복도로 나와서 말했다. "우리 팀 치과 의사에게 여기로 와서 본을 뜨라고 할까?"

그녀는 고개를 가로젓고는 벽에 기대서서 팔짱을 꼈다. "아니. 웨슬리는 치아의 본을 뜨라는 명령을 기각해 달라고 신청할 거야."

"그래, 하지만 그 신청은 분명 기각될 거야, 안 그래?"

"그럴 수도 있고 아닐 수도 있어. 위험을 감수할 만한 일은 아니지. 그렇지만 방법이 있어. 우리가 보관 창고에 갔을 때 그가 쓰던 치아 교합 보정기를 봤어. 아침에 배심원 선정이 마무리될 거야. 그러니까 치과 의사에게 그 유지 장치를 사용해서 본을 뜰 수 있는지 알아봐 줘." 그녀는 잠깐 그를 살펴보았다. "요즘은 잠을 좀 자고 있나 봐?"

"조금은. 왜?"

"좀 나아 보여. 보기에… 모르겠어. 그렇게 우울해 보이지는 않네."

"내 걱정은 안 해도 돼. 난 괜찮으니까. 당신은 오로지 그 자식을 유죄 선고받도록 만드는 것만 신경 써."

64

대부분의 검사들은 공판 첫날 복잡한 심경이 된다. 야들리는 가능한 한 감정을 드러내지 않고 어떤 목적을 수행하기 위해 법정에 설치된 기계인 것처럼 행동했다. 오늘, 웨슬리 폴의 재판이 있는 첫날 그녀는 아침에 베타 차단제를 먹지 않을 수가 없었다. 온몸이 떨리는 것을 멈출 수가 없었기 때문이었다.

"배심원단을 나오게 하기 전에 선결해야 할 문제가 있습니까?" 애그비 판사가 물었다.

"아니요, 재판장님." 팀이 말했다.

"없습니다, 존경하는 재판장님, 감사합니다." 웨슬리가 말했다.

"그럼 배심원단을 부릅시다."

야들리는 줄지어 들어오는 남녀들을 바라보았다. 웨슬리가 그들을 향해 따뜻한 미소를 보냈다. 그는 손에 연필을 들고 있었다. 팔꿈치에 패치를 댄 캐주얼 재킷 차림이었다. 의도적으로 선택한 옷이었다. 그는 주머니에서 안경을 꺼내 썼다. 겉으로 보면 온화한 학교 교사의 모습이었다. 배심원을 선정하는 과정에서 그는 배심원 후보들을 여러 차례 웃게 만들었다. 그 때문에 팀은 심기가 거슬려서 얼굴이 붉어졌고 들리지 않게 욕을 하기도 했다.

판사가 사전 주의사항을 나열한 다음 말했다. "제프리 검사, 모두 진술해 주세요.”

“감사합니다, 재판장님.”

팀은 넥타이를 바로잡은 뒤 노트를 들고 발언대로 나갔다. 발언대는 거의 배심원석 근처로 당겨져 있었다. 그는 목청을 가다듬고 사건의 내용을 읽기 시작했다. 마치 시리얼 통을 옆에 두고 지루한 독백을 하는 듯했다. 배심원들과 눈을 맞추지도 않았다. 야들리는 그가 한 것 중 유일하게 효과가 있었던 것은 조던 루소의 확대 사진을 보여주고 웨슬리를 가리키며 다음과 같이 말한 부분이었다. “저 어린 여성의 아름다움과 잠재력이 여기 있는 이 남자에 의해 파괴되었습니다. 신사 숙녀 여러분, 웨슬리 폴은 조던 루소와 사귀는 사이였습니다. 그의 소유물을 차후에 수색한 결과 루소 양의 반지와 머리카락 한 뭉치가 발견되었습니다. FBI의 미세 증거 분석실 테스트 결과 그 머리카락이 조던 양의 어머니로부터 빌린 조던 루소의 빗에서 채취한 머리카락의 DNA와 일치한다는 결론이 나왔습니다. 그 어머니의 증언을 여러분 역시 이 재판에서 듣게 될 것입니다.”

“반지는 어떻게든 설명이 될 수도 있지만 왜 피해자의 머리카락을 갖고 있었는지 당신이라면 배심원단에게 어떻게 설명하겠어?” 팀은 어제 그녀에게 이 사건은 따 놓은 당상이라며 이렇게 말했었다.

“저는 모르겠네요. 하지만 누군가 설명할 수 있는 사람이 있다면 그건 웨슬리일 겁니다.” 그녀는 이렇게 대답했었다.

“신사 숙녀 여러분,” 팀이 말을 이어갔다. “이것은 매우 간단한 사건입니다. 명명백백한 사건이죠. 폴 씨는 조던 루소를 살해했습니다. 그는 돌멩이로 그녀의 두개골을 박살 냈습니다. 또한 그는 뼈에 자국이 남을 정도로 조던의 발을 세게 물어뜯었습니다. 그는 ㅡ”

“이의 있습니다, 존경하는 재판장님.” 웨슬리가 말했다.

모두가 그를 쳐다보았다. 모두 진술이나 최후 진술 중에는 이의를 제기하면 생각을 흩트려 놓게 되므로 그렇게 하지 않는 것이 관행이었다. 그래서 만일 그렇게 하면 상대편 차례에 보복을 당하게 될 것이었다.

팀은 그를 한 번 쓱 보더니 판사를 쳐다보았다. 애그비 판사가 말했다. "근거가 무엇인가요?"

"저 물건들이 제출될 것인지 불분명합니다, 존경하는 재판장님. 저는 치아 자국이 현재로서는 아직 판명되지 않은 것으로 알고 있습니다."

"존경하는 재판장님, 치아 자국은 곧 판명될 것이고 저는 그것을 제출할 예정입니다."

빌어먹을, 팀.

그녀는 그에게 치아 자국이 일치하지 않을 경우에 대비해서 모두 진술에서 치아 자국은 언급하지 말아 달라고 특별히 부탁했었다.

웨슬리는 양손을 앞으로 포갠 채 말했다. "존경하는 재판장님, 저 증거들의 제출에 관해 제가 고려하고 싶은 사항들이 있습니다. 그러므로 증거 제출을 그렇게 서두른다면 저는 이의를 제기할 것입니다. 제프리 검사는 저의 이의를 예상하지 못했듯이 저 물건들이 제출될 수 있을지, 아닐지 구체적으로 알지 못합니다."

팀은 논쟁을 시작했다. 야들리는 검사는 모두 진술과 최후 진술 도중에 나온 이의 제기에 대해서는 일절 시비곡직을 가리지 말아야 한다는 것을 알고 있었다. 그렇지 않을 경우 검사는 가속력과 집중력을 잃게 될 것이고, 만일 그 이의 제기가 받아들여진다면 그 즉시 배심원단은 검사가 별로 아는 것이 없다는 인상을 받게 될 것이었다.

"저는 이 진술을 허용하겠습니다." 애그비 판사가 마침내 말했다.

"감사합니다, 존경하는 재판장님." 팀이 말했다. 그는 양복 상의를 고쳐 입고 배심원단을 향해 돌아섰다. 얼굴에는 신경질이 역력했다. 그는 사건 내용을 내려놓고 발언을 계속 이어갔다. "이자의 법률적 계략에 속아 넘어가서는 안 됩니다."라고 그는 말을 맺었다. "그에게 1급 살인죄를 적용하여 다시는 다른 사람을 죽이지 못하게 해 주십시오."

웨슬리는 팀이 자리에 앉을 때까지 잠자코 있었다. 그런 다음 일어나서 배심원단에게 다가갔다. 그는 얼굴에 따뜻한 미소를 띠고 손은 뒷짐을 진 채로 그들 앞에 섰다.

"신사 숙녀 여러분, 거의 20년 전 이 아름다운 어린 숙녀분의 삶이 비극적으로 끝났던, 2월의 그 끔찍한 날로 돌아가 봅시다. 그날 아침 조던 루소는 일어나서 아침을 먹고 앤이라는 친구와 20분간 전화 통화를 했습니다. 그날 할 일에 관한 어린 친구들의 일상적인 대화였죠. 그리고 나서 루소 양은 자기가 일하고 있던 헬스 센터로 가서 잠깐 운동을 하고 오기로 마음먹었습니다.

루소 양은 반바지와 나이키 티셔츠를 입고 운동화를 신고서 집 밖으로 나가면서 어머니에게 작별 인사를 했습니다. 그것이 살아 있는 루소 양의 마지막 모습이었을 겁니다. 경찰과 FBI, 그리고 검찰은 집을 나선 그 순간부터 22일 뒤 사체가 발견될 때까지 루소 양에게 무슨 일이 일어났는지 전혀 알지 못합니다. 그녀는 헬스 센터로 가는 길 어디에서 사라진 걸까요? 누군가를 만났던 걸까요? 물이나 스포츠음료를 사러 어디에 잠시 들렀던 걸까요? 누군가의 차에 타고, 아니면 걸어서 인적 없는 어느 골목길로 들어갔던 걸까요? 길거리 한복판에서 폭행을 당했는데 누군가가 보고도 신고를 하지 않은 걸까요? 그날 죽은 걸까요, 아니면 그 이후에 죽은 걸까요?" 그는 배심원단 오른쪽으로 걸음을 옮겼다. 그는 바닥을 한 번 보고는 다시 배심원단에게로 돌아섰다.

"검찰은 이 질문들에 대답을 못 합니다. 그리고 저와 루소 양의 관련성에 관한 질문들에도 답을 못 합니다. 사실 관련성 같은 것은 없습니다. 저는 루소 양의 어머니인 이사벨라 루소 씨가 증언대에 나와서 진실을 말씀해 주실 거라 믿어 의심치 않습니다. 그분은 조던 루소가 종업원으로 일하던 식당에서 누군가를 보았다고 했습니다. 저는 몇 년 동안 그 식당을 여러 번 간 적이 있습니다. 제 허리둘레를 보면 절망적인 기분이 들지만 우리나라에서 제일 맛있는 독일식 초콜릿케이크가 하필이면 그 식당에 있거든요."

몇몇 사람이 숨죽이며 키득거렸다.

"그러나 진실은 제가 조던 루소를 모른다는 것입니다. 저는 그녀를 살해한 혐의로 기소된 날까지도 그녀가 살해되었다는 것을 몰랐습니다. 그래서 솔직히 말하자면, 저는 뼛속까지 충격을 받았습니다. '어떻게 이런 일이 있을 수 있지?' 라는 생각이 들더군요. 저는 무고한 사람이 범죄 혐의로 기소되는 경우가 있다는 것을 알고 있습니다. 하지만 머리로만 알고 있었던 거죠. 마치 시험 문제처럼 말입니다. 막상 그런 부당함을 실제로 당하고 보니, 신사 숙녀 여러분, 저는 여러분께 말씀드릴 수가 있습니다…. 글쎄요, 이건 여러분이 상상할 수있는 가장 끔찍한 일입니다. 세상이 통째로 제 머리 위로 떨어진 것같았습니다. 저는 두렵습니다. 기소되던 첫날 밤부터 저는 계속 두려웠습니다. 어떻게 생각해야 할지 모르겠더군요. 제게 모욕을 당한 누군가가 경찰서로 가서 저에 관한 어설픈 이야기를 꾸며낸 것이었을까? 단순한 실수였을까?"

그는 손가락을 든 채 배심원단의 앞 열을 무심하게 걸으면서 한 사람 한 사람과 눈을 맞추었다.

"그런데, 저는 연방 검찰이 이 사건을 맡았다는 것을 알게 되고 공소장에서 제시카 야들리의 이름을 보았을 때 이게 무슨 일인지 알게 되었습니다. 사실, 야들리 씨와 저는 사귀면서 동거하고 있었습니다. 저는 곧 청혼할 계획도 갖고 있었습니다."

야들리는 앞을 쳐다보고 가만히 앉아 있었다.

"우리는 멋진 연인이었습니다." 그가 미소를 띤 채 말했다. 그러나 곧 그의 얼굴에서 서서히 웃음이 사라져갔다. 그것은 연기력 좋은 연속극 배우의 얼굴이었다. "하지만 우리의 관계는 오래 지속될 수 없는 운명이었습니다."

그는 야들리 쪽을 쳐다보았다.

"야들리 씨의 예전 이름은 제시카 칼입니다. 그녀의 남편은 연쇄살인범인 에디 칼이었습니다. 그는 열네 명의 사람들을 살해했습니다. 우리가 아는 한 말이죠. 그리고 지금 네바다주의 사형수 사동에 수감되어 있습니다. 야들리 씨는 제게 여러 번 자신이 그의 아내였기 때문에 책임감을 느낀다고, 자신이 괴물과 결혼했다는 것을 알았어야 했다고 토로하곤 했습니다."

야들리는 그와 눈을 마주치지 않은 채 앞을 바라보고 미동도 하지 않았다.

그는 배심원단을 향해 돌아서서 말했다.

"야들리 씨는 제게 자기는 그런 일이 다시는 일어나지 않게 할 것이라고 말했습니다." 웨슬리는 숨을 들이마시고는 고개를 내저었다. "불행하게도 그 일은 우리의 관계를 힘들게 만들었습니다. 그녀의 피해망상은 주체할 수 없는 상태가 되어 갔습니다. 그녀는 있지도 않은 것들을 망상하기 시작했습니다. 그녀는 꽤 오랫동안 심리 치료를 받기도 했습니다만 저는 그녀에게 의사를 만나 약을 조절하라고 권했습니다. 그녀는 이제 —"

야들리가 낮은 소리로 말했다. "이의를 제기해요, 빌어먹을."

"으음." 팀이 자리에서 일어나 말했다. "이의 있습니다."

"인정합니다." 애그비는 이의 제기를 기다리기라도 했다는 듯 재빨리 말했다.

"좋습니다." 웨슬리가 말했다. "용서하십시오. 제 목숨이 걸려 있는 일이라서요, 존경하는 재판장님. 그리고 가끔씩은 열정을 주체할 수 없을 때가 있답니다." 그는 배심원단을 향해 돌아섰다. "제 말의 요점은 그녀가 정신적으로 불안정한 상태라는 것입니다. 너무나도 불안정했기 때문에 저는 그녀에게 이렇게 위태로운 관계 속에서 아이들을 낳을 수는 없다고 했습니다. 저의 목표는 항상 아이들을, 아주 많은 아이들을 갖는 것이었는데 말입니다."

그는 마치 고통스러운 기억이 떠오른 것처럼 한숨을 내쉬었다. "제가 그녀에게 이렇게 말하자 그녀는 불같이 화를 내며 물건들을 집어던지고 저를 때렸으며 저의 물건들을 깨부수었습니다. 그녀는 어떻게든 저에게 복수하겠다고 다짐을 하더군요. 그리고 지금 우리는 여기 있습니다. 저는 알지도 못하는 어떤 여자를 죽인 혐의를 받고 있고 경찰은 야들리 씨가 창고에 가져다 놓은 물건들 중에서 그 죽은 여자의 것이었다고 추정되는 반지와 머리카락을 우연히 발견했습니다."

그는 배심원단 앞의 난간에 두 손을 얹었다. "저는 제시카의 마음을 아프게 하고 싶지는 않습니다. 정말로 그렇습니다. 저는 여전히 그녀를 좋아하고 있습니다. 그리고 연쇄 살인범과 결혼함으로써 그녀가 겪어야 했던 트라우마는 저로서는 상상조차 할 수 없는 것입니다. 하지만 저는 또한 제가 저지르지 않은 범죄 때문에 감옥에서 죽고 싶지는 않습니다. 그녀는 에디 칼에게는 복수할 수가 없으므로 저에게 분풀이를 하고 있는 것입니다."

그가 주먹으로 난간을 치는 소리에 그녀는 움찔하고 말았다.

"저는 조던 루소를 죽이지 *않았습니다.*" 그가 힘을 주어 말했다. "저는 조던 루소를 *한 번도* 만난 적이 *없습니다.* 저는 무고합니다. 제발, *제발* 정신적으로 불안정하고 상처받은 한 여인, 우연찮게도 사람들의 인생을 파괴할 만한 권력을 가진 한 여인의 적개심 때문에 무고한 한 남자가 고통받는 일이 없도록 해 주십시오."

그는 배심원 한 사람 한 사람의 눈을 응시했다. 그런 다음 자리에 앉았다.

65

"빌어먹을!" 팀은 리우의 집무실에서 휴지통을 발로 차며 고함을 질렀다.

그가 방 안을 왔다 갔다 하는 동안 리우는 자기 자리에 앉아 있었고 야들리는 팔짱을 끼고 벽에 기대서 있었다.

"제가 부장님께 제시카를 이 사건 근처에도 오지 않게 해 달라고 말씀드렸잖습니까!" 그가 소리쳤다.

"팀, 진정하게." 리우가 말했다.

"부장님, 제가 이 사건에서 진다면, 만약 진다면, 온 언론이 다 그 얘기를 할 겁니다. 변호사도 없는 저 애송이 같은 놈한테 제가 처음 패배한 사건으로 제 이름은 뉴스에 오를 거고요."

그녀가 말했다. "뉴스에서는 연쇄 살인범이 다시 자유롭게 살인에 나서게 되었다는 작은 진실 또한 거론할 거예요. 당신이 그런 종류의 일을 신경 쓴다면 말이죠."

"엿이나 먹어, 이 미친년아."

"이봐!" 리우가 말했다. "그건 선을 넘은 발언이야."

팀은 양손을 엉덩이에 갖다 대고 한숨을 쉬며 고개를 내저었다. "저도 압니다." 그는 야들리에게 말했다. "미안하네." 그리고 리우를 보며 말했다. "제가 좀 화가 나서 그럽니다. 제시카를 이 사건 주변에

346

두지 말았어야 합니다. 그런데 지금 제시카는 이 사건을 완전히 망치고 있습니다. 제시카를 배제해 주시기 바랍니다. 지금 당장이요."

"그렇게 하면 더 나빠질 뿐이에요." 야들리가 말했다.

"어째서?" 리우가 물었다.

"웨슬리는 제가 사건을 맡고 있건 아니건 상관없이 그가 했던 주장을 고수할 거예요. 저는 검찰에서 일하고 있어요. 그건 바뀔 수가 없는 사실이에요. 제가 거기 앉아 있다는 사실은 우리가 숨기는 것이 하나도 없다는 걸 보여줍니다. 제가 거기 없었던 것보다는 이러는 편이 더 나은 거죠. 하지만 그가 배심원단에게 자신을 제거하려는 음모가 있다고 말하고 난 후 이제 와서 부장님이 저를 배제하신다면 배심원들은 그의 말을 믿게 될 거예요."

리우는 고개를 끄덕였다. "제시카 말이 맞네, 팀."

그는 고개를 내저었다. 그리고 손가락으로 그녀를 가리켰다. "좋아. 자네는 있어도 돼. 하지만 입 다물고 배심원단은 쳐다보지도 말아. 내 말 알겠어?"

그는 성이 나서 리우의 집무실을 뛰쳐나갔다.

야들리는 유리 벽 쪽으로 몸을 돌려 바깥의 스트립을 내다보았다. 리우가 연필로 책상을 탁탁 치는 소리가 들렸다.

"그자가 말한 게 사실인가? 망상 말이야?"

"아닙니다." 그녀가 힘없이 대답했다. "하지만 저는 에디 사건 이후 정서적으로 무너졌습니다. 침대에서 나올 수 없었던 날들이 많았어요. 먹는 일, 씻는 일도 신경 쓰지 않았습니다. 제가 그런 상태에서 벗어날 수 있었던 유일한 이유는 어린 딸을 돌봐야 했던 것이었어요. 딸이 제 목숨을 구한 거죠."

리우는 잠깐 동안 말이 없었다. "지금은 나아진 건가?"

"그렇습니다. 치료 요법과 약물 요법은 과학이 아니라 숙련을 요하는 기술입니다. 여러 가지 다른 전략들을 테스트해 가며 자기에게 맞는 방법을 찾아가는 거랍니다." 그녀는 그를 향해 돌아섰다. "왜 저에게 배석 검사를 하게 하신 건가요? 재판이 끝날 때까지 유급 휴가를 주실 수도 있었을 텐데 말이에요. 그랬으면 제가 그 사건에 얼씬도 하지 않았을 것이고요."

그는 코로 숨을 들이마셨다. 그러고 나서 입을 뗐다. "볼드윈 요원이 만일 자네가 이 사건에 개입하지 않는다면 다음번에 우리가 FBI의 도움이 필요하거나 어떤 사건에 관한 긴급 심리에 그가 필요할 경우 자기 휴대폰이 그냥 꺼져 있을지도 모른다고 했네."

그녀는 웃었다. "케이슨이 그렇게 말했다고요?"

"그랬다네." 리우는 몸을 앞으로 기울여 연필을 연필꽂이에 도로 넣었다. "자네가 옳다는 것은 알고 있네. 지금 자네를 배제하면 배심원단에게 우리는 형편없어 보일 걸세. 그러나 자네 역시도 할 수 있는 게 없기는 마찬가지일세. 팀이 이 사건을 처리하도록 놔두게. 우리한테는 증거가 있고 폴 씨의 말은 다 추측이니까."

"웨슬리는 배심원단의 마음에 들었어요. 그들은 팀을 좋아하지 않아요. 이런 점이 얼마나 강력한 힘을 발휘하는지 과소평가하지 마세요. 부장님은 그를 비호감으로 돌릴 방법을 찾으셔야 해요."

"어떻게 그렇게 하지?"

"제가 케이슨을 시켜 그의 과거를 캐보라고 하겠습니다. 이런 종류의 남자는 꼬리가 길면 밟히는 법이니까요. 부장님은 배심원단이 그 점을 확실히 볼 수 있도록 만들어야 해요. 아니면 그는 풀려날 거예요."

✦

　다음 날 아침 야들리는 타라와 20분 동안 전화 통화를 했다. 아이는 신이 난 목소리였다. 야들리가 오랫동안 듣지 못했던 희망의 신호였다. 타라는 승마를 배우고 있었는데 목장에 있는 작은 승마 코스에서 벌써 말을 점프시킬 수도 있게 되었다. 아이는 또 라이플총 사격도 배웠고 오늘은 할아버지에게 양궁을 배울 것이라고 했다.

　감정 기복이 심하던 십 대의 아이는 어느새 어린 여인으로 급격히 변해가고 있었다. 그것은 아이가 이제 제 발로 홀로 설 준비가 되었다는 뜻이었다. 타라는 항상 뛰어난 아이였기에 학교 공부나 그림은 아이에게 누워서 떡 먹기였지만 이제는 신체적 기량을 키우기 위해 도전하고 있고 그러한 변화를 즐기는 것 같이 느껴졌다.

　타라가 태어나던 그 순간부터 야들리는 아이가 자기 아빠를 만난다면 어떻게 될 것인지를 걱정해 왔다. 아이가 아빠의 주술에 걸리지는 않을까, 아니면 엄마를 더욱 미워하게 되지는 않을까 하고. 그런데 그와는 반대로 타라는 자신의 영혼을 옥죄고 있던 그림자로부터 해방된 듯이 보였다. 할아버지, 할머니와 함께 지내는 것에 대해 타진하자 타라는 곧장 그러겠다고 했다.

　"웨슬리는 잊어버리세요, 그 거지 같은 곳도 통째로 다 잊어버리세요." 타라는 지금 그녀에게 이렇게 말하는 것이다. "그냥 여기 와서 목장에서 살아요. 엄마는 너무 뛰어나잖아요. 그러니까 여기서도 금방 검사가 될 수 있을 거예요."

　야들리는 웃었다. "너한테 금방 갈게. 할아버지, 할머니 말씀 잘 듣고 착하게 지내라."

　스티븐이 잠깐 전화를 받았다. "가능하면 얼른 여기로 오너라. 항상 네가 있을 곳을 마련해 두고 있단다. 여기는 너의 집이야."

"감사합니다. 그리고 타라를 돌봐 주셔서 감사합니다. 만약 이 사건이 잘못되어… 만약 웨슬리가 나온다면… 저는 타라를 이 근처에 둘 수가 없답니다."

스티븐이 말했다. "너는 해야 할 일을 하려무나. 네가 필요하다면 우리가 거기로 가마."

그들은 전화를 끊었다. 그리고 야들리는 샤워를 하고 옷을 갈아입은 다음 법원으로 갔다.

볼드윈이 복도에서 그녀를 기다리고 있었다. 파파라치들이 떼 지어 그녀를 에워쌌다. 그들은 소리치며 질문을 던지고 그녀의 얼굴에다 디지털 캠코더를 마구 들이댔다. 한 남자가 그녀가 연쇄 살인범 팬클럽이었냐고 묻는 바람에 몇몇 다른 사람들이 웃음을 터뜨리기도 했다. 그녀는 아무 말도 하지 않고 그들 사이를 뚫고 지나갔다.

"당신 괜찮아?" 법정으로 들어가는 이중의 문 중 첫 번째 문을 통과했을 때 볼드윈이 물었다.

"응, 괜찮아."

"웨슬리가 모두 진술에서 그런 헛소리를 했을 때 하마터면 뛰어올라 그놈의 면상을 한 대 칠 뻔했어."

그녀는 그의 손을 부드럽게 잡고서 고맙다는 뜻을 알렸다. "그런 것에 신경 쓰느라 에너지를 낭비하지 마. 그냥 우리가 할 일을 하자고."

첫 번째 증인은 라스베이거스 경찰청에서 퇴직한 형사인 토마스 셸리였다. 몸에 잘 맞지 않는 양복을 입은 덩치 큰 그 남자는 전문가의 분위기를 풍기며 등을 꼿꼿이 세운 채 앉아 있었다. 팀이 그에게 질문을 하자 그는 조던 루소의 사체 발견 장소의 좌표부터 유해의 상태. 그리고 조던이 실종된 날 마지막으로 목격된 시간대끼지 모든 정황을 상세히 설명했다.

야들리는 한 번씩 고개는 움직이지 않은 채 웨슬리에게 슬쩍 눈길을 주곤 했다. 웨슬리는 손바닥을 맞붙여 손가락들을 위로 세우고 눈한 번 깜박이지 않고 시선을 그 형사에게 고정하고 있었다. 팀이 질문을 하거나 형사가 답변을 할 때 그는 어떠한 이의도 제기하지 않았다. 그러나 그는 앞에 놓인 테이블 위에 여러 장의 종이가 꽂힌 서류철을 두고 있었다. 야들리는 그 속에 무엇이 들어 있든 자기들에게 유리할 리가 없음을 의심치 않았다.

팀이 더 이상 질문이 없다고 말한 뒤 자리에 앉자 웨슬리가 일어났다. 그는 발언대로 가서 형사를 잠깐 쳐다보았다.

"안녕하십니까." 그가 말했다.

"안녕하십니까."

"형사님, 이력서에 좀 빼놓은 부분이 있더군요, 그렇지 않습니까? 네바다 고속도로 순찰대에서 일하신 적이 있던데요."

"그렇습니다, 라스베이거스 경찰청으로 오기 전에 8개월 정도 일했습니다."

"고속도로 순찰대를 그만두신 이유가 무엇입니까?"

"좀 더 좋은 직장을 원했습니다. 저는 응용 범죄학 학위를 소지하고 있고 형사가 되고 싶었습니다. 그런데 네바다 고속도로 순찰대에는 그런 승진 기회가 없습니다."

"분위기는 훈훈했습니까? 일을 그만두실 때요?"

형사는 마른침을 삼켰다. 야들리는 어떤 일이 일어날지 알아차리고 눈살을 찌푸렸다. 팀은 다음 증인에게 물을 질문들을 첨가하고 삭제하면서 법정 용지에 메모를 하고 있었다.

"네, 훈훈했습니다."

"그거 재미있군요." 변호인석 테이블에 놓인 서류철을 가지러 가면서 웨슬리가 말했다. "증인이 고속도로 순찰대에 있을 때 취급했던 한 가지 사건의 기록 사본이 여기 있는데요. 「주 정부 대 마일러 소송」 말입니다. 이 사건을 기억하시나요?"

셜리는 아무 말도 하지 않았다. 웨슬리는 사본 하나를 검사석 테이블에 올려놓았다. 10쪽이 채 안 되는 분량이었다. 팀은 펜을 내려놓고 그것을 한 쪽씩 넘겨보았다. 야들리는 그의 어깨 너머로 그 문건을 읽어보려 했다.

"마일러는 증인이 음주 운전 용의자로 갓길에 차를 세우게 한 사람이었습니다, 맞습니까?"

"맞습니다."

"증인은 그를 차에서 내리게 한 다음 음주 측정을 했고, 그 결과 음주가 확인되었죠?"

"맞습니다."

"존경하는 재판장님, 증인에게 다가서도 될까요?"

판사는 머뭇거리며 법원 경위들 쪽을 쳐다보았다. 그들은 아무렇지도 않은 듯 증인석 가까이로 다가갔다.

"그렇게 하십시오, 변호인."

웨슬리는 안경을 끼고 사본의 한 부분을 형사에게 내밀었다. "재판 도중 마일러 씨의 변호인은 혐의의 합리성이 결여되었다는 이유로 증거 배제 신청을 제출했습니다. 맞습니까?"

"맞습니다."

"경찰 보고서와 마일러 씨의 신청 심리에 선서한 바에 따르면 증인은 깜빡이등이 작동하지 않는다는 이유로 그의 차를 갓길에 세우게 했습니다. 맞습니까?"

"네."

"셸리 씨, 이 사본은 겨우 9쪽입니다. 사본이 왜 이렇게 적은 분량인지 여기 배심원단에게 설명해 주시겠습니까?

그는 팀에게 눈길을 보냈다. 도움을 구하는 눈길이 분명했다. "저는, 음… 저는 재판장님께 선서를 한 상태에서 저 자신에게 불리한 증언을 하지 않을 묵비권에 대한 설명을 들었습니다. 저는 이 권리를 행사하여 더 이상은 아무 말도 하지 않겠습니다."

"그리고 피고 측의 신청이 승인되었습니다. 맞습니까?"

"네."

"왜죠?"

그는 대답하지 않으려 했다. 웨슬리가 말했다. "왜냐하면 증인이 모르는 사이에 피고 측은 주 정부에 제출되지 않은 비디오 영상을 확보했기 때문입니다. 맞습니까? 마일러 씨의 여동생이 두 사람의 뒤에 있었는데 증인이 마일러 씨의 차를 따라가는 것을 눈치채고는 캠코더로 그 장면을 녹화하기 시작했습니다. 맞나요?"

형사는 그를 응시했다.

"존경하는 재판장님, 증인에게 저의 질문에 답하라고 지시해 주시겠습니까?"

"셸리 형사, 질문에 답하세요."

"네." 그는 얼굴이 시뻘겋게 달아오른 채 말했다. "비디오 영상이 있었습니다."

"그리고 그 비디오 영상은 그의 차 깜빡이등이 제대로 작동하고 있었고 증인이 그의 차를 세우게 하기 전에 그가 차선을 바꾸면서 그 등을 올바로 사용했다는 것을 보여주었습니다. 맞습니까?" 또다시 침묵이 흘렀다. "존경하는 재판장님?"

"셀리 형사, 변호인의 질문에 답하라고 한 차례 요청한 바 있습니다. 같은 말을 다시 하게 하지 말아 주세요."

"네. 그 차의 깜빡이등은 잘 작동하고 있었습니다. 제가 잘 못 봤을 뿐입니다."

"잘 못 봤다고요?" 웨슬리가 조롱하듯 말했다. "정말 재미있군요. 자, 증인이 네바다 고속도로 순찰대에 있던 시기에 법정에서 증언을 할 경우 50% 초과 근무 수당을 받았습니다. 그렇지 않습니까, 형사님? 시간 외 수당을 받는 것이지요. 왜냐하면 증인은 여전히 하루 종일 순찰 업무를 해야 했으니까요."

"네, 그랬습니다."

"그래서 음주 운전으로 체포한 사람이 많으면 많을수록 법정에 출석해야 하는 시간도 더 많아졌고 돈도 더 많이 벌었죠. 맞습니까?"

"그건 그런 것이 아닙니다. 당신은—"

"법정에서 증언을 하면 돈을 더 많이 벌었습니까, 아닙니까, 셀리씨? 제 질문에 대답해 주십시오."

"네, 그랬을 겁니다."

"자 그럼, 증인은 이 사건 이후 해고되었습니다. 아닙니까? 증인은 윗선과 타협을 하여 사표를 쓰고 다른 직장을 찾을 수 있게 되었습니다. 하지만 그들이 증인에게 네바다 고속도로 순찰대에서 나가 달라고 요구한 것은 사실이지요?"

"그런 것이 아닙니다. 당신은 실제보다 더 나쁘게—"

"증인은 네바다 고속도로 순찰대에서 나가 달라는 요구를 받았습니까, 아닙니까?"

"네. 그렇게 해 달라고 했습니다."

"증인은 해고된 겁니다."

그는 입술을 깨물었다. "네."

"아주 좋군요. 감사합니다." 웨슬리는 서류철이 있는 곳으로 되돌아가서 문서 한 장을 꺼냈다. 그는 그것을 검사석 테이블에 놓았다. 셸리 형사가 라스베이거스 경찰청에 낸 지원서였다.

"이 문제를 알고 있었나?" 팀이 야들리에게 작은 소리로 물었다.

"아뇨. 저는 아무것도 하면 안 되잖아요. 기억하시죠?"

팀은 얼굴이 붉게 달아올라서 시선을 돌렸다. 그녀는 그가 마음속으로 자기를 향해 욕설을 퍼붓는 장면이 절로 상상되었다.

웨슬리가 말했다. "셸리 씨, 당신이 라스베이거스 경찰청에 제출한 지원서 어디에 네바다 고속도로 순찰대에서 해고된 내용이 기재되어 있는지 보여주시죠."

셸리의 얼굴이 일그러졌다. 그는 땀을 흘리고 있었다. "변호사님, 저는 여기서 증언을 중단해야 할 것 같습니다."

"재판장님이 이미 증인에게 말씀하시길—"

"저는 묵비권을 행사하겠습니다, 변호사님."

웨슬리는 지원서를 아래로 내렸다. "지원서에서 거짓말을 했지요, 아닙니까?"

"묵비권에 따라 침묵하겠습니다."

"증인은 네바다 고속도로 순찰대에 있었던 때에 대해 위증하였고 이 지원서도 거짓이었습니다. 그리고 이 사건에 대해서도 또다시 거짓말을 했습니다. 아닙니까?"

"저는 묵비권을 행사하여 답변하지 않겠습니다."

야들리는 그가 극도로 당황하여 어쩔 줄 몰라 하고 있는 것을 알수 있었다. 퇴직을 했다 하더라도 그는 분명 다른 직장에 다니고 있을 것이었고 위증 혐의가 있을 경우 위태로운 상황이 될 것이었다.

연방 법원에서는 자기에게 불리한 진술을 거부할 수 있는 묵비권이 행사되면 양자택일만이 있을 뿐이었다. 증인은 다른 어떤 질문에도 대답할 수 없거나 모든 질문에 대답해야 하는 것이다. 웨슬리는 이제 무엇이든 원하는 말을 다 할 수 있었고 셸리는 대답할 수 없었다.

"야들리 씨가 당신을 찾아갔지요, 아닙니까, 셸리 씨? 연방 검찰청 검사는 막강한 직위입니다. 그녀가 당신에게 부탁을 했지요, 그렇지 않습니까? 이 살인 사건에 활용할 수 있는 증거를 좀 구해달라고 말이지요."

"다시 한번 저의 묵비권을 행사하여 답변하지 않겠습니다."

"그녀가 이 소송을 위해 그 반지와 머리카락을 구해 오라고 증인을 협박했습니까, 아니면 나중에 환심을 사려고 증인이 그냥 그 물건들을 넘긴 겁니까?

팀이 마지못해 일어나서 말했다. "이의 있습니다, 존경하는 재판장님. 폴 씨는 증거와 형사의 증언을 왜곡하고 있습니다. 그는 증인을 윽박지르고 있습니다. 다섯 개의 다른 반대 신문들도 마찬가지입니다."

웨슬리는 한 걸음 물러섰다. "증인은 저의 질문들에 대답하지 않을 것입니다, 존경하는 재판장님. 「스미스 대 게벨 소송」에 의거하여 저는 각각의 개별적인 질문을 할 수 있고 증인은 그 각각의 질문들에 하나하나씩 그의 묵비권을 행사해야 합니다."

웨슬리는 테이블로 돌아와서 또 다른 문서를 꺼냈다. 그리고 그 사본을 검사석 테이블에 내려놓았다. 제9 순회 항소 법원의 「스미스 대 게벨 소송」 기록이었다. 관련 부분에 밑줄이 그어져 있었다.

"판사석에 다가가도 되겠습니까?" 그가 온순한 태도로 물었다.

"물론입니다."

웨슬리는 판사에게도 사본을 건넸다. 야들리는 그 사건을 실제로 읽어본 적이 없었다. 그것은 1977년도에 있었던 잘 알려지지 않은 소송이었지만 웨슬리는 어떤 법원도 그 판례를 뒤집은 적이 없으므로 그것은 여전히 법적으로 유효하다는 조사를 함께 포함시켜 놓았다.

밑줄 친 부분은 그가 질문들을 다 할 수 있고 묵비권을 행사 중인 증인은 각각의 개별 질문에 묵비권을 각각 적용해야 한다는 것이 명시되어 있었다. 그녀가 보기에 팀 역시 그런 소송을 전혀 알지 못할 것임이 분명했다.

"제프리 검사, 하실 말씀 있으신가요?" 애그비 판사가 말했다.

"이 소송에 대해 잠깐 소개해주셨으면 합니다."

판사는 자신도 모르게 살짝 웃음을 보였다. "솔직히 말씀드려 저도 이 소송을 처음 들어봅니다. 그러니 제게 잠깐 시간을 주시지요."

판사는 컴퓨터를 켰다. 야들리는 웨슬리를 쳐다보았다. 그는 발언대에 기대서 있었다. 셸리 형사는 플라스틱 컵에 든 물을 마시면서 휴지로 목에 흐르는 땀을 계속해서 닦고 있었다. 팀은 흠집이 날 정도로 세게 펜을 깨물었다.

5분쯤 지나 애그비 판사가 말했다. "이것은 현행법으로 보이는군요. 저는 이 부분의 질문을 허용하겠습니다. 폴 씨, 증인을 계속 신문하셔도 됩니다."

셸리는 유령처럼 하얗게 질려 있었다. 이마에 맺힌 땀이 커다란 땀방울이 되어 얼굴로 뚝뚝 떨어져서 그의 캐주얼 재킷 위에 둥글고 작은 얼룩들을 만들었다. 그는 증언대 위에 놓인 휴지함에서 휴지를 더 많이 뽑아서 목에 툭툭 두들겨 댔다.

"저의 물건들 속에 증거를 심어서 야들리 씨에게 넘기는 대가로 무엇을 받았습니까?"

"저는 묵비권을 행사하여 답변을 거부합니다. 변호사님."

"그녀가 당신을 위협했나요?"

"저는 묵비권을 행사하여 답변을 거부합니다."

"그녀가 당신의 약점을 쥐고 있습니까? 다른 사건에서 거짓말을 한 것을 그녀가 찾아냈다든지 말입니다."

"저는 묵비권을 행사하여 답변을 거부합니다."

웨슬리는 그렇게 10분을 보냈다. 야들리는 배심원단 쪽을 슬쩍 쳐다보았다. 그들은 결국에는 관심이 사라져버린 상태였다. 그들은 이미 어떤 쪽으로 마음을 정했을 것이다. 셸리가 자신의 출셋길을 열어줄 그녀와 작당을 한 거짓말쟁이라고 믿든지, 아니면 그 형사가 음모에 동참할 정도는 아니었더라도 그가 말한 모든 내용은 무시해야 한다고 믿었을 것이다. 그녀가 배심원들에 대해 분명히 알고 있는 한 가지가 있다면 그것은 그들이 무슨 생각을 하는지는 절대로 정확히 알 수 없다는 것이었다.

66

그날 재판이 끝날 무렵이 되었을 때 웨슬리는 팀이 세운 증인 모두를 바보로 만들어 버렸다. 살인 전담 형사는 허위 양성이 무엇인지, 혹은 왜 목격자의 증언이 오류인지 설명하지 못했고 웨슬리는 그에 대해 팀이 반박할 수 없을 정도로 세밀한 설명을 해 주었다. 결국 배심원단은 목격자의 증언이 가진 결함에 대한 수업을 들은 셈이었다.

DNA 증거 전문가는 머리카락을 이용한 DNA 테스트로는 머리카락이 어떤 종에서 나온 건지만 100% 확실하게 확인할 수 있음을 인정하지 않을 수 없었다. 발견된 머리카락을 피고나 피해자의 머리카락과 대조할 시 허위 양성 확률이 16%이고 허위 음성 확률이 14%라는 것이었다. 이에 화답하듯 웨슬리는 배심원단을 보며 말했다. "무고한 사람들이 감옥에 가고 죄지은 사람들이 거리를 활보하고 있습니다. 우리는 FBI가 도대체 어떤 광대 학교에서 이런 마술을 배웠는지 생각해 봐야만 합니다."

검시관의 증언은 좀 더 나았다. 그는 법정에 서서 피고 측 변호사에게 반대 신문을 받은 경험이 많았기 때문이었다. 웨슬리는 그가 말한 내용에 대해서는 일체 논쟁을 벌이지 않았기 때문에 그의 증언은 한 시간 만에 끝이 났다. 그리고 재판장은 그날의 재판을 마친다고 선언했다.

그들은 배심원단이 줄지어 나가는 동안 일어서 있었다. 팀이 말했다. "모든 증거물들을 정리해서 법원 경위에게 그것들을 배심원 실로 가져가 잘 보관하라고 하게. 그리고 자네는 쓰레기를 좀 버리면 좋겠군." 그는 뒷정리를 하는 것이 그녀의 할 일이라는 듯한 말투로 그렇게 말했다.

야들리의 전 상관은 퇴임하기 전에 그녀에게 한마디 말을 했었다. 검찰청의 남자들을 위해 정리를 하거나 물건을 가져오거나 복사를 하거나 전화를 받는 그런 일은 절대로 해서는 안 된다는 것이었다. 그러면 그들은 그때부터 그녀를 비서로 보고 그렇게 취급하게 될 것이라고 했다.

야들리는 잠시 뻣뻣하게 서 있었다. 분노가 치밀었다. 그녀는 테이블을 붙잡고 버티면서 눈을 감았다. 시원한 강물과 무성한 숲을 떠올렸다. 소나무 향기가 코를 간지럽히고 푸른 하늘이 머리 위에 떠 있는 상상을 했다. 30초쯤 지나 그녀는 눈을 뜨고 증거물들을 치웠다. 그리고 물컵과 종잇조각들을 버렸다.

✦

중앙 발코니는 야들리가 집에서 대부분의 시간을 보내는 곳이었다. 발코니는 깊고 넓어서 그녀가 그곳에 배치해 놓은 것보다 훨씬 더 많은 가구들을 둘 수도 있었다. 발코니는 산을 향해 열려 있었다. 그녀는 그 산들을 보면서 이 땅이 얼마나 오래되었는지, 인류가 아무리 자신들이 이 땅의 주인이라고 주장해도 이 땅은 20억 년 동안 그곳에 있었고 앞으로도 20억 년을 그곳에 있을 것이라는 생각을 했다. 인류가 멸종하고 없을 그 먼 미래에도 말이다.

문에서 노크 소리가 났다. 야들리가 소리쳤다. "들어와요."

몇 초 뒤 볼드윈이 발코니로 들어왔다. 그는 그녀 앞에 있는 테이블에 파일을 던지고 자리에 앉았다. 그들은 사막 너머에서 비치는 달빛을 잠시 동안 보고 있었다. 그가 입을 열었다. "정말 보고 싶은 거야? 별로 보기 좋지 않은데."

야들리는 파일을 열었다. 그것은 웨슬리 폴에 대한 조사였다. "웨슬리는 그의 진짜 이름이었어." 볼드윈이 말했다. "하지만 성은 디킨스야. 그는 이십 대 때 성을 폴로 바꿨어. 그리고, 하버드 로스쿨 출신이라고 그가 주장했던 학위는? 그런 건 없었어. 그건 위조였고 그가 교수가 되는 데 사용했던 성적과 법률 학술지 회원 자격도 위조였어. 그의 진짜 학술적 기록은 어디에도 없었어. 당신은 어떤 사람이 대학이나 로스쿨에 가지도 않고서 그 정도 급의 교수와 변호사가 되는 게 실제로 가능하다고 생각해?"

야들리는 파일 속 웨슬리의 사진을 물끄러미 바라보았다. 20년은 족히 넘은 운전면허증 사진이었다. "그는 네바다주 변호사 자격시험에서 만점을 받았어. 로스쿨을 다니지도 않았는데 그럴 수 있었다면 그가 어떤 직업을 위조한다 해도 놀랍지 않아."

웨슬리 디킨스는 아동 가족부에 기록이 있는 사람이었다. 야들리는 끔찍한 결말을 맞을 수밖에 없는 비극적 인생사를 스치듯 훑어보았다. 어찌 보면 그녀는 한 번도 그의 과거에 대해 시시콜콜 물어본 적이 없었던 것 같았다. 그것에 대해 웨슬리가 지금 어떻게 말을 할지 그녀는 정확히 알고 있었다. *'당신은 알고 싶지 않았던 거야.'*

그의 말이 맞았을까? 그녀는 에디 칼의 사건 이후 자신의 인생에 동반자란 있을 수 없다고 스스로 다짐해 왔다. 하지만 웨슬리가 다가왔을 때 너무나… 좋았었다. 누구에게도 털어놓은 적이 없었지만 그녀는 마음속 깊은 곳에서 자신과 웨슬리의 관계가 언젠가는 어떤 식으로든 파탄이 날 것임을 직감하고 있었다. 그러나 그녀는 가능하다면 오랫동안 그 관계를 지속시키고 싶었던 것이다.

웨슬리는 로스앤젤레스에서 그녀에게 말했던 생일날 태어났다. 하지만 그가 상상 속에서 지어낸 보통의 중산층 부모가 아니라 엘레인 디킨스와 래리 디킨스라는 부모의 슬하에서 자랐다. 디킨스 부부는 청소년기에 절도를 시작으로 해서 강도와 다양한 약물 범죄에 이르기까지 전과가 많은 사람들이었다.

"마약 중독자이자 판매자들이었지." 볼드윈이 말했다. "메타암페타민 말이야. 여기서 그게 한때 대유행이었을 때 그들도 거기 뛰어든 거지. 싸고 만들기 쉬우니까. 화학 학위가 필요한 게 아니거든. 어린 웨슬리가 위층에서 자고 있는 동안 그들은 지하에서 그걸 구웠던 것 같아."

"그들은 지금 어디 있지?"

"죽었어. 어떤 폭주족들에게 독성이 너무 강한 약을 팔았는데 결과가 안 좋았어. 일부는 병원에 실려 가고 일부는 죽고 말았지. 그래서 그들은 디킨스 부부를 본보기로 응징한 거야. 그들을 어떻게 죽였는지 추측할 수 있겠어?"

야들리는 그를 빤히 보았다. "침대에서 칼로 목을 베었어." 그녀가 잔잔하게 말했다.

그는 고개를 끄덕였다. "웨슬리는 자기 방에서 나와 부모가 죽어가고 있는 걸 발견한 거지. 그 개자식들은 웨슬리에게 피를 닦고 시체를 치우는 걸 돕도록 했어." 그는 고개를 내저었다. "부모의 죽은 몸을 치우는 걸 돕는 게 상상이나 돼?"

"그가 에디에게 매료된 이유가 그거였네. 에디는 그의 피해자들을 웨슬리의 부모가 살해된 것과 똑같은 방법으로 죽었으니까."

볼드윈이 고개를 끄덕였다. "아마도 그 상황에 대한 통제력을 얻어 보려는 그의 방식이겠지. 하지만 왜 이제 와서 시작한 거지? 왜 마흔 살이 넘어서?"

"두 가지 가능성이 있어. 그가 전에도 살인을 했지만 우리가 조던 루소에 대해 몰랐듯이 모르고 있을 수도 있고, 아니면" 그녀는 그와 시선을 마주쳤다. "에디의 요구에 따라 지금 시작했을 수도."

볼드윈은 충격을 받은 듯했다. "에디가 왜 그런 걸 원하지?"

"그의 마지막 상고 재판 날짜가 거의 정해졌어. 그에게는 시간이 없어. 그가 이 사건에 끼어들면서 얼마나 즐거워하는지 봤잖아. 어쩌 면 이렇게 해서 그가 나와 타라를 보려고 했던 것일지도 몰라. 아니 면 더 큰 야심이 있을지도 모르고. 그는 새로운 증거를 근거로 항소 할 꿈을 꾸고 있을 수도 있어. 우리가 엉뚱한 사람에게 유죄를 선고 한 것이고 어둠의 카사노바는 언제나 웨슬리였다고 주장하면서 말이 야."

"그런 게 통할 리가 없잖아."

"아마 그렇겠지만 그로서는 적어도 시간을 좀 더 벌 수 있을 테니 까."

볼드윈에게 문자가 와서 그가 재빨리 확인을 했다. 그는 아동 가족 부 기록을 몸짓으로 가리키고는 말했다. "글쎄, 어쨌든, 그 모든 일을 겪은 후 그는 여러 위탁 가정을 전전했더군. 그중 록슬리 헤이즈라 는 위탁부가 성희롱을 했다는 혐의가 제기된 적이 있었어. 헤이즈는 15년쯤 전에 실종된 것 같아. 어디에서도 그의 흔적은 발견되지 않았 어. 그에게 무슨 일이 일어났는지 충분히 짐작이 가."

야들리는 잠시 아무 말 없이 기록을 읽은 후 파일을 닫고 내려놓았다. "그는 살면서 한 번도 기회를 가져보지 못했어."

"그를 안타까워하는군."

"내가 안타까운 건 부모의 죽음을 지켜봐야 했던 그 아이야. 그걸 지금 다른 아이들에게 되갚고 있는 남자에 대해서는 전혀 아니야." 그녀는 닫힌 서류철을 응시했다. "그의 과거를 미리 알아봤어야 했는데 그러지 못했어."

"이봐, 남자친구를 뒷조사하는 사람은 아무도 없어. 그렇게 한다면 턱없이 이상한 거지." 그는 한참이나 말없이 있다가 다시 말을 했다. "지금 혼자 있고 싶지 않다면, 내가 같이 있어 줄 수 있어."

그녀는 그를 쳐다보더니 서글픈 미소를 지었다. "당신이 여기 있게 되면… 우리 두 사람 모두에게 좋을 리가 없을 것 같아."

"정말 그렇게 생각해?"

그녀는 고개를 끄덕였다. "언젠가는 또 모르겠지만, 오늘은 아니야."

그는 일어나서 그녀에게 다가갔다. 그는 조심스럽게 그녀의 뺨에 키스를 했다. 그러고는 그녀의 집을 나갔다. 문이 닫히는 소리가 났다. 그녀는 웨슬리의 파일을 열고 다시 읽어 내려갔다.

67

11시였다. 아들리는 잠이 오지 않을 것을 알고 있었다. 약장 속에는 졸피뎀이 있었다. 그러나 그 전에 먼저 해야 할 일이 있었다.

이번에는 경비대원이 아니라 교도소장이 직접 교도소 정문 앞에서 그녀를 기다리고 있었다.

"소장님이 직접 나오실 필요는 없었는데." 아들리가 말했다.

"나야 어쨌든 여기 있었는데 뭘. 며칠 예정으로 내일 떠나려던 참인데 몇 가지 마무리해야 할 일이 있었거든."

글레드힐은 그녀를 안으로 안내했다. 그들은 복도를 걸어갔다. 발자국 소리가 적막을 깨고 울려 퍼졌다.

"어떻게 견디고 있어?"

"그냥 예상하시는 대로죠, 뭐."

글레드힐은 잠시 아무 말도 하지 않고 카드키를 문에 갖다 댔다. "제시카, 솔직하게 말할게. 자네의 친구로서 나는 이렇게 하는 게 자네 건강에 좋을 것 같지 않아. 계속해서 그를 보러 오는 것 말이야. 그는 사람들을 갖고 놀고 있어. 나는 그의 감방 경비대원을 다른 곳과는 비교할 수 없을 정도로 계속 교체해 왔어. 그는 어떤 말을 해야 사람들에게 상처를 줄 수 있는지를 정확하게 알고 있기 때문이지. 그냥 툭툭 던지는 별것 아닌 얘기들이 자네 뇌리에서 떠나지 않게 되는 거야." 그녀는 야들리가 지나갈 수 있도록 문을 연 채 잡고 있었다.
"우리 아들이 며칠 동안 입원해 있었는데 열이 내려가질 않는 거야.
여기 있는 사람들이 다 알게 되었지. 에디는 내게 작은 관들은 일반
관에 비해 얼마나 저렴하냐고 묻더라고. 나는 그를 무시해 버렸어.
하지만 하루 종일 그 말이 생각나는 거야. 그날 하루가 다 끝날 무렵
나는 울면서 책상에 앉아 있게 됐어."

야들리는 정면만 처다보고 있었다. "저는 선택의 여지가 없어요."

면회실에 먼저 도착한 것은 야들리였다. 기다리고 있으니 칼이 들
어와서 경비대원에게 카메라를 끄라고 말했다. 칼은 장난기 어린 웃
음을 띠고 그녀를 처다보았다. 그러는 동안 카메라가 꺼졌고 경비대
원이 나갔다.

"타라를 보게 해 줘서 고마워." 그가 말했다.

"타라가 선택한 일이야."

"타라는… 엄청난 아이더군. 강인한 건 당신을 닮았어. 그 아이가
자라는 걸 본다면 놀라울 거야… 하지만 올해 말쯤 나는 팔에 주사
기를 꽂게 되겠지."

야들리는 자기가 사랑에 빠졌던 그 남자를 기억하려 애쓰며 그의
말을 이해하려 했다. 하지만 그럴 수가 없었다. 그녀의 의식이 그 기
억을 말살해 버린 것만 같았다. 어찌할 수 없을 것 같은 고통에서 자
신을 보호하기 위해.

"그 애한테 무슨 말을 했어?"

"타라가 나한테 뭘 좀 부탁했어. 나는 그 부탁을 들어줬고. 내가 빚
진 게 많으니까 말이야."

"무슨 부탁인데?"

"그건 타라와 나 사이의 일이지." 그가 빙긋 웃었다.

"내가 타라와 비밀을 공유하는 게 신경 쓰이나?"

그녀는 등을 뒤로 기대고 팔짱을 꼈다. "타라가 내게 조던 루소에 대해 알려 줬어. 그게 그 애가 부탁한 거야? 웨슬리가 풀려나지 못하도록 기소할 수 있는 어떤 것?"

그는 아무 말도 하지 않았다.

"우리는 웨슬리를 기소했고 지금 재판이 진행되고 있어. 하지만 그는 잘 해내고 있어. 우리가 가진 증거로도 유죄를 받을 수 있을지 확신이 안 서."

"당신이 그를 직접 상대하나?"

그녀는 고개를 가로저었다. "검찰은 그게 이해 충돌이라고 생각하기 때문에 허용해 주지 않아."

"다른 방법은 없어?"

"있어. 내가 기소를 맡는 걸 그가 동의하고 이해 충돌 때문에 생기는 어떤 결과에도 항소하지 않는다는 이해 충돌 포기 각서에 서명한다면 가능해. 하지만 그가 그럴 의사가 있다 해도 검찰에서 허락하지 않을 거야. 내 생각에 검찰은 만일 내가 진다면 일부러 진 거라고 사람들이 생각할까 봐 신경을 곤두세우고 있는 것 같아."

"당신이 남자라면 벌써 이 사건을 기소하고 있을 거야. 당신도 알고 있지, 안 그래? 그들은 당신이 너무 감정적이라고 생각하는 거야. 내가 당신에게 보고 있는 것을 그들은 못 보는 거지. 그 맹렬함을 말이야. 다른 사람들이라면 견뎌내지 못할 고통을 감내하면서 그걸 극복하고 싸울 줄 아는 능력을. 그는 당신이 기소해야만 해. 그렇지 않으면 그는 교묘하게 빠져나갈 거야."

야들리는 천장의 통풍구에서 공기가 나오는 것을 느꼈다. 거기서 나오는 바람은 마치 비행기 객실의 막힌 공기처럼 시원하면서도 약간 시큼한 냄새가 났다. "웨슬리가 루소에 관해 또 어떤 얘기를 했어?"

그는 어깨를 으쓱했다. "내가 말해 주면 당신은 내게 뭘 줄 거지?"

"나는 당신에게 줄 게 아무것도 없어, 에디. 이미 타라를 보게 해줬잖아. 당신의 사형 집행을 연기하기 위해 내가 할 수 있는 건 아무것도 없어. 내가 당신에게 동기를 부여할 수 있는 단 한 가지가 있다면 그건 웨슬리가 방면되면 나와 타라를 죽일지도 모른다는 거야. 당신이 그걸 걱정하는지 아닌지는 모르지만 말이야."

그가 팔을 뻗었다. 족쇄가 가볍게 덜컥거렸다. 그는 가운데 유리벽에 손을 댔다. "당신은 여전히 그를 이해하고 있어? 그의 심리를? 그는 어떤 유형의 스토커지?"

그녀는 다리를 꼬고 양손을 무릎에 얹었다. "스토커는 다섯 가지 유형이 있어. 내가 생각할 때 그는 이른바 친밀감 추구형 스토커에 해당해. 이 유형의 사람들은 전형적으로 극단적인 외톨이들이지. 존재하지도 않는 관계를 피해자와 맺고 있다는 망상에 빠져 있지. 정말 엄밀히 말하자면 그의 행동의 타깃은 내가 아니야. 당신이지. 그는 당신과 자기 사이에 끈끈한 유대감이 있고 당신이 그 유대감에 화답하고 있다고 믿고 있어. 그래서 당신을 위해 기꺼이 살인을 하는 거야. 교주가 요구한 대로 살인이나 자살을 하는 종말론자들은 사실 친밀감 추구형 스토커지."

그는 고개를 끄덕였다. "당신은 조던 루소 사건에 대해 아무것도 말해주지 않았잖아. 어떻게 실종됐지?"

"동네 헬스 센터로 가는 길이었어. 우리는 웨슬리가 그 애를 차에 태웠다고 생각해. 그 애의 집에서 헬스 센터로 가는 길은 통행이 많은 도로이고 골목이라고 할 만한 곳이 없어. 그러니까 목격자들이 즐비한 길거리 한가운데서 그 애가 납치되었을 것 같지는 않아. 그 애는 자진해서 차에 탄 거야."

"흠. 그 애가 실종된 날 함께 있는 모험을 한다는 건 그로선 다소 무모해 보이는데, 안 그래? 웨슬리를 규정할 수 있는 수많은 특징들이 있지만 무모함은 거기 포함되지 않을 것 같아. 그렇지 않아?"

야들리는 심장이 뛰기 시작했다. "그래, 그건 아닐 거야."

칼의 얼굴에 다시 웃음기가 감돌았다. "웨슬리는 내게 자기는 평생에 친구가 단 한 사람밖에 없었다고 말했어. 도미니크 힐이라는 친구. 로스앤젤레스에서 웨슬리와 함께 자란 이웃이야. 그들은 이곳으로 함께 이사를 했어. 도미니크가 조던 루소에 관해서 그를 도왔어. 개인적으로 말해, 나라면 나중에 도미니크를 죽였을 거야. 그런 정보를 알고 있는 사람을 남겨놓는 위험을 왜 감수하겠어? 그러나 내 생각에 웨슬리와 그는 사랑하는 사이였던 것 같아. 아니면 최소한 그는 그렇게 생각했을 거야."

야들리는 나가려고 일어섰다. 그러자 칼이 말했다. "나라면 서두르겠어. 당신이 그를 루소 살인 혐의로 기소한 이상 도미니크는 느닷없이 골칫거리가 되고 말지. 그리고 웨슬리는 골칫거리가 있으면 잘 해내지 못해."

✦

집에 도착했을 때 그녀는 너무 피곤한 나머지 온 근육이 욱신거렸다. 극심한 피로 때문에 물먹은 솜처럼 가라앉을 것만 같았다. 그녀는 커피를 내려서 한 잔을 빠르게 다 마셨다.

그리고 서재의 의자에 앉아서 전과 기록 데이터베이스에 접속했다. 도미니크 힐을 검색했다.

그녀는 라스베이거스에서 20년 이상 살았던 세 사람을 찾아냈다. 한 사람은 거의 80세에 가까웠고 또 한 사람은 이미 사망한 상태였다. 세 번째 사람은 웨슬리보다 두 살 아래였고 성폭행으로 감옥에서 복역한 전력이 있었다. 그의 전과는 여자 탈의실에 들어가서 샤워실 칸막이를 통해 여자들을 촬영하거나 옷 가게 피팅 룸에 숨어서 문 밑에서 여자들을 촬영하는 등의 관음증 혐의가 대부분이었다. 그는 수십 년 동안 거의 서른 번가량 체포된 기록이 있었다.

칼이 옳았다. 웨슬리 폴은 조던 루소가 실종된 날 그 애를 태우지 않았을 것이다. 그건 너무 엉성한 짓이었다. 한 사람의 목격자가 그를 지목하면 모든 일이 틀어지게 되는 것이다. 그는 가능하기만 하다면 누군가에게 조던을 태워 오게 하고 자신은 다른 어딘가에 있었을 것이다. 많은 사람들이 조던 루소가 실종된 시간에 그를 보았다고 증언해 줄 수 있는 그런 곳에 말이다.

힐의 사진이 데이터베이스에 나타났다. 두꺼운 목, 짧은 머리, 강인한 턱, 그리고 큰 눈. 야들리는 컴퓨터 속 시간을 확인했다. 거의 새벽 2시에 가까웠다. 그녀는 잠을 자려 시도하는 대신 커피를 좀 더 마시고 깨어 있기로 마음먹었다. 아침 일찍, 도미니크 힐이 미처 대비하지 못하고 있을 때 그를 잡을 생각이었다.

68

재판은 아침 9시에 재개되었다. 야들리는 법정에 늦게 도착해서 자리에 앉았다. 팀은 그녀를 보지 않았다. 그는 판사석을 주시하면서 엄지손가락들을 턱 밑에 받친 채 계속 정면만 쳐다보고 있었다.

"나는 자네가 일찍 와서 모든 걸 준비해 놓을 줄 알았어." 그는 그녀를 보지도 않고 말했다.

야들리는 아무 말도 하지 않았다.

팀이 부른 첫 번째 증인은 재판 시작 전에 웨슬리를 평가했던 심리학자였다.

"그러니까 증인의 말씀은," 웨슬리가 정신적으로 안정되어 있다는 증언이 한 시간 정도 이어진 후 팀이 말했다. "폴 씨가 건전한 정신 상태이고 그의 행동이 일으킬 반향을 정확히 이해했다는 거죠?"

"맞습니다." 심리학자인 자비스 박사가 말했다. 그는 얼굴이 길고 안경을 쓴 노인이었다. "그는 눈에 띄는 정신적 장애가 없고 아주 건전한 정신 상태입니다. 적어도 제가 예전에 논했던 Axis 2형* 장애는

---

* 정신 의학에서 편집 장애, 분열성 장애, 조현병, 반사회성 장애, 경계성 장애, 히스테리성 장애, 자기애적 장애, 회피성 장애, 의존성 장애, 강박 장애, 기타 인격 장애와 지적 장애를 포괄하는 병리학적 범주이다.

없습니다. 심지어 불안 장애나 우울증 같은 것도 저는 발견하지 못했습니다. 이런 장애가 있는 사람들이 아주 많다는 것을 고려할 때 드문 경우라고 할 수 있습니다."

"다른 말로 하자면, 그는 정상이로군요."

"정상이라는 것은 실제로 존재하지 않는 정의입니다, 검사님. 하지만 무슨 말씀이신지는 알고 있습니다. 그리고 제 대답은 그렇다, 입니다. 그는 자신의 행동을 이해하지 못할 만한 정신적 장애를 갖고 있지 않습니다."

"감사합니다, 자비스 박사님."

웨슬리가 일어나서 말했다. "자비스 박사님, 오늘 이 법정에서 증언을 하는 것으로 시간당 300달러를 받으시지요, 맞습니까?"

"맞습니다."

"증인은 세간의 주목을 받는 범죄 사건의 증언을 하며 전국을 다니면서 연간 200,000달러를 벌고 계시는군요?"

"대략 그렇습니다."

"여기 계신 것도 돈을 받기 때문이지요?"

"글쎄요, 꼭 그 이유 때문만은 아닙니다만, 여기서 증언하는 것으로 돈을 받는 것은 맞습니다."

"증인은 피고인을 위해 증언해 본 적이 한 번이라도 있습니까?"

"아니요."

"증인은 제프리 검사와 야들리 검사에게 수십 건의 사건을 의뢰 받으셨지요, 맞습니까?"

"네."

"사실, 증인과 제프리 검사는 예전에 골프를 같이 치러 다녔더군요."

"네, 그랬습니다."

"그는 증인의 친구로군요."

"그렇다고 볼 수 있지요."

"증인이 소송에서 지기 시작하면, 증인이 여기 와서 증언을 했는데 무죄가 나오기 시작하면, 친구라고 해도 제프리 검사는 당신을 별로 부르지 않을 겁니다. 맞습니까? 상식적으로 말이죠, 그렇지 않을까요?"

"글쎄요, 잘 모르겠습니다."

"증인이 들어와서 그의 소송을 망치기 시작한다면 그가 계속해서 증인을 쓸 거라고 생각하십니까? 여기 배심원단에게 그렇게 말씀하시는 건가요?"

"아니요, 아닙니다. 그렇지 않을 것 같습니다."

"그러니까 증인은 당연히도, 역시 상식적인 얘기입니다만, 증인이 증언하는 소송에서 검사가 이기는 게 좋겠군요?"

"이러나저러나 저한테 주어지는 혜택은 없습니다."

"자비스 박사님," 웨슬리가 미소를 띠며 말했다. "증인의 인터넷 홈페이지에 나온 내용을 좀 읽어 드리고 싶군요." 웨슬리는 발언대에서 변호인석 쪽으로 걸음을 옮기면서 자비스의 얼굴이 나온 페이지를 끄집어냈다. 그는 그 종이를 자비스 앞에 들어 보이면서 말했다. "밑줄 친 인용 부분을 읽어 주십시오."

자비스는 목청을 가다듬었다. "이 부분은 '저는 당신이 소송에서 이기도록 돕겠습니다. 미루지 말고, 오늘 전화하세요.'라고 되어 있네요."

"미루지 말고, 오늘 전화하세요." 웨슬리가 만면에 웃음을 띠고 배심원단을 보며 말했다. "기억하기 쉬운 짧은 문구네요. 솔직히 말해서 이건 이른바 명망 있는 의료인에게보다는 관장 클리닉이나 사교 모임 알선업체에 좀 더 어울리는 슬로건이라고 생각되는군요. 하지만 제가 뭘 알겠습니까?"

자비스는 입술을 들썩거렸으나 아무런 말도 하지 않았다.

"자, 자비스 박사님, 당신은 자신의 보고서에 16가지 오류가 있다는 것을 알고 계십니까?"

자비스는 한숨을 내쉬었다. "아니요, 변호사님. 모르고 있습니다. 당신이 저한테 설명을 해 주시겠지만 말입니다."

69

저녁에 법정을 나온 볼드윈과 팀, 야들리, 그리고 리우는 함께 저녁을 먹기로 했다. 8시가 훌쩍 넘어 있었다. 가족과 저녁을 먹기에는 이미 늦은 시간이었다. 야들리가 상관과 식사를 하는 것은 이번이 처음일 것이다.

이탈리아 식당은 거의 텅텅 비어 있었다. 그들은 구석에 있는 칸막이 좌석에 자리를 잡고 앉았다. 그들은 얼마간 별 시답잖은 얘기들을 나누었다. 그들이 대학 미식축구 얘기를 떠들고 있는 동안 야들리는 말없이 앉아 있었다. 식전 빵이 나온 뒤, 그러나 음식은 아직 나오지 않았을 때 리우가 말했다. "일이 잘 풀릴 것 같지 않아."

"우리가 예상했던 대로 가고 있습니다." 팀이 말했다.

"아니, 그렇지 않아. 그는 자네의 증인들을 바보로 보이게 만들고 있어, 팀." 그는 잠시 말을 멎었다. "자네를 주임 검사로 앉힌 것이 실수였는지도 모르겠네."

"어떻게 그런 말씀을 하실 수 있습니까? 저는 어느 누구보다도 많은 유죄 판결을 이끌어—"

"쓸데없는 소리는 집어치워. 자네가 재판하기 쉬운 사건들만 맡고 다른 것들은 다 거절하거나 다른 사람들에게 돌리는 걸 우리 두 사람 다 알고 있지 않은가." 리우는 의자에 등을 기댔다. "그는 자비스 박사가 말한 내용에 대해서는 전혀 논쟁을 하지 않았어. 하지만 그는 박사를 돈에 굶주린 사람으로, 자기 보고서에 오류가 있는 것도 모르는 편향된 거짓말쟁이로 보이게 만들었어. 그가 그렇게 한 건 자비스 박사가 아니라 오로지 자네를 형편없이 보이게 하려는 게 목적이었어." 리우는 야들리와 볼드윈을 쳐다보았다. "내 말이 맞나?"

"네." 볼드윈이 말했다. "우리는 지고 있습니다."

팀이 화가 치밀어 오른 목소리로 말했다. "이것 봐, 나는 내가 원치도 않았는데 마지막 순간에 내 앞에 떨어진 사건 때문에 여기 앉아 공격을 받고 있을 수는 없어. 제시카는 그 사건을 제대로 준비하지도 않았고 내게 충분히 보고를 하지도 않았어. 나는 내가 손에 쥔 것만 갖고 전쟁터에 나갈 수밖에 없는데 나한테는 아무것도 없었다고."

"사건 배정을 비난하는 건 아무 소용 없는 일이에요." 야들리가 말했다. "요점은 그걸 바로 잡아야 한다는 거죠." 그녀는 볼드윈을 쳐다보았다. "그 깨문 자국은 언제 알게 돼?"

"치과 의사가 비교를 하기 위해 모레 올 거야. 그는 비교가 끝나면 몇 시간 내에 보고서를 낼 수 있다고 했어."

"보세요," 팀이 말했다. "치아가 주요한 증거잖아요. 저곳에서 증인들이 얼마나 무능해 보이는지는 중요하지 않단 말입니다. 피해자의 뼈에 자기 치아 자국이 있는 것에 대해 그는 설명하지 못할 거예요."

"내 생각은—" 휴대폰 진동이 울리는 바람에 리우는 급작스럽게 말을 멈췄다. 곧이어 팀의 휴대폰이 울렸다. 야들리는 그의 휴대폰 화면에 뜬 번호를 흘깃 보았다. 법정 서기의 번호였다.

◆

애그비 판사가 법원으로 긴급 회동해 줄 것을 요청했다. 법원 경위들이 건물 문을 열고 보안을 맡기 위해 들어왔다. 야들리와 리우, 팀, 그리고 볼드윈이 도착하자 법원 경위 한 사람이 그들에게 웨슬리는 이미 와서 판사실 밖에서 그들을 기다리고 있다고 알려 주었다.

"이런 일이 전에도 있었나요?" 볼드윈이 리우에게 물었다.

"한 번도 없었어. 무슨 일이든지, 심지어 긴급한 일이라 해도 보통은 아침까지 기다리지."

웨슬리는 판사실 밖 나무 벤치에 앉아 있었다. 그의 옆에는 반지르르한 가는 세로 줄무늬 양복을 입고 여러 손가락에 번쩍거리는 반지를 낀 뚱뚱한 남자가 앉아 있었다. 남자의 은색 턱수염은 깔끔하게 정돈되어 있었고 어두운 그의 눈은 경멸하듯 그들 네 사람을 따라왔다. 두 남자 양옆으로 법원 경위가 한 사람씩 서 있었다.

법원 경위 한 사람이 판사실 문으로 머리를 빼꼼 들이밀고 말했다. "모두 모였습니다, 판사님."

그들은 큰 방 안으로 줄지어 들어갔다. 리우와 팀은 판사 맞은편에 있는 두 개의 의자에 앉았다. 웨슬리는 구석 자리에 앉았다. 의자 하나가 판사의 책상 옆에 놓여 있었는데 그 덩치 큰 남자를 위해 들여온 것이었다. 야들리와 볼드윈은 방 뒤쪽에 서 있었다.

애그비 판사는 법복이 아니라 정장을 입고 있었다. 그녀는 팔짱을 끼고 있었다. 화가 난 게 역력한 얼굴이었다.

"존경하는 재판장님," 리우가 말했다. "바라건대 저는 모든 것이—"

"조용히 하세요, 리우 검사." 그녀는 웨슬리 쪽을 보고 말했다. "당신의 동료를 소개해 주시겠습니까, 폴 씨?"

"물론입니다." 그가 말했다. 손은 족쇄에 묶여 무릎 위에 힘없이 놓여 있었다. "이 사람은 웨르 파커입니다. 저의 사설탐정이고 수년간 저를 위해 일해 온 사람입니다. 저는 그와 함께 소송 후견인 실에서 광범위한 일을 합니다. 파커 씨, 저분들께 우리가 왜 여기 있는지 알려 주시겠습니까?"

덩치 큰 그 남자는 종이 몇 장을 책상 위로 던졌다. "이것은 도미니크 힐 씨의 통화 기록들입니다." 그가 묵직한 목소리로 말했다. "동그라미로 표시된 통화가 오늘 점심시간에 여기 있는 제프리 검사에게 건 전화였다는 걸 보실 수 있습니다."

팀의 얼굴이 하얗게 질렸다. 야들리는 그가 의자 팔걸이를 손가락으로 꽉 누르는 것을 보았다. 리우는 눈치채지 못하고 말을 했다. "저는 여전히 이 일이 왜 아침까지 기다릴 수 없는 사안인지 모르겠군요."

판사가 큰 소리로 말했다. "그 사람을 데리고 오세요, 경위."

판사 뒤에 있는 문이 열리고 법원 경위가 도미니크 힐을 데리고 왔다. 그는 조용히 서서 그 방에 있는 모든 사람들을 쳐다보았다.

"힐 씨, 저분들께 여기 있는 이유를 말하세요."

그는 팀을 쳐다보았다. "제가 오늘 제프리 검사님께 전화를 걸어 웨슬리 폴과 이 재판에 관한 중요한 정보가 있다고 말씀드렸습니다. 그는 오늘 커피숍에서 저를 만나기로 했습니다. 자기 사무실에서 만나는 것은 원치 않더군요."

애그비 판사는 거의 자제심을 잃고 있었다. 그녀는 팀과 야들리를 번갈아 바라보며 말했다. "그래서 단독으로 그를 만났습니까?"

"네."

"존경하는 재판장님," 팀이 미소를 지으려 애쓰면서 말했다. "저는 현재 바로 이 사안에 대해 신청서를 작성하고 있습니다. 그에 관한 정보를 피고인에게 넘겨줄 계획이었습니다. 조만간 —"

"힐 씨?" 판사가 말했다.

"저는 그에게 제가 조던을 아는 사람이고 이 사건에 대한 정보가 있지만 제가 성폭행범으로 등록이 되어 있으므로 제 이름을 알리고 싶지는 않다고 했습니다. 그런 다음 제가 알고 있는 내용을 그에게 말했습니다."

"그는 어떻게 반응했죠?"

"그는 제가 운이 좋다며 아무에게도 말하지 말고 종적을 감추라고 했습니다. 이민을 고려해야 한다고도 했습니다. 옛날에 경찰이었던 친구에게 전화를 했더니 그 친구가 법원과 피고 측에게 말을 하라고 했습니다. 법원 서기가 저에게 폴 씨는 탐정을 연락처에 기재해 놓았다고 했고, 그래서 그 사람에게 전화했습니다."

애그비 판사는 책상 위로 몸을 앞으로 기울여서 팀의 눈동자를 응시했다. "이 증인에게 종적을 감추라고 했습니까?"

"판사님," 그는 얼굴이 빨개져서 말했다. 커피 열 잔은 떨어뜨리고도 남을 것같이 손을 덜덜 떨고 있었다. "저자는 망할 놈의 성폭행범이고 전과자입니다. 저자의 말을 정말 믿으시는 겁니까?"

"저는 우리의 대화 내용을 녹음했습니다." 힐이 말했다. "만일의 경우를 생각해서요. 지금 갖고 오지는 않았지만 사본을 드리겠습니다, 판사님."

애그비의 시선은 팀을 떠나지 않았다. "그 내용을 듣고 싶으신가요, 제프리 검사?"

팀은 오랫동안 침묵했다. "아니요." 그는 조용히 말했다.

애그비는 힘껏 숨을 내뱉었다. "야들리 검사, 이 일에 대해 알고 있습니까?"

"저는 오늘 아침에 힐 씨에 관해 알게 되었습니다. 존경하는 재판장님." 야들리는 단어 선택에 주의하면서 말을 했다. "그리고 그에게 제프리 검사에게 전화를 걸라고 충고했습니다. 하지만 그들이 만난 사실은 전혀 몰랐습니다. 전해 듣지 못했습니다."

"그에 관한 정보를 피고 측에 넘길 생각이었습니까?" 애그비가 야들리에게 물었다.

"저는 특별한 명령이 없는 한 이 사건의 증거나 증인에 관해 일체의 소통을 하지 못하도록 지시받았습니다. 어떤 증거가 제출되는지 혹은 피고 측에 건네지는지 저와는 상의하지 않았습니다."

판사가 고개를 끄덕였다. "제프리 검사, 당신은 이 사건에서 즉시 배제됩니다. 제가 내일 네바다 법원에 윤리 규정 위반 사항을 제출할 것입니다. 또한, 검찰의 심각한 위법 때문에 정의를 지키기 위해 이 사건을 기각할 것입니다."

리우는 얼굴이 시뻘게져서 팀을 노려보았다. 바로 그의 목을 조를 기세였다.

"감사합니다, 판사님." 웨슬리가 함박웃음을 지으며 말했다.

"잠깐만요," 야들리가 뛰어들었다. "저는 제프리 검사가 이 사건에서 배제되어야 한다는 것에는 동의합니다. 이 증거를 배심원단이 받아들이는 것에 반대하지 않을 것이고 실제로 저 스스로 받아들이겠습니다. 하지만 전면 기각은 부당합니다. 검찰의 윤리적 위법 상황에서 편견에 이끌린 기각을 허용하지 않은 전례가 있습니다. 즉, 우리는 이 사건을 나중에 재기소하면 된다는 뜻입니다. 우리는 검찰 측 신문을 이제 거의 마친 상황입니다. 소송을 전면 폐기할 이유가 없습니다. 이 소송은 제가 계속할 수 있습니다."

"존경하는 재판장님," 웨슬리가 말했다. "지금 이곳에서 일어난 일은 최악의 위반 행위입니다. 20년 가까이 변호사로 일하면서 어떤 검찰도 이런 짓을 한 것을 본 적이 없습니다. 이 소송에서 제가 저질렀다는 범죄에 대해 무죄를 증명하는 정보를 가지고 있지 않은 이상 힐씨가 검찰에 연락할 이유가 있겠습니까? 그 문제에 관해 그는 자신이 피해자를 안다고 인정했고 어쩌면 그 자신이 용의자일 수도 있습니다. 그런데 검찰은 그에게 이 나라를 떠나라고 했습니다. 이런 것이 기각의 근거가 아니라면 어떤 것이 근거가 된다는 것인지 저는 모르겠군요."

애그비 판사는 손가락으로 책상을 톡톡 두드렸다. "야들리 검사 말이 옳습니다. 저는 제프리 검사를 이 사건에서 배제하되 재판은 계속 이어가도록 하겠습니다."

"존경하는 재판장님 —"

"폴 씨, 당신이 화가 난 것과 이 일에 불만이 있는 것은 이해합니다. 그러나 판례법에 따르면 이 소송을 기각하는 것은 저의 재량이라는 것이 분명합니다. 이것은 저의 결정이고 저는 결정을 내렸습니다. 항소를 위해 내일 이것을 기록으로 남기세요, 그러면 당신은 제9 순회 항소 법원에서 이 문제를 다룰 수 있습니다."

"그럴 겁니다." 그가 단호하게 말했다.

"당신과 당신의 사설탐정은 힐 씨가 검찰에 전한 정보에 관해 힐씨에게 신문할 기회를 가질 수 있습니다. 이제 여러분 모두 가셔도 좋습니다."

"밖에서 봐." 리우는 이를 악물고 팀을 향해 말했다.

야들리가 판사실을 마지막으로 나가려 할 때 애그비가 말했다. "제시카, 잠깐 앉아 보게." 그녀는 자리에 앉았다. "그가 무슨 일을 하려 했던 건지 알고 있었나?"

"전혀요. 저는 힐을 만나서 그의 정보를 얻었고 그에게 이 사건의 주임 검사에게 전화하라고 했습니다. 그 뒤에 무슨 일이 일어났는지는 전혀 몰랐어요. 저는 제프리 검사가 증인의 방어권을 알려주고 재판의 속개를 요청할 것이라고 생각했어요." 그녀는 머뭇거렸다. "저는 이 사건에서 손발이 묶여 있었습니다, 판사님. 저는 증거를 건드리지 말고, 어떤 증거도 더 모으지 말고, 특별한 요청이 없는 한 증인과 소통하지 말라는 지시를 받아서 한정된 일만 할 수가 있습니다."

순간적으로 분노가 치솟아서 그녀는 그 분노를 다시 삼키기 위해 한동안 말을 참아야 했다.

"배석 검사를 맡게 되었을 때 저의 업무는 재판 중 제프리 검사에게 물건들을 건네주는 것이라고 들었습니다. 제프리 검사는 저의 임무 중 일부는… 재판이 끝난 후 법정을 정리해야 하는 것이라고 못 박았고요."

애그비 판사의 얼굴에서 분노가 사그라들고 따스한 서글픔이 번져 갔다. 그녀는 높은 등받이 의자에 등을 기대고 말했다. "법원에 부임하고서 첫 재판에서 판사가 바지를 입었다고 내게 고함을 지르더군. 그는 여자들은 이미 충분한 권리를 부여받았다고, 자기 법정에서 여자들이 남자처럼 보인다면 기분이 엿 같을 거라고 말이야." 그녀는 한숨을 내쉬었다. "뭐, 자네는 책임을 지고 싶어 했잖아. 지금 그 책임을 지고 있는 거고. 나는 자네가 무슨 일을 하고 있는 건지 알기를 바라네."

70

야들리가 판사실을 나오자 웨슬리와 법원 경위 두 사람이 변호사실 옆에서 기다리고 있는 것이 보였다. 웨슬리가 말했다. "잠깐 얘기 좀 할까?"

그녀는 잠시 주저하다가 변호사실로 들어갔다. 법원 경위들은 웨슬리 뒤쪽 벽에 기대어 섰다. 그러자 그는 "경위님들, 검사님과 둘이서만 얘기를 나누고 싶습니다."라고 말했다.

"그건 안 됩니다." 그들 중 한 명이 말했다.

"괜찮아요." 야들리가 말했다. "제가 전부 책임질게요. 문밖에서 좀 기다려 주세요."

그들은 서로 눈길을 주고받더니 그녀의 말대로 했다. 단둘이 남게 되자 웨슬리는 빙긋 웃었다.

"이건 운이 좋은 거야, 안 그래? 누군가가 우연히 조던 루소를 아는 데다 또 그가 이 사건에 대해 말하려고 하는 성범죄자라니, 그리고 그 쪼잔한 팀이 그에게 이 나라를 떠나라고 했다니 말이야."

"판단 착오야."

"그런 것 같군." 그는 고개를 옆으로 젖혔다. "당신은 그가 증인에게 종적을 감추라고 말할 줄 알고 있었지? 팀은 이 사건에서 진다면 그가 받을 모욕을 감수할 만한 사람이 아니지, 그래서 그는 아무도 힐 씨에 대해 알아서는 안 된다고 판단한 거고. 그게 바로 당신이 그냥 팀에게 힐 애기를 해주지 않고 힐이 팀에게 전화하도록 만든 이유야, 그렇지 않아?"

야들리는 팔짱을 낀 채 아무 말도 하지 않았다. 웨슬리가 킬킬거렸다.

"야들리 검사님, 왜 그랬지? 이건 순전히 기만이잖아. 나는 힐 씨가 조던 루소의 죽음에 관해 무슨 말을 할지 듣고 싶어 미치겠군. 상당히 재미있을 게 분명해. 내 사설탐정이 내일 재판이 끝나고 나서 그를 인터뷰할 거야. 하지만 그가 무슨 말을 할지 당신이 내게 사전에 미리 알려준다 해도 사양하진 않을게."

야들리는 창밖을 바라보았다. "내가 당신을 기소하도록 이해 충돌 포기 각서에 서명해 줬으면 해."

그는 소리 내어 웃었다. "왜? 당신은 나랑 더 많은 시간을 보내고 싶어? 이 모든 일이 있고 나서도 당신은 여전히 나를 좋아한다는 걸 알고는 있었어."

그녀는 그를 향해 돌아섰다. 얼굴에는 약간 즐거운 기색이 감돌았다. "당신이 나를 깨부술 수 있는지 보고 싶지 않아, 웨슬리? 그 법률적 통찰력으로 나한테 감동을 주고 싶지 않아? 아니면 당신의 그 깨질 것같이 작은 자존심을 무너뜨린 여자애한테 질 거야?"

"그렇게 무례할 필요는 없잖아. 기꺼이 포기 각서에 서명해 주지. 우리 두 사람한테 아주 신나는 일이 될 거야, 안 그래?"

71

 야들리는 리우가 한발 물러서서 자신에게 이 사건을 맡기도록 애써 설득할 필요가 없었다. 팀이 비윤리적인 행동으로 언론의 관심을 사게 될 지금 그로서는 그렇게 하는 것이 서로에게 득이 되는 셈이었다. 그녀가 유죄 판결을 받아내면 그는 그녀가 그 일에 제일 적합한 사람이었음을 자기는 이미 알고 있었다고 할 것이었다. 그녀가 패한다면 비난은 그녀의 몫이고 무능하다거나 아니면 아직도 웨슬리를 사랑하고 있다고 할 것이었다.

 깨문 자국에 대한 분석은 다음 날 오후에 나올 것이었다. 야들리는 재판을 연기해야 하지 않을까 걱정이 되었다. 하지만 팀이 너무 많은 증인을 신청했기 때문에 재판이 끝나려면 3주는 더 걸릴 수 있었다. 그녀는 증인의 90%를 삭감하고 두 사람만을 오늘 재판에 올려 놓았다. 그것도 주요하게는 깨문 자국에 대한 보고서가 올 때까지 자리를 메우기 위해서였다.

 판사가 나오기를 기다리며 법정에 앉아 있으면서 그녀는 자기가 팀에게 한 짓에 대해 최소한의 죄책감은 느껴야 하지 않을까 하고 생각했지만 아무런 느낌도 들지 않았다. 그녀는 힐이 팀에게 전화를 하도록 요구하면서 자신들이 말을 나누었다는 것을 말하지 말라고, 그가 자진해서 나선 것처럼 보이는 것이 그에게 더 낫다고 했었다.

그녀는 팀이 이 소송에서 이기기 위해서라면 무슨 일이든지 하려 할 것을 알고 있었다. 그는 언젠가는 검찰 총장이, 아니면 그의 할아버지 같은 주지사가 되고 싶어 했다. 이 소송에서 패하면 사람들의 머리에서 그 사실은 결코 지워지지 않을 것이다. 힐이 가진 정보는 웨슬리가 바라던 것 같은 정확한 무죄 입증 증거는 아니었다. 그러나 힐은 옛날에 유사한 범죄를 저질렀던 성범죄자로서 조던 루소를 알고 있던 사람이었다. 그가 증언대에서 무슨 말을 하든 웨슬리는 그가 살인을 했다고 비난할 것이고 그렇게 하면 배심원단은 충분히 합리적인 의심을 하게 될지 모를 일이었다. 추측건대 팀은 자기가 힐에 대해 아는 유일한 사람이라고 생각한다면 힐의 존재를 인정하기 않고 아무에게도 말하지 않을 것이었다. 그래서 야들리는 자신이 힐에 대해 찾아낸 모든 것을 리우에게 넘길 계획을 세웠다. 그러면 리우는 팀이 무죄 입증을 할 수도 있는 증인을 피고 측이 알지 못하게 했다고 추정할 것이고 검찰은 그 사실을 판사에게 알리지 않을 수 없으므로 팀은 이 소송에서 제외될 것이었다. 리우는 야들리가 이 사건을 기소하는 것 외에는 달리 선택의 여지가 없을 것이었다.

야들리는 팀이 힐에게 달아나라고 얘기할 줄은 몰랐었다. 그녀는 팀이 여론을 얼마나 의식하는지 과소평가했던 것이다. 그는 틀림없이 법원의 제재를 받을 것이고 리우는 그를 파면시키지는 않을지라도 그의 직무를 정지시킬 것이다.

이건 아무 문제도 아니야, 그녀는 혼자 되뇌었다. 오직 한 가지 중요한 문제는 자신의 딸을 보호하는 것이고, 그녀는 그것이 보장될 수 있도록 해야 할 일을 했던 것이다.

판사가 나와서 몇 가지 사전 주의사항을 열거한 뒤 웨슬리가 서명한 이해 충돌 포기 각서를 기록에 입력시켰다. 판사는 말을 다 마치고 난 후 야들리에게 첫 번째 증인을 부르라고 했다.

그날의 첫 번째 증인은 범죄 현장 조사 업무를 했던 인턴으로 긴장된 기색이 역력했다. 그는 사체의 사진들을 찍고 사체를 그림으로 그렸었다. 야들리는 그를 신문하는 데 필요 이상으로 오랜 시간을 보냈다. 그가 증언을 하는 동안 배심원단이 범죄 현장의 목록 작성을 둘러싸고 벌어지는 일을 재미있게 생각한다는 것을 알아차렸기 때문이었다.

점심시간 이후에 신청된 다음 증인은 이사벨라 루소였다.

"당신은 조던 루소의 어머니시죠?

"네." 그녀가 소심하게 말했다.

"저희에게 따님의 죽음과 관련하여 기억하고 계신 것을 말씀해 주십시오, 루소 씨."

그녀는 마른침을 삼켰다. 그리고 배심원단 쪽을 흘깃 보았지만 그들을 똑바로 대면하지는 못했다. "조던은 정말 멋진 애였어요. 운동도 잘하고 얼굴도 예뻤고 은발 머리가 어깨 너머로 찰랑거렸죠. 그 애는 열세 살 때부터 남자들의 관심을 받았어요. 그래서 저는 항상 걱정스러웠죠. 저는 항상 그 애 아버지에게 진짜 그 애한테 눈을 떼서는 안 된다고 말하곤 했어요. 남자들이 그 애한테 너무 많은 관심을 보이는 걸 알았으니까요. 그 애는 고등학교를 한 해 일찍 졸업해서 봄에 대학 생활을 시작할 예정이었어요. 인류학을 공부하려고 했죠. 이유는 모르겠지만 그게 마음에 든다고만 했어요."

"피고와 따님은 어떤 관계였죠?"

"저는 두 사람이 같이 있는 것을 두 번 보았어요. 한 번은 조던이 일하던 식당에 그 애를 데리러 갔을 때였습니다. 블러프에 있는 텔리스라는 식당이었죠. 딸아이는 문밖에 서서 그 사람과 이야기를 하고 있었습니다."

"그 사람이 누구죠?"

그녀는 웨슬리를 가리켰다. "저기 저 사람이요."

야들리는 이사벨라가 용의자 선별 대열에서 웨슬리를 너무나 빠르게 지목했을 때와 똑같이 무언가 약간 망설여졌다. 그러나 그녀는 그런 감정을 눌러 버렸다. "루소 씨가 피고인 웨슬리 폴을 지목했다는 것을 기록에 반영하도록 하죠."

"그렇게 했습니다." 판사가 말했다.

"증인이 그들을 보고 있는 동안 뭔가 일어난 일이 있습니까, 루소 씨?"

"아니요. 그들은 그냥 웃으며 이야기를 나누고 있었어요. 하지만 그런 다음 딸아이가 제 차로 걸어왔는데 그 사람, 웨슬리 폴이 그 애의 뒷모습을 가만히 보고 있는 게 보였어요. 차로 걸어오는 내내 보고 있었어요. 그래서 조던이 차 안에 들어왔을 때 제가 말했죠. '얘야, 저 사람은 느낌이 안 좋아.' 딸아이는 전혀 그런 생각을 안 하고 있더군요. 저는 그 애의 남자친구들이 항상 탐탁지 않았어요."

"그게 언제였죠?"

"그해 1월이었어요. 1월 중순쯤인 것 같아요."

"그 두 사람을 다시 본 건 언제였죠?"

"딸아이가 납치되기 일주일쯤 전이에요." 그녀는 잠시 말을 잇지 못한 채 가만히 앉아 있어야 했다. "그 애는, 저기, 그 애는 근무 교대를 하려는 참이었죠. 제가 데리러 가겠다고 했더니 어떤 사람이 차를 태워 줄 거라고 말했어요. 하지만 누군지는 말하지 않으려고 했어요. 그냥 친구라고만 했어요. 그래서 저는 확인을 하려고 그곳으로 가 보았어요. 아시잖아요. 엄마의 걱정 말이에요. 그래서 가 봤더니 두 사람이 그의 차를 타고 식당을 빠져나오고 있었어요. 딸아이는 네 시간 정도 있다가 집으로 왔어요. 둘이서 뭘 했는지는 얘기하지 않으려고 했어요."

야들리는 조던의 일기장을 집어 들었다. "루소 씨, 이걸 알아보시겠습니까?"

"네. 그건 조던의 일기장입니다."

"어떻게 아시죠?"

"그 애의 이모, 그러니까 제 여동생이 어느 해 그 애의 생일 선물로 준 것이니까요."

"따님의 글씨체를 알아보시겠습니까?"

"네, 물론이죠."

"이 일기장 제목들이 따님의 글씨인가요?"

"네, 그렇습니다."

"이 일기장을 증인이 경찰에 제출했나요?"

"아니요. 저는 그걸 찾지 못했어요. 찾으려고 모든 곳을 다 뒤졌지만 그 일기장은 집 안에 없었답니다. 저 사람이 가지고 갔다면 말이 되죠. 저는 그렇게 추측합니다. 당시에는 왜 그런 생각을 못 했는지 모르겠습니다."

야들리는 그녀가 가여워서 마음이 저렸다. 그녀는 이제 웨슬리 폴이 조던의 방을 뒤지는 상상을 하지 않을 수 없을 것이었다. "검찰 측 증거물 54호로 증거 인정을 신청합니다."

"이의 있습니까?"

웨슬리가 일어났다. "존경하는 재판장님, 재판장님 앞으로 모이게 해주십시오."

그들은 판사석으로 다가갔다. 야들리가 판사석 위에 팔을 얹자 웨슬리도 따라서 했다. 그의 냄새가 코로 들어와서 그녀는 토할 것만 같았다. 그래서 한 걸음 뒤로 물러섰다.

"존경하는 재판장님, 야들리 검사는 최근에 검증할 사람 하나 동반하지 않은 상태에서 이 일기장을 발견했습니다. 그 진실성이 심히 의심스럽습니다. 저는 전문 증거 배제에 근거하여 증거 인정에 이의를 제기합니다."

"이는 당시의 심신 상태로 인한 전문 증거 배제 예외에 해당하는 것입니다. 존경하는 재판장님. 재판장님께서는 루소 씨가 피고인에 대한 내면의 심정을 토로하고 딸이 사망했던 시기의 정신적 상태를 표현하는 것을 들으셨습니다. 이는 예외가 인정되는 조건입니다. 저는 이 일기 제목들을 사건의 진상을 입증하는 것으로 제출하는 것이 아닙니다. 단지 조던 루소가 폴 씨와 교제하던 당시 그에 대해 어떤 감정을 갖고 있었는지 감을 잡기 위해서 제출하는 것입니다."

웨슬리가 말했다. "우리가 교제하지 않았다는 사실은 차치하더라도, 저는 그녀가 누구인지도 모르는 사람입니다."

"모르는 사람이라고 해서 당신이 살인을 그만둔 적은 한 번도 없었잖아요."

웨슬리는 분노가 이글거리는 눈길로 그녀를 쏘아보았다. 판사가 "저는 일기 제목들이 당시의 심신 상태로 인한 예외에 해당한다고 판단하여 증거 인정을 허락할 것입니다. 이제 자리로 돌아가십시오."라고 말하자 그의 입술은 보기 흉하게 비틀어졌다.

그들은 각자의 자리로 돌아갔다. 일기장이 받아들여지자 야들리는 그것을 이사벨라에게 주며 말했다. "조던 양이 살해된 해 1월 10일의 일기 제목을 읽어주시겠습니까?"

이사벨라는 일기장을 펼쳐 페이지를 넘겼다. 그리고 읽기 시작했다. "웨스를 만난 건 정말 행운이다. 그가 나보다 나이가 많아서 처음에는 별로 좋지 않았다. 이마에 주름이 있었기 때문이다. 하지만 지금은 그 주름들이 귀엽다고 생각한다. 누군가를 알게 되면 그렇게 변한다니 얼마나 재미있는지 모른다. 그렇지 않은가? 그는 테네시 출신인데 나는 그의 사투리가 좋다. 그가 웃으면 내 가슴은 그냥 따뜻해진다. 그는 어떻게 하면 내가 웃는지를 안다. 그리고 그는 진짜 머리가 좋다. 내가 만난 사람들 중에서 제일 똑똑한 것 같다. 그는 이 세상에 대해, 이 세상이 어떻게 돌아가는지에 대해 내게 너무나 많은 것들을 가르쳐 주고 있다. 그가 나를 지겹게 느끼지 않기를 바랄 뿐이다. 그와 함께 있으면 나는 너무 바보 같다고 느껴진다. 아무것도 아는 게 없는 것 같다. 내게는 나눠 줄 사랑이 많고 똑똑하지 않아도 다른 장점들이 많다는 것을 그가 알게 되길 바란다."

"우리는―" 이사벨라는 잠깐 읽는 것을 중단해야만 했다. "우리는 엊그제 밤에 처음으로 섹스를 했다. 그는 나보다 더 거칠게 하는 것을 좋아하지만 그건 상관없었다. 그런데 좀 다른 무언가가 있었다. 섹스 후에 나는 멍이 많이 들었다. 그리고 그가 내 목을 너무 세게 졸라서 나는 며칠 동안 목에 스카프를 매고 일하러 가야 했다. 그에게 그렇게 거친 것은 싫다고 말했더니 그가 사과하면서 말하기를 다음에는…"

이사벨라는 일기장을 내려놓았다.

"죄송합니다, 야들리 검사님. 더는 못 읽겠어요."

"괜찮습니다." 야들리가 일기장을 집으며 말했다. "배심원 여러분은 이걸 가지고 가서서 직접 읽어 보실 수 있으십니다." 야들리는 손을 이사벨라의 팔에 얹고 말했다. "괜찮아요. 잘하셨습니다. 감사합니다."

야들리는 투명한 증거물 봉투를 테이블에서 집어 들고 이사벨라에게로 가져갔다. "루소 씨, 이게 뭔가요?"

"그건 조던의 반지예요."

"확실합니까?"

"네," 그녀가 그 봉투를 들고 반지를 살펴보며 말했다. "여기에 '나의 땅꼬마에게'라는 각인이 있어요. 이건 그 애의 아빠가 딸을 부르던 말이었어요."

야들리는 그 반지를 보여주고는 배심원단에게 살펴보라고 건넸다.

"따님이 실종되던 날 이 반지를 끼고 있었나요?"

"그랬습니다. 집을 나서기 전에 그 애는 저한테 입을 맞추었는데 그때 손에 반지가 있는 걸 보았습니다."

"그리고 이 반지는 웨슬리 폴 씨의 물건들 속에서 발견되었습니다. 맞습니까?"

"이의 있습니다!"

"철회합니다." 야들리가 말했다. "감사합니다, 이사벨라."

야들리는 자리에 앉았다. 그녀는 마지막 질문에 이의가 제기되리라는 것을 알고 있었다. 하지만 그녀는 볼드윈을 증언대로 불러 자물쇠가 채워진 상자에 대한 설명을 듣기 전에 그 반지가 발견된 곳을 배심원단이 들었으면 했던 것이다.

웨슬리는 증언대의 여자를 쳐다보며 손가락으로 아랫입술을 훑었다. 이사벨라는 어깨가 축 처진 채 바닥을 보며 앉아 있었다. 부서지고 무너진 여인의 모습이었다. 웨슬리는 매우 조심스럽게 그녀에게 다가서야만 했다.

"안경을 쓰시는군요, 루소 씨?" 그가 몸을 일으키며 말했다.

"네."

"근시인가요, 원시인가요?"

"근시예요."

"그러면 멀리서 물건을 보는 게 힘드시겠군요?"

"이의 있습니다. 변호인은 지금 유도 신문을 하고 있습니다."

"기각합니다."

"대답하셔도 됩니다." 웨슬리가 말했다.

"네, 좀 힘듭니다."

"증인이 두 사람을 처음 보았을 때 증인이 저라고 주장한 사람은 얼마나 먼 곳에 서 있었나요?"

"이의 있습니다. 전문가의 증언이 필요합니다."

"저분은 사물이 얼마나 멀리 있는지 알고 있습니다, 존경하는 재판장님."

"기각합니다."

웨슬리는 약간 짜증이 난 듯 말했다. "자, 어서요, 루소 씨. 질문에 대답하십시오."

"아… 대략 6미터쯤이었을 것 같아요. 문 가까운 곳에 차를 댔으니까요."

"날씨는 어땠습니까?"

"이의 있습니다. 관계없는 질문입니다."

웨슬리는 한숨을 내쉬었다. "얼마나 선명하게 보이냐 하는 것이므로 당연히 관계가 있죠."

"이의는 기각합니다."

"날씨요, 루소 씨." 웨슬리가 말했다.

"맑았습니다."

"시야를 가리는 다른 어떤 것은요?"

"없었습니다."

"증인은 정신 건강이―"

"이의 있습니다." 야들리가 말했다. "관계없는 질문입니다."

"아직 질문을 하지도 않았습니다, 재판장님."

"동의합니다. 기각합니다."

"루소 씨, 정신 질환을 앓은 적이 있습니까?"

"이의 있습니다. 관계없는 질문입니다." 야들리가 말했다.

"명백히 관련이 있습니다, 존경하는 재판장님. 루소 씨가 자신이 본 것을 어떻게 해석하느냐 하는 문제이기 때문입니다. 만일 그녀가 망상이나 환각을 경험한 이력이 있다면 어떨까요? 제가 그 점을 들여다봐도 아무 문제가 없을 것입니다."

"그렇게 하십시오."

"대답하셔도 됩니다." 웨슬리가 말했다. "정신 질환이 있습니까?"

"아니요, 그런 건 별로 없습니다."

"'그런 건 별로'라는 말은 무슨 뜻으로―"

"이의 있습니다. 추측을 요구하는 질문입니다."

"기각합니다."

웨슬리는 야들리 쪽을 흘깃 보고는 계속해서 말했다. "제 생각에 증인이 말하려고 한 것은―"

"이의 있습니다. 변호인은 유도 신문을 하고 있습니다."

"기각합니다."

웨슬리는 잠깐 머뭇거린 후 다시 말했다. "증인의 말은 증인이 어떤 정신 질환이 있다는 뜻입니다. 맞습니까?"

"이건 그다지 정신 질환이라고 할 수는 없습니다."

"어떤 것이죠?"

"우울증입니다."

"만성적 우울증은 하나의 —"

"이의 있습니다. 증언을 왜곡하는 발언입니다. 증인은 결코 '만성적 우울증'이라고 한 적이 없습니다. 그냥 우울증이죠."

"인정합니다."

웨슬리가 한숨을 내쉬면서 말했다. "증인은 얼마나 오랫동안 우울증을 —"

"이의 있습니다. 변호인은 우울증의 기간을 물을 만한 개인적인, 혹은 전문적인 식견이 없습니다."

"기각합니다."

웨슬리는 그녀를 한차례 노려보고 나서 다시 이사벨라를 향해 돌아섰다. 그리고 물었다. "증인은 우울증이 얼마나 심하죠?"

"있다가 없다가 합니다. 어떤 때는 그리 심하지 않았다가 또 어떤 때는 심하기도 합니다."

"'심하다'라는 뜻은 —"

"이의 있습니다. 모호한 질문입니다."

"기각합니다."

"루소 씨, '심하다'라고 할 때 증인은 무엇을 —"

"이의 있습니다. 직접 신문의 영역을 넘어선 것입니다."

웨슬리는 화가 난 기색을 약간 보이며 피식 웃었다. "이건 연방 법원 수준의 이의 제기가 아닙니다. 야들리 검사는 로스쿨에서 그 점을 배웠어야 했습니다만."

"이의를 기각합니다, 야들리 검사."

웨슬리는 캐주얼 재킷의 소매를 다시 걷었다. 얼굴이 살짝 상기되어 있었다. "증인은 우울증보다 더 심한 경우인 것 같은데요, 그렇지 않습니까, 루소 씨? 사실은 ─"

"이의 있습니다. 복합적인 질문입니다."

"인정합니다."

"루소 씨, 당신이 겪고 있는 질환은 ─"

"이의 있습니다. 추측성 질문입니다."

"기각합니다."

"루소 씨," 그는 차분하게 말했다. "여기 배심원단에게 말씀해 주십시오. 다른 어떤 정신 질환을 ─"

"이의 있습니다. 부적절한 인물 평가입니다."

"제가 이 질문을 끝낼 수 있도록 놔두시면 부적절하지 않을 겁니다!"

웨슬리가 언성을 높였다. 그의 얼굴은 시뻘게져서 당장 그녀에게 달려들 듯했다. 야들리를 노려보는 그의 눈썹은 화가 나서 깊게 고랑이 패여 있었다. 그가 정확히 배심원단 쪽으로 향해 있었기 때문에 그들은 그의 얼굴을 잘 볼 수 있었다. 분노가 어느 정도 가시고 나자 그는 자신이 무엇을 했는지를 알아차렸다. 그는 목청을 가다듬고 마른침을 삼키고 나서 말했다. "재판장님, 야들리 검사에게 타당한 이의만을 제기하라고 지시해 주시겠습니까?"

"이의가 제기되기 전에는 제가 그 타당성을 알 수가 없습니다, 폴 씨. 하지만 원하신다면 기꺼이 타당한 이의 제기의 중요성을 말씀드리지요."

웨슬리는 야들리를 노려보았다. 그녀도 똑같이 했다. 웨슬리는 배심원단의 눈을 피해 조롱하는 표정을 지은 뒤 말했다. "그럴 필요는 없으십니다. 이 증인에게는 더 이상 질문하지 않겠습니다."

72

그날의 재판은 네 시에 끝이 났다. 야들리가 법정을 나서기 전에 웨슬리가 말했다. "저 여자는 정말 제 역할을 잘했어. 슬픔에 겨운 어머니의 모습이었어. 그래서 배심원단은 당신이 나의 신문을 일부러 방해하는 것을 보고서도 그녀를 보호하기 위한 행동이었다고 생각하고 당신 편으로 기울었지. 당신이 자랑스럽군. 아주 영리해."

그녀는 가방끈을 어깨에 메었다. "나는 당신이 무슨 생각을 하든 그대로 내버려 둘 수는 없었어, 웨슬리."

문 근처에서 볼드윈이 그녀를 기다리고 있었다. 얼굴에는 미소가 만연했다. 복도로 나온 뒤 그녀가 말했다. "무슨 일이야?"

"무슨 일이냐니?"

"얼굴에 짓궂은 웃음이 가득하잖아. 무슨 잘못을 저지르다 들킨 열 살짜리 애처럼 말이야."

"그냥 생각했던 것보다 훨씬 재미있었거든. 놈이 그때까지는 완전히 평정심을 유지하고 있는 것 같았으니까."

"그 사람은 다혈질이야, 항상 그랬지. 예전에는 잘 알아채지 못했어. 내 옆에서는 어떻게든 혈기를 억누르려고 했으니까 말이야. 하지만 돌이켜 보면 그의 진짜 성격이 잠깐씩 보이던 때가 생각나기도 해. 내가 좀 더 주의를 기울였더라면 얼마나 좋았을까."

"우리는 원래 상상을 초월한 사람들이 있다는 걸 잘 생각하지 못해. 당신이 잘못한 일은 하나도 없어."

그는 그녀와 함께 주차장으로 걸어가서 그녀의 차까지 갔다. 그녀가 차 뒷좌석에 가방을 내려놓자 그가 말했다. "저녁 먹으러 갈까?"

그녀는 동작을 멈추고 그를 쳐다보았다. "케이슨… 나는 사실 그럴 상황이 —"

"워, 워. 그 말이 다 끝나서 창피를 당하기 전에 먼저 말할게. 나는 당신을 친구로 좋아하는 거야. 그리고 당신이 친구 이상을 원하지 않는다면 그것도 나로선 좋아. 하지만 지금은 이런 얘기를 하고 싶지도 않아. 당신이 이 모든 일을 어떻게 겪어 내고 있는지 나는 상상도 가지 않아. 그리고 *이런 이야기를* 당신은 전혀 하고 싶지 않다는 것을 나는 너무나 잘 알고 있어. 또 그래야 하고. 지금 내가 여기 있는 건 당신을 위해서라는 걸 알려주고 싶을 뿐이야."

그녀는 웃으며 그의 손을 꼭 잡았다. "고마워. 당신이 나를 위해 여기 있다는 건 알고 있어. 하지만 나는 내일 있을 재판을 준비해야 해."

차를 몰고 나가는 그녀의 눈에 주차장을 빠져나가는 자신의 차를 지켜보고 있는 그의 모습이 보였다.

✦

야들리가 기다리던 문자를 받은 것은 저녁 6시였다. 법치의학자가 심야 항공편으로 도착한다는 것이었다. 그는 아침에 바로 검시소로 가서 조던 루소의 오른발에 난 치아 자국이 웨슬리 폴의 치아를 본떠 만든 교합 보정기와 일치하는지 비교 분석을 할 것이었다.

야들리는 개수대 옆에 서서 샐러드를 조금 먹었다. 현관문 옆에 타라의 신발 하나가 놓여 있었다. 그녀는 타라의 첫 신발로 사주었던 조그만 부츠를 지금도 기억하고 있었다. 통통한 발에 맞는 회색의 작은 모카신이었다. 그 일이 엊그제였던 것만 같았다. 손을 뻗으면 닿을 만큼 가까이 있는 것만 같았다.

그때는 돈이 빠듯해서 그 부츠를 사고 나면 다음 며칠 동안 저녁 먹을 돈이 없었기에 둘 중 하나를 선택해야 했다. 그녀는 부츠를 택하고 다음 월급이 들어올 때까지 땅콩버터를 한 숟갈씩 먹으며 버텼다. 타라에게는 그런 이야기를 한 번도 한 적이 없었다. 타라는 그녀가 그런 선택을 해야 했다는 것을 전혀 알지 못할 것이다. 또한 딸에게 중고물품 가게의 신발이 아니라 더 좋은 신발을 안겨 주기 위해 밥을 포기하는 것이 얼마나 쉬운 결정이었는지도 모를 것이었다.

그녀는 그릇을 씻어서 제자리에 놓고 우편물을 확인하러 갔다. 여전히 태양이 떠 있었지만 하늘은 솜사탕 같은 구름 몇 점을 흩어 놓은 채 밝은 분홍빛으로 물들어가고 있었다. 이웃의 노파가 밖으로 나왔다가 그녀를 쳐다보았다. 야들리가 손을 흔들자 그녀는 고개를 돌려 버렸다.

공과금 몇 개와 광고 전단 몇 장, 그리고 연방 지방 법원에서 온 통지서가 있었다. 그녀는 통지서를 개봉했다. 에디 칼의 변호인이 그의 사형 집행 정지를 요청하는 신청서였다. 50쪽이 넘는 분량이었지만 야들리는 빠르게 훑어보며 핵심을 파악했다. 칼에게 유죄가 선고된 범죄들에 대해 무죄를 밝혀줄 새로운 증거가 있다는 것이다. 웨슬리 폴이 진짜 어둠의 카사노바이며 증거를 보면 그가 칼을 조종하여 자신이 아닌 칼이 유죄를 받도록 했음이 드러났다는 것이다. 야들리가 웨슬리의 기소를 담당하고 있었던 까닭에 이 신청서 사본을 그녀에게 보내온 것이었다.

잘 해봐, 야들리는 생각했다.

처음에 그녀는 그 신청이 너무나 터무니없었기에 약간 기분이 좋았다. 절망의 냄새가 났던 것이다. 죽을 것을 알고 있는 동물의 절망감이었다. 그러나 야들리는 자신이 그였더라도 똑같은 신청을 제출했을 것 같았다. 살 수 있다는 실낱같은 희망이라도 있는 것이 아무것도 없는 것보다는 나으니까 말이다.

또한 그것은 웨슬리가 왜 이제서야 살인을 시작했을까 하는 그녀의 의문에 답을 주었다. 이 신청은 칼의 생명줄이었던 것이다. 그 생명줄이 제 역할을 하기 위해서는 새로운 살인자와 새로운 어둠의 카사노바가 필요했다. 그는 웨슬리에게 용의자가 한 사람 필요할 뿐이라고 말했겠지만 사실 그에게 필요한 것은 유죄 판결이었음이 틀림없었다.

그녀는 신청서를 접어서 진입로에 있는 파란색 재활용 통에 던져 넣었다. 그녀는 괴물을 위해 감정을 낭비할 만한 여력이 없었다.

어느새 이웃 노파가 자기 집 우편함까지 걸어와 있었다. 야들리와는 얼마 떨어지지 않은 거리였다. 조금 전의 무례함에도 불구하고 야들리는 인사를 했다. "잘 지내시죠?"

"당신보다야 잘 지내지." 그녀는 우편함의 키패드에 비밀번호를 누르고 여러 개의 편지 봉투들을 꺼냈다. "이상한 남자들을 침대로 끌어들이면 그 뒤엔 더러운 꼴을 보게 되어 있어. 개랑 자면 벼룩이 생기는 법이라고."

야들리는 그녀를 빤히 쳐다보고 말했다. "안녕히 주무세요, 로셸." 그리고 집 안으로 들어가서 문을 닫았다.

73

    다음 날 이른 아침 야들리와 볼드윈은 법치의학자가 묵고 있는 호텔 로비에서 그를 만났다. 검사에 대한 점검을 하고 그 깨문 자국이 웨슬리 폴의 교합 보정기와 일치할 경우 법원에서 일어날 일을 재차 확인하기 위해서였다. 그는 호리호리하고 키가 큰 남자였다. 두 눈은 짙은 검정이었고 숱이 많은 흰 머리 속에 듬성듬성 검은 머리카락이 보였다. 얇은 안경이 자꾸만 코에서 미끄러지고 있었다.

    그리핀 존슨 박사는 30년 동안 이 일을 해왔기 때문에 따로 재판을 준비할 필요가 없었다. 하지만 한 가지 점에서는 팀이 옳았다. 이것이 이번 소송의 제일 주요한 증거라는 것 말이다. 그것은 조던 루소가 죽기 전에 웨슬리가 그 아이를 공격했다는 유일한 직접 증거였다. 깨문 자국이 일치하는 것으로 다시 등장한다면 웨슬리는 사력을 다해 그에 맞설 것이었다.

    야들리가 입을 열었다. "박사님께서 오늘 증언을 해 주셨으면 좋겠는데요. 하지만 재판장이 웨슬리에게 박사님의 보고서를 다 읽을 시간을 주려고 할지도 모릅니다. 그러면 돌아가셨다가 증언 날짜가 잡히는 날 다시 오시면 돼요. 그래도 될 수 있으면 오늘 법정에 서실 수 있도록 해 보겠습니다."

    그는 고개를 끄덕였다. "제가 예상해야 하는 건 어떤 일이죠?"

"그는 박사님이 잊고 계실지도 모르는 일을 가지고 박사님을 공격할 거예요."

그는 어깨를 으쓱하더니 안경을 밀어 올렸다. "전에도 힘든 반대 신문은 다 겪어 봤어요. 새로울 게 없어요."

야들리는 볼드윈을 슬쩍 쳐다보았다. 그는 말없이 그녀를 보고 있었다. "혹시 수사관이 깊게 파고들면 드러날 만한 어떤 일을 과거에 하신 적이 있으신가요? 형사 고발되었지만 기소되지 않았던 적은요? 과거에 하신 증언 중에 부정확한 것이 있었다거나, 약물 중독, 정신 질환, 정신 병원 입원 경력, 뭐 이런 것들은요?"

존슨은 테이블 위에 손깍지를 꼈다. "생각나는 건 없네요. 없습니다."

볼드윈이 말했다. "그는 당신이 여기 온 건 돈을 받기 때문이고 당신은 오직 검찰 측에서만 증언을 한다고 말할 겁니다. 이 소송에 나온 모든 전문가들에게 그렇게 했으니까요."

"그건 간단하게 반박할 수 있습니다. 저는 검찰 측에서만 증언하지는 않으니까요. 검찰 쪽 일이 압도적으로 많은 건 사실이지만 그건 단지 검찰에 일이 더 많기 때문이지요. 하지만 저는 피고 측에서도 수십 번 증언을 한 적이 있습니다."

"그건 좋군요." 야들리가 말했다. "제가 박사님을 소개하면서 바로 그 얘기를 언급해야 할 것 같습니다."

"좋은 생각 같습니다. 그리고 또한 최근의 법치의학이 이룬 진취적 성과들과 비판들에 대해서도 논하는 게 좋습니다."

"어떤 것들이요?" 볼드윈이 말했다.

"이 분야의 정확성에 의문을 제기하는 최근의 연구들이 많이 있습니다. 문제는 피부가 매우 탄력적이라는 것이고, 따라서 피부의 움직임 때문에 깨문 자국이 자리를 이동하고 바뀔 수도 있다는 것이죠. 어떤 연구는 정확성을 기하려면 깨문 자국은 그 자국이 만들어진 시점에 피해자가 있던 바로 그 위치에서 분석해야 한다고 주장합니다. 거기에 더해서 어쨌든 깨물리기 전에 피부에 불규칙한 부분이 있으므로 깨문 자국의 정확성에 대해 충분히 의문을 가질 수가 있지요. 이 사건이 다른 점은 깨문 자국이 뼈에 있다는 것입니다. 고정되어 있고 일반적으로 변형이 되지 않는 것이죠. 피부에 난 자국보다는 훨씬 더 정확합니다. 이 모든 것을 제일 먼저 배심원단에게 설명해야 합니다."

야들리는 볼드윈 쪽을 보았다. 그는 감명을 받은 듯 눈썹을 치켜올리고 있었다.

그녀는 휴대폰을 확인했다. "검시관이 한 시간 안에 박사님을 만나서 시체 안치실로 모실 겁니다. 작업을 마치시는 대로 저에게 전화해 주세요."

✦

검사석에 앉았을 때 야들리의 마음속에는 확신이 가득 차오르고 있었다. 웨슬리는 증인 한 사람 한 사람을 공략했지만 웨슬리와 조던이 같이 있는 것을 보았다는 이사벨라의 말을 배심원단이 믿는다는 사실에는 변함이 없었다. 그들은 조던의 일기와 반지, 머리카락이 그의 소지품에서 발견되었다는 것을 믿었다. 그들은 조던이 테네시 출신으로 사투리를 쓰는 웨스라는 나이 많은 남자와 잤다는 것을 알았다. 그리고 존슨 박사가 웨슬리의 치아와 조던의 뼈에 새겨진 자국이 일치한다는 것을 밝힐 수 있다면 그들은 유죄를 인정하기 위해 필요한 모든 것을 다 갖게 될 것이었다. 조던이 기어서 도망가려고 애쓰면서 그를 찼을 가능성이 크고, 그래서 그가 조던을 물어뜯었을 것임을 설명해주는 치아 자국에 대해 밝혀낸 결과가 결정적인 유일한 증거가 못 된다 하더라도 배심원단은 심의실에서 어떤 섬뜩한 느낌을 떨쳐 버리지 못할 것이었다.

야들리는 뒤를 돌아보았다. 볼드윈은 거기 없었다. 5분 뒤면 재판장이 나올 것이었다. 그녀는 한 시간 전에는 이미 비교 분석이 완료되었다는 문자나 전화를 받았어야 했다. 야들리는 볼드윈에게 문자로 어디 있는지 물어보았다.

짤막한 답이 왔다.

법원에 재판을 연기해야 한다고 해. 존슨은 증언 못 해.

74

야들리는 호텔 맞은편 도로에 차를 댔다. 그녀는 차에서 바로 내리지는 않았다. 차 안에 앉아 있는 동안은 그 일은 현실이 아니었다. 아직은 아니었다. 차에서 내리는 순간 그것은 현실이 될 것이었다. 그리고 그녀는 여러 가지 감정들에 휩싸일 것이다. 그 무엇보다 죄책감에.

경찰 순찰차들이 도로 경계석 옆에 줄지어 서 있었다. 앰블런스와 소방차도 한 대 와 있었다. 볼드윈의 차도 마찬가지로 거기 있었다. 야들리는 호텔 안으로 들어갔다. 긴급 의료 요원들이 로비에서 시신 주위에 모여 있었다.

볼드윈이 그녀를 발견하고 건너왔다.

"어떻게 된 일이야?" 그녀가 말했다.

"심장마비라고 생각된대."

야들리는 사체에 시선을 고정했다. 사체는 언제나 그 사람이 살아 있을 때보다 더 작아 보였다. 마치 죽음이 즉각적으로 육신을 쪼그라들게 만들기라도 하는 것 같았다. 마지막 심장 박동이 뛰었다가 가는 순간 뭔가가 사라져 버린 것 같기도 했다.

"그는 검시의를 만나러 가는 일이었어." 볼드윈이 말했다. "아무도 본 사람이 없고, 무슨 소리를 들은 사람도 없어. 웨슬리가 분명 개입되어 있을 거야."

"그는 바깥에 사람을 두고 있어." 야들리가 말했다. 그녀는 잠깐 생각을 했다. "그 사설탐정."

볼드윈이 휴대폰을 꺼내 전화를 걸었다.

깨문 자국이라는 증거 없이 웨슬리 폴을 유죄로 만들 만한 것이 있었던가? 그녀는 확신할 수 없었다. 그래서 확신을 해야만 했다.

"내가 필요할지 모르니까 휴대폰은 켜 두고 있을게." 그녀는 자리를 뜨면서 볼드윈에게 말했다.

"어디 가는 거야?"

"구치소."

✦

야들리는 경비대원이 웨슬리를 변호인 접견실로 데리고 들어와서 자리에 앉게 하는 것을 지켜보았다.

"야들리 검사." 그가 웃으며 말했다. "당신은 그야말로 잡초 속에 피어난 한 떨기 연꽃이야. 당신을 보니 이루 말할 수 없이 기분이 좋아지네."

그녀는 그의 수갑과 쇠사슬을 쳐다보았다. 쇠사슬은 발목에 씌운 족쇄로 이어져서 바닥에 튀어나와 있는 철제 고리에 단단히 매여 있었다. 야들리는 일부러 가방을 갖고 오지 않았다. 그녀는 블라우스를 들어 올리고 손으로 허리와 다리를 훑어 내려갔다. 그에게 녹음 장치가 없다는 것을 보여준 것이다.

"오." 그가 말했다. "그러면 이건 내밀한 대화가 되어야 하는 건가? 이거 정말 감질나는군. 하지만 조심해. 모두가 당신이 여전히 나를 사랑한다고 생각할 거야."

그를 지켜보면서, 그의 얼굴에 떠오른 조롱기와 눈가의 주름, 기울어진 이마를 보면서 그녀는 그가 자신에게 잘 보이기 위해 갖추고 있던 매력적인 겉치장이 이제는 더 이상 존재하지 않는다는 것을 깨달았다. 그는 자신이 사귀고 사랑했던 한 인간이라는 옷을 입고 있었으나 이제 그 옷은 벗겨지고 *오직 이 물건만이* 남아 있는 것이었다.

"당신에게 전해줘야 할 게 있어." 그녀가 말했다. "미제 사건을 또 만들다니 너무 충격적이야. 나는 당신이 동등한 조건의 재판에서 나를 이김으로써 나보다 훨씬 똑똑하다는 걸 증명하고 싶어 하는 줄 알았어. 하지만 증인에게 반대 신문을 하느니 그를 죽이는 게 훨씬 쉬웠나 봐. 그 사설탐정이 한 짓이지, 맞지? 그 사람은 대체 정체가 뭐야?"

그는 고개를 약간 옆으로 기울이며 그녀를 쳐다보았다.

"타라는 어때? 나를 보고 싶어 하나? 우리는 돈독한 사이였거든, 타라와 나 말이야."

"타라는 당신과 돈독한 사이가 아니었어. 당신이 그렇게 느꼈다면 그건 순전히 당신의 상상일 뿐이야. 그렇지 않으면 그 애가 나를 위해서 그런 척했던 거지."

"당신은 누구 흉내를 내고 있는 거야, 제시카? 나한테 이 사건 전체를 조작해서 뒤집어씌우는 건 내가 아는 제시카 야들리의 짓 같지가 않은데."

그의 엄지손가락에는 기다란 흉터가 있었다. 그녀는 그 흉터를 응시했다. 그녀의 집에 손님이 왔을 때 주방에서 저녁 준비를 하다가 채소를 썰면서 다친 상처였다.

"당신이 여기 온 건 파커 씨에 관해 내가 뭐라도 밝힐 거라 생각해서군. 당신은 그 정도보다는 분명 나를 더 잘 알 텐데, 안 그래?"

"내가 여기 온 건 당신에게 노력해 봐야 쓸데없는 짓이라는 걸 말해주기 위해서야. 나는 당신이 유죄를 받도록 할 거야, 웨슬리. 당신은 존슨이 증언을 못 하도록 그를 살해했지만 또한 나한테 겁을 주려는 목적도 있었어." 그녀는 몸을 앞으로 기울였다. "나는 당신이 겁나지 않아. 당신을 보고 있으면 내 눈에 보이는 건 약해 빠진 어린 남자아이야. 부모의 죽음을 목격하고 그 고통을 극복해 내지 못할 정도로 형편없었기 때문에 나머지 인생을 다른 어린아이들에게 그 고통을 전가한 어린 남자아이. 당신은 자신만의 살인 방법조차 생각해 내지 못했어. 그래서 에디의 방법을 훔쳐야만 했고. 당신은 불쌍한 존재야."

그의 얼굴이 화석처럼 굳어졌다. 그녀를 처음 만났을 때 반짝이던 그의 눈빛은 사라지고 없었다.

"당신은 나약해, 웨슬리. 당신은 당신 부모를 살해한 자들이 바라던 딱 그런 인간이 되었어. 당신은 그자들의 자식이야. 당신이 이 모든 영광을 돌릴 사람들은 에디가 아니라 그들이야."

"너는 에디와 나에 대해 쥐뿔도 몰라." 그는 소리를 질렀다. 그가 손을 주먹 쥐어 테이블에 올리자 손목을 감은 쇠사슬이 덜컹거렸다.

"당신의 부모는 그냥 쓰레기 같은 인간들에 불과했어, 그렇지 않다고 말할 거야? 자식이 위층에서 자고 있는 동안 지하실에서 졸피뎀을 구워대던 인간들이지. 당신을 더할 수 없이 아무렇게나 대했지. 당신한테 먹을 걸 주거나 옷을 갈아입히는 걸 잊어버린 날도 수없이 많았겠지. 그 시절을 기억하고 있어? 자기가 싼 똥오줌 속에 누워서 천장만 바라보고 있던 그 하루하루의 날들, 배고픔에 비틀린 창자를 부여안고 부모가 당신을 기억하게 해달라고 빌기만 하던 그 날들을?

하지만 그들에겐 당신이 존재하지 않았어, 그렇지? 당신이 그들의 피를 닦아내야만 했던 그 날까지는 말이야."

그는 그녀에게 돌진했다. 쇠사슬이 그를 제자리로 돌려놓았지만 그는 쇠사슬에 저항하며 짐승처럼 울부짖었다. 그리고 그녀에게 닿을 수 없다는 것을 깨닫자 그는 그녀의 얼굴에 침을 뱉었다.

그녀는 손등으로 침을 닦아냈다.

"잘 있어, 웨슬리. 법정에서 봐."

돌아서서 나오며 그녀는 미소를 지었다.

75

야들리, 웨슬리, 그리고 법원 경위 두 사람이 애그비 판사실에 앉아 있었다. 판사는 법복을 옷걸이에 걸고 작은 냉장고에서 탄산음료를 꺼내 들고 자리에 앉았다. 그리고 발을 발 받침대에 올려놓았다.

"야들리 검사, 이번에 일어난 일을 감안하여 재판을 일시 중단하도록 하겠습니다. 하지만 단 며칠 동안입니다. 그 이상을 원하면 폴 씨의 동의를 구하셔야 합니다."

"그럴 필요 없습니다. 검찰은 존슨 박사가 없어도 재판을 계속할 준비가 되어 있습니다."

그녀는 고개를 끄덕이고 웨슬리 쪽을 보았다. "폴 씨?"

"존슨 씨의 비극적 죽음 때문에 저에게 달라진 것은 없습니다. 맞습니다, 건강이 최우선이겠죠, 존경하는 재판장님? 건강하지 못하다면 아무것도 없게 되죠. 슬프게도, 많은 사람들이 존슨 박사같이 그걸 너무 늦게 알게 되는 거죠."

애그비는 탄산음료를 내려놓고 그의 말을 무시하며 말했다. "그럼 계속 진행합시다. 야들리 검사, 휴정 전에 증인이 두 사람 남아 있었던 걸로 아는데 맞습니까?"

"네, 존경하는 재판장님."

"그러면, 오늘 그 사람들을 끝내거나 늦어도 내일까지는 끝낼 수 있을 것 같군요. 폴 씨, 피고 측은 증인을 몇 명 부르실 건가요?"

"딱 한 명입니다. 존경하는 재판장님. 도미니크 힐이요. 그리고 저는 증언하지 않을 겁니다."

"그러면 배심원단에 넘기기까지 3일 이상은 걸리지 않겠군요. 두 분 다 감사합니다. 이제 나갑시다."

법원 경위들이 웨슬리를 데리고 나갔다. 야들리가 나가려고 할 때 애그비가 불렀다. "제시카?"

그녀는 뒤돌아섰다. "네?"

"저 사람은 위험한 사람이야. 그리고 자네는 이 소송에서 패할지도 몰라."

"알고 있습니다."

"어떻게 할 생각인가?"

그녀는 그저 판사실 창문 밖을 내다보고만 있었다. "해야 하는 건 뭐든 다 해야겠죠."

✦

배심원단이 다시 소집되자 애그비가 말했다. "야들리 검사, 다음 증인을 부르세요."

"케이슨 볼드윈 요원입니다. 존경하는 재판장님."

볼드윈이 성큼성큼 증언대로 걸어갔다. 야들리는 빠른 속도로 그가 이 사건에 개입된 문제들을 훑어 내려갔다. 증언이 너무 빠르게 진행된 까닭에 그는 여러 차례 그녀에게 *지금 뭐 하는 거야?*라는 눈빛을 보냈다. 그녀는 가능한 한 빨리 그를 증언대에서 내려오게 하고 싶었다.

웨슬리는 신청 심리에서 했던 것처럼 그에게 반대 신문을 했다. 그의 동기에 의문을 표하고 그가 단지 옛 애인인 제시카를 돕기 위해 증거를 조작했다고 주장했다. 그녀가 생각할 때, 재판 초기에는 그런 주장이 먹혀들었을지도 모른다. 하지만 지금은 배심원단이 그의 격분한 모습을 이미 보고 난 후였다. 그들은 심의실로 돌아갈 때 그녀에게 소리를 질러대는 그의 일그러진 얼굴을 보게 될 것이었다. 배심원단을 보면서 그녀는 그들이 이제는 그를 믿고 있다는 생각이 들지 않았다.

웨슬리가 신문을 마치자 판사가 말했다. "야들리 검사? 재신문하실 거 있으십니까?"

"없습니다, 존경하는 재판장님. 볼드윈 요원은 가셔도 될 것 같습니다."

"감사합니다, 볼드윈 요원. 야들리 검사, 다음 증인 부탁드립니다."

"검찰은 도미니크 힐 씨를 증언대로 부르겠습니다."

웨슬리는 눈이 휘둥그레졌다. 법원 경위가 나가서 힐의 이름을 부르자 그는 법정 문 쪽을 돌아보았다. 웨슬리는 그녀가 그를 부를 것을 전혀 예상하지 못한 것이 분명했다.

힐은 양복과 넥타이 차림으로 천천히 문으로 들어왔다. 그는 증언대로 가는 동안 아무에게도 눈길을 주지 않았다. 그는 선서를 하고 자리에 앉으면서 단 한 번 웨슬리를 슬쩍 보았을 뿐이었다. 야들리는 발언대에 섰다.

"이름을 말씀해 주세요."

"도미니크 제임스 힐입니다."

"힐 씨, 이 소송의 피고인인 웨슬리 폴 씨와 아는 사이입니까?"

"네, 그렇습니다."

"어떻게 알게 된 사이인지 말씀해 주십시오."

그는 아래를 쳐다보고는 넥타이를 살짝 잡아당겨 똑바로 했다. 그리고 눈을 들어 그녀를 다시 한번 쳐다보았다. "우리는 어릴 때 샌타바버러에서 만났습니다. 제가 열한 살이었고 그는 저보다 몇 살 많았다고 생각됩니다. 저는 그가 함께 살던 위탁 가족의 옆집에 살았습니다."

"그와 어떤 사이였는지 설명해 주십시오."

"친한 사이였습니다. 우리는 금방 친구가 되었고 같은 취미가 많았습니다. 더 커서는 파티를 하러 다녔고 운동이나 그런 것들을 같이 했습니다. 고등학교를 졸업하고 우리는 이곳으로 이사를 왔습니다. 그러다 결국은 연락이 끊겼지만 오랫동안 가까운 사이였습니다."

"증인은 이번 소송이 무엇에 관한 것인지 알고 계십니까?"

"네. 20년 전에 일어난 조던 루소 살인 사건입니다."

"그때 증인은 폴 씨와 친구 사이였습니까?"

"그랬습니다."

"그 무렵에 블러프 가에 있는 텔리스 식당에서 점심을 먹은 적이 있습니까?"

"많이 있습니다."

"거기서 피고인과 증인 사이에 있었던 일들 중 주목할 만한 것이 있을까요?"

힐은 숨을 깊이 들이마시고는 웨슬리를 쳐다보았다. "네. 조던 루소가 몇 번 우리를 시중들었습니다. 그녀와 웨슬리는 죽이 잘 맞아서 우리가 갈 때마다 그는 항상 조던을 불러 주문을 했고 식당 앞에서 그녀와 잠시 노닥거리기도 했습니다. 사실 우리는 그곳에 너무 많이 가기 시작했어요. 음식은 나쁘지 않았지만 저는 같은 음식을 그렇게 자주 먹는 사람은 아닌데 말이죠."

"이의 있습니다! 이건 터무니없는 말입니다. 저는 이 사람과 평생 한 번도 점심을 같이 먹은 적이 없습니다." 웨슬리는 발을 곤두세우고 일어서면서 쏘아붙였다. "존경하는 재판장님, 앞으로 모이게 해 주십시오."

"물론입니다."

웨슬리는 배심원단에게서 멀어지기도 전에 그들이 들을 수 있는 거리에서 말을 하기 시작했다.

"존경하는 재판장님, 파커 씨는 바로 어제 오후에 저를 대신해서 힐 씨를 인터뷰했습니다. 힐 씨가 그에게 전달한 내용은 이것과는 완전히 **다릅니다**. 그는 한 번도 저를 만난 적이 없고 제가 루소 씨와 같이 있는 것을 본 적도 없다고 분명히 말했습니다. 그리고 조던 루소를 살해한 것은 그의 형이며 그 자신이 거기에 죄책감을 느끼고 있다면서 저의 무죄를 입증하러 오겠다고 했습니다."

"그가 거짓말을 하는 것이라면," 야들리가 말했다. "폴 씨는 그 문제에 대해 그를 반대 신문하시면 됩니다. 법원이 나중에 위증을 찾아낸다면 검찰이 당연히 그를 조사할 것입니다."

"이의를 기각합니다." 애그비가 말했다. "이 문제는 반대 신문이 끝나고 나서 토론하는 게 적절합니다. 폴 씨."

야들리는 웨슬리의 얼굴이 벌겋게 달아오르는 것을 보았다. 그는 점점 더 빨리 화를 내고 있었다. 그는 이제 자신을 제어하지 못할 것이었다.

야들리는 발언대로 돌아와서 말했다. "증인이 본 그들의 관계에 대해 설명해 주십시오."

웨슬리의 눈은 힐의 눈에서 한시도 떨어지지 않았다. 증오심만 남은 눈으로 힐을 노려보는 그에게서는 격렬한 분노가 뿜어져 나오고 있었다. 야들리는 배심원단이 그것을 보고 있을 것임을 확신했다.

힐이 말했다. "제가 아는 한 그들은 데이트를 하기 시작했습니다. 아니면 최소한 데이트할 수 있을 만큼 가까워졌습니다."

"그다음엔 무슨 일이 있었죠?"

"그는 그녀와 섹스를 하기 시작했습니다. 저는 그에게 한 번 그렇게 하는 것은 좋은 생각이 아니라고 말한 적이 있습니다. 그녀는 그에게는 너무 어렸으니까요. 그는 자기 주변에는 그녀와 비슷한 나이의 여자애들이 많다고 —"

"이의 있습니다!" 웨슬리가 벌떡 일어서며 고함을 질렀다. "재판장님 앞으로 모이게 해 주십시오."

"모이셔도 됩니다."

야들리가 판사석 가까이 서자 웨슬리는 발을 쿵쿵 굴리며 걸어 왔다. 얼굴은 시뻘겠고 입술은 떨면서 실룩거리고 있었다. 그는 통제력을 상실해가고 있었다.

"존경하는 재판장님, 그는 야들리 검사의 지시를 받고 위증을 하고 있으며 이 법원을 조롱하고 있습니다. 저는 증인의 증언을 삭제하고 증언 자격을 박탈해 줄 것을 요청합니다. 이 재판은 전적으로 제가 저지르지 않은 범죄 혐의를 가지고 저에게 유죄를 선고하기 위해 야들리 검사가 교묘하게 만들어낸 게임입니다."

"야들리 검사, 당신이 이 증인에게 오늘 증언을 바꾸도록 했습니까?"

"아닙니다. 존경하는 재판장님. 저는 단지 그에게 사실을 말하라고 했을 뿐입니다. 저는 힐 씨와 협상을 했습니다. 그가 오늘 증언을 한다면 그 대가로 루소 씨의 죽음에 연루된 그의 혐의는 면책될 것입니다. 힐 씨는 우리가 대화를 나눌 때 한 번도 형에 대해 언급한 적이 없습니다. 그는 저에게 자신을 보호하기 위해 사설탐정에게는 거짓말을 했다고 했습니다."

"그렇다면 저는 통지의 원칙에 따라 이의를 제기합니다. 저는 그가 증언을 할 것이라는 통지를 받은 바가 없습니다."

"그는 당신의 증인입니다." 야들리가 말했다. "통지가 필요하지 않지요."

두 사람은 서로를 노려보았다. 야들리는 바로 그때 그가 자신에게 덤벼들 수도 있다고 생각했다. 그녀는 뒤로 물러서는 대신 한 걸음 앞으로 다가섰다. 법원 경위들이 그를 제때 붙잡을 것이기 때문에 그가 실제로 그녀를 다치게 하지는 못할 것이었다. 게다가 배심원단에게 그의 실체를 보여줄 수 있다면 맞아서 아픈 것 정도는 할 만한 일이었다.

웨슬리는 그녀가 무슨 일을 하려는지 감지하고는 심호흡을 했다. 그리고 말했다. "존경하는 재판장님?"

"저는 그의 증언을 허락하는 바입니다. 폴 씨. 제자리로 돌아가 주십시오."

야들리는 발언대로 돌아와서 말했다. "힐 씨, 폴 씨가 루소 씨와 자기 시작한 후 어떤 일이 일어났죠?"

"그는 그녀에 대해서… 좀 이상해졌습니다."

"어떻게 이상해졌다는 거죠?"

"부적절한 농담 같은, 뭐 그런 것을 하기 시작했습니다. 너무 오래 전이어서 기억하기 어렵지만 몇 가지 일은 기억이 납니다. 한 번은 제게 그녀와 섹스를 하고 싶은지 물었던 적이 있습니다. 그는 그녀에게 약을 먹일 테니까 밤에 오면 된다고, 원하면 친구들을 데리고 와도 된다고 했습니다."

"이의 있습니다! 저자는 거짓 증언을 하고 있습니다. 존경하는 재판장님. 저자와 저자의 형이 이 가엾은 여자아이를 죽였는데 희생양을 하나 찾았기 때문이지요. 이것은 완전히 정의를 희롱하는 짓입니다! 재판장님께서는 이 증언이 계속되도록 허락하셔서는 안 됩니다."

"폴 씨, 증거 능력에 관한 것이 아니라 증인의 신뢰성 문제라면 이의를 삼가하십시오. 신뢰성은 본 재판장이 판단할 문제입니다. 지금 증거 관련한 이의가 있습니까?"

그의 입술이 으르렁거리며 뒤틀렸다. 그리고 그는 자리에 앉았다.

"힐 씨, 당신은 루소 씨와 섹스를 했습니까?" 야들리가 계속했다.

"아니요. 저는 그가 장난치는 것이라고 생각했습니다. 하지만 돌이켜 보면, 분명 장난으로 한 말이 아니었습니다."

"이의 있습니다. 저자가 저의 마음 상태를 알 수는 없었습니다."

"인정합니다."

야들리가 말했다. "그래서 관계가 진전되어 가면서 어떻게 되었나요?"

힐은 불편한 듯 자리에서 몸을 움직였다.

"제가 생각할 때," 야들리가 말했다. "지금이 이 말을 해야 할 시점인 것 같습니다. 힐 씨. 저는 증인에게 오늘 증언에 대한 대가로 협상를 제안했습니다. 그것을 기록에 넣어야 합니다. 어떤 협상이었죠?"

"검사님은 웨슬리와 제가 조던 루소에게 한 일을 증언하면 그 대가로 저를 면책해 주시겠다고 했습니다."

그녀는 고개를 끄덕였다. "자 이제 그 협상은 기록되었습니다. 계속해 주십시오. 어떤 일이 있었죠?"

힐은 코로 숨을 들이마시고는 웨슬리를 빤히 바라보았다. 그들 사이에 적개심이 불꽃처럼 일었다. "그는 그녀에게 바라는 게 있다고 했습니다."

"그게 뭡니까?"

"그녀가 죽는 것을 보고 싶다고요."

"말도 안 돼!" 웨슬리가 뛰쳐나갈 듯 일어섰다. 그의 뒤에 있던 법원 경위가 재빨리 그에게 달려갔다. "거짓말이야, 저 여자가 당신에게 거짓말을 하라고 한 거야!"

애그비가 말했다. "폴 씨, 즉시 자리에 앉으세요."

"저는 그냥 여기 앉아서 저 사람이 제가 너무나 사랑하는 법원과 사법 체계를 조롱하게 내버려 둘 수 없습니다. 존경하는 재판장님. 저 사람은 새빨간 거짓말을 하고 있습니다."

"당신은 무엇이든 묻고 싶은 것을 물어볼 기회를 가지게 될 겁니다. 지금은 앉아 주세요."

웨슬리는 판사를 한 번 쳐다보고는 자리에 앉았다.

야들리가 계속해서 말했다. "그가 조던 양이 죽는 것을 보고 싶다고 했단 말이지요?"

"네. 그는 자기한테는 어떤… 필요한 것이 있다고 했습니다. 충만한 섹스를 위해 필요한 것들이 있다고요. 그런데 먼저 이 말씀을 드려야겠습니다. 저는 유죄 판결을 받은 성범죄자입니다. 저도 역시 잘못이 있는 사람이지요. 그래서 그는 우리가 서로에게 측은지심이 있다고 생각한 듯합니다."

"그가 조던 양이 죽는 것을 보고 싶다고 했을 때 당신은 어떻게 했나요?"

"저는 웃었습니다. 농담한다고 생각했으니까요. 하지만 그때 그는 저와 함께 웃지 않았습니다. 그래서 그가 진지하다는 것을 알게 되었습니다. 그는 제 도움이 필요하다고 했습니다."

"어떤 도움이요?"

"그는 자기가 조던을 태우러 가기는 싫다고 했습니다. 다른 사람이 그녀를 태우는 게 좋을 거라고요. 왜냐하면 누군가가 본다면 경찰은 그 사람을 찾을 텐데 웨슬리가 살인을 한 시간에 그 사람은 탄탄한 알리바이가 있게 되니까요. 그러니까, 제가 그녀를 차에 태운 다음 한 블록쯤 뒤 아무도 없는 곳에 내려주고 저는 곧바로 카메라가 있는 어떤 곳, 은행이나 뭐 그런 아무 곳으로 가면 제가 그녀를 죽이지 않았다는 것을 증명할 수 있다는 거죠."

"힐 씨, 당신은 왜 그를 돕겠다고 했나요?"

그는 목청을 가다듬었다. "저는, 음… 저는 그 당시에 어떤 사람과 자는 사이였습니다. 더 어린 여자아이였죠. 열여섯 살이요. 저는 그 전부터 성범죄 전과가 있었습니다. 어떤 정신적 문제도 있었고요. 그 래서 여러 가지로 곤란한 상황이었습니다. 웨슬리는 그런 말을 직접 꺼내지는 않았지만 만약 제가 돕지 않는다면 당시 제 보호 관찰관에 게 전화할 거라는 뉘앙스를 풍겼습니다." 그는 웨슬리를 노려보았다. "우리는 어릴 때부터 친구였습니다. 그런데 그는 제가 자신이 원하는 것을 하지 않는다면 단숨에 저를 팔아넘기려고 했던 것입니다."

"하지만 증인은 그 시점에서 그가 조던 양을 죽이고 싶어 한다는 것을 알았음에도 어쨌든 그를 도왔습니다."

"저는 단지… 진짜로 그가 죽일 생각은 아닐 것이라고 생각했습니 다. 제가 그녀를 차에 태워서 내려 주면 둘이서 어딘가에서 섹스를 하고 그 이야기를 하며 웃을 것이라고요. 저는 그가 그 일을 해치우 리라고는 생각하지 못했습니다."

"자 이제, 힐 씨, 당신은 루소 양의 사망 시간에 탄탄한 알리바이가 있게 된 것이군요, 맞습니까?"

"네."

"그렇습니까?"

"네."

야들리는 몇 장의 사진을 꺼내어 그에게 다가갔다. "이 사진들은 무엇입니까?"

"베이거스 다운스 경마장에서 찍은 제 사진들입니다."

"날짜는요?"

"2001년 2월 19일, 루소 양이 실종된 날입니다. 보시면 아시겠지만 제가 경마장의 날짜와 시간이 나오는 전광판 근처에서 찍은 사진들입니다. 저는 11시 조금 못 되어 그녀를 차에 태웠고 그런 다음 한 블록 뒤 웨슬리의 차 앞에 내려줬습니다. 그리고 경마장으로 갔습니다. 그곳에서 반나절을 보냈고요."

"증거물 66호와 67호의 제출을 신청합니다. 존경하는 재판장님."

"이의 있습니다!"

"근거가 무엇입니까, 폴 씨?"

웨슬리는 말을 더듬었다. 화가 그를 집어삼켜서 생각이 흐릿해진 것이었다. 야들리가 말했다. "존경하는 재판장님?"

"그러면 증거물을 인정합니다."

야들리는 힐을 향해 돌아섰다. "증인이 그날 경마장에서 시간을 보낸 후 무슨 일이 일어났습니까?"

"저녁에 웨슬리가 와서 밖에서 만났습니다. 그는 정말 행복하고 느긋해 보였습니다. 그에게 무슨 일이냐고 물었더니 일을 해치웠다고 했습니다."

"그게 무슨 뜻이라고 생각하셨습니까?"

"그녀를 죽였다는 뜻으로 받아들였습니다. 물어보기도 했습니다. 그는 조던이 자기가 하려던 일을 알아차리고는 차에서 뛰어 내렸기 때문에 그녀를 쫓아가야 했다고 말했습니다. 그녀를 붙잡자 돌을 들어 머리를 내리쳤다고요."

"그는 어떻게 그렇게 외딴 사막 한가운데로 가자고 그 아이를 설득했나요?"

"그녀는 헬스 센터에 가는 길이 아니었습니다. 그건 그냥 어머니한테 한 얘기일 뿐입니다. 웨슬리는 그녀에게 그곳에 깜짝 선물을 준비해 놓았다고 했습니다. 그래서 처음에는 저항하지 않았던 것입니다." 힐은 웨슬리에게 힐끗 쳐다보았다. "그는 자기들이 그곳에 간 진짜 이유를 그녀가 알게 된 순간 그녀의 눈빛을 보았을 때 정말 짜릿했다고 했습니다."

웨슬리는 일어서 있었다. "이건 우리의 법체계 전체를 웃음거리로 만드는 짓입니다. 당신이 지금 토사물을 쏟아낸 건 모든 원칙—"

"폴 씨," 애그비가 준엄하게 말했다. "저는 당신에게 여러 차례 기회를 드렸습니다. 법원 경위, 폴 씨를 법정에서 퇴장시켜 주십시오."

법원 경위들이 들어왔다. 웨슬리가 의자를 집어 던져 의자가 법원 경위 한 사람의 얼굴에 쿵 하고 부딪쳤다. 그는 야들리에게 달려들었다. 그녀의 손은 이미 옆에 있는 의자에 놓여 있던 가방 안에 들어가 있었다. 그녀는 호신용 스프레이를 꺼내어 그의 얼굴에 뿌렸다. 그는 눈을 질끈 감으며 비명을 질렀다. 법정은 화학 물질 타는 매캐한 냄새로 뒤덮였다. 또 다른 법원 경위 한 사람이 피고석으로 뛰어올라 웨슬리를 바닥에 쓰러뜨렸다.

76

    레드 선 모텔은 서로 마주 보는 두 개의 건물이었다. 사설탐정 파커는 다른 사람의 신용카드와 가명을 사용하여 길에서 제일 멀리 있는 방에 투숙하고 있었다. 그는 아직 렌터카의 번호판을 교체하지 않은 상태였다. 지명 수배된 그 번호판이 톨게이트의 카메라에 포착된 덕분에 FBI는 금방 그가 묵고 있는 모텔을 찾아냈다. 파커는 지금부터 세 시간 뒤의 멕시코행 비행기를 예약해 놓았다.

    볼드윈은 방탄조끼를 입었다. 여러 명의 경관들이 이미 모텔에 도착해서 그 일대를 에워싸고 있었다. FBI 요원 두 사람이 자리를 잡고 있었다. 볼드윈은 준비가 다 될 때까지 뒤에 서 있었다. 그는 권총의 탄창을 확인했다.

    경관들이 뒤를 둘러쌌고 볼드윈은 요원 두 명의 뒤를 따라 파커의 방으로 갔다. 그는 창문 안을 힐끗 보았다. 하지만 커튼이 쳐져 있었다. 그들은 문 옆에서 대오를 정비했다. 경관 한 사람이 문을 부수는 파성퇴를 들고 달려갔다.

    볼드윈은 손가락 세 개를 들어 카운트다운을 했다. 하나…둘…셋. 문이 벌컥 열리고 볼드윈이 소리쳤다.

    "FBI다!"

    귀에서 폭죽이 터지는 것처럼 한 발의 총성이 울렸다. 파커가 소총을 들고 침대에 앉아 있었다. 볼드윈 옆에 서 있던 경관들 중 한 사람이 쓰러졌다. 볼드윈은 파커가 그에게 총을 겨누자 숨을 멈췄다. 파커가 총을 쏘았다. 총알은 빗나가 벽에 박혔다.

볼드윈은 두 번 총을 발사했다. 두 발 다 파커의 오른쪽 눈 바로 위 머리에 명중했다. 그는 침대 위에서 뒤로 나가떨어졌다. 소총이 그의 손에 털썩 미끄러져 내렸다. 볼드윈은 소총을 발로 차서 치웠다. 파커의 몸에서 피가 강물처럼 흘러내려 침대를 적시고 있었다.

77

다음 날 배심원단이 재소집되었다. 웨슬리는 무효 재판이 선언되게 하려고 노력해 보았지만 소용이 없었다. 야들리의 주장과 판례 인용은 재판장이 이미 알고 있었던 사실을 확인해 주었다. 피고인은 자신의 위법 행위를 빌미로 무효 재판을 요청할 수 없다는 것이다. 그렇지 않다면 어떤 재판에서나 유죄 선고를 받을 것 같은 느낌이 들 때 피고인은 예상치 않은 행동을 해서 무효 재판을 촉발할 수 있을 것이었다.

힐은 법정으로 다시 와서 증언을 끝마쳤다. 그는 웨슬리가 그에게 조던의 반지와 머리카락을 보여준 상황을 구체적으로 설명했다. 웨슬리는 힐에게 반대 신문을 시도했지만 그는 이제 수갑을 차고 족쇄에 묶인 채 이미 평정심을 잃고 있었다. 배심원단이 그의 말에 귀를 기울이지 않고 있는 것이 법정에 있는 모든 사람에게 명백히 보였다.

힐이 증언석에서 나가자 애그비는 웨슬리 쪽을 보고 말했다. "다른 증인이 또 있습니까, 폴 씨?"

"없는 것 같군요." 그는 비웃음을 띠며 말했다. "이 소송은 지금 이 나라에서 정의란 무엇인가를 보여주는 것 같군요, 그렇지요, 존경하는 재판장님? 저기 사람을 하나 세워 놓고 새빨간 거짓말을 하게 하고 경찰과 정부가 거기에 공범이 되어 무고한 사람 하나를 고통받게 만들고 있죠. 재판장님 분명히 말씀드리는데, 이 사건은 끝난 게 아닙니다. 당신이나 이 배심원단이 아닌 제9 순회 항소 법원이 저의 운명을 결정할 것입니다."

"알겠습니다. 변호인. 더 이상 증인이 없다면 최후 진술을 시작하기에 앞서 잠깐 휴정하겠습니다."

✦

배심원단의 심의 시간은 때에 따라 달랐다. 야들리는 11일 동안이나 이어졌던 재판도 한 번 경험했고 5분도 채 걸리지 않았던 경험도 있었다. 양측의 최후 진술이 끝난 후 배심원단이 심의실로 갈 때 야들리는 그들의 얼굴을 살펴보았다. 뒤돌아서 웨슬리를 쳐다보던 여성 배심원 한 명은 얼굴에 혐오스러운 표정이 역력했다. 웨슬리 역시 그것을 보았기에 "왜 쳐다보는 거야?"하고 고함을 질렀다.

배심원단이 나가자 야들리는 그를 향해 돌아섰다. 법원 경위 한 사람이 그의 뒤에 서서 말했다. "웨슬리, 재판을 망쳤잖아. 저 배심원은 당신이 죽도록 싫은 거라고."

"저것들은 쓸모없는 올챙이들이야. 이건 절대 끝난 게 아니야. 항소 법원에서 우리는 몇 년에 걸쳐 싸우게 될 거야. 그리고 눈곱만큼의 기회라도 있으면 나는 이 소송을 대법원에까지 가지고 갈 거야."

그녀는 서류 가방을 어깨에 메었다. "기대하고 있을게."

볼드윈이 법정 밖에서 그녀를 기다리고 있었다. 양손은 주머니에 쑤셔 넣고 넥타이는 목 주변에 느슨하게 감겨 있었다. 그는 피곤해 보였다.

"오늘 힘들었나 봐?" 그녀가 말했다.

"그렇게 말해도 되겠지. 파커를 찾았거든. 그런데 그건 본명이 아니었어. 그는 뉴욕 경찰청 전직 형사였는데 살인과 갈취 미수로 싱싱 교도소에서 8년간 복역했더군. 경찰로 있을 때 군중들에게 폭력을 행사한 혐의도 있었고. 더러운 일을 해야 할 때 고용할 만한 그런 인간인 셈이지." 볼드윈은 자기 신발을 힐끗 보았다. "음, 그자는 조용히 가지는 않았어." 그는 법정 쪽을 쳐다보았다. "웨슬리는 정말 미쳐 버렸더군."

"그는 자기가 유죄 판결을 받을 거라는 걸 알고 있어. 게다가 나는 구치소로 그를 면회 가서 그에게 부모 얘기를 꺼냈고 힐에게는 증언을 하는 동안 최대한 그와 눈이 마주치게 하라고 했거든. 그는 자신을 여러모로 조절할 수 있지만 성질은 어쩌지 못하지." 같이 걸어가면서 그녀는 그의 얼굴을 살폈다. "당신 괜찮아?"

그는 어깨를 으쓱했다. "놈이 먼저 방아쇠를 당겼어. 난 괜찮아질 거야. 감찰실에서 충격 사건이 수습될 때까지 유급 휴가를 줬어. 그러니까 자유 시간이 좀 생긴 거지 뭐."

야들리는 그의 팔을 잡았다. "그럼 당신이 그때 말했던 저녁 식사를 하자."

78

음식을 다 먹고 나서 야들리와 볼드윈은 공원과 초등학교 근처 외진 곳에 자리 잡은 고즈넉한 동네를 하릴없이 걸었다. 그들은 종교용 장신구들을 파는 작은 가게에 들렀다. 볼드윈은 그녀에게 노란색과 금색이 섞인 묵주를 하나 사 주었다. 주인은 그 묵주를 갖고 있으면 신변이 보호된다고 했다. 그는 묵주를 그녀의 손목에 끼워 주었다. 그리고 필요 이상으로 오랫동안 그녀의 손목에서 손을 떼지 않았다.

그들이 가게 밖으로 나왔을 때 야들리에게 전화가 왔다. 배심원단이 평결을 내렸다는 것이었다. 두 시간이 채 안 되는 시간이었다.

법정에 돌아온 웨슬리는 경멸의 감정을 숨기려고도 하지 않았다. 그는 줄지어 들어오는 배심원단을 자신의 사형 집행인을 보는 것처럼 경멸 어린 시선으로 바라보았다. 판사가 기립하라고 하자 그는 그대로 자리에 앉은 채 테이블 상판에 침을 뱉었다. 야들리는 판사가 법정 예의를 지적하며 그를 퇴장시키지 않기를 바랐다. 그냥 이 소송을 끝내는 것이 최선일 것이었다.

"배심원 대표는 일어나 주시겠습니까?" 애그비가 말했다. 와이셔츠를 입은 반백의 남자가 일어났다. "배심원단이 평결에 합의했다고 들었습니다."

"그렇습니다, 존경하는 재판장님."

평결문이 판사에게 전달되었고 판사는 조용히 그것을 읽은 다음 법원 경위에게 다시 건네주었다. 그리고 "배심원단은 이 사건에 대해 어떤 의견입니까?"라고 물었다.

남자는 평결문을 읽었다.

"미합중국 대 웨슬리 존 폴, 이른바 웨슬리 존 디킨스 사건 1급 살인 단독 기소 조항에 대해 ―"

야들리는 터질 듯 쿵쾅거리는 심장 박동 소리 때문에 다른 모든 소리를 들을 수 없었다. 눈앞에서 모든 것이 천천히 기어가고 있었다. 그녀는 움직이고 싶지 않았다. 하지만 지금이 바로 그녀가 기억하고 싶은 그 순간이라는 것도 알고 있었다. 평결문이 낭독되는 동안 한 물건을 지켜보아야 하는 순간이었다. 그녀는 웨슬리 쪽으로 고개를 돌렸다. 그들은 서로의 눈을 응시했다.

"― 우리는 피고인에게 유죄를 평결합니다."

판사는 그들의 노고에 감사를 표하고 그들에게 짐을 챙기는 것을 비롯한 몇 가지 지시를 했다. 야들리와 웨슬리는 그 자리에 그대로 있었다. 판사가 배심원단이 나가기를 기다리는 동안 법원 경위가 그들 사이로 이동했다. 그 후 판사는 형량 선고 과정은 어떻게 진행되는지, 선고 보고서를 준비하기 위해 그가 만나게 될 사람은 누구인지, 그리고 언제 다시 법정에 오게 될 것인지를 웨슬리에게 고지했다.

"45일이면 충분할까요, 야들리 검사?"

"충분합니다, 존경하는 재판장님. 감사합니다."

웨슬리는 법원 경위가 그를 구치소로 이감시키기 위해 유치장으로 끌고 나가면서 그의 머리를 강제로 돌릴 때까지 야들리에게서 시선을 거두지 않았다.

야들리는 이사벨라 루소가 방청석에 앉아 있는 것을 보았다. 야들리는 판사에게 감사를 표한 다음 이사벨라에게 가서 옆에 앉았다.

"이제 끝난 거죠, 그다음에는요?" 이사벨라가 말했다.

"그는 항소할 겁니다. 하지만 그래봤자 아무 소용이 없을 거예요. 결국, 항소가 다 끝나고 나면 그는 죽을 때까지 감옥에서 썩을 거예요."

이사벨라는 고개를 끄덕이고는 그녀의 손을 잡았다. "검사님이 원하시던 대로 되어 기쁩니다, 제시카."

"이건 제가 원한 게 아닙니다. 제가 원한 것은 정상적인 환경에서 딸을 키우는 거였어요. 딸에게 행복하게 추억할 수 있는 어린 시절을 만들어 주는 것이요."

"우리가 아이들을 저자 같은 남자들에게서 항상 보호할 수 있는 건 아니더군요." 그녀가 보고 있던 휴대폰에 사진이 한 장 떠 있었다. 조던 루소가 스포츠 행사 같은 데서 엄마를 끌어안고 있는 사진이었다. "저런 사람들과 싸우는 검사님 같은 사람들이 있어서 기쁩니다."

그들은 포옹을 했다. 그리고 이사벨라는 법정을 떠났다. 야들리는 모든 사람들이 다 나갈 때까지 법정에 남아 있었다. 그녀는 배심원석으로 걸어가서 좌석 앞 목조 난간을 만져 보았다. 얼굴에 서서히 미소가 떠올랐다. 그녀는 이 순간의 법정의 냄새를 기억하려고 숨을 깊이 들이마셨다. 그런 다음 법정을 나섰다.

79

야들리는 집 근처 협곡들 사이로 조깅을 했다. 산에서 도시로 되돌아 내려오는 길에서는 먼지바람이 사정없이 그녀의 얼굴을 때렸다. 타라가 그녀에게 문자로 오늘 밤 친구네 집에서 자도 되냐고 물었다.

타라는 라스베이거스 대학의 수학 프로그램 입학시험을 치기 위해 목장에서 돌아와 있었다. 타라는 박사 과정에 응시하여 입학 허가를 받았다. 국내 최연소 박사 과정 학생이 된 것이다.

야들리는 연방 검찰청에 휴가를 신청했고 리우가 허락을 해 주었다. 그녀는 내일 딸과 함께 목장으로 떠날 것이었다.

칼의 목장을 생각하면 제일 먼저 떠오르는 것은 금세 연기처럼 사라지는 차가운 아침 안개였다. 폐부를 가득 채운 상쾌한 아침 공기는 그 얼음 같은 차가움으로 온몸을 콕콕 찔렀다. 얼굴이 멍멍해지는 그 느낌이 좋았다. 그녀는 라스베이거스의 네온사인과 배기가스를 떠나는 순간을 기다리고 있었다.

에디의 어머니인 베티는 언젠가 야들리에게 당신의 아들은 어릴 때 차가운 아침 안개를 좋아했다고, 근처 숲속을 혼자서 정처 없이 돌아다니는 그를 본 게 한두 번이 아니었다고 말했었다. 그녀는 마치 그가 꽃을 따라 다녔던 것처럼 애정과 서글픔이 함께 묻어나는 목소리로 말했었다. 그러나 야들리는 그가 안개와 나무들 속에 위장을 한 채 숨어 있는 포식자처럼 훨씬 더 사악한 일들을 하고 있는 모습이 상상되는 것이었다.

칼 부부의 집에는 손님용 별채가 있었다. 그들은 야들리와 타라에게 그곳을 쓰라고 했다. 야들리는 그러마고 했지만 그곳에 머무는 시간은 길지 않을 것이었다. 그녀는 자신이 라스베이거스를 떠나지 않을 것임을 알고 있었다. 적어도 아직은 말이다. 하지만 타라는 스스로 결정하게 내버려 둘 생각이었다. 타라가 없는 삶을 생각하면 생경한 고통이 밀려왔지만 칼 부부는 연로했고 그녀는 타라가 가능한 한 많은 시간을 그들과 보냈으면 싶었다. 스티븐은 자신들의 전 재산을 야들리에게 남길 것이라고 했었지만 그녀는 자신이 아니라 타라에게 남겨 달라고 했다.

야들리는 달리기를 멈추고 천천히 걸으면서 호흡을 가다듬었다. 그녀는 휴대폰을 확인했다. 오스카 오티즈가 보낸 사진이 한 장 와 있었다. 에밀리아의 두 번째 생일 파티 사진이었다. 사진과 함께 '미안해요. 하지만 끊임없이 사진을 찍을 계획임'이라는 문자가 있었다. 야들리는 절로 미소가 감돌았다.

웨슬리 폴의 재판이 끝난 지 얼마 지나지 않아 야들리는 연방 검찰과 FBI를 채근하여 가가호호 방문을 다시 하고 오티즈의 집과 웨슬리의 아파트 사이에 있는 가능한 모든 곳에 전단을 붙이도록 했다. 그녀는 기자와 뉴스 앵커들을 끊임없이 괴롭혀서 에밀리아 뉴스를 더 많이 보도되도록 했고 뉴스 전문 어느 케이블 방송에서는 에밀리아의 실종을 다룬 30분짜리 특별 방송을 확보하기까지 했다.

FBI는 최대한 협조를 했지만 자원은 빈약했고 수색은 광범위한 일이었다. 거기다가 야들리를 제외하고는 어느 누구도 에밀리아가 살아 있다고 믿지 않는 것 같았다.

야들리는 자원봉사자들을 불러 모아 남는 시간에 수색을 돕도록 했다. 타라는 더 파급력이 큰 소셜 미디어 캠페인을 시작했다. 얼마 안 있어, 저녁 시간과 주말에 집집마다 방문을 하고 전단을 붙이는 사람들이 이백 명을 넘어섰다.

웨슬리의 아파트에서 20분 거리에 살고 있는 어떤 여성이 전단지를 보고 경찰에 전화를 걸었다. 그녀는 혼자 아이를 키우는 엄마로서 집에서 놀이방을 운영하고 있었다. 그녀는 경찰에게 어린 여아의 아버지에게서 두어 달 아이를 돌보는 대가로 7,500달러를 받았다고 했다. 그 아버지는 업무상 유럽으로 긴급 출장을 간다고 말했다는 것이다. 두 달이 지나도 소식이 없자 그녀는 그에게 연락을 해 보려고 했다. 그의 전화번호는 더 이상 없는 번호였고 그가 적어 주었던 집 주소는 있지도 않은 곳이었다. 그녀는 불법 체류자였기 때문에 겁이 나서 경찰에 연락하지 못했다. 웨슬리는 틀림없이 그 점을 염두에 두었을 것이다.

그 여성은 아이의 아버지가 아이를 맡기기 한 달 전에 자신에게 연락하여 출장 날짜가 언제 잡힐지 모른다고 말하면서 계약을 했다고 했다.

그녀는 그 아이와 관련된 다른 것은 알지 못했으며 아이의 아버지가 돌아오기를 바라면서 아이를 맡아 왔다는 것이었다.

그녀는 용의자 선별 대열에서 에밀리아를 맡겨 놓고 간 사람으로 웨슬리 폴을 지목했다. 연방 검찰은 그를 유아 약취 혐의로 기소했는데 그 소송은 여전히 계류 중이었다.

오티즈는 요원 직을 유지할 수 있었다. 그는 금융 사기 부서로 전출되어 하루 종일 책상에 앉아 있게 되었다. 볼드윈은 그녀에게 오티즈에게는 그게 제일 행복한 일일 것이라고 했다.

웨슬리 폴의 계획성과 세밀한 주의력에 FBI는 경악을 금치 못했다. 하지만 야들리는 그렇지 않았다. 그가 그런 정신력을 다른 것을 위해 썼으면 좋았을 것이라고 생각했을 뿐이었다.

웨슬리는 그녀 곁에 머문 마지막 괴물이었다. 하지만 그가 그럴 수 있었던 것은 오직 최초의 괴물이 있었기 때문이었다.

그녀는 조깅을 마치고 샤워를 했다. 그리고 교도소로 갔다.

그곳에 도착한 그녀는 조용히 앉아서 교도소 건물을 한참이나 바라보고 있었다.

야들리는 글레드힐 교도소장으로부터 소장실에서 이번 접견을 해도 된다는 허락을 받은 상태였다. 소장실에는 녹음 장치가 없었고 방음 처리가 되어 있었다. 따라서 그곳에서 오가는 대화는 아무도 들을 수 없었다. 하지만 그녀가 소장실을 원한 것은 그 방은 창이 많아서 햇볕이 잘 들기 때문이었다. 야들리는 에디 칼과 함께 지하 감옥에 있고 싶지는 않았다.

그녀는 주차장을 내다보며 창가에 서 있었다. 그녀의 눈은 주차장에 세워진 자동차 앞유리 위에서 넘실넘실 춤을 추는 햇빛을 따라가고 있었다. 햇빛은 마치 비밀스럽게 윙크라도 하는 듯 반짝였다. 문이 열리는 소리, 그리고 쇠사슬이 찰칵거리는 소리가 났다.

에디 칼이 그녀 앞에 앉았다. 그는 더 야윈 것 같았고 목덜미는 다시 꾀죄죄해져 있었다. 그녀가 맞은편에 앉자 그는 미소를 지었다.

"타라는 어때?" 그가 말했다.

"잘 지내. 우리는 내일 당신 부모님을 뵈러 가서 얼마 동안 거기서 지낼 거야."

"그럼 가기 전에 나를 보려고 여기 온 거야? 기분이 최곤데."

야들리는 서류 가방에서 디지털 녹음기를 꺼냈다. 그녀가 재생 버튼을 누르자 칼이 저지른 범죄의 세부 사항을 논하는 웨슬리와 칼의 목소리가 흘러나왔다.

"웨슬리는 당신들 두 사람이 여기서 대화한 걸 녹음했어. 그가 부엌 바닥을 잘라 내어 만들어둔 작은 공간에서 이런 걸 여러 개 찾아냈어. 딘과 올슨 살해 DVD도 거기서 발견했어. 사실, 굉장히 힘든 작업이었어. 바닥을 손댄 흔적이 전혀 없었기 때문에 FBI는 탐색 침을 사용하지 않을 수가 없었어. 거기에는 타라와 내 사진들도 많이 있었어. 그가 우리를 몇 년 동안 지켜보면서 여러 가지 사항을 기록한 일지도 있었어." 그녀는 한숨을 내쉬었다. "당신은 항소를 향한 실낱같은 희망 하나 때문에 너무나 많은 사람들의 목숨을 앗아갔어, 에디. 그들은 당신이 조금 더 살려고 죽이기에는 아까운 사람들이었어."

"그는 자기 부모가 거의 비슷한 방식으로 죽은 걸 경험했지. 내가 아니었어도 때가 되면 그는 그 길을 선택했을 거야." 그는 팔뚝을 허벅지 위에 기댄 채 몸을 앞으로 기울여 소장의 책상 위에 놓인 서류들을 보았다. "그렇지만 나는 아이들에게 그런 짓을 하라고는 말하지 않았어. 그리고 나는 그에게 당신과 타라를 보호해야 한다고, 당신은 절대 해치면 안 된다고 했어."

"당신은 그가 불안정하다는 걸 알고 있었어." 그녀는 말했다. "그럼에도 당신은 그에게 나를 지켜보라고 부탁했던 거야. 만약 그가 나와 타라를 죽이기로 작정했으면 어쩔 뻔했어? 당신은 조금도 후회하지 않아? 당신은 감정이라는 게 있기는 한 거야?"

그는 눈을 깜빡거리기만 했을 뿐 아무런 말도 하지 않았다.

"에디, 내가 여기 온 진짜 이유는 내가 무슨 수를 써서라도 당신의 사형 집행이 연기되지 못하도록 할 거라는 걸 알리기 위해서야. 나는 당신이 이런 식으로 그들의 죽음을 이용해서 그 가족들을 욕보이게 내버려 두지는 않을 거야. 당신은 올해가 끝나기 전에 죽을 것이고 거기 대해 당신이 할 수 있는 일은 하나도 없어."

그녀는 나가려고 일어섰다. 그러자 그가 말했다. "당신은 웨슬리가 유일할 거라 생각해? 내가 말했듯이 나는 팬이 아주 많단 말이지."

그녀는 팔짱을 낀 채 그의 눈을 응시했다. 그리고 생각했다. 만일 정의라는 것이 있다면 아이작 올슨이 자라게 될 세상에는 에디 칼과 웨슬린 디킨스는 죽고 없을 것이라고.

"그들은 지금 당신을 돕지 못해." 그녀가 말했다.

그는 미소를 지었다. "도울 수 있는 사람이 하나 있지. 그녀는 아직 그걸 모르겠지만 말이야."

그녀는 비웃으며 말했다. "설사 내 목숨이 달려 있다고 해도 나는 당신을 돕지 않아, 에디."

"내가 말한 건 당신이 아니야."

그녀는 그의 시선을 조금 더 맞받아 내고 있었다. 이게 저 눈을 보는 마지막이 되기를 바라면서. 그녀가 그토록 빨리 사랑에 빠졌던 그 눈을 이제 그녀는 꿈속에서만 볼 뿐이었다. 그 꿈을 꾸면 그녀는 벌벌 떨면서 온몸에 진땀을 흘린 채 잠에서 깨곤 했다.

"잘 있어, 에디."

80

야들리는 법원에 제출할 서류 작업을 하고 있었다. 내일부터 시작되는 휴가 기간에 편히 쉴 수 있도록 몇 가지 진행 중인 소송 건을 처리하는 것이었다. 검찰에 들어온 이래 그녀는 단 한 번의 휴가도 가지 않았었다.

교도소에서 돌아오던 길에 그녀의 귀에는 칼이 했던 말이 계속 맴돌았다. '*도울 수 있는 사람이 하나 있지. 그녀는 아직 그걸 모르겠지만 말이야.*'

그는 그 말을 하면서 마치 두 사람이 비밀을 공유하고 있기라도 한 듯 웃고 있었다. 그녀는 가슴이 서늘해졌다. 그 말을 생각하면 할수록 차가운 불안감이 점점 더 커져갔다.

야들리가 석연찮은 느낌을 떨치지 못하는 것은 '*그녀*'라는 말 때문이었다.

그녀는 도로 한쪽에 차를 세우고 비상등을 깜박이며 앉아 있었다. 내일이면 목장에 갈 것이고 이 일은 두 번 다시 생각하지 않을 수 있었다. 그렇지 않으면 뇌리를 떠나지 않는 그 생각을 끝까지 추적해 볼 수도 있었다.

야들리는 다시 도로로 들어서서 빠르게 유턴을 했다.

✦

이사벨라 루소는 집 근처 초등학교에서 교사로 재직 중이었다. 학교는 야자나무와 인조 잔디 축구장으로 둘러싸인 단층 건물이었다. 야들리는 주차장 차 안에서 한참을 있었다. 심장이 죄어드는 것 같았다. 목구멍에 덩어리가 걸린 것처럼 숨을 쉬기가 힘들었다.

제시카, 여기서 뭐 하는 거야?

5분쯤 지나면 불안감은 사라질 것이다. 개운치 않은 일이 확실해질 수 있다면 5분 정도는 아무것도 아니다.

학교 안으로 들어가니 천장은 낮고 벽에는 공고문과 미술 작품들, 포스터들, 그리고 학급 사진들이 가득했다. 그녀는 행정실에 가서 이사벨라의 학급이 어딘지 물었다. 직원이 그녀를 복도 맨 끝으로 안내했다.

야들리는 문 앞에 서서 교실 안을 보았다. 3학년 학생들이 구구단을 연습하고 있었다. 교실에는 반짝이는 순진한 눈빛의 어린 얼굴들이 물결처럼 일렁이고 있었다. 이사벨라가 그녀를 보고 미소를 지었다.

"선생님 금방 돌아올게." 그녀는 아이들에게 이렇게 말하고는 보조 교사에게 수업을 맡겼다. 그녀는 복도로 나와서 야들리를 껴안았다.

"어떻게 지내고 계세요?" 야들리가 말했다.

"저는 잘 있답니다. 얼마 전 저녁 뉴스에서 검사님을 봤어요. 검사님과 실종된 어린 여아 이야기였어요. 그 애를 찾았다니 다행이에요."

"그렇죠." 그녀는 교실 안을 힐끗 보았다. 여러 명의 아이들이 그들을 보고 있었다. 그녀는 아무도 듣지 못하도록 몇 걸음 뒤로 물러섰다. 이사벨라도 따라 했다. 야들리는 팔짱을 꼈다.

"이런 질문은 꺼내고 싶지도 않은데요, 하지만 한 번은 확인해야 할 것 같아서요. 그리고 나면 저를 다시 보실 일은 없을 거예요."

이사벨라의 얼굴에 걱정스런 표정이 어렸다. 그녀는 물었다. "무슨 일인가요?"

"그때 용의자 대열에서 웨슬리를 지목하셨을 때요…. 너무 분명하셨거든요. 마음속에 한 점 의혹도 없는 듯하셨어요."

"딸을 죽인 살인자의 얼굴은 잊을 수가 없죠."

"당시에 그를 보셨을 때는 그가 딸을 죽였는지 모르셨잖아요. 그리고 그건 20년 전 일이에요, 이사벨라. 몇 초 동안 본 얼굴을 20년이 지나서도 확실히 알 수 있는 사람은 없어요."

이사벨라는 그녀를 외면했다. "그건 그 사람이었어요. 우리 둘 다 그 사람이라는 걸 알잖아요."

야들리는 말없이 그녀를 쳐다보고 있었다. 이윽고 그녀가 야들리를 다시 보았고 그들은 서로 눈이 마주쳤다. "누가 용의자 지목을 하기 전에 당신에게 웨슬리의 사진을 보여줬나요?"

이사벨라는 마른침을 삼켰다. 그녀는 교실 쪽을 돌아보았다. "저는 가 봐야 해요."

"볼드윈 요원이었나요? 이사벨라, 저를 보세요…. 이건 중요한 문제예요. 볼드윈 요원이 용의자 지목 전에 당신에게 웨슬리의 사진을 보여주고 그가 따님을 죽인 사람이라고 한 건가요?"

그녀는 고개를 가로저었다. "아뇨, 그 사람은 아니에요."

"하지만 누군가가 그렇게 했군요."

이사벨라는 바닥으로 눈을 떨구었다. "저는 가 봐야 해요."

야들리는 그녀의 손목을 가볍게 만지며 그녀가 자신을 다시 쳐다보게 했다. "누가 그랬죠?"

"그냥 제가 더 빨리 기억할 수 있도록 도와주었을 뿐이에요. 그게 다예요. 사진을 저한테 보여줬건 아니건 저는 그가 기억이 났을 거예요."

"누구였어요, 이사벨라?"

그녀는 침묵으로 대응하다가 마침내 입을 열었다. "제가 말씀드리면 이 일은 검사님과 저 단둘만 아는 것으로 해 주셔야 해요. 그 사람은 제가 조던을 살해한 남자를 감옥에 집어넣도록 도왔어요. 저는 그 사람이 곤란을 겪게 할 수 없어요."

야들리는 보조 교사에게로 잠깐 시선을 돌렸다. 그가 무슨 말을 하는 바람에 교실에 웃음보가 터졌던 것이다. 그녀는 다시 이사벨라를 쳐다보았다. 그녀는 이번에는 야들리의 시선을 똑바로 마주하고 있었다. 그녀는 진지했다. 야들리가 그 사람에게 아무 일도 없을 것이라는 약속을 하지 않는다면 그녀는 입을 열지 않을 것 같았다. 어쩌면 야들리가 혼자 힘으로 찾아낼 수도 있을 것이지만 마찬가지로 그녀가 영원히 모르게 될 수도 있었다.

"약속할게요." 야들리는 결국 그렇게 말했다.

그녀는 고개를 끄덕였다. "그 여자분의 이름은 모릅니다. 끝끝내 말해주지 않았으니까요. 하지만 그 여자분이 저희 집으로 와서 제게 웨슬리 폴의 사진을 보여줬어요. 그가 조던을 죽인 범인이라고 하더군요. 그녀는 자기가 저에게 사진을 보여 줬다는 것을 누구에게라도 말하면 저는 증언을 못 하게 될 것이고, 그러면 그는 이 사건을 빠져나가게 될 거라고 했어요. 하지만 그가 범인인 것은 분명하다고…." 이사벨라는 마른침을 삼켰다. 눈에는 눈물이 맺히기 시작했다. "그 사람이 어린 제 딸을 죽인 것이 분명하다고 했어요." 그녀는 주머니에서 휴지를 꺼내 눈가를 훔쳤다. "그녀는 그가 많은 사람들을 살해했고 제가 그를 지목하지 못하면 그는 풀려나서 더 많은 사람들을 죽일 것이라고 했어요. 심지어 그게 제 딸이 될지도 모른다고요. 조던의 여동생을 죽이면 재미있을 거라고 생각할 수도 있으니까요."

야들리는 정신이 아득해졌다. 무릎이 후들거려서 더 이상 서 있을 수 없을 것만 같았다.

지금 작별 인사를 하고 그 자리를 떠서 끝까지 알지 못할 수도 있었다. 이 사실을 가슴에 품고 살아가게 될 수도 있었다. 두 사람 사이에 말이 오가지는 않았지만 그녀는 이 일을 감수하며 살아갈 수도 있었다.

"그 여자는 생김새가 어땠나요?" 야들리는 거의 들리지 않는 소리로 말했다.

"십 대 아이였어요. 열네 살이나 열다섯 살쯤 되었으려나. 실은, 당신을 많이 닮았어요. 그런데 눈이 정말 파랗더군요. 그렇게 파란 눈은 본 적이 없는 것 같아요."

81

타라는 6주가 지나야 운전면허를 딸 수 있는 나이가 되기 때문에 우버 택시를 타고 법원으로 갔다. 내일 아이는 엄마와 함께 조부모의 목장으로 떠날 예정이었다. 그곳은 타라가 세상에서 가장 사랑하는 곳이었다. 하지만 오늘 타라는 해야 할 일이 있었다. 아니 그것은 하고 싶어 기다리던 일이었다.

아이는 법정에서 장소에 어울리지 않는 모습으로 보이고 싶지 않았다. 그래서 엄마의 하이힐을 신었다. 때문에 한 걸음씩 발을 내디딜 때마다 발이 아팠다. 도대체 여자들은 왜 이런 것을 신는지 이해가 되지 않았다. 또한, 아이는 중고 가게에서 블라우스와 긴 치마도 샀다. 얼굴에는 안경을 끼고 머리는 단정하게 묶고 있었다. 차에서 내리기 전에 타라는 백미러를 슬쩍 보았다. 최소한 열아홉 살은 되어 보였다.

아이는 금속 탐지대를 문제없이 지나 밀턴 하트만 판사의 법정으로 올라갔다. 이날의 첫 사건은 웨슬리 디킨스 건이었다. 그의 항소심 일정을 정하기 위한 심리였다.

웨슬리는 피고석에 앉아 판사가 나오기를 기다리고 있었다. 그의 얼굴은 창백했고 체중이 많이 빠진 상태였다. 그는 건강이 나빠 보였다. 오랫동안 병을 앓아 온 사람 같았다.

타라는 그의 바로 뒤에 있는 방청석에 앉았다. 앞으로 몸을 기울여 그에게 속삭일 수 있을 정도로 가까운 거리였다.

"감옥에서는 잘 대해 주나요?"

웨슬리가 몸을 돌렸다. 그러고는 피식 웃었다. "어린 야들리 양이로군. 여기서 뭐 하는 거야? 내 첫 항소심 심리를 보러 온 거야, 아니면 그냥 내가 그리웠어?"

"엄청 창백해 보여요, 웨슬리. 당신이 잘 생겼다고 생각했었는데 지금은 아픈 사람 같네요."

"교도소에 있으면 너도 이렇게 돼. 잠을 제대로 못 자거든. 운이 좋게도 나는 독방을 쓰긴 하지만 말이야. 나의 봉사에 대한 작은 혜택이랄까. 경비대원들이 수시로 법률적 조언을 구하니까."

"당신이 있어야 할 곳을 제대로 찾은 것 같군요."

그는 크게 웃었다. "네 엄마가 너를 보낸 거냐? 내 첫 번째 항소 이유서를 항소 법원이 아직 받아들이지 않았어. 네 엄마가 너를 통해 거기에 관한 정보를 얻으려고 하는 건가? 내가 풀려나기를 원치 않는다는 건 알고 있지만 너를 이용하는 건 좀 심한 걸, 그렇게 생각하지 않아?"

"엄마는 내가 여기 온 걸 몰라요."

그는 고개를 살짝 젖혔다. 그에게서는 냄새가 났다. 몸에서 나는 냄새와 땀이 밴 채 세탁하지 않은 죄수복 냄새가 섞여 있었다.

"그럼 너는 여기 왜 온 거지?"

"당신이 희망을 가지고 있기 때문에 온 거예요, 웨슬리. 당신은 그럴 자격이 없으니까."

"그게 무슨 소리야?"

법원 정리가 타라를 힐끗 쳐다보았다. 타라는 그가 시선을 돌릴 때까지 잠자코 있었다.

"아빠가 나를 도미니크 힐에게 보냈을 때 당신과 조던 루소에 대해 거짓말을 하라고 그 사람을 설득하는 건 힘들지 않았어요. 그는 당신 처럼 아빠한테 심취해 있는 정신 나간 바보일 뿐이었으니까요. 에디 가 그에게 자살하라고 하면 그는 에디에게 약을 먹고 죽기를 원하는 지, 권총 자살을 원하는지 물을 사람이죠."

타라는 그의 얼굴에 깨달음의 빛이 도는 것을 보았다. "제일 힘들 었던 일은 엄마가 창고에 넣어 놓은 당신의 물건들 속에 조던 루소의 머리카락과 반지를 갖다 두는 거였어요, 웨슬리. 나는 거기서 누군가 의 눈에 띄고 싶지 않았어요. 그래서 엄마가 잠들어 있을 때 엄마 열 쇠를 갖고 거기로 갔죠. 그 머리카락과 반지를 거기 아무 데나 그냥 두고 싶지는 않은데 그때 당신 책상 위에 있던 담뱃갑이 생각났어 요. 그걸 망가뜨리지 않고 열어야 했기 때문에 열쇠 수리공에게 가지 고 갈 생각이었어요. 그런데 무슨 미친 일이 있었는지 알아요? 그 전 날 엄마 책상에서 만능열쇠를 찾았지 뭐예요. 그게 딱 그 위에 있더 라고요. 엄마한테 대체 왜 그게 있었는지 알지도 못해요. 그 상자를 바로 열었죠. 이건 운명 같은 거였어요, 정말로."

웨슬리의 얼굴이 일그러졌다. 타라의 눈에 고정된 그의 눈은 증오 로 불타고 있었다. 타라는 날아갈 듯한 기분이었다.

"거짓말이야." 그의 말에서 남부 사투리는 느껴지지 않았다. 타라 는 그가 왜 사투리를 고쳤는지 알 수 있었다. 그의 진짜 목소리는 족 제비를 연상시켰던 것이다. 그의 얼굴에 어울리지 않는 목소리였다.

"내가 이런 이야기를 지어낸 것처럼 보여요?"

그는 타라를 잠시 살펴보았다. "반지와 머리카락은 어떻게 구했 지?"

"조던 루소는 아빠의 첫 피해자였어요. 살해되던 날 두 사람은 하이킹을 하고 있었는데 아빠가 뒷좌석에 노트를 하나 놓아뒀대요. 조던이 뒷좌석에 있는 뭘 찾으려고 하다가 그 노트를 본 거죠. 거기에는 고문실을 그린 여러 그림들이랑 아빠가 나중에 죽인 여자들의 몸에 아빠가 했던 짓을 그린 게 있었고 다음 번 피해자가 될 사람들의 주소 같은 것들이 있었어요. 하지만 펼쳐져 있던 페이지에 있던 그림은 조던의 침실이었어요. 그녀가 침대 위에 목이 베여 죽어 있는 그림이었죠. 아빠가 얼마나 그림을 잘 그리는지 아시잖아요. 그래서 조던은 그게 자기라는 걸 알았어요." 타라는 잠깐 말을 멈추고 창밖을 내다 보았다. "아빠는 조던이 자기를 쳐다봤다고 했어요. 아무 말도 하지 않았지만 조던은 그냥 *알았던 거예요*. 너무나 확실히 알았기 때문에 조던은 달리는 차에서 실제로 뛰어내렸어요."

누군가 다가와서 검사에게 무슨 말을 했다. 타라는 그들이 나가기를 기다렸다가 다시 말을 했다.

"아빠는 조던의 머리카락과 반지를 가져와서 보관했어요. 경찰이 둘의 관계를 발견할까 봐 불안해서 조던의 집으로 숨어 들어가서 일기를 훔쳐 왔고요. 일기에 아빠의 이름이 수도 없이 나와 있었거든요."

웨슬리는 이제 타라 쪽으로 완전히 돌아앉아 있었다. 눈은 실눈이 되었고 입에서는 썩은 내가 났다.

"일기장을 통째로 다 베껴 쓰는 게 얼마나 어려운지 알아요, 웨슬리? 그렇게 많은 양을 어떤 사람 필체를 계속 흉내 내면서요? 지금도 손이 아프다고요. 조던이 일기를 그렇게 많이 쓰지는 않아서 운이 좋았죠. 그리고 나는 양손잡이여서 손을 바꿔 가며 쓸 수 있었고요. 내가 생각해도 꽤 잘 해냈어요, 안 그래요? 내가 한 건 *에디*를 *웨스*

로 바꾼 게 다였어요. 그리고 당신에 관한 몇 가지 자잘한 걸 추가했죠. 하지만 나는 일기장을 다 다시 써서 전체가 똑같이 보이게 해야 한다고 생각했어요. 그런 다음 커피로 잉크를 닦아 내고 몇 시간 햇볕에 그을려야 했어요. 실제보다 훨씬 오래된 걸로 실험실 테스트를 속여 넘겨야 했기 때문이죠. 그 잉크가 얼마나 오래된 것인지 당신이 전문가에게 확인을 시켰어야죠. 정말 변론이 엉성하더군요."

그는 한참 동안 말이 없다가 크게 웃음을 터뜨렸다. "진짜 웃기는 군. 이건 뭐지? 너랑 네 엄마가 석양 아래 말 타러 가기 전에 마지막으로 나를 한 방 먹이는 건가? 그래 봐야 소용없을 거야. 나는 항소심에서 다툴 거고 도미니크 힐을 소환해서 ─"

"도미니크 힐은 지금쯤 멀리 떠났을 거예요. 사실, 그건 그 더 이상 그 사람 이름도 아니에요. 당신은 *절대* 그를 못 찾아요. 그리고 그 사람이 없는 상황에서 당신한테 유일하게 남은 건 재판에서 당신이 조던 루소를 죽였다고 말한 그의 증언뿐이죠." 타라는 주위를 둘러보았다. 건너편 첫째 줄에 앉은 젊은 연인 한 쌍이 공허하게 판사석을 바라보고 있을 뿐이었다. 여자는 금방 울고 난 뒤인지 눈이 빨개져 있었다.

"내가 조금 기분이 안 좋은 게 뭔지 알아요? 이사벨라 루소에게 거짓말을 한 거예요. 그분은 착해 보였는데 이제는 당신이 자기 딸을 죽였다고 생각하겠죠. 하지만 진짜 살인자는 사형수 사동에 있으니까 다른 점이 뭐가 있겠어요, 그렇죠?"

"아니," 그는 거의 속삭이듯 말했다. "너는 이런 짓을 하지 못해."

"그래도 에디의 공으로 인정해야죠. 당신은 아빠가 이용해 먹을 수 있는 완벽한 바보예요. 아빠는 당신이 망설이지도 않았다고 했어요. 살인을 시작하라고 했더니 바로 시작했다고요."

"아니야. 에디가 나한테 그럴 리가 없어. 그는 나를 사랑해."

"아빠는 당신이 한심하다고 생각해요. 당신을 이용한 거죠. 당신이 살인을 시작하면 자기는 항소심에서 어둠의 카사노바는 여전히 활보하고 있다고 주장할 수 있으니까요. 아빠는 당신이 유죄를 받든 말든 관심이 없었어요. 하지만 나한테는 빚이 있죠. 그래서 나는 당신을 묻어 버릴 뭔가가 필요하다고 했어요. 아빠는 경찰이 찾아내지 못한 많은 물건들을 보관하고 있는 곳을 말해 줬어요."

그는 마른침을 삼켰고 분노로 이글거리는 눈으로 말했다. "널 박살 내 버릴 거야. 이 모든 걸 항소심에 제출할 거야. 그러면 너와 네 엄마는 감옥에 앉아 있게 되겠지."

"나를 뭐로 박살 낼 건데요, 웨슬리? 어? 도미니크 힐은 절대 찾아내지 못해요. 이사벨라 루소는 당신을 돕지 않을 거예요. 당신이 고용한 사설탐정이 그분을 찾아가면 이 사건과 관련한 어떤 것도 하고 싶지 않다고 하겠죠. 당신은 그분을 소환해야만 하겠지만 검찰은 그 소환을 각하할 거예요. 그분을 괴롭히는 일이라는 명분으로요."

타라는 멀리 판사석과 그 뒤에 걸려 있는 네바다주 인장을 응시했다.

"그렇지만 그 치과 의사 일은 깜짝 놀랐어요. 아빠는 경찰이 조던의 사체를 발굴해서 지난번에는 놓쳤던 깨문 자국을 찾을 거라고 말했어요. 나는 그게 걱정이었어요. 그런데 아빠는 그 자국은 너무 오래된 거라 비교 분석해도 결론이 나지 않을 거라고 하더군요. 그렇지만, 아빠는 진짜로 당신이 그 치과 의사를 죽일 거라는 걸 알고 있었던 걸까요? 그러니까, 당신이 저지르지 않은 일인데도 이 재판 전체가 기획된 것이라면 당신은 깨문 자국과 당신 치아가 일치한다고 그 치과 의사가 증언하리라 예상해야만 했을 테죠, 맞나요?"

웨슬리는 아무 말도 하지 않았다. 그의 눈은 차갑게 식어 있었다.

"그 일은 유감이에요. 하지만 당신이 그를 죽일 거라고 내가 어떻게 예측할 수 있었겠어요?" 타라는 숨을 깊게 내쉬었다. "당신 같은 한심한 쥐새끼 때문에 그 모든 사람들이 죽은 거죠."

법원 정리가 판사의 입장을 알리고 곧이어 판사가 들어왔다. 타라와 웨슬리를 제외한 모든 사람들이 일어섰다.

타라는 그에게 몸을 바싹 갖다 붙여 그의 눈동자를 응시하며 소곤거렸다. "누군가가 우리 엄마를 또다시 해치는 걸 내가 두고 볼 거라고 진짜 생각했어요?"

그는 아이를 향해 뛰어올랐다. 타라는 재빨리 뒤로 몸을 기댔다. 웨슬리는 방청석을 가로질러 넘어졌다. 족쇄가 덜커덩거리는 소리가 법정에 울려 퍼졌고 동시에 법원 경위가 그를 향해 돌진하여 그의 등을 세차게 눌렀다. 또 다른 경위 한 사람이 법정 앞문에서 달려왔다. 그들은 웨슬리의 양팔을 붙잡아 등 뒤로 비틀었다. 그는 고통스런 비명을 지르며 그들에게 끌려 나갔다. 타라는 그가 내는 소리가 겁에 질린 돼지 멱따는 소리 같다고 생각했다.

타라는 아무렇지도 않게 걸어 나와서 법원을 떠났다. 얼굴에는 미소가 떠나지 않았다.

옮긴이 최호정

서울대학교 미학과와 한국외국어대학교 통번역대학원을 졸업하고 뉴욕주립대학교 빙엄턴에서 번역학 박사과정을 수료했다. 러시아어 통·번역 활동을 하며 『반투 스티브 비코』 『도스또예프스키와 함께 한 나날들』 『무엇을 할 것인가』 『외국어 완전 정복』 등을 번역했다.

A Killer's Wife
라스베이거스 연쇄 살인의 비밀

초판 펴낸 날 2021년 9월 27일

지은이 빅터 메토스 Victor Methos
옮긴이 최호정
디자인 형태와내용사이
펴낸이 김찬휘
펴낸곳 키멜리움
주소 04025 서울 마포구 월드컵로3길 39 합정빌딩3층
전화 02) 544-9294
팩스 070) 7614-2454
전자우편 cimeliumbooks@gmail.com
등록 2021년 4월 23일 (제2019-000016호)
ISBN 979-11-975509-0-4   03840